方李邦琴北京大学人文学科文库出版基金赞助

北大中国文学研究丛书

文体协商
翻译中的语言、文类与社会

Negotiating Literary Forms:
Translation and Transcultural Practice in
Late Qing and Republican China

张丽华 著

北京大学出版社
PEKING UNIVERSITY PRESS

图书在版编目(CIP)数据

文体协商:翻译中的语言、文类与社会/张丽华著. —北京:北京大学出版社,2023.1
(北京大学人文学科文库. 北大中国文学研究丛书)
ISBN 978-7-301-33843-8

Ⅰ. ①文⋯ Ⅱ. ①张⋯ Ⅲ. ①文学翻译—研究—中国—近代 Ⅳ. ①I046

中国国家版本馆 CIP 数据核字(2023)第 042586 号

书 名	文体协商:翻译中的语言、文类与社会
	WENTI XIESHANG: FANYI ZHONG DE YUYAN、WENLEI YU SHEHUI
著作责任者	张丽华 著
责任编辑	艾 英
标准书号	ISBN 978-7-301-33843-8
出版发行	北京大学出版社
地 址	北京市海淀区成府路 205 号 100871
网 址	http://www.pup.cn 新浪微博:@北京大学出版社
电子信箱	pkuwsz@126.com
电 话	邮购部 010-62752015 发行部 010-62750672
	编辑部 010-62756467
印 刷 者	大厂回族自治县彩虹印刷有限公司
经 销 者	新华书店
	965 毫米×1300 毫米 16 开本 20 印张 356 千字
	2023 年 1 月第 1 版 2023 年 1 月第 1 次印刷
定 价	79.00 元

未经许可,不得以任何方式复制或抄袭本书之部分或全部内容。
版权所有,侵权必究
举报电话: 010-62752024 电子信箱: fd@pup.pku.edu.cn
图书如有印装质量问题,请与出版部联系,电话: 010-62756370

总　序

袁行霈

人文学科是北京大学的传统优势学科。早在京师大学堂建立之初，就设立了经学科、文学科，预科学生必须在五种外语中选修一种。京师大学堂于1912年改为现名，1917年，蔡元培先生出任北京大学校长，他"循思想自由原则，取兼容并包主义"，促进了思想解放和学术繁荣。1921年北大成立了四个全校性的研究所，下设自然科学、社会科学、国学和外国文学四门，人文学科仍然居于重要地位，广受社会的关注。这个传统一直沿袭下来，中华人民共和国成立后，1952年北京大学与清华大学、燕京大学三校的文、理科合并为现在的北京大学，大师云集，人文荟萃，成果斐然。改革开放后，北京大学的历史翻开了新的一页。

近十几年来，人文学科在学科建设、人才培养、师资队伍建设、教学科研等各方面改善了条件，取得了显著成绩。北大的人文学科门类齐全，在国内整体上居于优势地位，在世界上也占有引人瞩目的地位，相继出版了《中华文明史》《世界文明史》《世界现代化历程》《中国儒学史》《中国美学通史》《欧洲文学史》等高水平的著作，并主持了许多重大的考古项目，这些成果发挥着引领学术前进的作用。目前北大还承担着《儒藏》《中华文明探源》《北京大学藏西汉竹书》的整理与研究工作，以及《新编新注十三经》等重要项目。

与此同时，我们也清醒地看到：北大人文学科整体的绝对优势正在减弱，有的学科只具备相对优势了；有的成果规模优势明显，高度优势还有待提升。北大出了许多成果，但还要出思想，要产生影响人类命运和前途的思想理论。我们距离理想的目标还有相当长的距离，需要人文学科的老师和同学们加倍努力。

我曾经说过：与自然科学或社会科学相比，人文学科的成果，难以直接转化为生产力，给社会带来财富，人们或以为无用。其实，人文学科力求揭示人生的意义和价值，塑造理想的人格，指点人生趋向完美的境地。它能丰富人的精神，美化人的心灵，提升人的品德，协调人和自然的关系以及人和人的关系，促使人把自己掌握的知识和技术用到造福于人类的正道上来，这是人文无用之大用！试想，如果我们的心灵中没有诗意，我们的记忆中没有历史，我们的思考中没有哲理，我们的生活将成为什么样子？国家的强盛与否，将来不仅要看经济实力、国防实力，也要看国民的精神世界是否丰富，活得充实不充实，愉快不愉快，自在不自在，美不美。

一个民族，如果从根本上丧失了对人文学科的热情，丧失了对人文精神的追求和坚守，这个民族就丧失了进步的精神源泉。文化是一个民族的标志，是一个民族的根，在经济全球化的大趋势中，拥有几千年文化传统的中华民族，必须自觉维护自己的根，并以开放的态度吸取世界上其他民族的优秀文化，以跟上世界的潮流。站在这样的高度看待人文学科，我们深感责任之重大与紧迫。

北大人文学科的老师们蕴藏着巨大的潜力和创造性。我相信，只要使老师们的潜力充分发挥出来，北大人文学科便能克服种种障碍，在国内外开辟出一片新天地。

人文学科的研究主要是著书立说，以个体撰写著作为一大特点。除了需要协同研究的集体大项目外，我们还希望为教师独立探索，撰写、出版专著搭建平台，形成既具个体思想，又汇聚集体智慧的系列研究成果。为此，北京大学人文学部决定编辑出版"北京大学人文学科文库"，旨在汇集新时代北大人文学科的优秀成果，弘扬北大人文学科的学术传统，展示北大人文学科的整体实力和研究特色，为推动北大世界一流大学建设、促进人文学术发展做出贡献。

我们需要努力营造宽松的学术环境、浓厚的研究气氛。既要提倡教师根据国家的需要选择研究课题，集中人力物力进行研究，也鼓励教师按照自己的兴趣自由地选择课题。鼓励自由选题是"北京大学人文学科文库"的一个特点。

我们不可满足于泛泛的议论，也不可追求热闹，而应沉潜下来，认真钻研，将切实的成果贡献给社会。学术质量是"北京大学人文学科文库"的一大追求。文库的撰稿者会力求通过自己潜心研究、多年积累而成的优秀成果，来展示自己的学术水平。

我们要保持优良的学风，进一步突出北大的个性与特色。北大人要有大志气、大眼光、大手笔、大格局、大气象，做一些符合北大地位的事，做一些开风气之先的事。北大不能随波逐流，不能甘于平庸，不能跟在别人后面小打小闹。北大的学者要有与北大相称的气质、气节、气派、气势、气宇、气度、气韵和气象。北大的学者要致力于弘扬民族精神和时代精神，以提升国民的人文素质为己任。而承担这样的使命，首先要有谦逊的态度，向人民群众学习，向兄弟院校学习。切不可妄自尊大，目空一切。这也是"北京大学人文学科文库"力求展现的北大的人文素质。

这个文库目前有以下 **17 套丛书**：
"北大中国文学研究丛书"（陈平原 主编）
"北大中国语言学研究丛书"（王洪君 郭锐 主编）
"北大比较文学与世界文学研究丛书"（张辉 主编）
"北大中国史研究丛书"（荣新江 张帆 主编）
"北大世界史研究丛书"（高毅 主编）
"北大考古学研究丛书"（沈睿文 主编）
"北大马克思主义哲学研究丛书"（丰子义 主编）
"北大中国哲学研究丛书"（王博 主编）

"北大外国哲学研究丛书"（韩水法 主编）
"北大东方文学研究丛书"（王邦维 主编）
"北大欧美文学研究丛书"（申丹 主编）
"北大外国语言学研究丛书"（宁琦 高一虹 主编）
"北大艺术学研究丛书"（彭锋 主编）
"北大对外汉语研究丛书"（赵杨 主编）
"北大古典学研究丛书"（李四龙 彭小瑜 廖可斌 主编）
"北大人文学古今融通研究丛书"（陈晓明 彭锋 主编）
"北大人文跨学科研究丛书"（申丹 李四龙 王奇生 廖可斌主编）①

这 17 套丛书仅收入学术新作，涵盖了北大人文学科的多个领域，它们的推出有利于读者整体了解当下北大人文学者的科研动态、学术实力和研究特色。这一文库将持续编辑出版，我们相信通过老中青学者的不断努力，其影响会越来越大，并将对北大人文学科的建设和北大创建世界一流大学起到积极作用，进而引起国际学术界的瞩目。

---

① 本文库中获得国家社科基金后期资助或入选国家哲学社会科学成果文库的专著，因出版设计另有要求，我们会在丛书其他专著后勒口列出的该书书名上加星号标注，在文库中存目。

"北大中国文学研究丛书"序言

陈平原

不同学科的国际化，步调很不一致。自然科学全世界评价标准接近，学者们都在追求诺贝尔物理学奖、化学奖；社会科学次一等，但学术趣味、理论模型以及研究方法等，也都比较容易接轨。最麻烦的是人文学，各有自己的一套，所有的论述都跟自家的历史文化传统甚至"一方水土"有密切的联系，很难截然割舍。人文学里面的文学专业，因对各自所使用的"语言"有很深的依赖性，应该是最难"接轨"的了。文学研究者的"不接轨""有隔阂"，不一定就是我们的问题。非要向美国大学看齐，用人家的语言及评价标准来规范自家行为，即便经过一番励精图治，收获若干掌声，也得扪心自问：我们是否过于委曲求全，乃至丧失了自家立场与根基？

这么说，显得理直气壮；可问题还有另外一面——若过分强调"一方水土"的制约，是否会形成某种自我保护机制，减少突围的欲望与动力？想当然地以为本国学者研究本国文学最为"本色当行"，那是不妥的。我们的任务，不是关起门来称老大，而是努力在全球化大潮中站稳自家脚跟，追求国际视野与本土情怀的合一。这么做学问，方才有可能实现鲁迅当年"要出而参与世界的事业"（《而已集·当陶元庆君的绘画展览时》）的期许。

既然打出"北大"的旗帜，出学术精品，那应该是起码的要求。放眼世界，"本国文学研究"做得好的话，是可以出原理、出思想、出精神的。比如你我不做外国文学研究，但照样读巴赫金、德里达、萨义德、哈贝马斯的书。而目前我们最好的人文学著作，在国际上也只是作为"中国研究"成果来征引，极少被当作理论、方法或研究模式。

随着中国政治、经济、社会、文化的迅速崛起，总有一天，我们不仅能为国际学界提供"案例"，还能提供"原理"。能不能做到是一回事，敢不敢想或者说心里是否存有这么个大目标，决定了"北大中国文学研究丛书"的视野、标杆与境界。

2017 年 7 月 22 日于京西圆明园花园

目 录

序 .... 陈平原　1

第一章　导论：翻译与跨文化的文体协商 1
一、可译性与不可译性：从语言到文体 4
二、翻译中的文体（无）意识 8
三、界定"文体" 12
四、被协商的现代性 19

第二章　"演义"传统与清末民初白话短篇小说译介 25
一、晚清"小说"概念寻踪 27
二、"演义"传统与小说翻译 31
三、吴梼、刘半农、周瘦鹃的小说译例 38
四、结语：清末民初读者对"小说"的集体想象 54

第三章　无声的"口语"：从《古诗今译》透视周作人的白话文理想 57
一、题记的意义 58

  二、从文言到"口语" ……………………………………………… 62
  三、安特路朗的角色 ……………………………………………… 72
  四、翻译作为形式：通向"直致的白话文" ……………………… 79

第四章 文类旅行：从安德烈耶夫《思想》到鲁迅《狂人日记》 …… 86
  一、"格式的特别"：《狂人日记》与《思想》 ……………………… 88
  二、"超人"的投影：《狂人日记》与《思想》的"内涵"差异 … 97
  三、"狂人""超人"与"异人"——兼论冷血译本的媒介
    意义 ……………………………………………………………… 104
  四、《狂人日记》与鲁迅短篇小说形式 …………………………… 111

第五章 "直译"的神话：文学革命与《域外小说集》的经典化 … 118
  一、文学革命与《域外小说集》的"复活" ……………………… 120
  二、《域外小说集》的"重写"：群益版与东京版的对勘 ………… 130
  三、"直译"作为典范 ……………………………………………… 139
  四、结语：没有"五四"，何来"晚清"？ ……………………… 148

**第六章 鲁迅、曼殊斐儿与文学现代主义：《幸福的家庭》文体
    新论** ………………………………………………………… 153
  一、拟"许钦文"，还是拟"曼殊斐儿"？ ……………………… 155
  二、互文阅读：《幸福的家庭》与《一个理想的家庭》 ………… 160
  三、文体协商：被翻译的"内心独白" …………………………… 168
  四、鲁迅的都市小说与文学现代主义……………………………… 176

**第七章 "新文化"的拟态：《高老夫子》中的两个自我与双重
    诗学** ………………………………………………………… 180
  一、从"照镜子"谈起 ……………………………………………… 182
  二、《高老夫子》与陀思妥耶夫斯基诗学 ………………………… 187
  三、女学生与新文化——作为"今典"的《一封怪信》 ………… 193

四、未完成的"新文化" …………………………………… 198

第八章　中国之"意识流"：废名的小说文体与象征诗学 …… 205
一、废名小说文体略识 …………………………………… 207
二、因文生情：《桥》的小说文体与晚唐诗学 …………… 213
三、象征的技艺：中国之"意识流" ……………………… 221
四、作为诗学宣言的"小说" ……………………………… 231

第九章　从"传奇文"溯源看鲁迅、陈寅恪的"小说"观念 … 238
一、"传奇者流，源盖出于志怪"？ ……………………… 240
二、依违于古、今之间：鲁迅《中国小说史略》的"小说"观 … 248
三、西学为体、中学为用——陈寅恪的"小说"论 ……… 254
四、结语：走出中西"小说"的格义 ……………………… 263

附录一　唐传奇的 Sitz im Leben ………………………… 265
附录二　从陈季同《黄衫客传奇》反思文学史的民族国家框架 … 274

中日文书目 ………………………………………………… 279
西文书目 …………………………………………………… 293

后　记 ……………………………………………………… 299

序

陈平原

没错,张丽华是我的学生,但那是十四年前的事了。她那篇获教育部优秀博士学位论文提名的《现代中国"短篇小说"的兴起——以文类形构为视角》(北京大学,2009),确实可见我的影响。同题专著 2011 年在北京大学出版社出版后,也得到中外学界的广泛好评。此后多年,张丽华博士上下求索,左冲右突,学问上大有长进,眼前这部《文体协商:翻译中的语言、文类与社会》书稿就是明证。

我多次跟学生说,博士毕业十年内,大致是学位论文的延伸,或明或隐地可见导师的影子。此后就必须跳出原先划定的圈圈,自己开辟新天地。我的导师王瑶先生喜欢说,在校时我们是师生,是有等级差别的;毕业了就是同事或朋友,学问上我们是平等的。当导师的,别想指导学生一辈子,该放手时就放手。老学生遇到困难,你可以帮助出出主意,力所能及地扶一把,但不能全照你的意志办。这涉及年轻一辈到底能否真正独立,走出自己的新路。基于此设想,对于已毕业的学生,我采取小扣小鸣、大扣大鸣、不扣不鸣的策略——张丽华也不例外。虽然同在北大中文系教书,了解其每一步成长(及困惑),但也只是关键时刻略加提醒。而且,某种意义上,她那些日渐严密的论述,很多我已经插不上嘴。

当初讨论"短篇小说"这一新文类（genre）在现代中国形成的历史及演变的轨迹，那是在我思考及探索的延长线上；引进跨文化的论述尺度以及翻译史的研究方法，强调中西"小说"文类的不可通约性，关注文类/文体在翻译过程中所产生的碰撞、变形与协商，则已经超出我的学术视野。

大体可以说，这一学术方向的形成，与张丽华博士的求学经历有关。读博期间，她曾赴德国海德堡大学汉学系进行一年半的联合培养，指导教授为瓦格纳（R. G. Wagner）先生；博士毕业后，又到新加坡南洋理工大学人文与社会科学学院从事博士后研究，合作导师是王宏志教授。如果说十二年北大的学术训练，给了她文学史、文化史、思想史的眼光及趣味，瓦格纳教授的跨文化研究思路以及王宏志教授的翻译史研究方法，明显拓展了她的学术视野。但这个转益多师的过程并非一帆风顺。我注意到北大送出去留学的学生，学术实力越强，越是自信，出去后越可能遭遇迷茫。因为，面临明显不同的学术立场、传统及方法，其中的碰撞与摩擦，不是很好协调。这个时候，到底该如何自处？记得2006年3月，我赴德国海德堡大学参加学术会议，张丽华正因此大为苦恼。当时我给她的建议是，暂时放下北大那一套，先学人家的，以后回来再自我调适。否则，随时处于"抵抗"状态，那样必定心力交瘁，学习效果不好。日后到新加坡做博士后，也有类似困惑，担心弄不好就变成了邯郸学步。我的想法是，来日方长，多学几门手艺，技不压身的。如今看来，《文体协商：翻译中的语言、文类与社会》虽有三个不同方向的牵引，但作者还是能自主选择，很好地糅合与变通，发出自己的声音。

作为全北大（本科、硕士、博士），张丽华对北大的文化精神及学术传统是有迷恋的。好在转益多师，使得她能用另一种眼光与尺度，来衡量、辨析乃至超越她所认可的这个传统。将跨文化视野带入中国现代文学研究，而且从翻译学/史的角度切入，这个路径很有特色，但很长时间里对话者不多。记得她曾抱怨，硕士阶段的课堂作业《1874—1877年〈申报〉里的"吴淞铁路事件"》，我推荐给《东方文化》发表（2003年第5

期），人大报刊复印资料《中国近代史》2004年第1期全文转载，似乎很顺利；以后她逐渐走上正轨，论述越来越精密，可发表的论文反而很少被关注或转载。我告知，这无关她的能力与水平，而是学界风气决定的。选择自主创新，就要耐得住寂寞。好在近年时来运转，她的诸多论述绵密的精彩论文，越来越得到学界的欣赏与表彰。

要说治学，我也讲小题大做，但不如她紧凑且细腻。本书各章节切入口都很小，但背后关切的问题很重要，那就是如何理解"欧化"的翻译与现代白话文乃至小说文类形成之间的关系。在年轻一辈学者看来，长辈的论述，无论文学史、思想史、文化史还是翻译史，都显得太过粗疏。于是，有了众多分门别类深入细致的考辨与论述。这当然是学术进步的表现，只是不要忘了大格局。这种技术变化，其实是大时代风气转移的结果。眼下中国，不是学术范式革命的时代，也接受大开大合，但更推崇精工细作。

方法的背后还有立场。比如，谈及语言、文体、文类、思想等的演进，什么时候注重其"可译"，什么时候强调"不可译"，其实是内在于接受者的立场与文化氛围的。强调"可译"，是为了更好地进入异文化，便于突破原有藩篱，当然也就不免有依附的嫌疑；主张"不可译"，是为了突出自我意识，守住自家文化传统及尊严，由此容易抹杀盗火与寻路的艰难。具体学者的立场与方法，表面看只是个人探索，往深处想，其实也是不同历史阶段的需要及产物。在这个意义上，论题的大与小，立场的外与内，方法的粗与精，都是一代学者自主选择的结果。

很高兴张丽华博士借助第二部专著，探索"一种从跨文化的空间视野来书写现代中国文学史的新方法"。这既是她本人的学术自觉，也可能是当下中国学术的一个发展方向。

2023年1月于京西圆明园花园

第一章　导论：翻译与跨文化的文体协商

> 认为家乡甜蜜的人是幸福的，而四海为家者才是强大的，但把整个世界作为流放地的人才是真正完美的。
>
> ——休格（Hugh of St. Victor）：
> 《研读三术（三）》（*Didascalicon* III）①

鸠摩罗什与僧睿论及佛典翻译，有一段颇具理论意味的经验之谈：

> 天竺国俗，甚重文藻。其宫商体韵，以入弦为善。凡觐国王，必有赞德。见佛之仪，以歌叹为尊。经中偈颂，皆其式也。但改梵为秦，失其藻蔚，虽得大意，殊隔文体，有似嚼饭与人，非徒失味，乃令呕秽也。②

---

① Erich Auerbach, "Philology and 'Weltliteratur,'" trans. Maire Said and Edward Said, *The Centennial Review*, Vol. 13, No. 1 (Winter 1969), pp. 1-17. 中译本参见〔德〕埃里希·奥尔巴赫：《世界文学的语文学》，《世界文学理论读本》，〔美〕大卫·达姆罗什、刘洪涛、尹星主编，北京：北京大学出版社，2013年，第89页。

② 鸠摩罗什：《为僧睿论西方辞体》，《翻译论集》，罗新璋编，北京：商务印书馆，1984年，第32页。

在鸠摩罗什看来，梵文佛经中的偈颂，与古印度极为重视音乐性的语言、文化和礼俗制度有密切关系，但经"改梵为秦"的翻译后，其体式很难在汉文中得到原原本本的呈现。这一"虽得大意，殊隔文体"的结果，成为佛典翻译中难以释怀的憾事。

鸠摩罗什之叹，千载而下，仍然不断引发译者的戚戚共鸣。1898年，严复在《〈天演论〉译例言》第一条即揭橥"译事三难：信、达、雅"，由此起兴，并引"什法师"的"学我者病"，来为《天演论》的翻译策略——"词句之间，时有所傎到附益，不斤斤于字比句次"①，郑重辩解。1908年，苏曼殊在《文学因缘》的序言中，同样感叹梵文的"八转十罗，微妙傀琦"难以在其他语言中如实再现，并称"文章构造，各自含英，有如吾粤木棉素馨，迁地弗为良，况诗歌之美，在于节族长短之间，虑非译意所能尽也"②，可谓是对鸠摩罗什的旷世相感。在晚清与苏曼殊过从甚密的周作人，1918年在《新青年》发表用白话翻译的古希腊诗人Theocritus的《牧歌第十》（*Idyll*. 10），在译诗题记中，他同样援引"什法师"这一"翻译如嚼饭哺人"的著名论述，为自己"不及原本""不像汉文"的口语译诗"辩解（Apologia）"。③ 不过，在文学革命和白话文运动的语境中，周作人将翻译的这两个缺点，转换成了"真翻译"的要素；而他的这篇译作，也通过对"原本"和"汉文"的双重疏离，为现代文学锻造出了一种全新的书写文体——"直致的白话文"④。

翻译中的文体"殊隔"，从与原文对等的角度看，诚为憾事，但对译文及其文化系统而言，却未尝不是一种创造的契机。佛典翻译曾对六朝文体以及此后中国文章的声律、骈散，乃至弹词、章回小说的体式皆有重大

---

① 严复：《〈天演论〉译例言》，《严复集》第5册，王栻主编，北京：中华书局，1986年，第1321页。
② 苏曼殊：《〈文学因缘〉序》，《曼殊外集——苏曼殊编译集四种：汉英对照》，朱少璋编，北京：学苑出版社，2009年，第53页。
③ 周作人：《古诗今译Apologia》，《周作人散文全集》第2卷，钟叔河编订，桂林：广西师范大学出版社，2009年，第12页。周作人直接用希腊词汇"Apologia"作为题记的名称，Apologia源自苏格拉底被指控后的《申辩》，其词意即为辩解、自我辩护。
④ 周作人：《徐音的回响》，《周作人散文全集》第3卷，第435页。关于周作人如何通过翻译锻造出"直致的白话文"，参阅本书第三章的论述。

影响。① 鸠摩罗什虽然感叹在汉文中无法再现梵文偈颂的体式之美，但他的"有天然西域之语趣"的译品，却为六朝文学孕育出一种"中外醇化之新文体"，梁启超称赞他"不特为我思想界辟一新天地，即文学界之影响亦至巨焉"②。1937年，周作人拟在北京大学开设"佛经文学"课程，其课程纲要也高度评价了鸠摩罗什引领的六朝译经文体："汉末译文模仿诸子，别无新意味，唐代又以求信故，质胜于文，唯六朝所译，能运用当时文调，加以变化，于普通骈体散文外，造出一种新体制，其影响于后来文章者亦非浅鲜。"③ 如果我们不是将翻译的目标仅仅设定为对原文的再造，而是——借用法国学者贝尔曼（Antoine Berman）的说法——要"在书写层面建立起同他者的某种关系，借助'异'的力量来丰富自身"④，那么，在翻译过程中因不同语言、文化和社会之间的差异而造成的文体"殊隔"，就不必视为遗憾，而恰恰可以理解为一种借助他者的力量来丰富自身的跨文化创造的契机。以《文心雕龙》《洛阳伽蓝记》为代表的六朝散文，之所以被誉为"质雅可诵"⑤、"千古独绝"⑥，并从清代后期一直到民国时期皆备受推崇⑦，无疑与佛典翻译对六朝文体的改造以及它所抻开的文体融合与创造的空间，有莫大关系。

晚清以降，域外文学和著述的译介，同样深刻介入了现代文学与文体的塑造。翻译不仅催生了新的思想、文化与文学观念，同时也在文体层面进行着广泛而深入的持续"写入"：从小说叙事模式的转变到"欧化"的

---

① 参见胡适：《佛教的翻译文学》，《翻译论集》，第67—78页；陈寅恪：《敦煌本维摩诘经文殊师利问疾品演义跋》，《国立中央研究院历史语言研究所集刊》第2卷第1期，1930年；《四声三问》，《清华学报》第9卷第2期，1934年；〔美〕梅维恒（Victor H. Mair）、梅祖麟：《近体诗律的梵文来源》，王继红译，《国际汉学》2007年第2期。
② 梁启超：《翻译文学与佛典》，《翻译论集》，第57—61页。
③ 周作人：《佛经文学》，《周作人散文全集》第7卷，第786页。
④ 〔法〕安托瓦纳·贝尔曼：《异域的考验：德国浪漫主义时期的文化与翻译》，章文译，北京：生活·读书·新知三联书店，2021年，第6页。
⑤ 伍绍棠：《〈南北朝文钞〉跋》，转引自周作人《六朝散文》，《周作人散文全集》第7卷，第300页。
⑥ 李祥：《答江都王翰棻论文书》，转引自钱基博《现代中国文学史》，上海：上海书店出版社，2004年，第116页。
⑦ 参阅陈平原：《现代中国的"魏晋风度"与"六朝散文"》，《中国现代学术之建立》，北京：北京大学出版社，1998年，第330—403页。

白话文，从戏剧、新诗的体式到"美文""短篇小说"的体裁，现代文学从修辞、风格的转变到文类、体系的创生，可以说都离不开以翻译为媒介的跨文化创造。本书想要集中探讨的，正是晚清至民国时期的翻译与跨文化实践中，包括"小说"、"短篇小说"、"自由诗"、"白话文"、"自由间接引语"、"意识流"手法等在内的对现代文学起着关键作用的文体，在跨越不同文化边界时所发生的冲突、融合与变形的协商过程。

如同语言深深植根于历史与文化，文体也同样与特定社会中的文学传统、文化制度密切相连，它是形式与社会的中介物。譬如，印度佛经中的偈颂体式，即如鸠摩罗什所云，与"天竺国俗"中注重音乐性的语言以及"觐国王"与"见佛"的礼俗制度，密不可分；换言之，"偈颂"这一文体，可以说是天竺独特的文教习俗折射在佛经中的样式。因此，在翻译过程中，文体绝非一个透明的因素。翻译中的文体纠葛与协商，折射出的是不同语言和社会中的文学传统、文化制度之间深刻的历史性和结构性的差异。本书通过勘探晚清民国时期翻译与跨文化的文体协商的历史，试图以一种空间的、"横截面"的方式来呈现中国现代文学的生长及其内在机制，并希望透过文体的形式协商，来探测现代中国这一历史转型期的文化、制度与社会的深广地貌。

一、可译性与不可译性：从语言到文体

翻译研究中关于可译性和不可译性的讨论，是一个核心的理论问题。20世纪的语言学理论对这一问题产生了重要影响。斯坦纳在《巴别塔之后：语言与翻译面面观》一书中，从语言哲学的角度举出了对"翻译是否可能"的两种大相径庭的看法：一种是普适论，认为语言的深层结构是普遍的，适用于所有人，一种则是与之相反的"单子论"（monadist），认为语言本质上是以相互抵触的方式映射现实的单子。前者自然导向可译性，而后者则通常令人相信翻译是不可能的。不过斯坦纳同时也指出，在语言学理论中，严格坚持两个极端的观点并不多，无论是乔姆斯基的转换-生成语法,还是洪堡-萨丕尔-沃尔夫假说,都是处于这一光谱中间的产物,只不过前者接近普适论,而后者靠近"单子论"。① 在语言学的意义上,可译性和不可译性只是相对的概念;然而,文学上的可译性和不可译性,却具有十分不同的内涵。

雅各布森在《论翻译的语言学因素》("On Linguistic Aspects of Translation")一文中,利用皮尔斯的符号理论,成功地回应了萨丕尔-沃尔夫假说(语言相对论)对语际翻译的可能性提出的挑战。雅各布森将翻译的本质界定为以两种不同的代码方式呈现出对等的信息,在他看来,语言结构的不同,不足以成为支持不可译论的理由,譬如在翻译过程中,可以用词汇来补助语法的差异,或者以语境来弥补信息的丢失。不过,在这篇文章的后半部分,雅各布森也承认,诗歌是不可译的,因为在诗歌中,音节的类似和差别承担着重要的语义功能,而这些信息无法在另一种语言中得到对等的传递,故而只能进行"创造性的位移(creative transposition)"。② 被雅各布森排除在语言学因素之外的诗歌文体的可译性/不可译性问题,恰恰是从文学的角度探讨翻译的核心课题。

斯坦纳的《巴别塔之后》是一部试图从(文学)翻译的角度来研究和理解语言(尤其是语言与世界的关系)的雄心勃勃的作品,它要挑战的是 20 世纪中叶占据学术界主流的语言学理论和方法。③ 在斯坦纳看来,仅仅对语言进行共时的抽象化处理,是无法实现真正的理解的,他呼吁在形式化的"硬"语言学之外,对世界上多样的真实语言进行人类学式的探究,而翻译无疑在其中扮演了重要角色。在斯坦纳看来,译者的经验对"是否可能真正跨越语言传达意义",留下了大量的哲学和心理学思考;

---

① 〔美〕乔治·斯坦纳:《巴别塔之后:语言与翻译面面观》,孟醒译,杭州:浙江大学出版社,2020 年,第 80—81 页。

② Roman Jakobson, "On Linguistic Aspects of Translation," in *The Translation Studies Reader*, ed. Lawrence Venuti, London: Routledge, 2000, pp. 113-118.

③ 斯坦纳对其时美国学院流行的将语言学方法移用到文学研究中的"新批评"颇有微词,他的另一本著作《托尔斯泰或陀思妥耶夫斯基》(严忠志译,杭州:浙江大学出版社,2011 年),即致力于将文学研究从语言学研究的方式中解放出来,重拾"人文传统"和"文学之爱",此书副标题为"An Essay in the Old Criticism",表明他以有别于"新批评"的"老式批评"方法自居。

而为了更好地了解语言和翻译，我们需要"把注意力从转换语法的'深层结构'上移开，转向诗歌那更为深邃的结构"。① 斯坦纳从解释学的角度来理解翻译：在他看来，翻译无非是将一条来自源语言的信息通过变形过程纳入接收语言，因此，无论读者、演员还是编者，都是跨越时间的语言"翻译"者，即便对过去的母语和母语文学文本进行透彻的阅读，也必须包含不间断的解释行为，而解释即"翻译"。

贝尔曼延续了本雅明、斯坦纳等学者从解释学角度对翻译问题的思考，他将翻译视为一种文学批评活动，从而对文学上的可译性和不可译性，提出了不同的见解。在贝尔曼看来，虽然文学翻译也会遇到语言学上的可译性（或不可译性）问题，但文学上的不可译性来自一个事实，即"作品作为作品而呈现的时候，总是会和它的语言保持一定的距离：这个距离生成了一个空间，让朝向另一种语言的翻译成为可能，也让翻译成为必要的和本质的；正是这个空间让作品成为语言、文化和文学上的新生事物"②；不同于语言学上的可译性和不可译性乃是相对的概念（绝对的可译与不可译论只是光谱的两端），文学上的可译性与不可译性之间，在贝尔曼看来，存在着一种奇妙的悖论关系——作品"越是可译，就越不可译"③。

从解释学或是文学批评的角度来看待翻译，有助于我们摆脱 20 世纪以降的语言学理论带给翻译研究的迷思。如雅各布森所言，语言学关注的核心问题是"不同中的对等（equivalence in difference）"④，所谓可译性，指的是能否在不同的语言之间找到信息对等；而文学解释学和文学批评所关切的，从来就不是信息对等，甚至也不是意义对等，任何一种批评或阐释，都无法做到对原作客观无误的再现，而永远只是一种再创造和再发明。文学上的"可译"，意味着作品具有批评价值和阐释空间；而"不可

---

① 〔美〕乔治·斯坦纳：《巴别塔之后：语言与翻译面面观》，第 114 页。
② 〔法〕安托瓦纳·贝尔曼：《异域的考验：德国浪漫主义时期的文化与翻译》，第 206 页。
③ 同上书，第 208 页。
④ Roman Jakobson, "On Linguistic Aspects of Translation," in *The Translation Studies Reader*, p. 114.

译",则意味着批评和阐释无法或者说无须抵达作者原意。与语言学所关注的"不同中的对等"相比,文学批评所关切和实践的,乃是不同主体、不同文化、不同时代之间建立在相异性基础之上的对话与沟通。

探讨一部作品在文学上的可译性/不可译性,与语言相比,文体是更合适的媒介对象。实际上,斯坦纳在《巴别塔之后》一书中,用以对抗形式化的"硬"语言学研究的方式,恰是他作为文学批评家十分本色当行的文体分析。此书第一章对莎士比亚《辛伯林》和简·奥斯汀《理智与情感》的选段以及罗塞蒂的一首十四行诗的解读,考察的并非仅仅是语言在历史过程中的变迁,而更多的是一种详尽而出色的文体解析,或者更准确地说,是一种穿越了时间的文体"翻译"。斯坦纳的文体解析/翻译,既分析了文本中的词汇、语法本身及其历史变迁,还力图将它们联系到整个作品、作品所属的文学传统乃至作品产生的时代人们的说话习惯,以期获得更为透彻的理解;简言之,他的方法,乃是一种锲而不舍地对语言及其在文本中的体制形式进行透彻的历史理解的语文学研究。

文体虽是文本的一种体制形式,但它又不仅仅是形式而已。如上文所言,文体乃是形式与社会的中介物,或者说是社会习俗、文教制度等折射在文本中的样式。每一种文体的形成都包含了特定的社会历史的起源语境(*Sitz im Leben*),这一起源语境在很大程度上塑造和奠定了文体的主题以及叙述形态上的特征。① 因此,无论是跨越时间的纵向阐释,还是跨越空间的横向传播,由于语言的变迁、文教制度的嬗变以及文化习俗、读者群体的不同,文体在"翻译"的过程中,从起点(源文本、源语言)到目的地(阐释文本、目标语言),可能会产生意想不到的变形、变幻乃至变异。文体的变异,正是对贝尔曼所说的文学上的可译性与不可译性之辩证

---

① "*Sitz im Leben*" 是德国学者 Hermann Gunkel 在《圣经》研究中提出的概念,直译为"生活中的位置"。龚克尔认为,《旧约》每一种已有的写定文体,在其口传时代,都有在古代以色列社会生活的特定位置上的起源情境,即 *Sitz im Leben*。Gunkel 将 *Sitz im Leben* 视为分析《旧约》文体(Gattung)不可或缺的要素,认为每一种文体都有其特定的 *Sitz im Leben*,以及在此基础上才能被正确理解的思想和语言形式。参见 Martin J. Buss, "The idea of Sitz im Leben—History and Critique," *Zeitschrift of die Alttestamentliche Wissenschaft*, Vol. 90, Iss. 2 (Jan 1978), pp. 157-170。

关系——作品"越是可译，就越不可译"的一个有力注脚。

本书拟延续贝尔曼的视角，将翻译中的可译性/不可译性问题，从语言学视野转移到文学批评和文学阐释学，重点关注的并非"不同中的对等"，而是文学形式在跨文化翻译与传播中的传递和变异。全书各章将分别聚焦和考察晚清以降的文学翻译和跨文化传播中，对中国现代文学面貌的形成有着关键意义的诸种文体，是如何通过中西文学的跨文化翻译、变异和协商而被创造和凝定（或未能凝定）下来的。在此，笔者采用的是一种与斯坦纳的文体解析类似的语文学方法，只不过斯坦纳展示的是文体在跨时间的历史过程中的阐释和翻译，本书则试图将文学形式的历史，置于一个充分展开的跨文化翻译的空间视野中来考察。

二、翻译中的文体（无）意识

晚清的西学译介，是继佛典翻译以来中国历史上第二次翻译高潮。由于中西之间截然不同的文学传统和文教制度，译者在翻译过程中通常会自觉不自觉地用本土文体去涵容和阐释域外文本。这种文体意识或是文体无意识，在对异域和他者进行"翻译"的同时，也彰显出不同语言、文化与社会之间深刻的历史性和结构性的差异。譬如，鲁迅初读严复翻译的《天演论》，即感到亲切又"新鲜"①。"新鲜"来自赫胥黎的思想，而亲切则源于严复所用的古文文体。我们试将《天演论》与姚鼐《古文辞类纂》第一篇《贾生过秦论》二文的开头作一对比：

> 赫胥黎独处一室之中，在英伦之南，背山而面野，槛外诸境，历历如在几下。②

> 秦孝公据崤函之固，拥雍州之地，君臣固守，以窥周室，有席卷

---

① 鲁迅：《朝花夕拾·琐记》，《鲁迅全集》第2卷，北京：人民文学出版社，2005年，第306页。下引《鲁迅全集》未标明版次者，皆为人民文学出版社2005年版。
② 严复：《天演论上》，《严复集》第5册，第1323页。

天下、包举宇内、囊括四海之意,并吞八荒之心。①

不难看出,二者对人物和场景的拟想方式②以及文章的声气之间,皆颇有神似之处。鲁迅后来称《天演论》"桐城气息十足,连字的平仄也都留心,摇头晃脑的读起来,真是音调铿锵"③,诚为确论。严复翻译《天演论》,以吴汝纶及其所代表的士大夫阶层为拟想读者,他的翻译文体显示出对这一阶层的文化传统和文章趣味的深切认同。此外,《天演论》原题《赫胥黎治功天演论》,与《贾生过秦论》在标题结构上也颇为一致,这在在表明,严复在其翻译事业开始之际,曾试图将赫胥黎的作品安置在姚选古文"论"体的延长线上。

晚清另一位翻译大家林纾,同样以用"古文"来翻译西洋文学著称。林纾所译多为西洋小说、传记等叙事类作品,他更多地拟仿了古文中的传状之体。林译《拊掌录》中的《李迫大梦》,是对美国作家华盛顿·欧文(Washington Irving)《见闻杂记》中的名篇"Rip Van Winkle"的翻译,我们来看主人公在小说中的登场:

> 村中有李迫樊温格耳者,温驯而寡过,旧望也。先烈恒以武功著,而先烈勇质乃不附诸其人之身。其人匪特温驯已也,且睦邻而善事其妻,唯其惧内,于是村中之主妇咸谓李迫忠能事妇人,礼重如长者。④

---

① [清]姚鼐纂集:《古文辞类纂》,胡士明、李祚唐标校,上海:上海古籍出版社,2016年,第1页。
② 在赫胥黎原作中,起首只是一个平平无奇的句子,"It may be safely assumed that, two thousand years ago, before Caesar set foot in southern Britain, the whole country-side visible from the windows of the room in which I write, was in what is called 'the state of nature.'"(Thomas H. Huxley, *Evolution and Ethics and Other Essays*, London: Macmillan and Co., 1894, p. 1.)赫胥黎独处一室之中"云云,乃是严复根据"from the windows of the room in which I write"拟想出来的场景。
③ 鲁迅:《关于翻译的通信》,《鲁迅全集》第4卷,第390页。
④ [美]欧文著,林纾、魏易译:《拊掌录》,严既澄校注,上海:商务印书馆,1933年,第1—2页。

这里，《史记》列传体的气息呼之欲出。用一本正经的史书笔法，来写村中一位名不见经传的小人物的"忠能事妇人，礼重如长者"，林纾的这一翻译文体，为欧文小说的主人公更添了一层滑稽效果。在此我们似乎看到了鲁迅《阿Q正传》的神韵和先声。

严复和林纾的译文中时常出现的古文文体的调式和身影，通常被认为与他们使用文言文来翻译有关。然而，梁启超的白话文翻译，同样遇到了类似的文体阻隔。1902年，梁启超翻译凡尔纳小说《十五小豪杰》，开始拟"纯用俗话"，到第四回却不得不"参用文言"①，其中一个重要缘由是，此处遇到了用白话小说文体难以传递的风景描写。在第四回，凡尔纳原著有着大段对岛中自然风景的描写，中国传统白话小说很少在叙事过程中插入细致的风景描写，即便涉及对环境地点的交代，也多袭用套语，因此翻译起来十分不便。梁启超的翻译策略是直接在白话叙事中插入文言：

> 只见乔木自僵，枝干朽腐，落叶纷积，深可没膝，闲闲寂寂，绝无人踪。时有飞鸟三两只，见有人来，即便惊飞，似已识性知畏人者。②

梁启超的这一文体改换，意味着他可能遭遇了两种文学体系之间难以翻译的差异。如果说严复、林纾译文中的古文文体，尚有译者自觉选择的成分，那么，梁启超在白话演义体的叙事中阑入一段柳宗元山水游记般的文言，只能说是一种积淀在译者文化教养之中的文体无意识。

严复、林纾和梁启超在翻译中的这种文体意识或文体无意识，在以往的翻译史论述中，通常被视为晚清意译风尚的产物，它们往往因为在形式和内容上对原文的偏移和改动，被指责为一种不忠实的翻译。这一论述的背后，其实是"五四"以来"以原著为中心"的翻译典律的产物。这一

---

① 法国焦士威尔奴原著，少年中国之少年（梁启超）重译：《十五小豪杰》（第四回"译后识语"），《新民丛报》第6号，1902年。
② 法国焦士威尔奴原著，少年中国之少年（梁启超）重译：《十五小豪杰》（第四回），《新民丛报》第6号，1902年。

典律倾向于将文体视为翻译中透明的存在，或者说，以透明地呈现原作的形式与内容为翻译的最高标准。如此，文体在跨越不同语言和文化边界时所发生的变形、变幻和变异，这一见证着文化间丰富的差异和交流的历史，就被完美地折叠了起来。

韦努蒂（Lawrence Venuti）在《译者的隐形》一书中，对当代英国文化中极大地隐去译者的存在，追求"透明的"、让译作读起来就像原作一样通顺的翻译典律，提出了异议。在韦努蒂看来，翻译不仅仅是在不同语言之间进行意义或信息的传递，它同时还是一个文化政治的实践场所，背后关涉着译出语与译入语两种不同文化、制度乃至权力之间的博弈；翻译中出现的断裂和偏移，恰恰是凸显译者主体性和文化差异性的"症候性（symptomatic）"时刻，值得研究者仔细关注。① 严复、林纾和梁启超在翻译过程中流露出的文体意识/无意识，正是彰显中西文化与文学之间深刻的历史性和结构性差异的症候。

本书所关切的对象，与严复、林纾和梁启超在翻译中的文体意识/无意识类似，也往往是文体在跨文化的翻译和空间旅行中遭遇改造、偏移乃至断裂的"症候性"时刻。譬如，西方的心理写实小说，如何遭遇传统中国"演义"修辞的改造，小说的叙事者因此变得十分"饶舌"，叙事文体因而也颇为叠床架屋（第二章）；又如，以传达"孤独者的声音"② 而著称的欧洲短篇小说，如何经鲁迅之手被改造成现代中国的启蒙文学（第四章）；再如，很难在汉语中得到形式再现的西方小说中的"自由间接引语"文体，如何在鲁迅小说中被创造性地转译成了一种"独白"与"叙述"交叉对峙的叙事结构（第六章）；等等。这种翻译中的文体断裂或是变异，笔者并不将之视为不足或错误，而是理解为译者及其背后的译入语文化对于异域/他者的一种解释、评注和评论。通过对文体断裂和变异的细读，观察在翻译过程中产生的偏离、改造甚至是"误读"，可以同

---

① Lawrence Venuti, *The Translator's Invisibility*, *A History of Translation*, London and New York: Routledge, 1995, pp. 1-42.
② Frank O'Connor 在 *The Lonely Voice: A Study of the Short Story*（New York: Melville House Publication, 1963）一书中指出，短篇小说是表达"孤独者的声音"的最佳文学形式。

时加强对原作的文体特质①和对译入语文化规约的理解：原本在译出语和译入语中隐而不彰的修辞技巧、文类轨范或是文化（无）意识，可以被意外地照亮；被折叠的现代文学形式的生成以及中外文学与文化交流的历史，也可以重新展开。

利奥塔（Jean-Francois Lyotard）将两种文化和社会中缺乏"元语言"、不能相互翻译的体制和规则上的差异，称为"异识（différend）"。② 晚清以降的翻译中出现的文体偏移、断裂和变异，并非仅仅由于语言或观念的差异，而是往往意味着两种文化、文学和文体系统之间存在着不可通约的"异识"。"异识"的出现，也是交流陷入沉默或断裂的时刻，但这一断裂或沉默并不是无意义的，它将促使我们重新思考译出语和译入语各自所处文化的体系、规则甚至是历史，并反思这一规则的合法性和历史的相对性。在这个意义上，翻译以及对翻译的研究，就不仅仅只是为了沟通或是为了取得"共识"，它还内在地包含着一种辨认"异识"——理解和书写差异的伦理学。

三、界定"文体"

钱锺书在《管锥编》中对严复的"译事三难：信、达、雅"提出了别具一格的阐释，这一阐释颇能体现其翻译理论中对文体问题的关切。在钱锺书看来，严复译论中的"信、达、雅"三字，已俱见三国时支谦的《法句经序》，但对"信"的理解，支谦和严复都未能尽意：

> 译事之信，当包达、雅；达正以尽信，而雅非为饰达。依义旨以

---

① 如申丹提出的现代小说的"隐形进程"，便通常是在翻译中受到"损伤"的文体；通过观察和比较翻译中的"损伤"，可对原文的"隐形进程"有更加幽微的洞察。参见申丹：《双重叙事进程研究》，北京：北京大学出版社，2021年，第111—126页。

② 利奥塔关于"异识"的讨论，见 Jean-Francois Lyotard, *The Differend: Phrases in Dispute*, trans. Georges Van Den Abeele, Minneapolis: Manchester University Press, 1988。中译本参见〔法〕让-弗朗索瓦·利奥塔：《异识》，周慧译，上海：上海文艺出版社，2022年。

传，而能如风格以出，斯之谓信。支、严于此，尚未推究。雅之非润色加藻，识者尤多；信之必得意忘言，则解人难索。①

钱锺书将严复在《〈天演论〉译例言》中虚晃一枪的"信"，视为翻译最重要的准则，且认为翻译之"信"当内在地包含着"义旨"与"风格"的双重传递。所谓"如风格以出"，意味着作品在一种语言中所呈现的风格样式，能够通过翻译在另一种语言中得到原原本本的传递。钱锺书在此所强调的"如风格以出"的翻译之"信"，也是自 20 世纪 60 年代以来，受语言学及俄国形式主义影响的翻译理论家如 Jiří Levý、Anton Popovič 等人所孜孜以求的文学翻译的目标。

捷克学者 Levý 根据语言学模型，对翻译的内部过程进行了细致解析。他用词语的语音结构和语义结构的关系，来类比文学作品的形式（the formal contour）与内容（the semantic content）的关系，在他看来，文学作品乃是语言材料和审美内容的辩证统一，在翻译过程中，承载着重要语义价值的语言形式，亦即作品的文体（the stylistic value），必须得到传递。② Levý 的翻译理论，与钱锺书对"如风格以出"的强调，颇为一致。Popovič 对 Levý 的翻译理论作了进一步的精细化处理，他指出，要在另一种语言、另一位作者（译者）以及另一种文学语境中，再现原作的风格样式，必须进行一定程度上的"表达转换（shift of expression）"。③ Popovič 的"表达转化"论与钱锺书所称"信之必得意忘言"，恰可互相发明。Levý 和 Popovič 的翻译理论，虽然将重心放在文学翻译上，并强调对作品文学性的传递，但其理论出发点其实与雅各布森并无不同，只不过将雅各布森所强调的信息对等，转化成了风格对等。深信翻译可以如实地传递原

---

① 钱锺书：《钱锺书集·管锥编（3）》，北京：生活·读书·新知三联书店，2007 年第 2 版，第 1748 页。

② Jiří Levý, "The translation of verbal art," trans. Susan Larson, in *Semiotics of Art: Prague School Contributions*, eds. L. Matejka and I. R. Titunik, Cambridge, Mass.: MIT Press, 1976, pp. 218-226.

③ Anton Popovič, "The concept of 'shift of expression' in translation analysis," in *The Nature of Translation: Essays on the Theory and Practice of Literary Translation*, ed. James S. Holms, Bratislava: Publishing House of the Slovak Academy of Sciences, 1970, pp. 79-87.

文的风格样式，这背后仍有一种拂之不去的"原著中心"的迷思。

20世纪的翻译理论深受语言学的影响，文体学（Stylistics）也不例外。钱锺书所称"如风格以出"中的"风格"，指称的正是20世纪中叶以来深受语言学影响的英美文体学的研究对象——"style"。"style"一词，在现代中文学界除了译作"风格"，更通常地被译作"文体"。英美文体学界对其研究对象有多种界定，譬如"文体学研究的是文学的语言"，或"文体学研究的是出色的技巧"，"文体学家通常认为'文体'是对语言形式或语言特征的特定选择"，等等。① Katie Wales 对"style"给出的一个最为宽泛的界定是：

> a CHOICE of form（"manner"）to express content（"matter"）.②
> 为表达特定内容而对形式（表达方式）的选择。

因此，在文体学的意义上，"style"指的是与作品的内容或"义旨"构成二元对立的形式或"风格"层面的要素，对它的研究也多聚焦于作者的遣词造句，亦即对语言形式的选择上③；这与传统中国的文体概念及其研究方法，其实有着很大的不同。

由于"文体"这一术语在20世纪中文学界的使用中，与"文学""小说"等术语一样，都经历了一个如刘禾所说的"跨语际实践"④的过程，亦即经过翻译深刻地改变了其原有的语义和内涵，而学者们又纷纷将这一重新创造出来的"文体"概念作用于传统文论的研究，因此，要厘清传统的文体概念究竟为何，并非易事。简单来说，作为（英美）文体学研究对象的 style 的所指，譬如作者在作品中对词汇、句法的选择，作

---

① 参见申丹：《叙事、文体与潜文本——重读英美经典短篇小说》，北京：北京大学出版社，2018年，第19—25页。

② Katie Wales, *A Dictionary of Stylistics*, 2nd ed., Essex: Pearson Education Limited, 2001, p. 158.

③ 申丹在《叙述学与小说文体学研究》（北京：北京大学出版社，2004年第3版）中对文体学的研究对象及其与关注"话语"的叙事学之间的区分和重合进行了界定，可参阅。

④ 参见刘禾：《跨语际实践：文学，民族文化与被译介的现代性（中国，1900—1937）》（修订译本），宋伟杰等译，北京：生活·读书·新知三联书店，2008年，第36页。

家的个人风格，制造"文学性"的相关语言手段，等等，其实是中国古代的文体概念并不指涉，或者说并不作为重点来指涉的内容。中国传统文论对文体的使用，更多的是作为一种文章体类、体裁的区分，它在概念上更接近西方文学理论中的 genre（文类）。徐师曾《文体明辨序》云，"夫文章之有体裁，犹宫室之有制度，器皿之有法式也"①。这里的"文体"，与某一作家或作品的特殊风格无关，它更多地指向一种有着普遍性和规范性的文章体式和制度。

《文心雕龙》可视为中国传统文体研究的代表作。此书作为纲领的上篇，在《原道》《宗经》等五篇枢纽性的论述之后，即逐一探讨了诗、乐府、颂赞、祝盟、铭箴、诔碑等历史性文类的历史沿革与诗学规范。其《序志》云：

> 唯文章之用，实经典枝条……详其本源，莫非经典。而去圣久远，文体解散，辞人爱奇，言贵浮诡，饰羽尚画，文绣鞶帨，离本弥甚，将遂讹滥。②

在刘勰这里，文之"体"，是一种超越了浮词、文饰等表层形式的更为根本的结构、规范。在《宗经》一篇中，刘勰将后世文体的起源，追溯至"五经"，"故论、说、辞、序，则《易》统其首；诏、策、章、奏，则《书》发其源；赋、颂、歌、赞，则《诗》立其本……"③，而一旦"去圣久远"，由"辞人"所增添的浮诡之言、文饰之画，反而使得文之"体"趋于涣散，离经典所确立的体要规则日益遥远；因此，刘勰在《文心雕龙》中要做的，是对于后世濒于解散的文体/文类，进行"振叶以寻根，观澜而索源"④ 的历史和诗学的考索。

---

① [明]徐师曾：《文体明辨序》，《文章辨体序说 文体明辨序说》，[明]吴纳著、于北山校点，[明]徐师曾著、罗根泽校点，北京：人民文学出版社，1962年，第77页。
② [南朝梁]刘勰著，詹锳义证：《文心雕龙义证》（下），上海：上海古籍出版社，1989年，第1909—1911页。
③ [南朝梁]刘勰著，詹锳义证：《文心雕龙义证》（上），第78页。
④ [南朝梁]刘勰著，詹锳义证：《文心雕龙义证》（下），第1922—1923页。

徐复观将《文心雕龙》的文体论分疏为"体裁""体要"和"体貌"三个层次，并认为"体裁"是最低次元的形相，经"体裁"上升到智性层面的"体要"，继而再上升到精神层面的"体貌"，才是文学上完成的形相。① 徐复观的论述代表了一种在20世纪重新激活传统文体论的努力，但他的阐释未必符合《文心雕龙》的原意②；更为重要的是，他对"体裁"（genre）的理解颇为简单生硬，仅仅将之视为一种语言文字层面的排列形式（如四言、五言，散体、骈体等），因此而归为"文体"区隔的最低次元，难免矫枉过正，由此导致对刘勰文体概念的阐释，也颇有偏差。巴赫金（M. M. Bakhtin）在《言语体裁问题》一文中，在索绪尔意义上的语言系统（the language system）和被索绪尔排除在外的个体表述（the individual utterances）之间，建立了一个中间项——言语体裁（speech genres），从而大大拓展了西方文类（genre）理论的内涵。"言语体裁"指的是人类多种多样的言语行为在主题、风格以及结构上相对稳定的型式，这一型式由特定的言语功能和交流情境所决定。③ 在笔者看来，刘勰对"文之体"的界定，与巴赫金的"言语体裁"概念，在理论上颇有相通之处：无论"体"指的是体裁、体要还是体貌，皆指向一种相对稳定的对个体表述（或文章书写）有规范作用的结构与型式。

章太炎在《国故论衡》中，将经、传、论诸种文体，用训诂的方法推原到各自的书写乃至编纂材料，如"经者，编丝缀属之称"；"传者，专之假借"，"说文训专为'六寸薄'……专之得名，以其体短，有异于经"；"论者，古但作仑。比竹成册，各就次第，是之谓仑"。④ 此说颇能得中国传统文体论的精髓。大体而言，在传统中国文论中，"体"之于"文"，犹如"文"之于"言"，是一种具有规范性甚至是具有物质性的

---

① 徐复观：《〈文心雕龙〉的文体论》，《中国文学精神》，上海：上海书店出版社，2004年，第118—170页。
② 对徐复观的批评，参见龚鹏程：《文心雕龙讲记》，桂林：广西师范大学出版社，2021年，第315—356页。
③ M. M. Bakhtin, "The Problem of Speech Genres," in *Modern Genre Theory*, ed. David Duff, Harlow, England, New York: Longman, 2000, pp. 82-97.
④ 章太炎撰，庞俊、郭诚永疏证：《国故论衡疏证》，北京：中华书局，2008年，第266—267页。

存在。我们不妨借鉴章太炎的思路——"凡此皆从其质为名，所以别文字于语言也"①，用具有物质性的"文字"与如空中鸟迹一般转瞬即逝的"语言"（章太炎所指实为言语）的区别，来看待中国传统文论中的"文体"与现代英美文体学的对象"style（风格）"之间的差异：前者指的是一种相对稳定的"文"的结构和型式，后者则更多地与个体对语言的选择和运用有关。具有"文字"和物质属性的"文体"，由于与具体历史语境中的语言习俗、经典传承以及文教制度等密不可分，在翻译过程中，自然是一种不透明的、无法穿透的媒介。

自 20 世纪八九十年代以来，原本聚焦语言问题的翻译研究出现了令人瞩目的"文化转向"。② 研究者将重心从"文本"（text）转向"语境"（context），关注译者的创造性以及译入语文化系统中的诗学与意识形态对翻译的操控作用，极大地拓宽了翻译研究的视野。然而，随着"文化转向"愈演愈烈，学者们纷纷聚焦翻译中的改写、意识形态操控乃至"伪译"等问题，翻译中的语言文体因素反而日益被忽视，成了边缘性的课题。在文化研究的大潮之外，Schogt、申丹、Tim Parks、Jean Boase-Beier 等学者致力于将语言学和文体学的方法用于翻译研究，为翻译研究与文学研究的互证提供了不少洞见。③ 不过，上述学者的翻译文体学所讨论的"文体"，其所指实为"风格"，这一文体/风格学的方法和视野，通常会预设在译入语文本中传达出与原作相似的文学效果的翻译目标，但这一目标——钱锺书所云"如风格以出"，却与雅各布森所说的"诗歌是不可译

---

① 章太炎撰，庞俊、郭诚永疏证：《国故论衡疏证》，第 269 页。
② 关于翻译研究的"文化转向"，参阅 André Lefevere and Susan Bassnett, "Introduction," in *Translation, History and Culture*, eds. Susan Bassnett and André Lefevere, London and New York: Cassell, 1995, pp. 1-14。
③ 关于这一研究领域的综述，参见 Dan Shen and Kairui Fang, "Stylistics," in *The Routledge Handbook of Literary Translation*, eds. Kelly Washbourne and Ben Van Wyke, London and New York: Routledge, 2019, pp. 325-337。上述学者的代表论著有 Henry G. Schogt, *Linguistics, Literary Analysis, and Literary Translation*, Toronto: University of Toronto Press, 1988; Dan Shen, *Literary Stylistics and Fictional Translation*, Beijing: Peking University Press, 1995; Tim Parks, *Translating Style*, 2nd ed., Manchester: St. Jerome, 2007; Jean Boase-Beier, *Stylistic Approaches to Translation*, London: Routledge, 2006。

的",构成了永恒的矛盾。

本书汲取了翻译研究文化转向之后带来的学术新视野,充分关注"语境"以及译者在译入语文化中的创造与能动作用,但同时也不放弃对"文本"和语言文体问题的关切。由于现代文体学的研究对象过于狭窄,且将之用于翻译研究难以摆脱"原著中心"的迷思,笔者希望更多地激活中国传统文论中"文体"的内涵,将文体视为一种文章体裁(genre),或是一种具有结构意义的风格样式(generic style),通过探讨文体在翻译和跨文化传播过程中的变形、变幻与变异,来勘探文学史或者文化史中那些被折叠的瞬间和空间。本书所讨论的文体对象,既包括语言、修辞、手法等细小的文本特征(如白话文、自由间接引语、演义体叙事),也指涉体裁、文类等较为宏大的结构单位(如小说、短篇小说、牧歌等),此外,它还包括巴赫金提出的分析小说的重要结构形式——"时空体(chronotope)"[①]。

在《文心雕龙》中,刘勰指出,文体一旦远离了作为起点的经典,就有濒临"解散"的危险;不过,20世纪的德国学者奥尔巴赫(Erich Auerbach, 1892—1957)的研究提供了另类的思路。在《摹仿论》中,奥尔巴赫以荷马史诗和《旧约》两种文体为起点,对欧洲文化以文学形式对现实加以再现的方式进行了极为丰富的探索。在奥尔巴赫这里,文体(Stil)更多地指向一种 generic style,它与传统中国的文体论倒是更具可译性和兼容性。[②] "文体混用"是贯穿《摹仿论》始终的一个核心概念。奥尔巴赫的研究令人信服地呈现了文体正是在迁徙、流放的过程中,经历混合、协商和变幻才日臻完善,或者说变得更具创造性。本书的研究可视为奥尔巴赫思路延长线上的探索:笔者将文体视为翻译中一种具有物质性

[①] 参见 M. M. Bakhtin, "Forms of Time and Chronotope in the Novel," in *The Dialogic Imagination: Four Essays by M. M. Bakhtin*, ed. Michael Holquist, trans. Carl Emerson and Michael Holquist, Austin: University of Texas Press, 1981, pp. 248-249.

[②] 奥尔巴赫对荷马史诗和《旧约》文体的阐释,参见〔德〕埃里希·奥尔巴赫:《摹仿论——西方文学中现实的再现》,吴麟绶、周新建、高艳婷译,北京:商务印书馆,2014年,第1—29页。在奥尔巴赫这里,文体并不是与作品内容构成二元对立的单纯形式因素,特定的文体风格与特定的文学体裁相匹配,它不仅规定了作品的表达样式,也在很大程度上规定了作品的情感类型乃至叙事内容。

的、不可穿透的媒介，并试图以详尽的语文学的方式，来展示它在晚清以降的翻译和跨文化实践中不断产生形态变化的旅行画卷。

四、被协商的现代性

晚清至民国初年是现代文学的形成期，也是诸多现代文学表述模式乃至整个现代文类体系将定未定之际。在"白话文学"的兴起、小说叙事模式的转变等文学的现代转型背后，还伴随着现代"文学"观念的兴起以及"小说""诗歌""戏剧""散文"这一现代文类体系的创建。"文学""小说"这些已有的概念如何与现代西方的 literature、novel 等概念形成对接，并构成（或并未构成）互译关系，本身就包含了丰富的文学史和文化史内涵。传统的文学史或文类史研究，并不处理诸如"小说""诗歌"乃至"文学"这些现代文体和文学概念的形成问题。现代文学的发生，在已有的文学史叙述中，通常被置于中国文学（在域外文学的影响下）从"传统"到"现代"的转变这一叙事框架中来呈现。然而，究竟是否存在一种从传统到现代贯通一气的"文学"或"小说"概念，其实颇为可疑；此外，何谓"传统"，何谓"现代"，我们也很难对其进行本质化的界定。

刘禾在《跨语际实践》一书中，充分注意到晚清以降中西语言之间建立起互译关系的历史性，提出通过研究跨语际的话语实践来书写批判的思想史的思路：

> 研究跨语际的实践就是考察新的词语、意义、话语以及表述模式，如何由于主方语言与客方语言的接触/冲突而在主方语言中兴起、流通并获得合法性的过程。①

---

① 刘禾：《跨语际实践：文学，民族文化与被译介的现代性（中国，1900—1937）》（修订译本），第36页。

刘禾的"跨语际实践"研究，充分意识到翻译作为一种跨文化实践的媒介性与历史性。她将晚清以降中国文学的现代性问题置于翻译这一跨文化的场域中来讨论，有效地规避了何谓"传统"、何谓"现代"的本质化界定，其研究思路和学术视野颇具启发意义。

不过，在《跨语际实践》中，刘禾所使用的语言概念颇为宽泛，它除了指称"个人主义""国民性"等话语概念之外，也包括"写实主义""自由间接引语"等文学表述模式，后者实际上是文体的概念。这一将文体纳入跨文化"语言"实践的研究方式，其实隐含了一种方法论上的错置，也暴露出刘禾此书在理论和方法上的一个悖谬之处：一方面认为中西语言之间并不存在本质上的互译性，强调新的语言/话语概念从客方语言到主方语言所经历的冲突和变异，但另一方面又将考察中西语言之间的"对等关系"是如何生产出来的作为其主要工作目标。在笔者看来，这一悖谬与刘禾在根本上所采用的语言学和符号学的理论资源和方法起点有关。简言之，作为"跨语际实践"的对象，无论是词语、话语还是作为文体的表述模式，在刘禾这里，都被视为一种索绪尔意义上作为抽象形式的"语言（langue）"，而非在现实语境中由特定主体发出的"言语（parole）"来考察。由于语言的规则是被系统地给定的，因此，诸如"个人主义""国民性"这些话语在现代中国的流变与变异，只能是对规则的偏移，而非一种具有主体性的创造；换言之，以"现代中国"为主体的历史，在刘禾所研究的"跨语际实践"或者说她所探讨的中国1900—1937年间的文学、民族文化及其"被译介的现代性"中，其实是付之阙如的。

本书同样将翻译视为呈现中国文学现代性的历史场所，并尝试在晚清以降中西文体的翻译和跨文化协商中来书写批判的文学史；但与刘禾的研究不同，笔者将关注的对象从"语言"转向"文体"，研究的出发点并非中西语言/文体之间的（虚拟）"对等关系"，而是二者先在的历史性和结构性差异。在笔者看来，现代中国文学中的"小说""写实主义"以及"文学"概念本身，不仅是一种新观念、新话语，还是一种与社会历史语境密切相关的制度与文体。与索绪尔从各式各样的个体表述中抽象出来的作为语言学研究对象的"语言"不同，"文体"总是一种巴赫金意义上的"言语体裁（speech genres）"，换言之，是一种在具体的历史时空中形成的、包含述行主体和隐含读者的言语或是文章体式。因此，关于文体的跨语际、跨文化旅行的研究，不能仅仅局限于词语翻译或是话语分析，还必须深入历史的肌理，仔细辨认和探讨文体从始发地到目标地的旅程中，与新环境中的语言习俗、文化制度以及目标读者等相碰撞、融合与协商的细节。

当代比较文学学者、文学理论家莫莱蒂（Franco Moretti）在探讨"小说"（novel）的文体形构及其全球流播的文学现象时，提出了"形式妥协（formal compromise）"的概念。在《对世界文学的猜想》这篇著名的论文中，莫莱蒂在一个超越了民族国家框架的"世界文学"的批评视野中，以19世纪以降"小说"在日本、巴西、菲律宾以及中国文学中的流播与变异为例，令人信服地展示了这一文体如何从根本上是在西方形式、本土材料以及本土形式的"三角关系"中形成"妥协"的产物，因此，伊恩·瓦特（Ian Watt）以18世纪英国小说家笛福、菲尔丁为例所界定的小说的形式现实主义，在他看来，就不再是"小说"的规则，反而是例外。①

莫莱蒂的概念和方法颇具启发意义。在已有的中国小说史研究或是中西小说的比较研究中，对何谓"小说"的界定，往往需要选择一个潜在的西方小说标准，或是一种传统的小说概念，然而，这种选择在面对小说文体所具有的永恒的流动性和未完成性时，便显得颇为武断和无力。莫莱蒂的方法避免对"小说"或是某种民族文学事先作出本质化的界定，而是通过定义一个具体的分析单位，譬如特定的修辞模式、叙事单位或是细微的文体特征，并追踪它在不同语言和文化环境中的形态变化（亦即"形式妥协"），来对文学史的展开进行实验性的观察。在莫莱蒂这里，"世界文学"不是一个研究对象，而被视为一种新的批评视野和方法。他将民族文学的视野比喻为"树"，将世界文学比作"波浪"，在他看来，

---

① Franco Moretti, "Conjectures on World Literature," *New Left Review* 1（Jan-Feb 2000），pp. 54-68. 中译本参见〔美〕弗兰科·莫莱蒂：《对世界文学的猜想》，诗怡译，《中国比较文学》2010年第2期。

从"波浪"的视角对"小说"文体及其跨文化流播和变异的观察,将对民族国家视野中的文学史和文体史构成持续的知识挑战。①

本书从莫莱蒂的方法中获益良多。笔者所聚焦的"文体协商",即大致相当于莫莱蒂提出的"形式妥协",指的是文体在跨越语言和文化边界之后,如何与当地的社会习俗、阅读风尚以及文学制度发生碰撞,并在这一过程中形成妥协,并产生形式的变异和创造。相对于刘禾或隐或显地以西方(原著)为中心、隐去了"现代中国"这一历史主体的"被译介的现代性",笔者更愿意在莫莱蒂的延长线上,在一个超越了民族国家界限的"世界文学"的视野中,提出"被协商的现代性",作为观察中国现代文学史和文化史的新角度。除"导论"之外,本书其余各章将以具体的案例逐一展示,中国现代文学的诸多经典样式,如周作人"直致的白话文",鲁迅独特的短篇小说形式,以及废名具有中国特色的"意识流"手法,等等,并非缺乏主体性的"被译介的现代性",而在很大程度上,是一种以翻译或"广义的翻译"② 为途径的跨文化的文体协商的产物。

晚清以降,中西诗、文、小说之间的相遇、碰撞与融合,构成了中国文学现代性奇特而壮丽的景观。以小说为例,中西文体的碰撞不仅催生了如赵毅衡所说的晚清小说中"苦恼的叙述者",也蕴含着非凡的创造力。如果将着眼点从晚清移向"五四",鲁迅在与世界文学的互文关系中完成的短篇小说,其形式的创造,在根本上便是一种跨文化的文体协商。本书有三章详尽探讨了这一话题:第四章将《狂人日记》置于安德烈耶夫小说的延长线上,探讨了鲁迅如何在其中杂糅了安德烈耶夫的心理写实主义形式与陈冷血清末报章小说的社会启蒙功能;第六章以《幸福的家庭》为例,展示了鲁迅如何创造出"叙述"与"独白"交叉对峙的形式,来

---

① Franco Moretti, "Conjectures on World Literature," *New Left Review* 1 (Jan-Feb 2000), pp. 54-68. 中译本参见〔美〕弗兰科·莫莱蒂:《对世界文学的猜想》,诗怡译,《中国比较文学》2010年第2期。

② 博纳富瓦用"广义的翻译"来指称一种除了表面的翻译之外,还包含了对原作的回响、深入和包围的"真正的翻译",其典范是波德莱尔和马拉美对爱伦·坡的翻译,以及在坡的延长线上的诗歌创作。参见〔法〕伊夫·博纳富瓦:《声音中的另一种语言》,许翡玎、曹丹红译,南宁:广西人民出版社,2020年,第25—26、57—83页。

转译现代西方小说的自由间接引语,并在《伤逝》中运用得出神入化;第七章则从"时空体"的角度,分析了鲁迅如何在《高老夫子》中并置《儒林外史》与陀思妥耶夫斯基小说诗学,以"写实"的形式实现了对现代中国文化情境的"寓言"式书写。

鲁迅之外,废名为现代小说所贡献的独特文体,同样可视为以"广义的翻译"为途径的文体协商的产物。本书第八章"中国之'意识流'"探讨的即是废名如何化用"因文生情"的晚唐诗学,在其小说文体中实现了对语言的"诗性"操练,并与伍尔夫、普鲁斯特小说的意识流手法产生了奇妙的契合。第九章则是通过比较鲁迅、陈寅恪对唐传奇文体渊源的不同论述,完成对中西小说之"不可译性"的一个学术史案例的考察。与鲁迅以现代西方 fiction 观念为纲建构起"中国小说史"不同,陈寅恪将小说视为一种摹写现实的混合文体,从而超越了中西"小说"之间的格义,为其相关的文体论述赢得了更具弹性的协商空间。

除了小说文体,文学革命最显赫的成就——白话文,也并非直译西洋文学的结果。本书第三章"无声的'口语'"研究的是周作人对古希腊诗人 Theocritus《牧歌第十》的翻译,意在展示其"直致的白话文"是如何在翻译过程中通过对原文和汉文格律形式的双重疏离而锻造出来的。第五章则以群益书社对《域外小说集》的再版为例,探讨了关于此书之"直译"的神话,是如何与文学革命"言文一致"的意识形态相铆合而被建构起来的;而透过《域外小说集》与"直译"之间的裂隙,我们再次见证了文体之无法直译或者说根本就具有"不可译性"的本质属性。

以文体的"不可译性"为出发点,本书尝试将现代中国文学的发生及其诸种文体形式的生成,置于一个以翻译为媒介的跨文化的阅读、阐释、传播和再生产的空间场域中来分析,希望提出一种兼具历史想象力和空间想象力的文学史写作方案。在具体的研究方法上,与莫莱蒂让文本作为分析单位消失在"细读"和"远读"(distant reading)这两极不同,本书各章仍然关注经典或非经典的翻译以及"广义的翻译"文本,在"远读"文体的同时也"细读"文本。在笔者看来,细读并不如莫莱蒂所言

"必然依赖一个范围极其狭窄的经典"①。通过对翻译文本与其源文本和参照译本的细读,可以勾勒出文体在跨越不同语言、文化边界时发生的斗争和变异的踪迹,从而呈现特定时代和特定社会文化语境的诗学风尚。此外,本书对鲁迅小说与世界文学互文关系的研究也充分显示,经典文本与非经典文本之间的互文关系亦可视为一种独特的翻译行为,对这一互文关系的细读,可作为一种有效的语境化的阐释手段,令文本中的文学形式充分"显影"。与莫莱蒂对文体的"远读"试图展示世界文学体系全貌不同,本书探讨晚清以降翻译与跨文化实践中的文体协商,目的是通过一个个具体的文体迁徙、流变的案例观风察势,打开文学史和文化史中被折叠的瞬间与空间,从而对现代中国文学形成其自身的历史,有更加立体而幽微的体察。

回到鸠摩罗什的命题,既然"文体殊隔"是翻译的宿命,那么,与其感叹原作的不可企及,不如探讨文体在翻译和跨文化过程中的迁徙、协商与流变。将现代文学形成其自身的历史,置于晚清以降的翻译与跨文化实践的"空间"中来考察,探讨其"被协商的现代性",这一研究视角不仅有助于我们摆脱成见,洞幽烛微地思索现代中国文学从哪里来、到哪里去,同时也有助于我们在根本上质询何谓"外国"、何谓"本土",何谓"传统"、何谓"现代",甚至重新界定何为"他者"、何为"自我"。奥尔巴赫在《世界文学的语文学》一文中,引用了圣维克托的休格(Hugh of St. Victor)的一段话作为结语:"认为家乡甜蜜的人是幸福的,而四海为家者才是强大的,但把整个世界作为流放地的人才是真正完美的。"奥尔巴赫借此表达他对世界文学的语文学综合的远景期待,笔者则将之作为题词,作为在一个"共识"已分崩离析的世界里,文体、文化以及个体如何自处的勉词。

---

① Franco Moretti, "Conjectures on World Literature," *New Left Review* 1 (Jan-Feb 2000), p. 57. 莫莱蒂主张放弃文本"细读"、通过对文学形式的"远读"来构建世界文学体系的设想,引起了不少争议,相关讨论参见〔美〕艾米丽·阿普特:《文学的世界体系》,《世界文学理论读本》,第143—158页;〔美〕劳伦斯·韦努蒂:《翻译研究与世界文学》,《世界文学理论读本》,第203—211页。

第二章 "演义"传统与清末民初白话短篇小说译介

晚清以降，大量欧西小说开始译介到中国。由于中西文学截然不同的"小说"传统，这些域外的虚构叙事作品，在翻译过程中遭遇了中国传统叙事模式及相应文类成规的顽强"抵抗"。不少学者已注意到，晚清小说译者对原作的大量增删改动，实源自对中国传统小说形式成规的适应。如韩南（Patrick Hanan）曾仔细讨论过梁启超《十五小豪杰》、周桂笙《毒蛇圈》的翻译，在他看来，译者在原作基础上的诸多增添与改换，是为了将叙事稳妥地安置在传统白话小说"说书人—听众"的"模拟情境"（stimulated context）之中。① 卜立德（David E. Pollard）对鲁迅译凡尔纳小说的研究也表明，译作在人称、对白以及叙事修辞等方面的改动，实源

---

① 〔美〕韩南：《白话小说翻译的第二个阶段》，《韩南中国小说论集》，王秋桂等译，北京：北京大学出版社，2008年，第321—340页。所谓"说书人—听众"的"模拟情境"，是指传统白话小说中的叙事人模拟职业说书人向听众说话的交流模式，而将故事从作者传达给读者。在韩南看来，这一"模拟情境"，决定了中国白话小说所使用的语言、叙事者声口，以及其他与"说话"相关的高度程式化的叙述技巧（韩南：《〈蒋兴哥重会珍珠衫〉与〈杜十娘怒沉百宝箱〉撰述考》，《韩南中国小说论集》，第85—86页）。

自东方小说以章回为体裁的特点。① 在西方小说概念尚未被深入理解和广泛接受之时，中国本土相关的诗学规范，在翻译过程中无疑具有轨范性的制约作用；而翻译文本中所产生的种种"误读"、删改等"赘余"因素，恰恰是中西两种不同文学、文化系统相遇之时，所产生的碰撞与融合、对抗与协商的痕迹。

　　韩南、卜立德两位学者的研究，以清末民初的白话长篇小说翻译为主，且都将这种以"归化"为特征的翻译视为早期阶段的产物；实际上，不限于长篇小说（novel），在清末以至民初对欧美短篇叙事作品（short story）的白话翻译中，也不乏与梁启超译《十五小豪杰》、周桂笙译《毒蛇圈》以及鲁迅译凡尔纳小说相似的翻译方式与文本形态。在中国白话小说传统中，分属"长篇"与"短篇"的章回小说与话本小说之间，其实并不存在叙事方式的本质差异；因此，有理由假设，在这一时段对于西方不同小说体式（novel, short story）的白话翻译，有可能共享同一种诗学规范。本章拟选取清末民初三位译者的三个白话短篇小说译作——吴梼的《灯台卒》（1906）、刘半农的《默然》（1914）和周瘦鹃的《难夫难妇》（1917）——为例，来对此进行探讨。选择这些作品的一个重要原因是，在1909年出版的周树人（鲁迅）、周作人兄弟共同翻译的《域外小说集》中，这三篇作品均能找到对应的文言译本。《域外小说集》虽然在当时读者寥寥，但周氏兄弟却用一种富于弹性的文言，试图最大程度地传递出19世纪与20世纪之交欧洲小说的叙事与修辞技巧；"五四"之后，《域外小说集》重新引起了新文化人的关注，并被周氏兄弟追溯为文学革命的先驱、"直译"的典范。② 选择这三篇与周氏兄弟所译同源但在译入语（target language）文体上截然不同的翻译作品来对比考察，并不是以《域外小说集》为绝对标准，只是希望借此建立一个参照系，来对清末民初纷繁复杂的小说翻译进行一定程度上有效的描述。

　　文学史在很长时间里关注的都是经典作品，翻译史在一定程度上也受

---

① 卜立德：《凡尔纳、科幻小说及其他》，《翻译与创作——中国近代翻译小说论》，王宏志编，北京：北京大学出版社，2000年，第118—150页。
② 本书第五章将对此进行详尽讨论。

到这种文学史研究模式的影响，主要关注经典作品或是重要译者的译介活动。实际上，晚清民初的小说著译，数量庞大，但绝大部分作品都是一种如 Margaret Cohen 所说的"广大的未被阅读（the great unread）"① 的文学。在 Cohen 看来，文学史所处理的经典作品，只是浮在水面的冰山一角，而由于文学典范的转移，文学史上还存在着大量的被忘却了的作品，这些"广大的未被阅读"的文学，构成了冰山的底座，它们通常代表了一个时代消逝了的共同的审美风尚。② 本章的讨论试图突破晚清翻译史研究中仅关注经典作品的传统模式，寻找一种通向"广大的未被阅读"的文学史的通道：以《域外小说集》为镜，通过对吴梼、刘半农及周瘦鹃这三位不同译者之译作的考察，来呈现他们在翻译过程中不约而同地受到的本土诗学的规范和制约，或许有助于我们探测文学史中那庞大的"不可测量"的冰山的底座。这里，翻译被视为呈现文化差异性的一个场所；而在此基础上所进行的翻译研究，则有望为我们提供一条联结形式诗学与社会风尚的特殊路径。

一、晚清"小说"概念寻踪

在进入具体译作的讨论之前，需要先对晚清以来小说概念的演变及其与翻译的关系，略作辨析。

讨论小说作为一种现代文类概念的形成，从事概念史研究的学者往往从词语入手，追踪西方术语 novel 如何通过跨文化的翻译而与中文词汇"小说"建立对等关系。唐宏峰从历史语义学的角度，讨论了 19 世纪以来"novel"与汉语词汇"小说"之对等关系建立的过程；在她看来，当二者对等关系确立之时，也意味着小说作为一种现代文类的产生。③ 然

---

① Margaret Cohen, *The Sentimental Education of the Novel*, Princeton, N. J.：Princeton University Press, 1999, p. 23.
② Ibid., p. 21.
③ 唐宏峰：《当"小说"遭遇 novel 的时候——一种新的现代文类的产生》，《语义的文化变迁》，冯天瑜等编，武汉：武汉大学出版社，2007 年，第 317—341 页。

而，词语的对等，却并不等同于概念的确立。1896 年，梁启超撰《西学书目表》，他将近代以来第一部翻译小说《昕夕闲谈》也列入其中，备注曰："一名《英国小说》。读之亦可见西俗。"① 这里，虽然梁启超用"小说"这一中文词汇来指称一部英国的小说作品，看似在"小说"与 novel 之间建立了对等关系，然而在《书目表》中，《昕夕闲谈》却是与幼学书、西洋食谱以及教会书籍等一起，被置于"无可归类之书"的行列中，同类还列有李提摩太的《百年一觉》，而此书则被注明是"西人说部书"。② 这表明梁启超的小说观念仍然相当传统："小说"是不重要的、难以归类的，其功能主要在于观之可知风俗，这大体不脱《汉书·艺文志》对"小说家"的定位。

"小说"在古代是目录学家和藏书家据以分类的一个书籍类别，并不是文体上的概念，其主要功能在于收纳其他分类体系（如"史部"）不断排除在外的作品。如何弥合这一作为书籍部类的"小说"与作为一种虚构叙事文体的小说之间的裂缝，是直到 20 世纪 20 年代鲁迅撰写《中国小说史略》时，仍然面对的难题。③ 因此，作为一种现代文类的小说概念的形成，绝非将"novel"一词译作"小说"这么简单④；相反，在晚清大量的翻译实践以及与翻译相关的目录文献中，我们更多地看到的是传统的作为书籍部类的"小说"概念，对各种西洋或东洋小说的收编。

韩南在他关于 19 世纪中国小说的研究论著中，仔细讨论了梁启超《西学书目表》中所收录的《昕夕闲谈》和《百年一觉》两部小说及其

---

① 梁启超：《西学书目表》，《〈饮冰室合集〉集外文》（下），夏晓虹辑，北京：北京大学出版社，2005 年，第 1145 页。
② 同上。
③ 参见本书第九章的论述。
④ 王志松在《小说翻译与文化建构——以中日比较文学研究为视角》（北京：清华大学出版社，2011 年）中，拓展了这一问题的讨论场域，通过纳入日本因素，将"小说"一词的翻译与概念演变置于东亚文化场域以及现代传媒与教育体系的转变之中来考察（详见第一章"'小说'：词语翻译与现代概念的形成"，第 1—31 页）。如此，则现代"小说"概念的形成，不仅取决于词语翻译，还与包括传媒、教育体制在内的一系列现代知识转型有关。笔者的专著《现代中国"短篇小说"的兴起——以文类形构为视角》（北京：北京大学出版社，2011 年）讨论"短篇小说"作为一种现代文类的兴起，也着重探讨了近代报刊以及新教育对这一文类的制度形构作用（详见第二、五章）。

汉译情况。《昕夕闲谈》被韩南称作"第一部汉译小说",它 1875 年由申报馆出版,是对英国作家利顿(Edward Bulwer-Lytton,1803—1873)的小说《夜与晨》(*Night and Morning*,初版于 1841 年)的一个相当同化的翻译,采用的是白话章回体;而《百年一觉》则堪称中国"19 世纪影响最大的传教士翻译小说",其原作是爱德华·贝拉米(Edward Bellamy,1850—1898)的《回头看,2000—1887》(*Looking Backward*,*2000-1887*,1888),李提摩太(Timothy Richard,1845—1919)的译本使用的是浅近文言,由一回一回的提要组成,只相当于原文长度的一小部分。① 梁启超在《西学书目表》中透露的传统小说观念,固然与他此时尚未大量接触"外国"小说有关,但这两部向中国小说体式"归化"了的译本无法传递出西洋小说在体式上的异质性,恐怕也是其中的重要缘由——梁启超分别用"小说"和"说部"来指称二者,也显示出他是以中译本的形态为基础来认知和归类的。②

1897 年,康有为在《日本书目志》中为"小说"专设了一门,收录了一千零五十八种日本各体小说,且在"识语"中将小说的地位大大提高,谓小说之"易逮于民治,善入于愚俗","可增七略为八、四部为五","故六经不能教,当以小说教之;正史不能入,当以小说入之;语录不能谕,当以小说谕之;律例不能治,当以小说治之"。③ 这段论述很快被梁启超征引到他 1898 年的《译印政治小说序》中,成为晚清"小说界革命"的重要理论依据。《日本书目志》"小说门"中收录的作品,既有对晚清文坛影响巨大的政治小说,如《佳人之奇遇》《雪中梅》《花间莺》等,也有日人翻译的西洋小说如《鲁敏孙漂流记》《六万英里海底纪行》《月世界一周》(以上皆为井上勤译),还包括曲亭马琴的物语、《通俗三国志》这类传统小说类型。由此可以见出康有为的"小说"概念所

---

① 〔美〕韩南:《中国近代小说的兴起》,徐侠译,上海:上海教育出版社,2004 年,第 102—130、95—97 页。
② "小说"与"说部"在晚清通常混用,但也有大致的区分:"说部"一般包含文言笔记,而"小说"则多单指白话作品。
③ 康有为:《日本书目志》,《康南海先生遗著汇刊(十一)》,蒋贵麟主编,台北:宏业书局有限公司,1976 年,第 734 页。

指内容的驳杂。

康有为这篇"识语"中的论述,一见之下似乎抬高了小说的价值,但其中的小说观念,仍然未脱旧范:"小说"并没有被理解为一种现代意义上的文学类别,而是被视为可以将"经义史故"用"俚语"的方式"翻译"并有效地传达给下层社会的通俗教育形式。① 尽管多种"外国"的小说文本进入了康有为的视野,却并没有改变他所持的传统观念,除了康有为可能并没有全部看到或收藏这些作品之外,还与这些小说文本所着的形式之"衣"有关:如日本明治时代不少翻译或自撰的"政治小说"(如《花间莺》),原本采用的就是中国的章回体形式;中国文学中的"小说"传统,在明治日本仍有着相当的影响力。② 在"识语"的结尾,康有为还指出:"日人通好于唐时,故文物制度皆唐时风,小说之秾丽怪奇,盖亦唐人说部之余波。"③ 这表明康有为仍然在中国传统小说的概念范畴之内来看待各种域外小说作品。

梁启超的"小说界革命"论述,大体是传统的小说教化观念与以日本为中介的西方时新文学理论的杂糅。④ 作为"小说界革命"纲领文件的梁启超《论小说与群治之关系》,其真正的"革命性"所在,是将小说的预期读者,从康有为在《日本书目志》中拟设的下层社会、"愚俗"之人,推广到包含了下层社会与"高才瞻学之士"、囊括了"钝根"与"利根"的全体国民。这场以"改良群治"为目标的小说革新运动,其实并没有意图对传统小说的形式进行"革命"。梁启超将他的小说实践命名为"'新'小说",在当时的语境中实意味着他在沿用中国本身的"小说"

---

① 关于晚清通俗教育视野中的"小说"论述,参见张丽华:《现代中国"短篇小说"的兴起——以文类形构为视角》,第207—219页。

② 参见 Jonathan E. Zwicker, *Practices of the Sentimental Imagination: Melodrama, the Novel, and the Social Imaginary in Nineteenth-Century Japan*, Cambridge, MA.: Harvard University Press, 2006, pp. 128-141. 此书从书籍史和知识考古学的角度,讨论了中国和西方的小说书籍对整个"长-19世纪"日本小说的影响。

③ 康有为:《日本书目志》,《康南海先生遗著汇刊(十一)》,第735页。

④ 参见 Theodore Huters, *Bringing the World Home: Appropriating the West in Late Qing and Early Republican China*, Honolulu: University of Hawai'i Press, 2005, pp. 100-120; 关于晚清时期小说理论和小说观念的详尽论述,可参见黄锦珠:《晚清时期小说观念之转变》,台北:文史哲出版社,1995年。

概念与样式。在他看来，传统的"稗官之体"毫无疑问可以容纳新的"爱国之思"①，小说样式本身并无革新的需要。在这个意义上，我们很容易理解，为何梁启超在翻译《十五小豪杰》时，对中国的"说部体制"深信不疑，并以此为标准对原作进行大量的增删改削。当时所谓的"新小说"与旧小说之间，并不存在今天意义上的文类差别和体式之异；传统小说的章回体式并没有因为"新小说"的到来而被挤压，相反，它可能恰恰因为对西洋小说的翻译而获得生长的契机，正如严复、林纾因翻译而扩大了桐城古文的应用范围。

由此看来，晚清虽然有大量西洋小说文本被译成中文，但作为一种普遍被接受的"小说"概念，并没有立即"除旧布新"。实际上，当译者以中国传统的文类体式去翻译西洋小说时，他们的翻译既是传递域外文学的媒介，同时却也可能起到反作用力：向中国诗学传统"归化"的译本，会不自觉地成为中国读者理解西洋小说的屏障。当晚清"小说界革命"的倡导者梁启超主要通过《昕夕闲谈》这类与中国小说叙事模式同化的译本或是以日译的章回体政治小说为媒介而阅读西方文学时，我们有理由怀疑这位倡导者究竟在何种意义上接触了"西方小说"。

二、"演义"传统与小说翻译

晚清文人译介域外小说，通常有两种本土体式可供选择，其一是以梁启超译《十五小豪杰》为代表的白话章回体，其二则是以林（纾）译小说为代表的文言史传体。与我们今天将白话小说视为通俗文体不同，在晚清文人心目中，使用"白话"来翻译，并不比林纾所用的"文言"更为简单，或更为通俗。1909年，罗普在为息影庐主人（陈梅卿）译述的英国小说《红泪影》（一名《外国红楼梦》）所作的序中写道：

---

① 梁启超在《清议报全编》卷首的《本编之十大特色》中，将译成中文的《佳人奇遇》和《经国美谈》两部"政治小说"概括为"以稗官之体，写爱国之思"。转引自夏晓虹：《觉世与传世——梁启超的文学道路》，北京：中华书局，2006年，第201页。

> 余尝调查每年新译之小说，殆逾千种以外。……然大都袭用传体，其用章回体者则殊鲜。传体中固不乏佳篇，如闽县林琴南先生诸译本，匪特凌铄元、明，颉颃唐、宋，且可上追晋、魏，为稗乘开一新纪元。若夫章回体诸译本，则文采不足以自发，篇幅既窘，笔墨尤猥。①

罗普此序虽然有为用白话章回体翻译的《红泪影》张目的意味，但也明确地标示出，白话章回体对译者的"文采""笔墨"以及构思"篇幅"的能力，有着不亚于高雅文学的严格要求。在这篇序言中，罗普为晚清译本小说所区分的两种体式——以林译小说为代表的"传记之体"与以《东欧女杰传》《红泪影》为代表的"章回之体"，虽然略嫌粗疏，但已概括出后世惯用"文言"和"白话"的语言特征来区分的两大传统小说体类。实际上，在晚清以至民初的小说翻译中，采用"白话"还是"文言"，不仅仅是现代意义上的"语体"选择，背后往往还关涉着译者在译入语文化中的"文体"选择（即罗普所说的"章回之体"还是"传记之体"）；换言之，这两种译入语的语体形态，已内在地规定了译者在翻译过程中所需要遵循的本土诗学规范与文类成规。与更具弹性的"文言"相比，"白话"这一语言体式，对传统白话小说的文类成规有着更强的召唤作用。②

鉴于"白话""小说"等词语在中国传统用法以及清末民初语境中的多重语义与歧义，笔者拟选择"演义"这一更具稳定内涵的术语，来指称由宋元以来的白话体小说（包括章回与话本）所代表的叙述方式与文学传统。将中国小说史分为"文言小说"和"白话小说"两个系统，并认为二者并行不悖、独立发展，在很大程度上是现代学者的发明。宋元以来的话本小说和章回体小说，其语言很难用"白话"一语概之，而关于

---

① 参见披发生（罗普）：《〈红泪影〉序》（1909），《20世纪中国小说理论资料（第一卷）1897—1916》，陈平原、夏晓虹编，北京：北京大学出版社，1997年，第379—380页。
② 相关讨论参见张丽华：《晚清小说译介中的文类选择——兼及周氏兄弟的早期译作》，《中国现代文学研究丛刊》2009年第2期。

它们起源于"说书人"底本的学术假设，也早有学者质疑。① 清代学者章学诚在《文史通义·诗话》中曾述及中国小说"自稗官见于《汉志》以来"经历的三个变化阶段：

> 小说出于稗官，委巷传闻琐屑，虽古人亦所不废。……六代以降，家自为书。唐人乃有单篇，别为传奇一类。……宋、元以降，则广为演义，谱为词曲。②

尽管章学诚对从训诂、子史衰演而来的"说部"整体上持贬抑态度，此说却颇能对中国小说史正本清源。他用"演义"来指称宋元以来通行于俗的平话、讲史等类型的作品。这一用法，一直到民初仍然有效。商务印书馆编辑孙毓修1915年所撰《演义丛书序》即云：

> 南宋之时。有识此意者。取当时文言一致之调。撰成说部。名曰平话。亦称演义。其书既出。流行广远。如水泻地。无微不入。……以文学言。散文之有演义。犹韵语之有院本。③

虽然杂入了"言文一致""文学"等现代新词，但孙毓修对中国小说源流的论述，与章学诚相当一致。这里的"演义"，不只是指称狭义的历史小说，而是对宋元以来话本小说和章回体小说的统称，可视为一个超越了具体小说类型的特定小说文体概念。

根据谭帆的考证，在中国历史文献中，"演义"一词，较早见于西晋潘岳的《西征赋》"灵壅川以止斗，晋演义而献说"，意指太子晋引用杂

---

① 参见 W. L. Idema, *Chinese Vernacular Fiction: The Formative Period*, Leiden: E. J. Brill, 1974, pp. 121-122; Andrew H. Plaks, "The Novel in Premodern China," in *The Novel* (Vol. 1), ed. Franco Moretti, Princeton: Princeton University Press, 2006, pp. 199-200。

② ［清］章学诚著，叶瑛校注：《文史通义校注（上）》，北京：中华书局，1994年，第560—561页。

③ 孙毓修：《演义丛书序》，原刊《伊索寓言演义》（商务印书馆1914年初版），转引自张泽贤：《中国现代文学翻译版本闻见录（1905—1933）》，上海：上海远东出版社，2008年，第10—11页。

史故事来向君王进谏；自唐代以来，"演义"还被用于名物释义考证和佛经注疏的书籍名称之中。① 陈寅恪在1930年所著《敦煌本维摩诘经文殊师利问疾品演义跋》一文中，提出了后世章回体小说和弹词在文体上与佛教的"演说经义"具有同源关系的著名论点：

> 佛典制裁长行与偈颂相间，演说经义自然仿效之，故为散文与诗歌互用之体。后世衍变既久，其散文体中偶杂以诗歌者，遂成今日章回体小说。其保存原式，仍用散文诗歌合体者，则为今日之弹词。此种由佛经演变之文学，贞松先生特标以佛曲之目。……似不如径称之为演义，或较适当也。②

在陈寅恪看来，无论是散体的章回体小说，还是韵体的弹词，其体式根源皆与佛经体制以及对佛经进行解释的"演说经义"机制有关，他主张将这类说经的佛曲径直称为"演义"；如此，则"演义"的内涵，又不仅限于小说文体，在更根本的意义上，它是一种对经典进行转述和解释的方式。

章炳麟在1905年所写的《〈洪秀全演义〉序》中，对"演义"的源流有一个扼要的论述：

> 演义之萌芽，盖远起于战国。今观晚周诸子说上世故事，多根本经典，而以己意饰增，或言或事，率多数倍。……演言者，宋、明诸儒因之为《大学衍义》；演事者，则小说家之能事。根据旧史，观其会通，察其情伪，推己意以明古人之心。③

章炳麟将"演义"之"本"直指战国；在他看来，小说家的讲述旧史、

---

① 谭帆：《"演义"考》，《文学遗产》2002年第2期。
② 陈寅恪：《敦煌本维摩诘经文殊师利问疾品演义跋》，《陈寅恪集·金明馆丛稿二编》，北京：生活·读书·新知三联书店，2011年，第203页。
③ 章炳麟：《〈洪秀全演义〉序》，《20世纪中国小说理论资料（第一卷）1897—1916》，第362页。

重演故事与宋明诸儒的推衍《大学》之间，具有相同的"演义"机制，即"根本经典，而以己意饰增"，其源头可远溯至晚周诸子文中对前代故典的阐释和挪用。尽管没有证据表明，晚周诸子之文与后世的诸种"演义"体裁是否具有历史关联，然而，"多根本经典，而以己意饰增"的确可以概括从唐代佛曲到宋明语录，及至宋元以降白话体小说的内在机制，我们亦不妨将之看作对中国"演义"传统的一个简明论述。

晚清的第一部汉译小说《昕夕闲谈》采用了演义小说中的章回体制；至 1902 年，梁启超翻译《十五小豪杰》，则将这一用"中国说部体段"译演欧西小说的翻译模式推向高潮；鲁迅早年所译凡尔纳小说《月界旅行》《地底旅行》皆是这一翻译范型下的产物。① 由于演义小说具有一套高度程序化的叙事方式与修辞策略，译者必须在原作的基础上进行大量的增删改削，如在小说开头编写诗词，将回目割裂编排，随意插入以"看官"为标志的叙事人的公开评论，以及在每回的内部以醒目的标志区分从说话、行动模式到解释模式（或者相反）的转换等等，以便使得译作在译入语语境中符合"中国说部体段"；不仅如此，在这些译作之中，译者还不时直接跳出来面对读者"说话"，对小说叙事发表公开评论，甚至对自己的翻译行为进行补充说明——译者、叙事者与拟设的说话人，三种角色高度合一。②

在此我们可以看到，晚清译者在小说翻译中所使用的体式媒介——演义体小说，不仅仅是作为一种文类成规在起作用，它所蕴含的"根本经典，而以己意饰增"的机制，也内在地构成了一种翻译轨范。这里的小说译者，与唐宋的说经僧人以及宋元以来白话小说中的叙事人一样，拥有对于"原典/故事"（在翻译中即相当于的"原作"）自由转述与引申发挥的权力；他并不追求对原作意义或形式的忠实再现，而是更关注域外故事在译入语文化中的重新演绎及其抵达预期读者的完成效果。对于这种今

---

① 参见张丽华：《晚清小说译介中的文类选择——兼及周氏兄弟的早期译作》，《中国现代文学研究丛刊》2009 年第 2 期。
② 对于《昕夕闲谈》《十五小豪杰》以及鲁迅译凡尔纳小说的详尽讨论，参见前引韩南、卜立德两位学者的论著。

天看来似乎是肆意改窜的小说翻译，当时的译者和读者、评论者并没有将之视为翻译中的谬误或缺陷。梁启超在《十五小豪杰》第一回的译后语中，即声称他的译文"自信不负森田"（即小说的日译者森田思轩），即使令原作者"焦士威尔奴覆读之"，也"当不谓其唐突西子"；他对于以中国"说部体段"为标准大幅更改原作并不在意，相反倒觉得他的"割裂停逗处，似更优于原文也"；他唯一对读者感到抱歉的是第四回"文俗并用"之后可能导致与中国小说"体例不符"。① 而据公奴《金陵卖书记》透露，《十五小豪杰》在晚清小说市场上获得巨大成功，重要的原因恰恰在于"小说体裁"的完备，以及得力于辞章的"饮冰室主人之文笔"。②

既然"小说"即已包含了让叙事者自由发挥的"演义"机制，那么"小说翻译"则不妨理解为译者面对新的读者/听众进行再次"演义"的过程。晚清不少译者将自己的翻译署为"译演"，即意味着翻译同时也是一种"演义"式的转述和阐释。这种翻译理念，与晚清文人对于"小说"之通俗教育功能的理解，一拍即合。前引康有为《日本书目志》"小说门""识语"最后即云：

> 今中国识字人寡，深通文学之人尤寡，经义史故，亟宜译小说而讲通之。③

除了将"经义史故"用小说形式"翻译"给（拟想的）下层民众之外，晚清小说界还流行对已有的文言小说译本用白话进行再次翻译/演义。如1901年，林纾用文言译出《黑奴吁天录》，不久《启蒙画报》即刊出以此为根据的白话"演义"本《黑奴传》；1903 年开始在《新小说》连载

---

① 梁启超：《十五小豪杰》（第一回、第四回）译后语，《新民丛报》第 2、6 号，1902 年。
② 公奴：《金陵卖书记》，《中国现代出版史料（甲编）》，张静庐辑注，北京：中华书局，1954 年，第 389 页。
③ 康有为：《日本书目志》，《康南海先生遗著汇刊（十一）》，第 734—735 页。引文着重号为笔者所加，下同。

的《电术奇谈》，方庆周的文言原译仅得六回，吴趼人很快也用俗语进行了"衍义"，"剖为二十四回"，插入不少议论谐谑之语，并声称要"冀免翻译痕迹"。①

当代翻译理论家 Andre Lefevere 曾撰文讨论中国与西方之间不同的翻译理念，他将晚清严复和林纾的翻译视为中国"阐释性"（interpreting situation）翻译传统的代表，与西方强调"忠实"于原文的翻译思想形成鲜明对比。② Lefevere 其实忽视了晚清小说翻译中"译演"的这一条脉络。这种"译演"模式与严复、林纾的翻译不同，它并非西方"忠实"翻译的对立面，而是完全异质的一种。Susan Bassnett 与 Harish Trivedi 在《后殖民翻译：理论与实践》的导言中曾指出，梵文中指称翻译的词语 anuvad 与英文/拉丁文系列中的 translation/*translatus* 之间，有着非常不同的含义。anuvad 意指"在……之后说或重复言说，以解释的方式重复，以确证或实例来重复或反复解释，对任何已说过的进行解释"，它着重的是时间的面向——在……之后说，或重复说；而英文/拉丁文中的 translation/*translatus*，则强调的是空间的移动与越界。③ 词语意涵的不同，也代表了两种非常异质的翻译传统。晚清小说"译演"模式背后的"翻译"理念，无疑近于梵文的 anuvad。

这种类型的小说"译演"，内在地规定了译者同时也是表演者，原作与译作的关系类似口头表演中的底本与各种因时因地而发生变化的表演形式。译者的饰增、发挥与评论，乃是翻译轨范之内的事情；另外，在译者与他的拟想读者之间，还存在着一种潜在的不对称关系：如同在中国白话小说里长盛不衰的模拟说书人修辞中，说书人通常"以凝聚了社会共同价值、观点和态度的匿名的、集体的声音，面向想象的、也同样缺乏内

---

① 吴趼人：《〈电术奇谈〉附记》，《新小说》第 6 号，1905 年。
② André Lefevere, "Chinese and Western Thinking on Translation," in *Constructing Cultures: Essays on Literary Translation*, eds. Susan Bassnett and André Lefevere, Shanghai: Shanghai Foreign Language Education Press, 2001, pp. 12-24.
③ Susan Bassnett and Harish Trivedi, "Introduction," in *Post-colonial Translation: Theory and Practice*, eds. Susan Bassnett and Harish Trivedi, London: Routledge, 1999, p. 9.

部差异性的听众/读者说话"①，晚清小说译作的读者，也被拟想为一种公共的、具有同构性的集体听众，对原文不具有独立的阅读和理解能力。这种不对称的译者—读者关系，也决定了小说翻译所必然采用的叙述方式与修辞策略。西方现代小说所强调的对个人经验的重视，以及经由现代印刷文化所建立的个人与不相识的、离群索居的个人之间的交流模式②，与这种"译演"的叙述传统之间，显然有着绝大的差异。也正因如此，即使晚清以降的小说译者逐渐放弃章回体小说最明显的形式特征，由中国"演义"传统所带来的特殊叙述方式与修辞策略，也依然会在他们的译作中留下印记；清末民初小说译者对西方短篇叙事形式的白话体翻译，正是我们讨论这一现象的绝好例证。

三、吴梼、刘半农、周瘦鹃的小说译例

1909 年，鲁迅、周作人以"会稽周氏兄弟"的名义，在东京自费出版了两册《域外小说集》。他们以古奥的文言文，翻译了显克微支、契诃夫、迦尔洵、安特莱夫（安德烈耶夫）、淮尔特（王尔德）、亚伦·坡（爱伦·坡）、摩波商（莫泊桑）等欧美名家的 16 篇短篇小说。众所周知，这部由周氏兄弟精心完成、试图如实传递出域外小说叙事技巧与文体特质的译作，在晚清小说市场上遭遇了失败。对于失败的原因，鲁迅在 1921 年群益书社再版的《域外小说集》序中，归结为晚清文人对于"短

---

① 参见商伟：《礼与十八世纪的文化转折——〈儒林外史〉研究》，严蓓雯译，北京：生活·读书·新知三联书店，2012 年，第 242 页。在商伟看来，这种模拟说书修辞在中国小说中的盛行不衰，令其在世界文学范围内无以匹敌。

② 可参考 Ian Watt 对兴起于 18 世纪英国的小说（novel）的"形式现实主义"的阐述，见 Ian Watt, *The Rise of the Novel*: *Studies in Defoe, Richardson and Fielding*, University of California Press, 1957, pp. 9-34；中译本参见〔美〕伊恩·P. 瓦特：《小说的兴起》，高原、董红钧译，北京：生活·读书·新知三联书店，1992 年，第 1—33 页。此外，本雅明在《讲故事的人——论尼古拉·列斯科夫》中，也在与"故事"相区别的意义上提出，"小说诞生于离群索居的个人"，其"广泛传播只有在印刷术发明后才有可能"。参见〔德〕阿伦特编：《启迪：本雅明文选》，张旭东、王斑译，北京：生活·读书·新知三联书店，2008 年，第 99 页。

篇小说"这一现代文类的陌生——"那时短篇小说还很少,读书人看惯了一二百回的章回体,所以短篇便等于无物"①。鲁迅这一说法虽然重要,但却不可过分当真,因其言说背景,正是"五四"新文化人试图从现代文类的角度来界定"短篇小说"之时。②"短篇小说"在晚清以至民初的很长一段时间里,一直被作为偏正结构的词语来使用,即篇幅较短的小说;其时,"小说"的现代意涵尚未确立,"短篇小说"的现代文类内涵更是无从谈起。尽管时人没有明确的文类意识,但与《域外小说集》类似的对域外短篇叙事作品的译介,在清末民初其实并不少见。吴梼、刘半农和周瘦鹃在1906—1917年间,即翻译了不下百篇域外短篇小说作品,其中亦不乏屠格涅夫、契诃夫、莫泊桑等世界短篇小说名家之作。如此看来,《域外小说集》与其同时代文学风尚之间的悖离——这自然是其商业失败的重要原因（至少也是原因之一）,还需要更仔细深入的探讨。

鲁迅在东京版《域外小说集》序言中称,"《域外小说集》为书,词致朴讷,不足方近世名人译本。特收录至审慎"③,这里针对的是林译小说以及晚清小说市场上诸多迎合读者趣味的通俗作品。鲁迅对《域外小说集》译作篇目的选择,受到19世纪末20世纪初的两份德语文学杂志 *Das Litterarische Echo* 和 *Aus Fremden Zungen* 以及"雷克拉姆万有文库"（Reclam Universal-Bibliothek）德语世界文学丛书的影响,这使得他的眼光颇为独特④；尽管如此,清末民初也不乏与之眼光相似的译者,选择了同源的作品进行翻译。下文将要讨论的三个文本——吴梼的《灯台卒》、刘半农的《默然》以及周瘦鹃的《难夫难妇》即与《域外小说集》中的三

---

① 鲁迅：《〈域外小说集〉序》（1921）,《鲁迅全集》第10卷,第178页。
② 1918年3月15日,胡适于北京大学文科国文门研究所发表《论短篇小说》的演讲,仿照哈密尔顿（Clayton Hamilton, 1881—1946）等人的定义,将短篇小说界定为一种区别于长篇小说的现代文类。胡适的讲稿随后载入《北京大学日刊》,修订稿两个月后刊于《新青年》第4卷第5号,与鲁迅的《狂人日记》同期。此后,胡适关于"短篇小说"的文类界定,得到了热烈的讨论和响应。参见张丽华：《现代中国"短篇小说"的兴起——以文类形构为视角》,第241—263页。
③ 鲁迅：《（域外小说集）序言》（1909）,《鲁迅全集》第10卷,第168页。
④ 关于鲁迅如何选择《域外小说集》篇目的最新考证,参见崔文东：《青年鲁迅与德语"世界文学"——〈域外小说集〉材源考》,《文学评论》2020年第6期。

篇译作同源，分别对应于《灯台守》《默》与《先驱》。有趣的是，这三篇小说的原著者——显克微支（Henryk Sienkiewicz，1846—1916）、安德烈耶夫（Leonid Nikolaevich Andreyev，1871—1919）与哀禾（Juhani Aho，1861—1921），用今天的眼光来看文学造诣都算不上一流，但在20世纪10年代却都是世界文学新潮的代表。这也显示出《域外小说集》并非横空出世、戛戛独造，它仍然带有难以脱卸的时代烙印。下面我们将仔细对读这些同源译本，同时也将它们与原本的对照作为参考，希望解读出这些译作与《域外小说集》在翻译策略与文体形式上的具体差异，以便更好地呈现《域外小说集》所背离而被其同时代读者普遍接受的翻译模式与诗学规范。

吴梼所译的《灯台卒》刊于《绣像小说》第68、69期（1906年），署"星科伊梯撰，〔日〕国〔田〕山花袋译，吴梼重演"。晚清文人通常身兼译者和作者双重角色，吴梼却是当时难得的颇能遵守翻译语法，且多直译原文、很少删节的专门译者。① 他的小说多通过日文转译，每部译作均注明原著者及日译者姓名，最后署"吴梼重译"或"吴梼重演"。吴梼最早发表的译作《卖国奴》是一部章回体长篇小说，连载于1904—1905年的《绣像小说》。1906—1907年间，他又陆续将日本《太阳》杂志上刊发的多篇经过日文翻译的欧美中短篇小说转译成中文，如《山家奇遇》（马克·吐温原著），《理想美人》（葛维士原著），《斥候美谈》（柯南道尔原著）等，此外还有翻译史上屡屡提及的对三部俄国文学名著的翻译——《黑衣教士》（契诃夫原著）、《银钮碑》（莱蒙托夫原著）、《忧患余生》（高尔基原著）。② 《灯台卒》是这系列中短篇译作中最早的一篇。

《灯台卒》的原著者"星科伊梯"，即19世纪波兰小说家显克微支。显克微支以长篇历史小说《你往何处去》（Quo Vadis，1896）一书获1905年诺贝尔文学奖，是被誉为"波兰王冠上的宝石"的文学家。③ 其长篇三

---

① 陈平原：《中国现代小说的起点——清末民初小说研究》，北京：北京大学出版社，2005年，第49页。
② 参见〔日〕樽本照雄编：《新编增补清末民初小说目录》，赵伟译，济南：齐鲁书社，2002年，第618、408、74、246、888、900页。
③ 〔日〕藤井省三：《鲁迅比较研究》，陈福康编译，上海：上海外语教育出版社，1997年，第24—27页。

部曲《火与剑》(*Ogniem I Mieczem*, 1884)、《洪流》(*Potop*, 1886) 和《伏沃迪约夫斯基先生》(*Pan Wolodyjowski*, 1887—1888),书写了17世纪波兰人民抗击外族侵略的波澜壮阔的历史。这些作品在当时被公认为具有史诗般的特质。①《灯台卒》是显克微支开始创作上述长篇历史小说之前的作品,据群益版《域外小说集》"著者事略"中的介绍,此篇"为一八七零年顷,著者游美洲后所作,本于实事"②。小说的主人公是一位波兰老兵,他在漂泊了大半生之后获得巴拿马运河附近的灯塔看守一职,在日复一日单调沉寂的生活中,偶然阅读到波兰诗人密茨凯维奇(Adam Mickiewicz, 1798—1855)的作品,唤起了他深沉的故国之思,然而他却因此而忘记点灯,随后便被去职,再次踏上了漂泊之旅。在波兰作为一个独立国家已不复存在的情况下,由故国的言文所激动的爱国之思,是这篇小说的表现重心,这一主题其实已开启了显克微支后来诸多历史小说的端绪。丹麦文学史家勃兰兑斯对显克微支的短篇作品评价很高,认为它们"写景至美,而感情强烈,至足动人",艺术价值远在作者后来模仿大仲马的长篇历史小说之上。③周作人明显受到勃兰兑斯这番论述的影响,他在东京版《域外小说集》中即翻译了显克微支的三个短篇《灯台守》《乐人扬科》和《天使》,不久又译出了他的中篇小说——被勃兰兑斯誉为"写实小说之神品"的《炭画》(今译《炭笔素描》),在群益版《域外小说集》中,还增加了一篇后来译出的《酋长》。据周作人1916年所作《波兰之小说》一文,他在东京时,曾搜罗显克微支的"小品全集读之","凡二册二十八篇,皆美人寇丁所译"④。所谓"美人寇丁",即美国人Jeremiah Curtin (1835—1906)。Curtin是美国19世纪一位杰出的语言学

---

① William Lyon Phelps, *Essays on Modern Novelists*, 2nd ed., New York: The Macmillan Company, 1927, p. 120.
② Wilde and Other Authors 原著,周作人译:《域外小说集》,上海:中华书局,1936年,第11页。
③ George Brandes, *Poland: A Study of the Land, People and Literature*, London: Heinemann, 1903, p. 303. "写景至美……至足动人",转引自群益版《域外小说集》"著者事略"之"显克微支"条。
④ 周作人:《波兰之小说》,《周作人人文类编·希腊之余光》,钟叔河编,长沙:湖南文艺出版社,1998年,第576页。

家、民俗学家和翻译家，他用英语翻译了显克微支的全部小说，是当时受到作者认可的权威译者。周作人所译五篇显克微支小说的底本，分别出自 Curtin 翻译的两个短篇小说集：*Hania*（Boston，1897）和 *Sielanka: a Forest Picture and Other Stories*（Boston，1898）。

吴梼的翻译在周作人之前，他所用的底本是日本明治时代著名小说家田山花袋的日译本《灯台守》。① 田山花袋的底本很可能也是 Curtin 的英译本，而他的译文所用的则是以二叶亭四迷的《浮云》为代表的"言文一致"体，带有江户后期戏剧的"讲谈"性质。② 吴梼的"重演"，采用的是中国传统演义小说中的俗语文体。与梁启超的"豪杰译"对日译本的诸多改动不同，吴梼对田山花袋的译文，除了两处段落的漏译之外，其他的语句和内容均大体保持了"忠实"的态度。有时因为过于追求日文直译，甚至使得小说语言略有支离之感，如"俺年老了。任是片刻。休息休息也好。这个么。莫妙于这里的处在。这里的海港"这样不完整的句子，在译文中随处可见。

尽管总体来看翻译态度"忠实"，可吴梼在不经意间仍对小说的叙事结构进行了改动。在 Curtin 的英译本中，小说分为三节，第一节写波兰老兵的应聘及任职过程，第二节写他在灯塔上的所见所思，第三节则是阅读诗篇后所引起的情感波澜以及最终的去职。除了厘清眉目之外，章节的划分主要基于情感基调的变化，从嘈杂到平静，再从平静到高亢，小说最后在描摹波兰老兵阅读密克微支诗作所引起的对故国的激动回忆中达到高潮。田山花袋的译本将第一节一分为二，其他的则沿用英译本的划分，结构上并无太大变化。吴梼的译本则去掉了所有的章节划分，他用演义体小说中常见的时间标识来安排叙事，从开头的"有一天"，到"这事一出之后"，再到"且说这一天晚上""过了一礼拜""不多几时""再过几时"，

---

① シェンキゥィチ作，田山花袋译：《灯台守》，原刊《太阳》第 8 卷第 2 号（明治三十五年 2 月），收入《田山花袋・国木田独步集》（続明治翻訳文学全集《翻訳家编》16），川户道昭等编，东京：大空社，2003 年，第 83—94 页。

② 此节承日本友人津守阳见教，特致谢意。关于明治时代翻译文体及"言文一致"运动的讨论，可参见山本正秀《近代文体発生の史的研究》（东京：岩波书店，1965 年）第十五章"翻译文体的发达"。

如此这般的直线时间流程，记录着故事的缓慢进展。然而，就时间流程中的故事而言，这篇小说几乎没有任何波澜；或者说，它原本就着意于营造一种时间的凝固之感，对主人公而言最重要的经验只在他阅读诗篇的那一瞬间到来。因此，吴梼在直线的时间框架中讲述的故事，难免显得堆砌冗长；更为重要的是，这种直线型的叙事结构，在很大程度上遮蔽了原作所蕴含的将高潮置于结尾处这一现代短篇小说的典型构造技巧。

除了叙事结构的变化之外，吴梼译本的另一个突出特点是增加了许多以"原来""看官""但则"开头的叙事人的公开评论，这些评论在形式上模拟了传统说书人面向听众说话的"声口"（voice）。如小说开头便是一个典型的例子：

> 有一天。离巴拿马（双行夹注：在中美洲接连南北两美之处乃是地腰）地方不远。有个阿斯宾福尔灯台。看守灯台的人。忽然不见。不知往那里去。<u>原来那灯台。本造在一座小岛之上。壁立陡峭。岩石重重。岛形直削而下。四面凌着波涛</u>。这一天刚刚又是狂风暴雨。因此当时的人。个个猜疑。说守台人气运不佳。定是无意中走到岛边角上。突然被惊涛大浪卷了去。①

叙事人模拟说书人声口，用"原来"一词带动了一长串对于灯台所在岛屿的描绘（见引文下划线部分），在 Curtin 的英译本中，它仅仅对应于"the small, rocky island"②，田山花袋的日译本也只是写作"小さい岩の多い島（小小的岩石众多的岛）"③。相比之下，周作人的文言译本更为贴近 Curtin 译本的平实作风：

> 一日。巴奈马左近亚斯宾华尔灯台守者忽失踪迹。时方暴风雨。

---

① 星科伊梯撰，〔日〕国〔田〕山花袋译，吴梼重演：《灯台卒》，《绣像小说》第68期，1906年。引文下划线为笔者所加，下同。

② Henryk Sienkiewicz, "The lighthouse keeper of Aspinwall," in *Sielanka: A Forest Picture and Other Stories*, trans. Jeremiah Curtin, Boston: Little, Brown and Company, 1898, p. 441.

③ シェンキウィチ作，田山花袋译：《灯台守》，《田山花袋・国木田独步集》，第83页。

因疑行小岛水次。为浪所卷也。①

与吴梼译本对"岩の多い"（rocky）一词的肆意铺叙相反，周作人的文言译本，大概因为很难找到恰好的同时又可用作定语的词来对译"rocky"，他干脆简省了这个形容词。由此看来，周作人与吴梼译本的区别，关键不在于是否忠实传达了原文的意思（在这个意义上，可以说吴梼的翻译更为"忠实"），而在于各自译文所采用的语体风格及其所服膺的文类传统。

演义体小说这类以说书人声口插入的公开评论，目的是为叙事随时提供补充、说明和解释，它们通常出现在从叙述到描写或从行动到解释模式（或者是相反）之间的转换上。这里，吴梼用"原来"这一传统说书人声口带出的描写，却意外地以补充解释的方式，帮助了对"rocky"一词的翻译。像"rocky"这种由名词加后缀所构成的形容词，在汉语中没有语法对等的词语可译；而在"岩石众多的小岛"这样"欧化"的现代汉语表达方式尚未出现之前，吴梼的做法不失为一种有效的解决办法。在吴梼的译文中，这类以说书人声口插入的公开评论，除了沿袭演义体小说的叙事模式之外，还常常意味着他遇到了域外小说的"相异"元素。其中最典型的是对人物内心活动的呈现。西方现代小说通常以写实的方式直接表达人物心理，中国传统演义体小说的叙事模式对此十分"陌生"。因此，吴梼的译本中一旦涉及对人物心理的描写，一种基于叙事人的公开修辞便立即被召唤出来。

如关于波兰老兵出场的一节，在招聘面试中主考官对他相当满意，英

---

① 〔波兰〕显克微支著，周作人译：《灯台守》，《域外小说集》第二册，会稽周氏兄弟纂译，东京：神田印刷所，1909 年（中央编译出版社 2014 年影印本），第 47 页。这一段 Curtin 的英译如下："On a time it happened that the light-house keeper in Aspinwall, not far from Panama, disappeared without a trace. Since he disappeared during a storm, it was supposed that the ill-fated man went to the very edge of the small, rocky island on which the light-house is situated, and was swept out by a wave." Henryk Sienkiewicz, "The lighthouse keeper of Aspinwall," in *Sielanka: A Forest Picture and Other Stories*, p. 441.

译本只是简单的一句:"At the first glance he pleased Falconbridge"①,田山花袋的译文也不过是"一見して、渠は太くフアルコンブリッチ氏の氣に入った(フアルコンブリッチ一見之下,就很中意)"②,而吴梼的"重演"却变成了:

> 法尔坤布里梯一见了他。早则如吸铁石一般。凑拍在心里。③

尽管没有出现"看官""原来"这样典型的说书人声口,但"如吸铁石"云云,完全可视作译者为叙事人增添的面向读者/听众的公开评论。现代西方小说对人物内心能够采取直接而写实的表现手法,是因为叙事人可以自由地从人物的视角来看世界;然而,传统演义体小说的叙事人,却常常是"出场而不介入"的:所谓"出场",意味着他可以以自己的声口说话,而"不介入"则意味着他无法将自己看世界的方式等同于人物的视角,因此对于人物内面世界的呈现,往往需要通过转述内心引语或是插入公开评论的方式来实现。④ 于是,英文版中简单的"pleased",由于叙事人无法"介入",不得不由译者"以己意饰增",转换成以夸张比喻的方式出现的叙事人的公开评论。自然,周作人的文言表达没有这个问题,他用"领事一见悦之"⑤ 即轻松完成了翻译。

这种通过译者添加的叙事人评论来辅助表达人物内心的小说修辞,在《默然》中得到了充分的发挥。1914 年刊于《中华小说界》的《默然》⑥,是刘半农对俄国小说家安德烈耶夫的短篇小说《沉默》(Молчание,

---

① Henryk Sienkiewicz, "The lighthouse keeper of Aspinwall," in *Sielanka: A Forest Picture and Other Stories*, p. 442.
② シェンキゥィチ作,田山花袋译:《灯台守》,《田山花袋・国木田独步集》,第 84 页。
③ 星科伊梯撰,〔日〕国〔田〕山花袋译,吴梼重演:《灯台卒》,《绣像小说》第 68 期,1906 年。
④ 关于传统白话小说叙事人的分析,可参见〔美〕韩南《中国白话小说史》(尹慧珉译,杭州:浙江古籍出版社,1989 年)、赵毅衡《苦恼的叙述者——中国小说叙述形式与中国文化》(北京:北京十月文艺出版社,1994 年),以及〔美〕浦安迪(Andrew H. Plaks)教授讲演《中国叙事学》(北京:北京大学出版社,1996 年)中的相关论述。
⑤ 〔波兰〕显克微支著,周作人译:《灯台守》,《域外小说集》第二册,第 48 页。
⑥ 半侬:《(哀情小说)默然》,《中华小说界》第 10 期,1914 年。

1900）的一个改写式的翻译。《沉默》是安德烈耶夫的成名作，也是其糅合了写实与象征两种手法的氛围小说的典型代表：主人公 Ignatius 牧师是一位严厉而沉默寡言的父亲，女儿 Vera 从彼得堡回来之后即郁郁寡欢，并突然卧轨自杀，小说用大量篇幅描写了 Vera 死后，牧师在家中客厅、女儿卧室，以及最后女儿墓地前所感到的无所不在的沉默氛围的压迫。"沉默"在此并不是绝对的无声状态，而是一种明明可以说话却不愿意开口的具有压迫力的氛围。与安德烈耶夫的其他小说如《墙》《深渊》《思想》等一样，以标题方式加以强调的"沉默"，乃是《沉默》中唯一具有行动力的主体，它裹挟了所有的人物，以及人与人之间的关系。

刘半农的《默然》，将安德烈耶夫这篇带有浓厚象征意味的小说，按照民初的流行式样，改写成了一篇通俗的"哀情小说"。《默然》共分三节：第一节以"伊神父"（即 Ignatius 牧师）上楼凝视已故女儿"菲拉"（即 Vera）的空床开始，大幅铺叙他的悲伤，以及对已故女儿的真诚告解，然而回答他的只是"默然"；第二节场景转向墓地，"伊神父"仍然悲伤不已，在他的自言自语中表达出对女儿之死的原因大惑不解，女儿的回答依然是"默然"；最后一节终于"真相大白"，菲拉遗留下来的书信透露出她自杀的原因，乃是为了解决父母因爱她的方式截然不同而起的冲突和不睦，小说的最后一句是："伊神父夫妇看了，相对默然。"小说最后还有一段"半侬曰"的按语，用小说中女儿自杀的悲剧来比附民初政党相争给民众造成的悲惨结局。

不难看出，刘半农的翻译，无论是在意旨还是形式上，都对原作进行了颠覆式的改写。小说开头的"一起之突兀"（女儿菲拉已经死亡），以及结尾由遗书所揭示的"真相大白"，明显沿袭了清末传入中国的侦探小说的情节模式；而在小说中肆意铺排的"伊神父"之情感的宣泄，则带有典型的民初言情小说的特色。安德烈耶夫原作中具有象征意味的无处不在的"沉默"，在这里仅仅指涉一种无应答的具体行为（"默然"）；占据大半篇幅的父亲语无伦次以及疑团重重的独白，最终都在女儿的遗书中得到了有效的回应，刘半农糅合了清末民初两种流行的小说类型，以侦探小说"真相大白"的结构方式有力地完成了并收束住"哀情小说"的情感宣泄，从而维持了故事内部结构的稳定。安德烈耶夫让人感到恐怖和不安的小说，经过刘半农的改造，最终成为一个让情感得到宣泄和妥当安排的通俗故事。

从语体形式上来看，《默然》的主体叙述以及父亲的独白均采用了白话，但最后女儿的遗书用了文言。和吴梼的《灯台卒》相比，《默然》对演义体小说的叙述程序有了不少突破：最明显的特征是，"原来""但见""且说"这类叙事人在转换叙述时套用的说话人声口明显减少；而结尾用文言方式呈现的遗书，似乎表明译者在尝试一种逼真写实的美学；此外，小说中间不时插入的"伊神父"的大段独白，更是传统的演义体小说中少有的形式。尽管在叙述程式上有了变化，然而，一旦涉及对人物内心世界的表现，引入叙事人公开评论的小说修辞就如约而至。如小说开头不久，"伊神父"在女儿卧室中摩挲发呆的情形：

> 伊神父仰看满天的星斗。拱着一轮皓月。心中万种悲伤。莫由伸诉。只得摇了一摇头。反身轻轻的走到床前。摩挲老眼。呆了半晌。注视着白色的枕头。不知不觉的两膝下屈。跪在床前。把那惨无人色的龙钟老脸。不绝的在枕头上乱擦。<u>这时他毕竟是当真看见了菲拉呢。或是虽未看见菲拉。就把菲拉从前所睡的地位。当做菲拉呢。这一个问题。旁人固然不能解释。伊神父也莫由自知</u>。①

画线部分完全是译者额外增添的评论。② 这里我们可以看到一个有趣的现

---

① 半侬：《（哀情小说）默然》，《中华小说界》第10期，1914年。

② 刘半农的翻译由于改写幅度太大，推断确切的翻译底本十分困难（他可能根据英译本或日译本转译）。根据其中相同的误译，笔者初步推断，John Cournos 出版于1908年的英译本是其翻译链条中的一环。这一段 Cournos 的译文如下："A bright streak of moonlight fell on the window-sill, and on the floor, and, reflected by the white, carefully washed boards, cast a dim light into the room's corners, while the white, clean bed, with two pillows, one large and one small, seemed phantom-like and aerial... Quietly treading with naked feet, resembling a white phantom, Father Ignatius made his way to the vacant bed, bent his knees and fell face down on the pillows, embracing them on that spot where should have been Vera's face." Leonid Andreyev, *Silence*, trans. John Cournos, Philadelphia：Brown Brothers, 1908, p. 23.

象：尽管叙事人十分热心,想要用公开的长篇评论传达人物的心理,然而,演义体小说由来已久的"出场而不介入"的叙述模式,却使得他无论如何也与人物的内心世界相隔一层,这里"莫由自知"的,恐怕并非"旁人"或"伊神父",乃是万般无奈的叙事人。

也许正是因为这种无法"介入"的视角限制,在遇到西方现代小说中常见的用风景来"描写"人物内心的情形时,叙事人的"演义"机制便开始集中起作用。《沉默》的结尾处,安德烈耶夫对墓地的一番阴冷恐怖的描写十分著名。鲁迅在《域外小说集》中的译文如下:

> 伊格那支力举其首。面失色如死人。觉幽默颤动。颡气随之。如恐怖之海。忽生波涛。幽默偕其寒波。滔滔来袭。越顶而过。发皆荡漾。更击胸次。则碎作呻吟之声。①

鲁迅的译文很好地传达了安德烈耶夫的"象征印象主义",这种奇特的具有行动力的"默"的意象,是对人与人之间无法交流的苦况以及由此产生的深刻的孤独感的绝妙象征。作为读者的刘半农,显然意识到这番描写对于小说的重要性,然而,他在译本中删除了安德烈耶夫对于恐怖而具行动力的"沉默"意象的直接描写,而是对"菲拉"墓地的凄凉景象极尽演绎。在安德烈耶夫小说中,关于 Vera 的新坟与周围墓地的对比,只有"(Vera)坟上覆盖着枯黄的新草皮,但四周却是绿草丛生"这样简单的描写②,刘半农的"演义"却比原文多了两三倍:

> 菲拉的坟墓。杂处于这些累累荒冢的中间。墓旁有一块小碑。写着菲拉的名字。和生死的年月。石色白净。不染尘垢。墓上的泥土。

---

① 〔俄〕安特莱夫著,周树人译:《默》,《域外小说集》第一册,第90页。
② 此处参考的是鲁明的白话译文,见鲁明(新译):《沉默》,《域外小说集》,会稽周氏兄弟旧译,巴金、汝龙等新译,伍国庆编,长沙:岳麓书社,1986年,第281页。鲁迅在《默》中译文是:"内则有威罗新坟。短草就黄。外围嫩绿"(《域外小说集》第一册,第88页)。

已被日光蒸干。化为淡黄色。与落葬时的褐色不同。伊神父抬头一看。只见远远近近的树木。枝叶浓茂。四周他人墓上的野花。开的红白交辉。艳丽无匹。独有菲拉冢畔。既无树木。也无野花。并且因为葬后不久。野草亦未生出。伊神父一想。不禁悲从中来。以为别人的坟墓。均能受到草木之余荫。菲拉却非但见绝于人。抑且见绝于草木。岂不是世界上第一苦恼的可怜虫么。①

为了对比更为鲜明,周围墓地的"绿草丛生",在刘半农这里被演绎成了"四周他人墓上的野花。开的红白交辉。艳丽无匹";而"伊神父"的各种动作与思绪(如"抬头一看""一想"),也都是他所增添的叙事人的"演义"修辞。大概这样还嫌不够,刘半农随后还让墓地的古树上无中生有地飞来了一只"杜鹃":

> 坟场中森森的树叶。因无风力鼓动。也凝静如死。毫无声息。坟场四周的赭色砖墙。为日光所照。倍觉苍皇凄惨。伊神父用灰色的颜面。冷静的眼光看去。正看的发呆。自己不但忘了来意。且并自己所处的地位。与自己的身体。也都完全忘去。忽听得当头有一声怪响。宛如鬼哭。顿觉毛发悚然。两肩乱抖。连那黑色的帽子。也滚下地来。灰白的头发。竟乱的披到前额。抬头一看。原来是一只杜鹃。正在那古树的顶上。引颈高鸣。②

毫无疑问,这只杜鹃的"引颈高鸣",彻底打破并改写了原作中那"偕其

---

① 半侬(刘半农):《(哀情小说)默然》,《中华小说界》第 10 期,1914 年。
② 半侬:《(哀情小说)默然》,《中华小说界》第 10 期,1914 年。这一段大致对应的 John Cournos 的英译如下:"Ash embraced maple tree; and the widely spread hazel bush stretched out over the grave its bending branches with their downy, shaggy foliage... And anew the thought came to Father Ignatius that this was not a stillness but a silence. It extended to the very brick walls of the graveyard, crept over them and occupied the city." Leonid Andreyev, *Silence*, trans. John Cournos, p. 27. Cournos 译文中始终不曾有"杜鹃"的形象。

寒波。滔滔来袭"的"沉默"的氛围与力量。①

本章将讨论的第三篇作品——《难夫难妇》,是周瘦鹃1917年刊出的《欧美名家短篇小说丛刻》中的最后一篇。这部《丛刻》在当时即受到周氏兄弟的重视,并获得教育部的褒奖。除了英法美俄德等大国文学,周瘦鹃还选择了其他诸多欧洲小国文学的作品,且在每一篇作品前附上作家小传。从作品的选择和作家小传的水平来看,周瘦鹃对西方文学的了解程度,不在当时的周氏兄弟之下。与吴梼《灯台卒》对翻译底本的无意识偏离以及刘半农《默然》对原作所进行的颠覆式改写相比,《难夫难妇》可以算作一篇相当负责任的翻译;然而,如果从小说修辞的角度来看,我们会发现,《难夫难妇》的文体,仍然为"演义"的叙事模式所支配。

《难夫难妇》的原作是芬兰小说家哀禾的短篇小说《先驱者》("Pioneers")。哀禾是19世纪芬兰文学中著名的现实主义作家,他的小说中通常洋溢着一种乐观的达尔文主义。《先驱者》的内容很简单,写的是牧师家的两位年轻仆人,相约离开了主人家的舒适生活,结为夫妇,去开垦芬兰荒林的故事;虽然以失败告终,但他们所做的开荒工作却为后人留下了宝贵的财富。对芬兰荒林的开垦,在小说中喻示着文化曙光的开辟。在1909年版的《域外小说集》中,这篇小说的译文排在第二册第一篇,由周作人翻译,题作《先驱》。选择这篇作品作为《域外小说集》第二册的开篇,除了作为所谓的"弱小民族"——芬兰文学的代表之外,还含有向开辟文化荒林的先驱者("精神界之战士")致敬之意。周作人后来在收入《夜读抄》的《黄蔷薇》一文中,回忆起自己早年的文言旧译,提到"我的对于弱小奇怪的民族文学的兴味",差不多全是因了"倍因先生"的译书而引起的,并称"芬兰哀禾的小说有四篇经他译出,收在 T.

---

① 鲁迅小说《药》结尾的两个争议不断的意象——"红白的花"和"乌鸦",与刘半农在此对"菲拉"墓地的演绎,颇有若合符节之处,笔者认为,其中可能包含了鲁迅对《默然》的戏拟和对话,而从这一角度有助于我们重新理解《药》与安德烈耶夫小说《沉默》的关系,并提供了一个新的观察角度来阐释《药》的结尾以及整篇小说的宗旨。参见张丽华:《"误译"与创造——鲁迅〈药〉中"红白的花"与"乌鸦"的由来》,《中国现代文学研究丛刊》2016年第1期。

Fisher Unwin 书店的假名丛书中,名曰《海尔曼老爷及其他》"①。这位"倍因先生",即 Robert Nisbet Bain(1854—1909),他是一位历史学家和语言学者,懂二十多门外语,译述了大量的北欧、东欧以及匈牙利等"弱小奇怪的民族"的文学。《海尔曼老爷及其他》所收的四篇小说中,有一篇即为"Pioneers",据此我们可推断,周作人翻译《先驱》的底本即为 Bain 的英译本。

透过 Bain 的英译,我们不难发现,哀禾这篇小说在叙事中间出现了从第三人称叙事突然向第一人称叙事的视角转变。小说开头以第三人称全知的角度,叙述了两位年轻仆人在牧师家执役以及相约离开并结为夫妇的情景;在观察这对新婚夫妇的劳作之时,第一人称"我"突然出现,此后的故事便是以几年之后返乡的"我"的视角来叙述的。② 这一特殊的叙事技巧,与哀禾接受的斯堪的纳维亚文学所流行的印象主义风格有关。③ 周作人的译本保留了这一转换,它在文言书写系统中显得非常惹眼;相比之下,周瘦鹃的白话译本虽然在原作视角转换的地方,"我"也如实出现,却很难让读者觉察到叙事方式的变化。

这里我们从英译本中选择两段不同的人称叙述,分别与周作人、周瘦鹃的对应译文作一个比较。④ 第一段是小说开头不久,以全知视角写这对青年男女的婚姻计划:

> [Bain 英译]　　But, in the course of the year, the bonds between them were knit still closer, and their prospects for the future grew brighter every day. ⑤

---

① 周作人:《黄蔷薇》,《夜读抄》,上海:北新书局,1934 年,第 6 页。
② Juhani Aho, "Pioneers," in *Squire Hellman and Other Stories*, trans. R. Nisbet Bain, London: T. Fisher Unwin, 1893, pp. 153-162.
③ George C. Schoolfield, *A History of Finland's Literature* (Lincoln: University of Nebraska Press, 1998), pp. 83-84.
④ 周瘦鹃《欧美名家短篇小说丛刻》中的作品多从英文底本译出,笔者推测,《难夫难妇》的翻译底本很可能也是 Bain 的英译本。
⑤ Juhani Aho, "Pioneers," in *Squire Hellman and Other Stories*, p. 154.

〔周作人译文〕　　惟年来情愫益密。将来希望。日益光明。①

〔周瘦鹃译文〕　　以后一年中。他们两下里的爱情。益发打得热烘烘的。<u>好像火一般热</u>。两颗心也好似打了个结儿。再也分不开来。翘首前途。<u>仿佛已张着锦绣</u>。引得他们心儿痒痒地。急着要实行那大计画。②

下面这段是小说转向第一人称叙述之后，游学返乡的"我"在一条乡间的小路上偶遇了男主人公 Ville，并得知他们的悲惨故事，继而 Ville 离开了"我"之后的情形：

〔Bain 英译〕　　I went in the opposite direction and came to a marsh where they had begun to dig a draining ditch but stopped short when the work was only half done. The path, familiar to me since the bridal tour, let to the little hut. ③

〔周作人译文〕　　吾进至泽畔。见其地已掘一沟。顾工方及半。遽已中辍。吾循旧路。直至茅舍之外。④

〔周瘦鹃译文〕　　我目送他去远了。也就向前自去。不一会已到了一块泽地的边上。一眼瞧见那边上正掘着一条小沟。只掘了一半。并没完工。我沿着小径彳亍而前。直到那所小屋子前。<u>一时我便记起维尔和爱妮当时结婚的情景来。觉得无限低徊。不能自禁</u>。⑤

---

① 〔芬兰〕哀禾著，周作人译：《先驱》，《域外小说集》第二册，第1页。
② 瞿海尼挨诃（Juhani Aho）著，周瘦鹃译：《难夫难妇》，《欧美名家短篇小说丛刊》（下），上海：中华书局，1917年，第174页。
③ Juhani Aho, "Pioneers," in *Squire Hellman and Other Stories*, p.159.
④ 〔芬兰〕哀禾著，周作人译：《先驱》，《域外小说集》第二册，第4页。
⑤ 瞿海尼挨诃著，周瘦鹃译：《难夫难妇》，《欧美名家短篇小说丛刊》（下），第178页。

可以看出,与周瘦鹃略带夸饰的文风相比,周作人的译文更贴近 Bain 英译本简练而节制的风格。与英译对照,周瘦鹃在两段译文中均增添了不少内容。第一段中的"好像火一般热""仿佛已张着锦绣",类似前引吴梼《灯台卒》中"吸铁石"的比喻,是译者所增加的叙事人的公开评论,目的是辅助"不介入"的叙事人对于人物内心世界的表现。第二段最后一句"我"的内心活动——"一时我便记起……不能自禁",也完全是周瘦鹃的添加。

此外,更为重要的是,在周瘦鹃的翻译中,虽然叙事人以第一人称的形式出现,但他面对读者的修辞方式,却与传统演义小说别无二致:以直抒胸臆的方式表达的"我"的内心活动——"觉得无限低徊。不能自禁",其实仍然是为了对叙事进行补充说明,它的修辞效果,与传统演义体小说中全知而"不介入"的叙事人面对听众所进行的公开评论不相上下——评论的目的,是为了向拟想中非个人的缺乏差异性的读者公众,解释小说叙事的精微含义。因此,原作中叙事视角从第三人称到第一人称的转换,在周瘦鹃的译文中才会不着痕迹——它们已被同一种"演义"修辞所消融。由于传统白话小说的叙事人很少使用第一人称视角,周瘦鹃小说中的第一人称叙事,往往被视为他采用现代小说叙述模式的一个重要标志。然而,从这里的分析可以看出,小说叙事模式的转变——第一人称叙事者的出现,并不妨碍作者/译者沿用传统第三人称全知叙事人面对读者的小说修辞模式。正是这种修辞模式决定了《难夫难妇》的译文文体,在整体上仍然处于中国传统小说的"演义"范畴之中。

与这种对叙事人修辞的增添相适应的是,周瘦鹃在翻译中还删改了若干对故事情节影响不大然而对小说主题非常重要的句子;有意思的是,这些句子在英译本中恰恰又是以叙事人的评论语调而出现的。如这对少年夫妇离开之后,牧师曾对他们的开荒能力表示担忧,叙事人随后评论道:"Finland's wilderness had, however, been cleared by such capital, and yet the vicar was right too."① 最后少年夫妇以失败告终,叙事人又加了一段总结式的评论:"But it is just with such people's capital that Finland's wildernesses have been rooted up and converted into broad acres."② 总体上很少删节的周瘦鹃译本,删去了前一个句子,后面一句则改成"到头来亏本而去。倒给后人现成受用"③。这在很大程度上扭转了小说的主题:原作对"先驱者"的赞颂,在周瘦鹃译本中变成了惋惜和不理解,也正因如此,他将小说标题译作"难夫难妇"。这里,传统的"演义"机制再一次起了作用——演义者/译者试图投合拟想的大多数读者公众的道德评价标准。

四、结语:清末民初读者对"小说"的集体想象

德国学者科塞雷克(Reinhart Koselleck,1923—2006)曾将欧洲从启蒙运动晚期(1750)直到1848年革命的近代历史,称作概念史意义上的"鞍型期"(Sattelzeit)。在这一百年左右,由于巨大的政治风暴、经济发展和社会变迁,西方世界的政治—社会语言发生了剧烈的变化,许多既有的重要概念要么发生了深刻的语义变迁(如"国家""公民""家庭""自由""民主"等),要么逐渐失去原有的意义(如"贵族"或"等级"),一些新的概念也应运而生(如"帝国主义""共产主义""阶级"等)。④ 就"小说"概念的变迁而言,借用科塞雷克的术语,清末民初时期也可视为一种"鞍型期"。在这一时期,关于"小说""文学"的种种论述和理解,发生着急剧的变迁;其中,来自西方和日本的新理论与新论

---

① Juhani Aho, "Pioneer," in *Squire Hellman and Other Stories*, p.156. 周作人《先驱》译文如下:"虽然。芬兰之林。乃信以如是资斧辟治。而牧师之言亦诚也。"(《域外小说集》第二册,第2页)
② Ibid., p.161. 周作人《先驱》译文如下:"虽然。芬兰之林。乃正以如是资斧。辟为田畴。"(《域外小说集》第二册,第6页)
③ 瞿海尼挨诃著,周瘦鹃译:《难夫难妇》,《欧美名家短篇小说丛刊》(下),第180页。
④ 方维规:《什么是概念史》,北京:生活·读书·新知三联书店,2020年,第145页。

述已经出现,但旧的却依然留存,且仍然发挥作用。① 在这样的背景下,中国译者对西方小说的翻译,必然呈现丰富的样貌。翻译本身构成了中西小说观念的一个"战斗场":观察译者因应不同小说体式所作的增删改削,便如同看到不同小说传统与观念之间的"勾心斗角";而追踪其背后的诗学轨范,则可为我们探测其时"广大的未被阅读"的文学中的"小说"概念究竟为何,开辟一条蹊径。

就翻译态度、对西方文学的了解以及对翻译底本的"忠实"程度而言,上文所讨论的吴梼、刘半农、周瘦鹃三位小说译者之间,其实有着很大的内部差异;然而,他们对于域外短篇小说的白话翻译,在小说修辞的层面上,却不约而同地受到中国叙事文学中"演义"传统的制约。面对公共听众/读者的"演义"修辞与西方现代小说的"心理写实主义"之间的巨大反差,造成了他们(以及同时期许多其他译者)译作的诸多"增删改削"。这些增删改削的背后,既源自传统白话小说文类成规的潜在作用,也与这一时期仍然发生作用的传统小说观念及其内含的作者/译者与拟想读者的不对称关系有关。这说明,"小说"被视为面向通俗社会的教化工具这一传统观念,在清末民初还有相当的社会与文化基础。

与吴梼、刘半农、周瘦鹃的白话译本相比,周氏兄弟《域外小说集》中的文言译作,更为有效地传递出了现代西方小说异质的叙事方式与文体感觉。二者之间的差异,当然不仅仅是语言形式或翻译策略的不同,其背后还包含了一整套对于何谓"小说"(以及何谓"文学")的完全异质的理解。鲁迅在东京版《域外小说集》的序言中表达了他对于读者的期待:"域外文术新宗,自此始入华土。使有士卓特,不为常俗所囿,必当犁然有当于心。按邦国时期,籀读其心声,以相度神思之所在。"② 将小说读者设定为不为常俗所囿的"卓特"之"士",这与传统白话小说对于

---

① J. G. A. Pocock 对 Koselleck 的"鞍型期"概念作了重要补充,在他看来,在这一社会—政治语言急剧转变的时期,"旧式话语往往与新兴话语共存,二者产生强烈的相互作用"。J. G. A. Pocock, "Empire, Revolution, and the End of Early Modernity," in *The Varieties of British Political Thought 1500-1800*, ed. J. G. A. Pocock, Cambridge: Cambridge University Press, 1993, p. 311.

② 鲁迅:《〈域外小说集〉序言》,《鲁迅全集》第 10 卷,第 168 页。

公共听众/读者的想象与迎合已截然不同。在鲁迅这里,"小说"(不仅仅是"短篇小说")这一"域外文术新宗",已然进入文学的堂奥,并被看作表达"邦国时期"之"心声"的媒介。① 正是这一对于小说功能及其在文化系统中所处位置的全新认识,决定了周氏兄弟的译述策略与翻译文体,并因此令《域外小说集》在晚清小说市场中显得"格格不入"。

当代翻译理论家韦努蒂(Lawrence Venuti)在《译者的隐形》一书中指出,翻译应被视为一种呈现和实践"差异性"的场所,而非传递"同一性"的工具。② 吴梼、刘半农、周瘦鹃的白话短篇小说翻译,其间"演义"修辞的顽强现身,极大地彰显了中西小说概念及其叙述方式之间的差异。"演义",这一清末民初小说翻译中"不透明"的体式媒介及其在译作中留下的斗争踪迹,向我们透露了丰富的文学史与社会史讯息——这一新旧转换时期里读者公众关于"小说"的集体想象。

---

① 关于周氏兄弟《域外小说集》的翻译及其所体现的现代文学观念的详尽讨论,参见张丽华《现代中国"短篇小说"的兴起——以文类形构为视角》第三章的论述。此外,关于鲁迅晚清小说译述与其语言文学观之间的关系,季剑青在《"声"之探求——鲁迅白话写作的起源》(《文学评论》2018年第3期)亦有进一步阐述,可参阅。

② Lawrence Venuti, *The Translator's Invisibility: A History of Translation*, p. 42.

第三章　无声的"口语"：从《古诗今译》透视周作人的白话文理想

　　1918年，周作人在《新青年》第4卷第2号发表了一首对古希腊诗人谛阿克列多思（Theocritus，今通译忒奥克里托斯）《牧歌第十》的现代白话文翻译，题为《古诗今译》。在《知堂回想录》中，周作人论及文学革命时，即举出了此篇译作，称这是他"所写的第一篇白话文"①，并将题记全文照录，可见其重视程度。② 实际上，周作人不仅以此文为标志，正式加入了以《新青年》为场域的文学革命运动，同时也通过题记及翻译文本或隐或显地表达了自家立场。值得注意的是，这"第一篇"白话文的实践，周作人乃是通过翻译来完成的，而所翻译的对象——谛阿克列多思的牧歌，他后来亦坦言，"原作均系韵文，又其文章近于拟古，非当时白话"③。那么，周作人到底是以什么为中介，将这一"拟古"的文章转化为现代中国的白话文的呢？

---

①　周作人：《知堂回想录（药堂谈往）手稿本》（一一五·蔡子民二），香港：牛津大学出版社，2021年，第267页。
②　实际上，在此之前，《新青年》第4卷第1号所刊出的周作人译《陀思妥耶夫斯奇之小说》，已是白话翻译，只不过其译后记仍用文言撰成。另据周作人回忆，《古诗今译》的译诗和题记都经过鲁迅的仔细修改（同上书，第267页）。
③　周作人：《希腊拟曲》，上海：商务印书馆，1934年，"例言"第7页。

翻译又在其中扮演了怎样的角色？众所周知，周作人清末以来的翻译与创作，都是以文言形态的书面语进行，何以此时会突然接受胡适的改革主张，转而用白话文来写作，从而与自己曾经无视的俗语化趋势合流的呢？而这一走向白话文的通道，此后又将带给他怎样的关于新文学的文体想象？本章将围绕《古诗今译》，同时结合周作人清末以来相关的译介活动以及文学革命的话语背景，通过考察他这"第一篇白话文"的形成，来对上述问题作一探讨。

一、题记的意义

谛阿克列多思是公元前3世纪的古希腊诗人，其牧歌通常被视为西方文学传统中一种重要诗歌类型——田园诗（Pastoral Poetry）的源头。关于牧歌，周作人在同时期所编的《欧洲文学史》中解说如下："古者 Artemis 祭日，牧人作歌相竞，后人模拟其式，因称 Eidyllion Bukolikon 或 Eidyllion Aipolikon。唯所歌亦不尽关牧事，故或释 Eidyllia 为小图画。描写物色，以及人事，诗中有画，论者或以是与浮世绘（Genre）相比。"① 现在流传下来的谛氏牧歌集（*Idylls*）中的三十首作品，其形态其实非常多样，包括田园诗、拟曲、神话诗、宫廷诗以及情爱私语等多种类型。《古诗今译》翻译的是谛阿克列多思的《牧歌第十》。这首诗由两位割稻农人的对话组成，其中一位是年长的 Milon，另一位是年轻的 Bucaeus。对话发生在割稻的过程中：Bucaeus 害了相思病，无法集中工作，在 Milon 的建议下他唱了一首情歌，而 Milon 则以一首收获歌（reaping-song）来作答，并称这才是割稻的人应该唱的歌。② 谛阿克列多思原作采用的是亚历山大时期诗歌中常见的六步拍（hexameter）的史诗体韵律；诗中的两首歌，其主

---

① 周作人：《欧洲文学史》（商务印书馆1918年初版），钟叔河编订，长沙：岳麓书社，2019年，第52页。
② Theocritus, *The Greek Bucolic Poets*, trans. John Maxwell Edmonds, 2nd ed., Cambridge, MA.: Harvard University Press, 1996, pp. 129-137.

题相互对立,但在长度、对句、韵律等形式特征上均保持着高度的一致,充分体现出竞歌的特色,而后者的粗俗蹩脚亦与前者的精心结撰形成了鲜明对比。① 周作人将诗中的对话和两首歌,一律用"口语"翻译成了自由体散文,译诗题记便是对这一翻译策略的"辩解":

> 一 Theokritos② 牧歌(Eidyllion Bukolikon)是二千年前的希腊古诗,今却用口语来译他;因我觉得他好,又信中国只有口语可以译他。
>
> 什法师说,"翻译如嚼饭哺人";原是不差。真要译得好,只有不译。若译他时,总有两件缺点;但我说,这却正是翻译的要素。一,不及原本,因为已经译成中国语。如果还同原文一样好,除非请 Theokritos 学了中国语,自己来作。二,不像汉文,——有声调好读的文章——因为原是外国著作。如果同汉文一般样式,那就是我随意乱改的胡涂文,算不了真翻译。
>
> 二 口语作诗,不能用五七言,也不必定要押韵;止要照呼吸的长短作句便好。现在所译的歌,就用此法,且来试试;这就是我的所谓"自由诗"。

题记一共四条,第三条是说明人地名及专有名词悉用原语,第四条则强调这是"此刻的见解",日后若有更好的方法则从更好的走。这几条题记虽然简单,却触及了多方面的问题。首先是关于翻译。周作人后来在的《〈点滴〉序》中引述了题记的第一条,作为对"直译的文体"的说明;然而,仔细考察,这篇题记其实并没有从正面来强调"直译"的方法,而是从一个似乎相反的角度来澄清翻译的要素——"不及原本""不像汉文"。鸠摩罗什所说的"翻译如嚼饭哺人",是中国翻译史上的著名论断,它针对的是"改梵为秦"的佛经翻译中,"虽得大意,殊隔文体"③ 的问

---

① G. O. Hutchinson, *Hellenistic Poetry*, Oxford: Clarendon Press, 1988, p. 176.
② 周作人当时采用的拉丁字母的拼法与现在通行的略有不同,引文遵照周作人的拼法。
③ 鸠摩罗什:《为僧睿论西方辞体》,《翻译论集》,第 32 页。

题。佛经原文中的偈颂体式，蕴含着与"天竺国俗"不可分的音乐性，而一旦从梵语译为汉文，则音乐性的丢失无法避免，因此，作为缺陷的"殊隔文体"也几乎是佛经翻译中的宿命。显然，周作人在翻译谛阿克列多思的牧歌中遇到了同样的问题；然而，他却采用了一种迂回的方法，即既不期望复制原本的"文体"，亦不译成"声调好读"的汉文，而是干脆采用"口语"来翻译，希望由此在中国文学语境中唤起希腊牧歌的回音。这一关于翻译的论述，其实超越了"五四"时期以"直译"相号召的原著中心主义，将重心放在了译文本身的样式之上，同时它也基本上构成了周作人此后言说翻译问题的出发点。

第二条题记从"口语"引出了自由诗的问题。周作人将谛阿克列多思诗中两首史诗体韵律的"歌"，一律用"口语"翻译成了"照呼吸的长短作句"的自由体；这一"诗体的大解放"，在当时显然是破天荒的。在胡适的"文学革命"主张中，最引人瞩目的无疑是其白话诗的尝试；然而，在他最初的白话文学构想里，只是要用白话诗来实地试验白话可以作一切文学，却并没有试图对既有的诗体（无论是诗、词还是曲）本身进行"革命"。胡适在《新青年》第 2 卷第 6 号刊出的白话诗八首及第 3 卷第 4 号刊出的白话词四首，都并没有突破传统的诗体及词体的形式规范。然而，到了《新青年》第 4 卷第 1 号刊出的《诗九首》，则发生了一个关键性的变化，即是以《鸽子》《人力车夫》为代表的自由诗的出现，这便从根本上扭转了胡适此前的白话诗写作方向，其"诗体的大解放"亦被视为现代中国新诗的起点。周作人在《知堂回想录》中注明，《古诗今译》乃于"（一九一七年）九月十八日译成，十一月十四日又加添了一篇题记，送给《新青年》去"①。查《周作人日记》，在这年的十一月十八日，有"晚抄稿并テオクリトス（按，即 Theocritus）译一章"的记载，可见《回忆录》所说的时间大致属实。据王风推断，周作人这首译诗应该是给 1918 年 1 月出版的《新青年》第 4 卷第 1 号，不过却延了一个月

---

① 周作人：《知堂回想录（药堂谈往）手稿本》（一一五·蔡子民二），第 267 页。

发表。① 这样看来，在诗体解放的意义上，周作人这篇译作与以自由体为标志的现代中国新诗的开端，几乎是捆绑在一起而出现的。相比于胡适从清末的俗语化趋势中发展而来的"白话"，周作人的"口语"似乎更具革命意味，它一出场便具备了建构新诗体的魄力，因为只要"照呼吸的长短作句"，便是摆脱了一切诗体成规的"自由诗"。

由此看来，用"口语"翻译出的古希腊牧歌《古诗今译》，既是周作人实践并表达其翻译理念的核心文献，同时亦构成了以《新青年》为场域的文学革命运动的核心文本，周作人也以此为标志，正式加入了由胡适最先倡导的现代白话文的写作行列，随后他便开始陆续在《新青年》上刊出用白话翻译（或重译）的短篇小说作品，至第5卷第6号则发表了著名的《人的文学》。胡适在追溯中国新文学运动史时，作为"文学革命的背景"，指出了晚清以来同时进行的两个变革潮流，一是"士大夫阶级努力想用古文来应付一个新时代的需要"，二是"士大夫之中的明白人想创造一种拼音文字来教育那'芸芸亿兆'的老百姓"，在他看来，这两个潮流在晚清始终合不拢来，而民国五六年来的中国文学革命运动，最关键的"革命见解"便是打破了对古文学的迷恋，并承认"那种所谓'引车卖浆之徒'的俗话是有文学价值的活语言，是能够产生有价值有生命的文学的"。② 对周作人而言，他在晚清所进行的文学活动，大概只能归入"用古文来应付一个新时代的需要"那一拨，他在晚清的小说译作如《红星佚史》《黄蔷薇》（包括与鲁迅合作翻译的《域外小说集》）等，皆以文言译成；在1914年发表的《小说与社会》一文中，周作人还援引西方小说"由通俗而化正雅"的进化途径，认为中国小说也"当别辟道涂，以雅正为归，易俗语而为文言"③。那么，导致他在不久之后突然改弦易辙、用"口语"来译诗写作，在实际效果上达到与胡适所倡导的"白话

---

① 王风：《周氏兄弟早期著译与汉语现代书写语言（下）》，《鲁迅研究月刊》2010年第2期。

② 胡适：《〈中国新文学大系建设理论集〉导言》，《胡适文集》第1卷，欧阳哲生编，北京：北京大学出版社，1998年，第119—120页。

③ 周作人：《小说与社会》，《周作人集外文》（上），陈子善、张铁荣编，海口：海南国际新闻出版中心，1995年，第157页。

文学"相合流的契机,到底是什么呢?我们知道,周作人并没有在加入《新青年》之时便对此前的文学主张与文化理想大加鞭挞,那么,他这里"口语"的内涵,与胡适的"白话"概念之间,到底有着怎样的不同呢?它们又在何种意义上产生交集并能够最终汇聚成一种文学革命运动的呢?

二、从文言到"口语"

周作人在译出谛阿克列多思《牧歌第十》的同时,还用同样的方式翻译了古希腊诗人萨复、柏拉图等人的八首小诗,只是当时并未发表,这一未刊稿现在已收入钟叔河主编的《周作人散文全集》(2009)中。这八首希腊古诗同样被周作人译成了口语体"自由诗",可以视为其《古诗今译》的扩大版。其实在此之前,周作人在他的文言时代已有过不少译诗的尝试,对萨复、谛阿克列多思等古希腊诗人的介绍,也早在民国初年就已开始。这里不妨先略略回顾一下周作人这方面的译介活动。

一般印象中,周作人对于诗歌翻译并不擅长,他早年所译的小说《红星佚史》(1907)、《灯台守》(1909)中的诗歌,基本上都是鲁迅代劳;只有《红星佚史》中的一首"勒尸多列庚"族人的战歌,"因为原意粗俗",所以是他"用了近似白话的古文译成,不去改写成古雅的诗体了"①。所谓"古雅的诗体",是指鲁迅所采用的四言体和骚体,而这首"近似白话"的战歌,则被周作人译成了颇有滑稽风味的杂言体歌谣。尽管语言近似"白话",却并没有带来翻译的便利,试将此歌后半部分与原诗作一比较:

> 我拿舟,向南泊,满船载琥珀。
> 行船到处见生客,赢得浪花当财帛。
> 黄金多,战声好,更有女郎就吾抱。

---

① 周作人:《知堂回想录(药堂谈往)手稿本》(七六·翻译小说上),第180页。

我语汝，汝莫嗔，会当杀汝隳城人。①

Southwards I sailed,
Sailed with the amber,
Sailed with the foam-wealth.
Among strange peoples,
Winning me wave-flame,
Winning me war-fame,
Winning me women.
Soon shall I slay thee,
Sacker of Cities!②

不难看出，为了译出原作的音响效果，周作人采用了一种中国式的歌谣调式。然而，为了将就这种三五七言的体式以及句末的押韵，他对原作改动甚大：合并了一些诗行，将"among strange peoples"一句提前安置，并译成颇具情境意味的"行船到处见生客"；此外，简单的一句"winning me women"，也被他添加为有声有色的"更有女郎就吾抱"。或许正是因为歌谣体潜在的韵律和腔调的限制，周作人将这首译作称为"近似白话的古文"，所谓"古文"，在他后来的语境里，即意味着保留了太多旧调与格套的僵硬文体。相比之下，鲁迅用古雅的骚体笔述的一首女神情歌，倒是与原诗句句对应，堪称既"信"且"达"。今略引其前半章（并附原作）如下：

婉婉问欢兮，问欢情之向谁，
相思相失兮，惟夫君其有之。
载辞旧欢兮，梦痕滥其都尽，

---

① 〔英〕哈葛德、〔英〕安度阑原著，鲁迅、周作人译：《红星佚史》，北京：新星出版社，2006年，第172页。

② H. Rider Haggard and Andrew Lang, *The World's Desire*, London: Longmans, Green, and Co., 1890, p. 301.

载离长眠兮，为夫君而终醒。①

Whom hast thou longed for most,
True love of mine?
Whom hast thou loved and lost?
Lo, she is thine!
She that another wed
Breaks from her vow;
She that hath long been bed,
Wakes for thee now. ②

由此我们不难看出"白话"和雅言在表达能力尤其是文学功能上的差异：周作人的歌谣体"白话"显然要笨拙得多，它必须在一个情境化的叙事框架中表达意义，而鲁迅所用的骚体雅言，则很轻松地胜任了纯粹的抒情功能。这里其实并没有日后胡适意义上的死文字（文言）和活文字（白话）的对立，影响翻译质量以及最终效果的，毋宁说是译者所选择的诗歌体式在本国文学传统里表达能力的强弱及其容纳异质内容的"延展力"的大小。在当时的背景下，骚体和五言古体成为翻译西方抒情诗最常见的诗体，其中的一个重要的原因，便是这两种诗歌体式在中国文学中有着深厚的抒情传统，而其体式本身和近体格律诗相比，又有着更多的弹性。鲁迅在翻译《红星佚史》及《灯台守》中的诗歌时，较多采用了骚体；大约与此同时，苏曼殊在《拜轮诗选》③中翻译拜伦的《去国行》《哀希腊》等抒情长诗，则选择了五言古体。直到刘半农在《新青年》上发表系列《灵霞馆笔记》，他也是多采用五古或骚体来翻译瓦雷里及拜伦等人的咏物诗和抒情诗。

---

① 〔英〕哈葛德、〔英〕安度阑原著，鲁迅、周作人译：《红星佚史》，第86页。
② H. Rider Haggard and Andrew Lang, *The World's Desire*, p. 152.
③ 苏曼殊的《拜轮诗选》1914年由日本东京山秀社出版，其版权页中注明有1908年及1912年版，但研究者未见。相关版本说明，见《曼殊外集——苏曼殊编译集四种：汉英对照》，第183—184页。

1910 年，周作人用文言译出了匈牙利小说家育珂摩耳的小说《黄华》（出版时改题《黄蔷薇》），他用了当时通行的五言诗体来翻译小说中的牧人之歌，今略引其一：

> 小园有甘棠，繁英覆全树。——
> 的的蕑秋罗，缭乱华无数。
> 娇女初解情，芳心永倾注。
> 适意不在远，是我勾留处。①

这是小说开篇不久，牧人得酒家女所赠黄玫瑰之后，独自在草原里小声低回地吟出的歌。《黄蔷薇》在体式上，乃是取法于牧歌的传奇小说。周作人说他翻译并推重这部小说，即源自"爱古希腊二诗人"之故，其中的"二诗人"之一即为谛阿克列多思；他在译序里还将牧歌小说的源头追溯到这位公元前 3 世纪的古希腊诗人，并云"五百年后有朗戈思（Longos）出，始可为之继"，而"后世之人，作牧歌小说，有隽语佳什可称道者，鲜不源出于此"。② 与《红星佚史》中那首粗俗的战歌不同，《黄蔷薇》里插入的诸多直抒胸臆的牧人之歌，大概一方面因为符合"言志"的文学传统，另一方面又在西方文学史中有着深厚的渊源，所以周作人用了雅正的五言诗体来翻译。然而，如这里所引的牧人之歌，"甘棠""秋罗""娇女""芳心"……由雅正诗体所带来的如此繁复的传统意象，却使得它很难表现出异域牧歌的色彩。此外如"独行风雨中，邂逅谁家子，不惜锦袍湿，为女温玉体"，又如"顾得长偎倚，奚知风雨斜。绣衣一何艳，灿烂见银华"③，这些小说人物随口吟出的歌，经过周作人这五言诗的润色，也难再保留任何地方特色。尽管周作人在序言里强调，"匈加利大野，其地民风物色，别具异彩"，可是他的大部分译诗却只是呈现出一

---

① Jókai Mór 原著，周作人译述：《黄蔷薇》，上海：商务印书馆，1935 年，第 2、3 页。
② 周作人：《〈黄华〉序说》（未刊稿），《周作人文类编·希腊之馀光》，第 551—555 页。
③ Jókai Mór 原著，周作人译述：《黄蔷薇》，第 9、10 页。

种被五言诗体所归化了的中国式的田园风光与情感意绪。

这里其实已经凸显出在两种不同的文学和文化传统之间进行诗歌翻译的根本困难。周作人在 1914 年发表的《艺文杂话》中，曾引述苏曼殊在《文学因缘》中对汉诗英译的感慨——"夫文章构造，各自含英，有如吾粤木棉素馨，迁地弗良，况诗歌之美，在乎节族长短之间，虑非译意所能尽也"，并云"欲翻西诗为华言者，亦不可不知此意"。[①] 诗歌的"节族长短"尤其是音律调式，其实在根本上是无法翻译的，如果希望用诗的方式在另一种语言和文学语境中再现原作的风貌，译者只能勉强在本土文学系统中找到对应的诗体来另行"创作"；然而，这种"创作"却不可避免地受到本土诗体的节奏韵律及其典故系统的制约。周作人在《艺文杂话》中还试着将一首波西米亚古诗译成中国的乐府诗模样，然而随即便自嘲曰："将亦如什师言，犹之嚼饭哺人已尔。"[②] 这里他已经意识到诗歌翻译中永恒的"不及原本"的遗憾。作为解决办法之一，周作人干脆在译入语中放逐掉诗歌的"节族长短"，而用一种自然节奏的散文来达意。《艺文杂话》中还登载了一首周作人所译乌克兰诗人绥夫兼珂（T. Shevchenko，1814—1861）的小诗：

> 是有大道三歧。乌克剌因（小露西亚人自称其地）兄弟三人。分手而去。家有老母。伯别其妻。仲别其妹。季别其欢。母至田间。植三树桂。妻植白杨。妹至谷中。植三树枫。欢植忍冬。桂树不繁。白杨摇落。枫树亦枯。忍冬憔悴。而兄弟不归。老母啼泣。妻子号于空房。妹亦涕泣。出门寻兄。女郎已卧黄土垅中。而兄弟远游。不复归来。三径萧条。荆榛长矣。

周作人用散文翻译得相当直白，但诗作本身的哀怨悱恻之意，却并不因此

---

① 周作人：《艺文杂话》，初刊 1914 年《中华小说界》第 2 期，收入《周作人集外文（1904—1945）》，陈子善、赵国忠编，上海：上海人民出版社，2020 年，第 141 页。
② 同上书，第 143 页。

而减少。这首译诗其实在 1908 年的《哀弦篇》中已经出现，其时周作人称："绥夫兼珂诗美尚，难于移译，今述其一于此，仅能传意而已"①；此时，又再次收入《艺文杂话》，且作为对苏曼殊在《文学因缘》序中所感慨的诗歌翻译之难的回应，这意味着"散文移译"②，在周作人这里不仅是一种消极的补偿方案，它还包含着某种积极的方法上的探索。这里的"散文"，去掉了押韵的限制，亦不复有骚体或五言古体的句式及其典故系统的制约，无疑是一种更加自由的翻译文体，其大致四字一句的停顿法，与六朝的译经文体颇有几分相似。实际上，用这样摆脱了固有诗体及韵律限制的"散文"来达意，也成为周作人此后诗歌翻译的主要方式。

在 1915 年所撰的《希腊女诗人》一文中，周作人翻译了六首萨复的诗歌断片。在《艺文杂话》中，周作人已提及这位鼎鼎大名的女诗人，并称其诗"情文并胜，异国译者，鲜能仿佛。……譬诸蝶衣之美，不能禁人手沾捉也"③。这里所译的六首诗，据他所称，只是用散文"略述其意"而已。不过，尽管只是"疏其大意"并且"不强范为韵语"④，却不难看出，周作人已经试图用散文的自然节奏来建构某种诗体，以期配得上原作的"情文并胜"，如：

> 凉风喁嚅，过棠棣枝间，睡意自流，自颤叶而下。

又如：

> 甘棠色赪于枝头，为采者所忘。
> ——非敢忘也，但不能及耳。⑤

---

① 周作人：《哀弦篇》，《周作人集外文（1904—1945）》，第 82 页。
② 周作人：《艺文杂话》，《周作人集外文（1904—1945）》，第 142 页。
③ 同上书，第 143 页。
④ 周作人：《希腊女诗人》，《周作人文类编·希腊之馀光》，第 164 页。
⑤ 同上书，第 163 页。

这其实已经颇有后来周作人在"五四"时期所提倡的"小诗"的韵味。①第二首更是直接以同样的体式进入了1917年的"古诗今译":

> 你好像那甜频果(Glykomalon),长在枝头面发红。长在树枝上头,那采频果的不曾见。——可不是不曾见,只是他攀不着。②

这的确是"照呼吸的长短作句"的新体自由诗。来自"口语"的"甜频果"一词,也最后洗刷了"甘棠"这一文言词汇中所残留的传统意象。如此看来,在全面改用白话写作之前,周作人在他的文言译述时代,已经进行了所谓"自由诗"的试验;他在"文学革命"中从文言到白话的顺利转化,与这一提前实践的以"散文"为媒介的在语言和体式上都日趋自由的诗歌翻译,无疑有很大的关系。③

这一走向"自由诗"的通道,显然与胡适的白话诗取径非常不同。胡适在美国被友朋们"逼上梁山"开始写作白话诗,据他后来回忆,其初衷是"要用白话来征服诗的壁垒",进而"证明白话可以做中国文学的一切门类的唯一工具"④;至于具体的实践方案,无论是在给绮色佳的朋友们所写的信中宣称的"要须作诗如作文"⑤,还是《文学改良刍议》中提到的"八事"(如"须言之有物""不用典""不讲对仗"以及最关键的"不避俗字俗语"等)⑥,其实都没有对诗歌这一文类本身提出"革命"的主张,所谓"作诗如作文",亦只是将"文之文字"移入诗歌之中而已,并非要用文的体式来撼动原有的诗体。对此,废名后来有一个非常透彻的说法:"胡适之先生最初白话诗的提倡,实在是一个白话的提倡,

---

① 参见周作人:《论小诗》,《周作人散文全集》第2卷,第553—561页。
② 周作人《古诗今译》(未刊稿)所译萨复之诗,《周作人散文全集》第1卷,第514页。《全集》将"甜频果"后附希腊文误作"Grykomalon",此处径改,感谢陈佳的指正。
③ 王风在《周氏兄弟早期著译与汉语现代书写语言》一文中从书写形式的角度提出了类似的观点,可参阅。
④ 胡适:《逼上梁山》,《胡适文集》第1卷,第156页。
⑤ 胡适1915年9月20日作,《逼上梁山》,《胡适文集》第1卷,第144页。
⑥ 胡适:《文学改良刍议》,《新青年》第2卷第5号,1917年。

与'诗'之一字可以说无关。"① 如果简要回溯一下晚清梁启超、谭嗣同等人的"诗界革命",不难发现,他们最初的"革命"动机,便是试图将大量的新名物注入传统诗歌体式之中;而当这些外来词形成了破坏诗体的张力时,最终为维持"诗之为诗"的最后底线,他们选择了向以黄遵宪为代表的古风格的回归。在这个意义上,胡适在来北京之前的白话诗与白话词的尝试,其变革的限度,并没有在根本上超越晚清梁启超等人的"诗界革命",他的"白话",在功能上大致相当于梁启超他们的"新名物",而面对在美国的友人梅光迪、任鸿隽"足下所作,白话则诚白话矣,韵则有韵矣,然却不可谓之诗"② 的质疑时,胡适所努力的方向,正是试图证明白话乃是传统诗歌体式可以容纳的一种语言风格;也正是在这个意义上,来自另一个阵营的钱玄同批评他的这些诗词"未能脱尽文言窠臼""失之于文",所谓"太文",并不单指语言的不够直白,根本的原因还在于未能摆脱诗体词调这些附着于已有的文学形式之上的躯壳与"亡灵"。

钱玄同正是敦促胡适的白话诗从整齐的五七言走向"诗体的大解放"的关键人物;有趣的是,也正是他在1917年下半年的频频访问绍兴会馆,在周氏兄弟与《新青年》上的"文学革命"讨论之间架设了桥梁。周作人在此时精心推出他的《古诗今译》,并在题记中阐述了一番"自由诗"的道理,自然未尝没有通过钱玄同而与胡适的白话诗进行对话的意味。钱玄同在1917年10月22日接到胡适的《尝试集》,读完后即在日记中记下了"失之于俗,失之于文"③ 的评语,在10月31日致胡适的书信中则将这一意见表达为"宁失之俗,毋失之文"④ 的八字箴言。在1918年1月

---

① 废名:《周作人散文钞序》,《废名集》第3卷,王风编,北京:北京大学出版社,2009年,第1278页。
② 任鸿隽1916年7月24日致胡适信,引自胡适《逼上梁山》,《胡适文集》第1卷,第154页。
③ 《钱玄同日记(影印本)》第3册,北京鲁迅博物馆编,福州:福建教育出版社,2002年,第1632页。
④ 《胡适遗稿及秘藏书信》第40册,耿云志主编,合肥:黄山书社,1994年,第252页。

10日终于写出并同样揭载于《新青年》第4卷第2号的《尝试集序》①中，钱玄同再次强调了这一意见，并用大量篇幅从造字法开始申述了一番"言文一致"的道理，在结尾更是对理想的"白话韵文"作了一个透彻的论述：

> 现在做白话韵文，一定应该全用现在的句调，现在的白话。那"乐府""词""曲"的句调，可以不必效法；"乐府""词""曲"的白话，在今日看来，又成古语，和三代汉唐的文言一样。有人说：做曲子必用元语。据我看来，曲子尚且不必做，——因为也是旧文学了——何况用元语？即使偶然做个曲子，也该用现在的白话，决不该用元朝的白话。

很显然，钱玄同不太满意胡适白话诗中所残留的某种词体或曲调（亦即他所说的"失之于文"），在他看来，要使"白话"成为传达思想感情的透明媒介，就必须抛弃一切附着于白话之上的已有文学形式的句调、声律乃至用语习惯。所谓"诗体的大解放"，在钱玄同这里，远比胡适所理解的突破五七言句法来得彻底，它的目的是要涤荡掉一切"旧文学的腔套"，建立绝对的"用今语达今人的情感"② 的新文学，其背后的根本机制，则是严格地贯彻在他的文字改革与文学革命之中的"言文一致"的主张；他这里的"言"是指绝对服从于今音的"今语"，而"文"则是指文字或者是文学的书写形式；因此，钱玄同这里的白话，乃是被理解为一种与今音和今语绝对合一的理想的书写语言。

如果将"言文一致"的"文"放在"文体"的意义上来理解，那

---

① 此序在《新青年》中刊出前实未经胡适寓目。钱玄同在1918年1月10日日记中写道，"将尝试集序修改一番即登入新青年四卷二号"——此期《新青年》正是由钱玄同轮编，1月14日日记便有"交稿寄出"的记录；而此时正值胡适回家省亲，他在1月12日致钱玄同信中还询问此序的进展（参见《胡适来往书信选》[上]，中国社会科学院近代史研究所编，北京：中华书局，1979年，第10页）。后来随《尝试集》刊出的序言与《新青年》上刊出的版本有很大出入，值得留意。

② 钱玄同：《尝试集序》，《新青年》第4卷第2号，1918年。

么，周作人自清末以来的诗歌翻译的推进方式，其实与钱玄同的"革命"逻辑相当一致。为了更加妥帖地翻译和传达域外诗歌的意旨与风格，周作人选择了用散文来达意的方法，他首先将固有的诗体形式（这亦是他理解的"文"的一种）从翻译文体中涤荡了出来，他的"自由诗"乃先于"口语"而存在。从这个角度再来理解周作人的所谓"从文言到口语"的转变，那么，其"口语"便是解放翻译文体的更进一步的产物，它从一开始就不是"引车卖浆"之徒所用的俗语，或者胡适所追摹的明清小说中的白话（按照钱玄同的逻辑，这些俗语和白话，也是某一类人或某一类文的特殊用语，类似于"元朝的白话"），而是从用"散文"译诗的逻辑发展而来的，一种摆脱了任何"旧文学的腔套"（亦即其题记中所称的"声调好读"的"汉文一般样式"），近乎透明同时又是普遍的翻译书写媒介。

"革命"的破坏逻辑如此，作为韵文的建设方案，刘半农在《我之文学改良观》中提出的"重造新韵"和"增多诗体"的主张，得到了钱玄同的大力赞同。所谓的"重造新韵"，其实是在"今音"的基础上，为韵文的写作建立新的形式规范，它所契合的正是钱玄同所追求的绝对的文学上的"言文一致"。然而，周作人走得更加彻底，他根本就打算放弃韵律和诗体，认为只要用口语"照呼吸的长短作句"，"不能用五七言，也不必定要押韵"，便可以成就将来新文学的"自由诗"；事实上，在周作人此后的新诗创作中，对不押韵的近乎执拗的坚持，也成为他区别于胡适以及同时期其他《新青年》同人鲜明的风格标志。看来，尽管在改革文体或诗体的层面上，周作人与钱玄同的革命主张达成了一致，可是他却并不执着于钱玄同所念兹在兹的作为"今语"所必须服从的那个"今音"——作为终极目标的"言"，而是将他的文学改革思路严格限定在"文"的畛域之内来进行：他这里的"口语"，其实与"今音"没有关系，它乃是一种摆脱了任何形式与腔调（甚至是"今音"）限制的纯粹的书写语言。这其实为周作人此后主张在白话文中请进方言和古语乃至文言词汇等通达的文体主张埋下了伏笔。那么，周作人究竟是如何达到这种关于白话文的文体自觉的呢？这里不妨回到他的《古诗今译》，对他用

"口语"对译 Theocritus 牧歌的内部过程作进一步的考察。

三、安特路朗的角色

对于谛阿克列多思这首牧歌,周作人后来又有不断的修订和重刊:继《新青年》上刊出之后,1921 年又以《割稻的人》为题刊于《晨报副镌》的"古文艺"栏目中,1925 年收入《陀螺》时改题《农夫,一名割稻的人》,1926 年又在《骆驼》杂志上重刊,直到 1934 年又经过再次校改收入了《希腊拟曲》。1926 年,周作人将这首牧歌在《骆驼》上重刊时,曾特别说明"《农夫》一篇数年前曾从 Andrew Lang 英译本重译过,今据原文校改"①,这"数年前"所译的《农夫》,所指正是《新青年》上刊出的《古诗今译》,其时径直题作《Theokritos 牧歌第十》。看来,周作人在最初的翻译中,并非直接用"口语"对译了谛氏牧歌的希腊原文,而是对英国文人安特路朗(Andrew Lang,1844—1912)的英译本的"重译"。

安特路朗是英国维多利亚时代一位著作颇丰的诗人、文学批评家、历史学家和民俗学家。他的不拘于某一专业领域、介于学者和文人之间的"永久的'爱美'者"②的姿态,对周作人的思想、趣味与文章,甚至是作为"杂家"的身份认同等各方面都影响至深。除了以开创人类学派的民俗学研究而著称之外,安特路朗在当时还是一位颇具盛名的古典学者。他在 1879 年用英语散文体译出了荷马史诗《奥德赛》(与 S. H. Butcher 合译),1883 年又出版了《伊利亚特》的散文译本(与 Walter Leaf 和 Ernest Myers 合译),后者正是使得他声名大噪的作品。安特路朗的翻译以文风古雅著称。著名的希腊古典文学译者穆雷(Gilbert Murray,1866—

---

① 周作人:《沙漠之梦》,原刊 1926 年 7 月《骆驼》第 1 期,收入《周作人文类编·希腊之馀光》,第 210 页。

② R. L. Green, *Andrew Lang: A Critical Biography*, Leicester: De Montfort Press, 1946, p. 53. Green 引用了 Henley 的 "The Divine Amateur" 一词来形容安特路朗的杂学趣味及其对自己所做工作的"纯粹的爱好"。

1957）曾将安特路朗与 Butcher 合译的《奥德赛》称作"一本漂亮的书"，并指出："尽管作者采用了散文的形式，并且是直译（literal translation），但这不妨碍它仍然成其为一首诗，有着自身的典雅风格，——即使它并不完全等同于希腊学者所认可的荷马史诗的那种无与伦比的风格。"① 面对当时另一位荷马史诗译者 Samuel Butler 的批评——Butler 认为他使用了一种过于古旧的英语，安特路朗辩解说："我必须申明，我们是在翻译一种本身就很古雅并且很复杂的希腊作品，它们从来就不是一种口头语言，而我们所使用的词汇，也从来没有超过英语《圣经》的读者熟悉的程度。"②

1880 年，安特路朗独立完成了对三位古希腊诗人 Theocritus、Bion 与 Moschus 之牧歌的散文体英译，这便是周作人发表在《新青年》上的《古诗今译》所用的底本。据周作人回忆，他在 1907 年前后译出安特路朗与哈葛德合著的《红星佚史》时，已搜集到不少安特路朗的著作，其中除了《习俗与神话》（Custom and Myth，1884）及《神话仪式与宗教》（Myth Ritual and Religion，1887）这两部神话学的书之外，"还有一小册得阿克利多斯牧歌译本"③，它指的就是安特路朗这册 1880 年的牧歌译本。与上述引起争议的史诗译本不同，这册牧歌译本一经问世即被公认为作为翻译者的安特路朗最好的作品——它甚至在正式出版前一年就被人以"样本"的方式抢先出了盗版；安特路朗的传记作者 Green 说，这是因为译者的典雅文风恰到好处地唤起了希腊化时代之拟古文体的回音。④

安特路朗为这册译本写了一篇长达三十六页的导言，题曰《Theocritus 与他的时代》。在导言中，安特路朗以谛阿克列多思的作品为依据，勾勒了其所处时代的地理与文化氛围。在他看来，谛阿克列多思的诗歌天然美妙，很少来自前代诗人的影响，而是由西西里岛的民风物色自然孕育而成；其牧歌是对西西里自然风光和人情风俗的真实摹写，而后世的牧歌诗

---

① R. L. Green, *Andrew Lang: A Critical Biography*, pp. 75-76.
② Ibid., p. 75.
③ 周作人:《习俗与神话》,《夜读抄》,第 20 页。
④ R. L. Green, *Andrew Lang: A Critical Biography*, p. 76.

人则是对谛阿克列多思的模仿。① 周作人在1910年所写的《〈黄华〉序说》中,即大量摘译了这篇导言,用作对于谛阿克列多思牧歌的解说。安特路朗认为谛阿克列多思牧歌是古代牧人生活的真实写照,且其中的歌吟与近世希腊民谣颇为相似,这一观点也被周作人忠实地接受下来。他在《〈黄华〉序说》中称"谛氏田园诗,记其国人生活,事皆如实,农牧行歌,未可为异"②,在《欧洲文学史》中又写道:

> Syrakuse 之地,山川纵横,物色至美,终年受朝日之光,万物欣欣向荣。牧人傍榆柳之阴,吹管吟诗,诉其哀怨,或歌吟角技,以乐佳日。后世或疑非实,然证以现代民谣,文情颇多相似。第三章怀 Amaryllis 之歌,至今犹不绝于人口。第十章刈禾人吟,则或移录所闻,非出创作,亦未可知也。③

周作人这里所说的"刈禾人吟",指的正是《牧歌第十》中 Milo 最后所唱的那首收获歌。在安特路朗的译本中,这首歌被以斜体的方式印刷出来,区别于正文,表明安特路朗将它视作对当时民谣的真实记录。

周作人发表于《新青年》上的《古诗今译》,基本是对安特路朗散文译本的直译。我们不妨将两个译本中 Bucaeus 所唱的情歌作一对照:

> Ye Muses Pierian, sing ye with me the slender maiden, for whatoever ye do but touch, ye goddesses, ye make wholly fair.
>
> They all call thee a *gipsy*, gracious Bombyca, and *lean*, and *sun-burnt*, 'tis only I that call thee *honey-pale*.
>
> Yea, and the violet is swart, and swart the lettered hyacinth, but yet these flowers are chosen the first in garlands.

---

① Andrew Lang, *Theocritus, Bion and Moschus: Rendered into English Prose*, with an Introductory Essay, London: Macmillan and Co., 1880, pp. ix-xxxvi.
② 周作人:《〈黄华〉序说》,《周作人散文全集》第1卷,第211页。
③ 周作人:《欧洲文学史》,第53页。

The goat runs after cytisus, the wolf pursues the goat, the crane follows the plough, but I am wild for love of thee.

……

Ah gracious Bombyca, thy feet are fashioned like carven ivory, thy voice is drowsy sweet, and thy ways, I cannot tell of them!①

乙 咦，你每 Pieria 的诗神，帮我来唱那袤娜的处女，因为你每惹着凡物，都能使他美丽。

歌 他每都叫你黑女儿，你美的 Bombyka，又说你瘦，又说你黄；我可是只说你是蜜一般白。

咦，紫花地丁是黑的，风信子也是黑的；这宗花，却都首先被采用在花环上。

羊子寻首蓿，狼随着羊走，鹤随着犁飞，我也是昏昏的单想着你。

……

唉，美的 Bombyka，你的脚象雕成的象牙，你的声音甜美催人睡，你的风姿，我说不出。——②

除了第一句的理解失误之外③，周作人的译文基本上是对安特路朗译文的忠实对译，其文体的确如《题记》所说，乃是一种"照呼吸的长短作句"的"口语诗"。这里的"口语"，与上文所引《红星佚史》中那首白话歌谣有很大的不同④，它完全摆脱了译入语语境中任何已有调式韵律的约束，也放弃了试图与（想象的 Theocritus）原作建立起形式对等关系的新

---

① Andrew Lang, *Theocritus, Bion and Moschus: Rendered into English Prose*, with an Introductory Essay, p. 55.
② 周作人：《古诗今译》，《新青年》第 4 卷第 2 号，1918 年。
③ 安特路朗将原作的人物对话与歌一律都译成了不加区别的无韵散文，以致周作人在初次翻译时，分不清是歌是话：这首情歌以呼唤诗神缪斯开头，它在安特路朗译本中因为分页的缘故与第二句隔开了，而周作人则误以为是 Bucaeus 的答话，故他所译出的歌，乃是从第二句开始的。
④ 有意思的是，《红星佚史》原作中的歌谣，周作人也认定出自安特路朗的手笔。参见周作人：《知堂回想录（药堂谈往）手稿本》（七六·翻译小说上），第 180 页。

格律的创设，用周作人自己的话说，只是"'照字按句'地写出'一篇直致的白话文'，说明诗意而已"①。

安特路朗认为谛阿克列多思的牧歌源自民歌，具有纯朴出自然的特质，这乃是维多利亚时代的普遍观念②；今天的西方学界对此提出了诸多质疑。Richard Hunter 认为，《牧歌第十》并非对乡村生活的简单再现，其中无论是 Bucaeus 的情歌，还是 Milo 的收获歌，都有着赫西俄德（Hesiod）的回音，譬如 Bucaeus 这首情歌以呼唤"庇厄利亚的缪斯们（Muses Pierian）"开头——赫西俄德的《工作与时日》（*Works and Days*）正是如此开篇，这对于往往致力于颠覆正统诗体的民间歌谣而言，无疑具有一种"不协调的庄重感"③；此外，Jonas Grethlein 也提醒我们注意这篇牧歌在韵律上的反讽意味：在 Bucaeus 唱完他的情歌之后，Milo 说"他唱得非常合拍（he has measured out well the pattern of his tune）"，这其实是在暗中提醒读者：谛阿克列多思将一首抒情歌（lyric song）用史诗体的韵律（hexameter）表现了出来。④ 这种韵律上的反讽意味和文本中的机锋，在安特路朗的散文译本中显然无法被传递出来。⑤

实际上，安特路朗译文的典雅文体，与他认为谛阿克列多思牧歌纯朴出自然之间，本身就有着难以弥合的矛盾。英国学者 John William Mackail 曾对安特路朗的译文提出批评。如 Bucaeus 情歌的最后一句，安特路朗的译文"thy feet are fashioned like carven ivory（你的脚像雕成的象牙）"，在

---

① 周作人：《馀音的回响》，原刊《晨报副镌》1924 年 7 月 2 日，收入《周作人文类编·希腊之馀光》，第 218 页。
② 这一观念以 John Addington Symonds 为代表，参见 J. A. Symonds, "The Idyllists," in *Studies of the Greek Poets*, London: Smith, Elder and Co., 1873, pp. 302-340。关于维多利亚时期对希腊牧歌的研究，可参见 Richard Jenkyns, *The Victorians and Ancient Greece*, Oxford: Blackwell, 1980, 以及 Kathryn J. Gutzwiller, *Theocritus' Pastoral Analogies: The Formation of a Genre*, Madison: University of Wisconsin Press, 1991, pp. 194-196。
③ Richard Hunter, *Theocritus and the Archaeology of Greek Poetry*, Cambridge: Cambridge University Press, 1996, p. 126.
④ 参见 Jonas Grethlein, "A Slim Girl and the Fat of the Land in Theocritus, *ID*. 10," *Classical Quarterly*, Vol. 62, No. 2 (2012), pp. 603-617。
⑤ 此处周作人在《古诗今译》中译作"他唱得真好"，表明他也未能体会出这一韵律上的反讽意味。

Mackail 看来，这是一种 18 世纪典雅的宫廷小说体（courtly romance），引起的是"有像象牙雕成的脚的人，身穿柔软的衣服，住在王宫里"的联想，但这一句对应的希腊原文是"Podes astragaloi teu"，直译过来便是"your feet are knucklebones（你的脚是羊脚骨）"，丝毫没有安特路朗译文中的"象牙雕的"以及引起"王宫"联想的字样。①

有意思的是，周作人的"口语"体译文——尽管是对安特路朗的典雅英文的高度直译，却在一定程度上避免了安特路朗译文所面临的上述质疑。以"口语"写作，在当时的中国文学语境中实为破天荒的尝试，它有效地避免了任何固有"汉文样式"的附着，在读者心中唤起的是一种新鲜而异质的阅读感受，而这恰恰符合深受安特路朗影响的周作人对于谛阿克列多思牧歌在古希腊文学语境中的文体想象——与民歌一样纯朴出自然。

"五四"时期，与文学革命及白话文运动相伴随的，还有一场致力于"走向民间"的民俗学运动，周作人便是其中的先驱。周作人的民俗学的方法与视野，也带有鲜明的安特路朗的印记。从日本回国之后，1914 年，周作人在《绍兴教育会月刊》发表了一则征集儿歌童话的启事②，这成为"五四"歌谣运动的先声。洪长泰（Chang-tai Hung）在《走向民间》一书中指出，"五四"歌谣运动与白话文运动之间有着显著的亲缘关系，刘复、顾颉刚等人对于民歌特质的概括——简单、天然、通俗——与胡适对于白话文学的期待，几乎一一吻合。③ 被"五四"新文化运动所裹挟的周作人，此时也积极撰文为歌谣运动摇旗呐喊，认为民歌中蕴含着表达民族心声的"真诗"。当然，这是一种深受浪漫主义思潮影响的"五四"时期的意识形态，所谓借鉴民歌而创建"民族的诗"的提议，更多地表达着

---

① John William Mackail, *Lectures on Greek Poetry*, London: Longmans, Green and Co., 1926, pp. 227-228.
② 周作人：《采集儿歌童话启》，原刊 1914 年 1 月《绍兴县教育会月刊》第 4 号，收入《周作人文类编·花煞》，钟叔河编，长沙：湖南文艺出版社，1998 年，第 503—504 页。
③ Chang-tai Hung, *Going to the People: Chinese Intellectuals and Folk Literature, 1918-1937*, Cambridge, MA.: Harvard University Press, 1985, p. 62.

新文化人对于"民间"的美好想象。①

事实上,周作人对《牧歌第十》的翻译在《新青年》中引起的读者反馈,即颇能说明这种想象与实际之间的落差。《新青年》第 5 卷第 6 号"通信"栏中刊出的一封"张寿朋来信",对周作人的《古诗今译》提出了不客气的批评。张寿朋认为,牧歌的译者未能将外国的风气习惯语言条理融化重铸,故而译文"中不像中,西不像西",对于普通读者而言,未免"阳春白雪,曲高和寡"了;相比之下,同卷胡适所译的《老洛伯》一诗,倒"很可以读"。② 《老洛伯》是胡适对苏格兰女诗人 Lady Anne Lindsay 的抒情歌谣"Auld Robin Gray"的翻译,遵循的恰是中国民歌的调式。张寿朋的来信随后引发了周作人关于翻译问题的强硬主张;暂且抛开这一关于翻译策略的论争不谈,从张寿朋的反馈至少可以看出,周作人用直译法所译出的谛阿克列多思牧歌,与真正的通俗的民歌,无论在内容还是形式上其实都相距甚远。

周作人对于民歌的颇具浪漫主义色彩的认识,很快就产生了变化;大约 1930 年前后,他开始意识到,流传于民间的歌谣,有不少是对前代文人作品的通俗模仿之作。③ 事实上,周作人在 1914 年通过启事征集而来的歌谣仅有一首,他在"五四"时期对于"民歌"的浪漫之美的认识,在很大程度上,乃是借助于《古谣谚》(1861)、《天籁集》(1862)、《越谚》(1882)、《孺子歌图》(*Chinese Mother Goose Rhymes*,1900)等经过中外文人整理的书面文本。从这里反观周作人对谛阿克列多思牧歌的翻译,我们不难发现,经过安特路朗的阐释并以其典雅译文所呈现的这位古希腊诗人的作品,在周作人对民歌的浪漫主义认识中,也扮演了重要角色:与其说周作人从民歌出发发现了谛阿克列多思作品的价值,不如说谛阿克列多思牧歌之美(当然是以安特路朗的翻译为中介)为周作人想象"民歌"提供了一个丰富的驰骋空间。由此,我们也得以洞悉周作人用来

---

① 参见陈泳超:《想象中的"民族的诗"》,《中国现代文学研究丛刊》2006 年第 1 期。
② 张寿朋等:《通信:文学改良与孔教》,《新青年》第 5 卷第 6 号,1918 年。
③ 周作人《重刊〈霓裳续谱〉序》,原刊 1930 年 10 月《骆驼草》第 24 期,收入《周作人文类编·花煞》,第 572—577 页。

翻译谛阿克列多思牧歌之"口语"的意识形态性:这里的"口语",与其视为民间真实的口说语言,不如理解为新文化人对建设一种致力于表达国民之心的"新文学"的文体想象。

四、翻译作为形式:通向"直致的白话文"

1924年,周作人根据希腊原文及其他英译本,对他所译的《牧歌第十》进行了校改,并新译了牧歌集中的第三首(*Id.* 3)和第二十七首(*Id.* 27)。这几篇译作,除在《语丝》《骆驼》等杂志上陆续刊出之外,还一并收入了周作人的诗歌小品译文集《陀螺》。在发表于《骆驼》杂志的重刊说明中,周作人写道:

> 谛阿克列多思在二千二百年后被译为中国的白话,想起来有点奇怪。这不为别的,只觉得谛阿克列多思与白话似乎不很相配,读了自己的译文有时竟觉得不像是谛阿克列多思的话,我的白话是这样的非牧歌的。但是我所能写的只是白话,所以没有别的法子。……现在的白话诚然还欠细腻,然而俗语说得好,"丑媳妇终要见公婆面,"索性大胆地出来罢,虽然不免唐突了古人。①

这是周作人阅读了希腊原文之后对自己白话译本的反省。然而,"反省"之后,周作人的翻译主张却与最初发表在《新青年》上的《题记》没有本质差别,即认为在现代中国,除了口语体的"白话",没有更适合翻译谛阿克列多思牧歌的文体。

就《牧歌第十》而言,周作人校改后的译本与《新青年》上的初译本相比,词汇上的改动最大。仍以上文所引 Bucaeus 的情歌为例,《陀螺》中所收的《农夫,一名割稻的人》的译文如下:

---

① 周作人:《沙漠之梦》,原刊1926年《骆驼》第1期,收入《周作人文类编·希腊之馀光》,第210—211页。

> 蒲 "你们比呃洛思山的诗神们，帮助我来唱那袞娜的少女，因为你们神女触着一切，即使一切美丽。
>
> 大家叫你黑姑娘，可爱的滂比加，又说你瘦，又说你黄，只是我说你是蜜白。
>
> 紫花地丁是黑的，有字的风信子也是黑的，但是这些花朵都首先被采用在花鬘上。
>
> 母羊寻苜蓿，狼追着羊走，鹤追着犁飞，但是我只昏昏地想着你。
>
> ……
>
> 可爱的滂比加，你的脚是象牙，你的声音是阿芙蓉，你的风姿，我说不出来。"①

与《新青年》的初刊本相比，《陀螺》版的译文在用词上，每一行都有不同程度的改动：如第一行中的"少女"初译为"处女"，"神女"在初译本中没有女性的性别标识；第二行中的"黑姑娘"初译为"黑女儿"，"可爱的"初译为"美的"；第三行"有字的风信子"，初译只单作"风信子"；第四行中的"母羊"，初译作"羊子"；等等。这些改动，用周作人自己的话说，是"根据原文，用几种英译作参照，读法解说诸家有出入的地方，由我自己择取较为满足之说应用"②的结果。

其中，针对 Bucaeus 情歌的最后一行，周作人后来专门写了《象牙与羊脚骨》一文来讨论他的翻译。他引用了上文提及的 J. W. Mackail 对安特路朗译文的批评，但以"羊脚骨"（knucklebones）在汉语中难以引起任何诗与美的联想为由，为自己仍然遵照安特路朗的译法——选择"象牙"（ivory），而不是更忠实于原文的"羊脚骨"——作辩护。③ 当然，接下来的一句，《新青年》初译本中的"你的声音甜美催人睡"，周作人没有继续遵从安特路朗的译法，而是参考了 Loeb 丛书中 J. M. Edmonds 的

---

① 周作人译：《农夫，一名割稻的人》，《陀螺》，北京：新潮社，1925年，第8—9页。
② 周作人：《沙漠之梦》，《周作人文类编·希腊之馀光》，第210页。
③ 周作人：《象牙与羊角骨》，《谈龙集》，上海：开明书店，1927年，第233—235页。

英译——"Your voice is poppy"①，改为了更加质直的译法——"你的声音是阿芙蓉"。

除了词汇的改动，在句式上，周作人很少再作调整。Edmonds 译本将《牧歌》中的歌（songs）一律译成了韵文，他在导言中指出，散文是对话与叙述的合适媒介，而歌吟只能以韵文来传达。② 周作人则仍然坚持他晚清以降的"散文达意"法。在他后来对于《牧歌第十》的不断校改中，Bucaeus 与 Milo 的两首歌，一直是无韵的散文体式。这种散文译法，自然会造成原作韵律形式及其意义的丢失。譬如 Milo 对 Bucaeus 唱完情歌之后的评价，在《陀螺》所收《农夫，一名割稻的人》的译文中，周作人将《新青年》初译本的"他唱得真好"③，改为"你看他唱得多么合拍"④，这显然是参照原文及其他英译本之后的校正；然而这一校正在周作人译本的上下文中，仍然无法传递出原文的机锋（即 Theocritus 让 Bucaeus 以史诗体韵律唱出抒情歌的反讽意味），并且反而在文本中形成了内在的扞格：既然是无韵的散文，又何来"合拍"之说？

在近现代翻译史中，周作人（与鲁迅一起）一直被视为"直译"的代表，其翻译方法与晚清以来的"意译"风尚形成鲜明对照。然而，通过上文的分析不难看出，周作人的翻译，虽然以"直译"相号召，但并不执着于对原文或是某一底本的忠实再现。就对《牧歌第十》的翻译而言，周作人所有版本的译文都放弃了对 Theocritus 原作韵律的传递，而他随后的校改，也并不完全遵循安特路朗或是 J. M. Edmonds 译本的权威，他保留根据自己的理解和译入语语境进行调整的权利。与鲁迅后来坚持到"宁信而不顺"的翻译主张相比，周作人的"直译"策略，从一开始就更具弹性。在 1925 年所写的《〈陀螺〉序》中，周作人指出，"直译"并非要"一字一字地将原文换成汉语"，譬如"英文的 Lying on his back，不译

---

① Theocritus, *The Greek Bucolic Poets*, p. 135. 20 世纪 30 年代，周作人在翻译 Theocritus 的四首拟曲 Id. 2, 14, 15, 27 时，将 Edmonds 译本列作主要的参考底本，见周作人：《希腊拟曲》，"例言"第 8 页。
② Theocritus, *The Greek Bucolic Poets*, p. xxv.
③ 周作人：《古诗今译》，《新青年》第 4 卷第 2 号，1918 年。
④ 周作人译：《农夫，一名割稻的人》，《陀螺》，第 9 页。

作'仰卧着',而译为'卧着在他的背上'";在他看来,由于不同语言表达方式的差异,在翻译中对原文的表达样式"稍加变化",是不可避免的。① 此时的周作人,已摆脱了文学革命时期与鲁迅共同发言的语境,《〈陀螺〉序》中的陈述,可以看作他更为独立的个人意见。

1925年出版的《陀螺》,是周作人散文译诗的集大成者,收录了包括 Theocritus 牧歌在内的周作人翻译的二百七十八篇外国诗歌。周作人的翻译对象,囊括了牧歌、拟曲、对话、小说、古诗、散文小诗、田园诗、俳谐诗,到日本的俳句、短歌与俗歌等多种诗体形式,这些诗体在各自的文学语境中,有着非常不同的文类属性以及古今雅俗的分野(如 Theocritus 牧歌与波德莱尔的散文诗、日本的俳句之间,简直天差地别),而经过周作人的"散文达意",一律变成了从《古诗今译》中延续下来的"直致的白话文"。对于这一翻译策略,周作人在其中的《〈日本俗歌六十首〉译序》(1921)中,有一番通透的论述:

> 我的翻译,重在忠实的传达原文的意思……但一方面在形式上也并不忽略,仍然期望保存本来的若干的风格。这两面的顾忌使我不得不抛弃了做成中国式的歌谣的妄想,只能以这样的散文暂自满足。……正如中国的一篇《蘼芜行》,日本可以译成诗的散文,而不能译成俗歌,所以我们也不能将俗歌译成中国的子夜歌。欧洲人译《旧约》里的《雅歌》只用散文,中国译印度的偈别创无韵诗体,都是我们所应当取法的。②

这一说明,与周作人在《古诗今译》题记中所说的"不及原本""不像汉文"的"辩解",显然构成了内在的呼应,在此我们亦可洞悉周作人"直译"理念的精髓。在他这里,为了如实"传达原文的意思"并"保存本来的若干风格",反而需要对原文的形式格律进行一定程度的疏离;而在译入语语境中,他也并没有去寻找一种现成的对应形式(譬如"中国式

---

① 周作人:《〈陀螺〉序》,《陀螺》,第1—6页。
② 周作人:《〈日本俗歌六十首〉译序》,《陀螺》,第262—264页。

的歌谣"),而是创造了一种全新的书写文体——"直致的白话文"。周作人在此举出的两种取法对象——《旧约》与印度偈的翻译,是译经史上的著名案例,实则他自身的翻译的确与这种译经的精神和方法颇有可比之处:作为"原作"的经文,既是至高无上的,又是无法企及的,因此译者只能变换形式,以一种卑微的、碎片化的文体去最大程度地贴近;换言之,为了在译文中完整地唤起原作的"内外之美",必须**同时**从原作和译文的体式格律或文类成规中解放出来。这里的"直致的白话文",既不是对原作的复制,亦非汉文中习见的表达方式,它是从周作人晚清以降散文译诗的脉络中进一步解放文体的产物,同时又契合了文学革命时期新文化人对于"口语"的文体想象。

在《译作者的任务》一文中,本雅明将翻译视为一种独立于原文的"自成一体的文学形式"①,并将《圣经》的逐行对照本视为所有翻译的原型和理想。周作人的"直译"方法和理念,与本雅明对"译作者的任务"的理解和期待,颇有相通之处。在他这里,"直译"并不意味着对原作形式和内容的忠实复制,反而是一种"不及原本""不像汉文"的双重"疏离"的艺术。本雅明将"句子"比作"矗立在原作语言面前的墙",而"逐字直译"则被他视为"拱廊通道"(arcade)②;在这个意义上,周作人的"直译",通过对原作与译入语语境中的体式格律的双重"疏离",也成功地扮演了一种在译文中再现原作意图与风格的"拱廊通道"的角色——只不过,矗立在这一拱廊通道两旁的"墙",不只是句子本身,还有附着在句子之上的调式格律这些文体形式。

近代以来,通过翻译而引入西洋词法、句法以及由此引起的对于现代汉语书面语的改造,通常被称作"欧化";周作人"五四"时期的"直译",也被视为"欧化的白话文"的始作俑者。通过对他在《新青年》上所发表的"第一篇白话文"——《古诗今译》之翻译过程的详尽分析,

---

① Walter Benjamin, "The Task of the Translator," in *Walter Benjamin: Selected Writings, Vol. 1, 1913-1926*, eds. Marcus Bullock and Michael W. Jennings, Cambridge, MA.: Belknap Press of Harvard University Press, 1996, p. 258.

② Ibid., p. 260.

我们发现，所谓"欧化"，并非只是译者单向度地向现代汉语中输入新的表达法，而是包含了一种全面的文体更新与创造。借用本雅明的说法，周作人在《古诗今译》中所开启的"直致的白话文"，乃是通过翻译而建立的"自成一体的文学形式"：它与译经史上的无韵偶体以及《雅歌》的散文译本一样，一方面，通过对异域思想与文辞最大程度的贴近而扩大了本土文学的范围；另一方面，又通过翻译而涤荡了这一表达式中任何可能的附着其上的固化体式韵律的残迹，因此而获得了更为自由和更富于弹性的表达力。这一以翻译为途径所建立的"白话文"，很快就超越了译诗的界限，而被确立为致力于向一切已有传统思维方式和文学体式进行挑战的"新文学"理想而普遍的书写媒介。

回到文学革命的话语场域，钱玄同在《尝试集序》中所提出的"言文一致"的主张，即希望涤荡掉一切"旧文学的腔套"、建立绝对的"用今语达今人的情感"的新文学，显然包含着一种"声音中心主义"的意识形态。从这个角度来反观周作人通过翻译所建立起来的"直致的白话文"——换言之，一种无声的"口语"，那么，它在文学革命的话语语境中，无疑是一种火中取栗的形式：一方面，它通过与"口语"的接近而达到了与"文学革命"的合流，但同时又通过对"声音"的摈弃，而与同时代"言文一致"的意识形态拉开了距离。与句法、章法这些有形的形式相比，声音的格律乃是翻译过程中的"终极形式"，因为它在根本上是无法翻译的。周作人通过对翻译史上的相关论述以及自身翻译实践的体认，早已洞悉这一翻译的本质。既然因为有这一"终极形式"的制约，译文永远也无法做到与原本绝对合一，那么不如放弃这种"合一"的幻想，通过将声音的格律从文章形式中彻底地涤荡出来，从而获得翻译与表达的自由。周作人的《古诗今译》，便是通过建立"直致的白话文"这一新的彻底摒弃了声音格律的文章形式，对原作韵律和汉文声调进行了双重疏离，从而超越翻译中"殊隔文体"的宿命而获得了自由。

这种经由翻译而锤炼出的文体感觉，无疑也对周作人此后的文章理想与散文写作产生了重要影响。周作人后来对八股文以及以韩愈为代表的讲究腔调的古文，进行了几乎是终其一生的批判，这背后包含着他对植根于汉字特质的文章的音乐性的警惕：在他看来，正是因为声调在其中作为文章形式的顽固存在，八股与古文这些文体才在历史的发展中逐渐失去了对意义与色泽的敏感而变得空洞和僵化；相比之下，我们亦不难理解，他何以对六朝散文与佛经文学表示出特别的爱好，甚至对骈文这种高度形式化的文体亦有所包容——因这诸种文体中都至少包含了对"谐调"的放逐。自20世纪20年代后半期开始，周作人的散文风格出现了一定程度的变化，简言之，即放弃了自我表现这一"五四"时代的文学信念，转而追求一种迂回、生涩亦即废名所说的"隔"的风致；如果我们将周作人对于翻译本质的体认稍作引申，那么，这里他所放弃了的"自我"，不正等同于翻译中那不可企及的"原作"吗？这么说来，周作人其实早已通过翻译而洞悉了"文"不能与终极之"言"——此"言"可由声音引申为翻译中的"原作"、文学表达中的情志或自我——合二为一的道理，从而将终身的文体与文学改革的努力，限定在了"文"的畛域之内。

第四章 文类旅行：从安德烈耶夫《思想》到鲁迅《狂人日记》

　　继周作人的"第一篇白话文"《古诗今译》1918年在《新青年》第4卷第2号刊出后，鲁迅在《新青年》第4卷第5号发表了短篇小说《狂人日记》。《狂人日记》在现代中国文学中极具象征意味，它被视为第一篇用现代体式创作的白话短篇小说，标志着中国现代小说的伟大开端；关于它的诞生故事，我们也耳熟能详，鲁迅在《〈呐喊〉自序》中将动笔的契机归于老朋友金心异（钱玄同）的来访，而《狂人日记》的写作，则成为毁坏"铁屋子"的第一声"呐喊"。这一"铁屋中的呐喊"，因其高度具象而又高度凝练的特质，成为妥帖地描述现代作家"鲁迅"乃至现代中国文学诞生的著名意象。然而，这一耳熟能详的故事与意象，对于我们分析《狂人日记》作为一部具体的现代短篇小说的发生，尤其是鲁迅所强调的其"表现的深切和格式的特别"①，却多少显得有些隔膜和抽象。

　　1910年，清末著名报人陈景韩（笔名冷、冷血）在《小说时报》第1卷第6期发表了小说译作《心》，这是继《域外小说集》中鲁迅所译《谩》和《默》之后，安德烈耶夫在中国被译介的第三篇作品。《心》以

---

① 鲁迅：《〈中国新文学大系〉小说二集序》，《鲁迅全集》第6卷，第246页。

日记体的形式，记录了一名关押在精神病院中的医生为自己的杀人行为所作的呓语般的长篇辩护；小说正文前有一个"楔子"，以正常语气交代此篇记录的来源，谓此乃小说主人公进入精神病院后，为"查验人"所写的"犯罪始末书"。无论是"格式的特别"还是"表现的深切"，鲁迅的《狂人日记》与冷血这篇安德烈耶夫译作皆有着明显的相似性和互文性。安德烈耶夫对鲁迅小说及其文学的影响，在学界已有广泛而精深的研究。① 然而，这篇在清末即经译出的小说《心》，尽管其构图与《狂人日记》如此相似，迄今为止却没有得到太多关注。② 本章即拟从这一"格式的特别"入手，以冷血的译本《心》为媒介，来深入探讨《狂人日记》与安德烈耶夫《思想》之间在形式、文体以及文类上的借鉴、融合与转化。

赛义德（Edward W. Said）在《理论旅行》一文中指出，观念和理论从一种文化向另一种文化移动时，"进入新环境的道路绝非通畅无阻，必然会牵涉到与始发点情况不同的再现和制度化的过程"③。文体或者说文类在跨越文化边境的旅行中，也同样会发生与本土文学、文化和制度相适应的融合、变形与折中的过程。《狂人日记》在现代中国短篇小说的文类形构中极具里程碑意义，同时它也奠定了鲁迅毕生创作的某种前奏④，而安德烈耶夫的小说则是鲁迅自《域外小说集》时代即开始译介的"域外

---

① 参见 Patrick Hanan, "The Technique of Lu Hsün's Fiction," *Harvard Journal of Asiatic Studies*, Vol. 34, No. 3-4（1974）, pp. 53-96; Douwe W. Fokkema, "Lu Xun: The Impact of Russian Literature," in *Modern Chinese Literature in the May Fourth Era*, ed. M. Goldman, Cambridge, MA.: Harvard University Press, 1977, pp. 90-101；王富仁：《鲁迅前期小说与俄罗斯文学》，西安：陕西人民出版社，1983 年；〔捷克〕马利安·高利克：《中西文学关系的里程碑》，伍晓明、张文定等译，北京：北京大学出版社，1990 年，第 21—50 页；〔日〕藤井省三：《鲁迅比较研究》，第 48—75 页。

② 《心》在《小说时报》刊出时署名"俄国痕苔原著，冷译"，而阿英在《晚清小说目》中则将其著录为"俄苔痕著，陈冷血译《心冷》"（参见〔日〕樽本照雄编：《新编增补清末民初小说目录》，第 790 页），在原作者和题目上都出现了讹误，这可能是这篇作品长期未受关注的原因。此外，《心》刊出时标为"长篇名译"，长达 42 页，大概这也是研究者不曾将它与鲁迅《狂人日记》关联起来的原因。

③ 〔美〕赛义德：《理论旅行》，《赛义德自选集》，谢少波、韩刚等译，北京：中国社会科学出版社，1999 年，第 138 页。

④ 参见朱彤：《鲁迅作品的分析》，上海：东方出版社，1954 年，第 83—84 页。

文术新宗",从《狂人日记》与《思想》的相似性和互文性出发,探讨二者在形式、内涵和文体上的协商,或可作为一个典型案例,来揭示"短篇小说"这一19世纪末至20世纪初的新兴文类,在跨越不同的文化与社会边界之后,其形式与功能如何在现代中国得到了形塑与再造。

一、"格式的特别":《狂人日记》与《思想》

安德烈耶夫是20世纪初一位颇具影响力的俄国小说家。在文学史上,他通常被与早期的高尔基相提并论,同时由于受到当时文坛流行的象征主义的影响,其作品致力于将时代问题与对个人及群众内心世界的探究结合在一起,在艺术上偏于粗犷,通常被评论家类比于笔画大胆、色彩鲜明、具有冲击力的印象派作品。[①] 安德烈耶夫的文学声名在日俄战争和第一次俄国革命期间(1905—1907)达到顶点,在随后的十多年里,其作品亦产生了广泛的世界性影响。

鲁迅早年对安德烈耶夫的作品十分偏爱。在1909年东京版《域外小说集》和1922年的《现代小说译丛(第一集)》中,鲁迅译出了安德烈耶夫的四篇作品:《谩》《默》《黯澹的烟霭里》和《书籍》。这四篇作品虽然风格不一,但都回旋着一个相似的主题,即人与人之间或者外部现实与内心生活之间不可交流的苦况。《谩》以一个善妒的男子追问女子的方式,写出了探究内心之"诚"的失败及"谩"的无所不在,《默》与《黯澹的烟霭里》写的是家庭成员之间的互不理解与铅一样的沉默,而《书籍》则以略带滑稽的笔调写出了题为《为了不幸的人们》的书籍与现实中"不幸的人们"(印刷所工人及学徒听差)之间根本无从理解的悲哀。这一疏离与隔膜的主题在鲁迅此后的小说中一再出现,是颇能体现鲁

---

① Nikolai Bogomolov, "Prose between Symbolism and Realism," in *The Cambridge Companion to Twentieth-Century Russian Literature*, eds. Evgeny Dobrenko and Marina Balina, Cambridge: Cambridge University Press, 2011, p. 25.

迅与安德烈耶夫在气质上相接近之处。①

对于这样一位自己偏爱同时又气质相近的文学前辈，鲁迅曾经翻译过的作品固然重要，但未曾翻译和不曾提及的，无疑也有"缺席的在场"的意味。1910年，陈冷血在《小说时报》上发表了一篇署名"痕苔原著"的小说译作《心》，经考证，"痕苔"即"安德烈耶夫"，《心》的原作为安德烈耶夫1902年发表的中短篇小说《思想》。鲁迅1918年创作的《狂人日记》，尽管在篇幅上有一定差异，但无论是小说形式还是内容，都与冷血译出的这篇安德烈耶夫小说有着极为密切的互文关系，值得我们仔细探究。

《思想》在安德烈耶夫的小说系列中，属于与《红笑》《谩》《默》相类似的具有现代风格的"玄学"问题小说。② 这篇作品1903年即有德译本问世，题为"Der Gedanke"，收入小说集 *Der Gedanke und andere Novellen*（《思想及其他故事》）。③ 1909年，日本著名翻译家上田敏（1874—1916）从法文底本译成日文，题为《心》，收入春阳堂出版的同题小说集。④ 1910年，侨居美国、有着俄国犹太背景的小说家John Cournos（1881—1966）从俄语译出这篇小说，以 *A Dilemma: A Story of Mental Perplexity*（《悖论：一个关于精神困境的故事》）为题出版了单行本，这是《思想》最早的英译本。⑤ 美国学者William Lyon Phelps在1911年出版的 *Essays on Russian Novelists*（《俄国小说家论》）一书中，曾据Cournos译本，对《思想》的内容作了一番概括和评论。为方便起见，这里略引

---

① 参见〔瑞典〕雷纳特·兰德伯格：《鲁迅与俄国文学》，王家平、穆小琳译，《鲁迅研究月刊》1993年第9期。

② 〔俄〕德·斯·米尔斯基：《俄国文学史》，刘文飞译，北京：商务印书馆，2020年，第524页。

③ Leonid Andrejew, *Der Gedanke und andere Novellen*, übers. von Elis. und Jorik Georg, München: Albert Langen Verlag für Litteratur und Kunst, 1903. 这一集子收录了安德烈耶夫的四篇小说："Der Gedanke"（《思想》），"Am Fenster"（《在窗中》），"Das Lachen"（《笑》），"Das Engelchen"（《小天使》）。

④ アンドレイエフ著，上田敏译：《心》，东京：春阳堂，明治四十二年（1909）6月。

⑤ Leonid Andreyev, *A Dilemma, A Story of Mental Perplexity*, trans. John Cournos, Philadelphia: Brown Brothers, 1910.

如下:

> 这篇小说的主人公 Kerzhentsev 是一个医生,他不禁让我们想起陀思妥耶夫斯基笔下的 Raskolnikov……这位自认身体健康、心智健全的医生,以一种非常平静的、计划周详的方式,将他的朋友公开而暴力地谋杀了,并且坚信他可以逃脱刑罚。……最终他当着朋友妻子的面,将这位朋友谋杀了。之后他回到家里享受这一周详计划的成功时,却陷入了理智与疯狂的边缘:他很可能是真的疯了,他以为是在模仿疯狂,但却是真的疯了……他的内心发生着可怕的辩论,他搜集了所有可以证明他精神健全的证据,但这些证据也同样可以证明他的疯狂。①

在 Phelps 看来,安德烈耶夫这篇作品继承了陀思妥耶夫斯基"思考的激情"的文学传统,完全是一种"在理性和疯狂的边缘上的探险",对于读者的承受能力是一个重大考验。②

陈冷血刊于《小说时报》的译本《心》,是根据上田敏的同题日译本转译而来。冷血不仅在小说标题上沿用了上田敏的译法,译作前所加的《痕苔小传》,也明显节译自上田敏为《心》一书所作的《序文》。上田敏在《序文》中指出,安德烈耶夫通过讲述普通场合中一般人的故事,创造了可与波德莱尔和爱伦·坡相媲美的"世间罕见的新战栗"③;冷血在《痕苔小传》中,则将这一评价转译为"痕苔……为文均极悲壮抑郁,每于不知不觉间使人毛骨悚然,诚希世杰作也"④。此外,冷血译本在《小说时报》刊出时,作为插图刊于小说"楔子"与"第一号"之间的安德烈耶夫画像,也来自上田敏书中扉页的原作者肖像画,只不过在冷血的版本中,安德烈耶夫的衣服上加了一层斜线阴影,图像由原来的大半身

---

① William Lyon Phelps, *Essays on Russian Novelists*, 2nd ed., New York: The Macmillan Company, 1926, pp. 273-276.
② William Lyon Phelps, *Essays on Russian Novelists*, pp. 274-276.
③ アンドレイエフ著,上田敏译:《心》,第 5 页。
④ 俄国痕苔原著,冷译:《心》,《小说时报》第 1 卷第 6 期,1910 年。

变成半身,但左下角的签名却是一致的。这两幅插图的相似与差异,可视作冷血译本与上田敏日译本之间"翻译"关系的一个象征,即既亦步亦趋,又有所变化。

上田敏译《心》
(春阳堂,1909)扉页的
安德烈耶夫肖像画

陈冷血译《心》
(《小说时报》第1卷第6号,
1910)的安德烈耶夫画像

上田敏是日本明治时代最早翻译安德烈耶夫的译者,他共译出了安德烈耶夫的六篇作品,除了1909年春阳堂出版的《心》一书收录的四篇——《心》《これはもと》《クサカ》和《旅行》之外,还有1909年刊于《中央公论》上以《恐怖》为总题的两篇——《沉默》和《里子》。① 上田敏对《心》的翻译,在明治文坛上引起了一场令人关注的"误译论争",精通俄国文学的升曙梦批评上田敏的翻译偏离了原作的主旨,且充满误译和漏译,堪称"翻译界的耻辱"。② 而冷血的翻译,据李冬木的调查,与上田敏的日译底本相比,同样存在着诸多误译、漏译和只能视为译者创作的"创译"现象。③ 关于上田敏和冷血对这篇小说的误译和改造,下文还将论及;这里想要指出的是,恰恰是以上田敏和陈冷血的译本为媒介,我们才得以发现《狂人日记》与《思想》之间微妙而有趣

---

① 参见塚原孝:《アンドレーエフ翻訳作品目録》,《上田敏集》(明治翻訳文学全集《翻訳家編》17),川户道昭等编,东京:大空社,2003年,第272—274页。
② 关于这场论争的始末,参见塚原孝:《上田敏とアンドレーエフ》,《上田敏集》,第255—259页。
③ 李冬木:《"狂人"的越境之旅——从周树人与"狂人"相遇到他的〈狂人日记〉》,《文学评论》2020年第5期。

的互文关系。

《思想》由一个嵌套式的框架组成：主体部分是主人公进入精神病院后，为自己杀人动机和心理状态所写的八则自白书，采用的是第一人称叙述，语言充满了论辩色彩，极为繁复缠绕；在这八则自白书的前后，各有一则引言和尾声，引言交代主人公的杀人罪行以及自白书的由来，尾声则是对庭审过程与结果的简要叙述，它采用的是第三人称客观叙述，风格冷静节制，颇似法庭的卷宗说明和庭审记录。① 上田敏的日译本删去了尾声，保留了引言和作为小说次文本的八则自白书，并依次以"第壹号""第贰号"……这一颇具档案意味的序列数作为小标题。冷血的译本完全沿袭了上田敏的改造，只不过他为引言加上了"楔子"二字作为标题，在八则自白书（冷血译作"犯罪始末书"）完毕之后还加了一则简短的以"冷曰"开头的译后语。

鲁迅《狂人日记》的基本格式，即在一段不动声色的文言小序之后，便是一个患着"迫害狂之类"的病人"语颇错杂无伦次"的日记，显然与上田敏和冷血的译作《心》中所呈现的安德烈耶夫小说的框架结构颇为相似。《狂人日记》的文言小序，明显有着对《思想》引言的互文。我们引用冷血版本中的"楔子"，其全文如下：

> 一千九百年十二月十一日。医师亨登犯杀人罪。据犯人当时现象。以及未犯罪前种种情形。其精神状态。颇有异样。甚类发狂。于是法庭诸人。大起疑惑。
>
> 后即送至爱立精神病医院内。集有名医师。为之查验。如近时物故之桀慕医师。亦为当时查验之一人。进医院后约一月。亨登自作一犯罪始末书。送至查验人处。详记此事原委。是书即亨登自作之犯罪始末书也。②

---

① 由于俄语阅读的限制，这一概述，笔者根据的是 John Cournos 译自俄语的英译本 *A Dilemma: A Story of Mental Perplexity*。此外，1903 年德译本的格式框架与英译本类似，参见 Leonid Andrejew, *Der Gedanke und andere Novellen*, übers. von Elis. und Jorik Georg, pp. 9-85。

② 俄国痕苔原著，冷译：《心》，《小说时报》第 1 卷第 6 期，1910 年。

《狂人日记》文言小序所拟设的场景，与这篇"楔子"所述的情境几乎如出一辙：作为小说正文的日记，也是一位患精神疾病的病人在病中所记，而作者则是从中"撮录一篇，以供医家研究"①。此外，《心》的"犯罪始末书"分为八节，《狂人日记》中的"狂人日记"也分了十三节，并且同样"不著月日"，亦即不具备时序性。

冷血的译本远非对《思想》的"直译"，无论是内容还是形式皆充满了增删改削；不过，由于安德烈耶夫小说十分鲜明的风格调性，《思想》的基本构造——将小说正文假托为一位疑似精神病人的自我书写，以及作为小说框架的引言、尾声与作为次文本的自白书之间显著的文体差异，仍然在冷血的译本中得到了一定程度的传递。上文所引的"楔子"，是以客观的第三人称叙述的缺乏个性的普通文言；而在冷血这里作为正文呈现的"犯罪始末书"，则是一种在文言中十分少见的以第一人称"余"的口吻所展开的激辩和独白的文体。这里略引第一号自白书的开头：

> 查验诸君鉴。我自犯罪后。从未以此事实情告人。今已立于不可不告人地位。用敢直陈于诸君之前。
>
> 诸君亦知。余此次犯罪。决非与平常杀人犯相同。但此不同之故。又非诸君所能推测。余今言之。诸君亦觉颇有兴味也。
>
> 余所杀之男子。名阿雷克。……阿雷克之为人。性柔顺如女子。生平无奇才异能。人之爱之者。仅曰饶风趣而已。然而饶风趣之一说。实足掩没阿雷克无数恶劣之点。何则。阿雷克即有恶劣之点。以其饶风趣故。人多不之觉也。其为文也亦然。阿雷克修文学。而落笔庸劣。无可取法。然而人之爱之者。亦曰饶风趣饶风趣。②

与"楔子"的客观冷静相比，这里的语言带有强烈的主人公的主体意识：不仅充满了与"查验诸君"对话的论辩色彩，其话语内部也发生着紧张的暗辩。譬如，主人公对谋杀对象阿雷克的描述，从"性柔顺如女子"，

---

① 鲁迅：《狂人日记》，《鲁迅全集》第1卷，第444页。
② 俄国痕苔原著，冷译：《心》，《小说时报》第1卷第6期，1910年。

到"修文学而落笔庸劣",显然是从他自己的角度进行的主观评论,这与他人眼中"饶风趣"的阿雷克,在自己的话语中就形成了抵牾。冷血译本所呈现的这一"楔子"与正文之间的文体差异,在《狂人日记》的小序和正文中也得到了清晰的再现。

《狂人日记》作为第一篇用现代体式创作的白话短篇小说,其"白话"的使用,在在令人瞩目;而小说的文言小序与白话正文的关系,更是研究者反复解读而未有定论的经久不衰的话题。表面看来,鲁迅借一位"狂人"之口,将原本属于"引车卖浆者之徒"的白话语言,引渡为一种新文学的书写文体,颇为巧妙地实现了用白话文写作的"文学革命";然而,如果细察狂人的语言,不难发现,它与"引车卖浆者之徒"的日常用语其实相差甚远,而是与冷血译出的《心》的主人公"亨登"在自白书中的语言颇为相似,充满了强烈的主观色彩和论辩意识:譬如,狂人甫一出场,就敏锐地从"赵家的狗"的眼睛里感到不祥,又从"赵贵翁的眼色"中捕捉到"似乎怕我,似乎想害我"的微妙信息;此外,小序虽称狂人的日记"语颇错杂无伦次,又多荒唐之言",正文中也有"易牙蒸了他儿子,给桀纣吃"这样看似时代错乱的"疯言疯语",但狂人同时又具有强大的思考能力,他不仅将"凡事须得研究,才会明白"挂在嘴边,同时还身体力行,从"我也是人,他们想要吃我了",到"我自己被人吃了,可仍然是吃人的人的兄弟!",再到"我未必无意之中,不吃了我妹子的几片肉"①……步步为营地推导出一个环环相扣的"人吃人"的伦理死结。显然,这是一种颇为精巧成熟的文学语言。这种以第一人称口吻和视角展开的充满主观色彩的激辩风格,与文言小序中客观平淡的叙述,不仅有着"白话"和"文言"的语体上的不同,其文体本身也构成了巨大的张力。在这个意义上,《狂人日记》之"格式的特别",无论是小说的基本构图还是小序和正文之间显著的文体区隔,皆与冷血译本呈现出的安德烈耶夫小说《思想》有着密切的相关性和相似性。

鲁迅并没有正面提到过《思想》或是上田敏和冷血的译作《心》,但

---

① 鲁迅:《狂人日记》,《鲁迅全集》第 1 卷,第 444—455 页。

以他对安德烈耶夫的偏爱，不会对这篇作品一无所知。周作人在 1917 年的一篇未刊稿《小说丛话》中，很可能提到了这篇小说。《小说丛话》写于"丁巳暑假"，其前言云："客来辄坐槐阴下谈小说，退而记之"①。笔者曾加以考证，在"丁巳暑假"到访绍兴会馆并"坐槐阴下谈小说"的来"客"，极有可能是《〈呐喊〉自序》中所写的在会馆的槐树下"偶或来谈"的"老朋友金心异"（钱玄同）。②《小说丛话》分为三节，用文言写成，分别讨论了显克微支、莫泊桑以及迦尔洵和安德烈耶夫的小说艺术。论及安德烈耶夫时，上文引述的美国学者 Phelps《俄国小说家论》一书，是周作人的重要材源。此书为安德烈耶夫专设了一章，《小说丛话》所论，大致不出此章范围。《小说丛话》在说到安德烈耶夫的小说与陀思妥耶夫斯基相似，"激刺极强时，往往不能终卷"时，后面还有数行，却因手稿模糊，而无法辨识了③，这里恰好便是 Phelps 书中开始讨论《思想》的地方。Phelps 用了不少篇幅来分析这篇小说，他引用了 Merezhkovski 评论陀思妥耶夫斯基的话——"陀思妥耶夫斯基的主人公让我们看到，抽象的思考是如何可以充满激情的"④，随后便将《思想》置于陀思妥耶夫斯基所开创的这一"思考的激情"的文学传统中来讨论。因此，不难推测，周作人在《小说丛话》中提到的"激刺极强时，往往不能终卷"的安德烈耶夫作品，正是《思想》。

周作人在《小说丛话》中论及的小说家，都是他和鲁迅在东京版《域外小说集》中曾翻译过作品的作家，这意味着，周氏兄弟在东京曾进行过的译介域外小说的文学活动，在"丁巳暑假"（此时他们刚刚经历了"张勋复辟"事件的刺激），又在绍兴会馆的槐荫下与友人晤谈的空间中被重新记忆和激活了。鲁迅显然参与了这一槐荫下的小说晤谈——《狂

---

① 周作人：《小说丛话》，《周作人文类编·希腊之馀光》，第 405 页。
② 参阅张丽华：《现代中国"短篇小说"的兴起——以文类形构为视角》，第 172—181 页。
③ 参见周作人《小说丛话》及编者识语，《周作人文类编·希腊之馀光》，第 409 页。《小说丛话》收入《周作人散文全集》（桂林：广西师范大学出版社，2009 年）时，钟叔河删去了《文类编》中的编者识语。
④ William Lyon Phelps, *Essays on Russian Novelists*, p. 272.

人日记》诞生的契机，根据《〈呐喊〉自序》的著名叙述，正是基于"老朋友金心异"在同一时空（"S会馆"夏夜的槐树下）中的登场与鼓动。在这个意义上，《狂人日记》与安德烈耶夫小说《思想》之间的相关性和相似性，并非偶然的巧合，而是一种有着可能的文本接触的"动态互文（dynamic intertextuality）"①。

鲁迅的德文藏书中没有《思想》的德译本②，笔者推测，除了周作人《小说丛话》中引用的 Phelps 的评述之外，鲁迅还有可能通过上田敏的日译本或是陈冷血的中译本接触过这篇作品。上田敏是安德烈耶夫小说在日本明治时代的重要译者，他译出了鲁迅同样翻译过的《沉默》，鲁迅很可能会关心这位日本同行的其他译作。此外，鲁迅对冷血也并不陌生，据周作人回忆，鲁迅"以前在上海《时报》上见到冷血的文章，觉得有趣，记得所译有《仙女缘》，曾经买到过"③，所以，1909 年回国的他，也有可能直接从《小说时报》上读到冷血的中译本。

《狂人日记》的灵感来源当然十分丰富，除了鲁迅自己提及的果戈理和尼采的作品，李冬木近年发表的论文更是提供了一个令人叹为观止的围绕在《狂人日记》周围的以明治日本为中介的世界文学的地形图④；不过，仅仅多方面地呈现影响与来源，对于理解《狂人日记》"表现的深切与格式的特别"，多少有些无济于事。笔者指出《狂人日记》与安德烈耶夫《思想》之间的"动态互文"，并非要为世界文学对《狂人日记》的

---

① "动态互文"是美国学者唐丽园（Karen Thornber）提出的一个概念，她将文本间缺乏实际接触、仅仅基于相似或相近的社会条件而产生的相似性和可比性，譬如浦安迪在中西"小说"之间建立的关联，称作"消极互文"（passive intertextuality）；而与此相对，建立在文本接触基础之上的后来文本对先前文本的拟仿、纠正、翻译与改写，则称作"动态互文"。参见 Karen Thornber, *Empire of Texts in Motion*: *Chinese, Korean, and Taiwanese Transculturations of Japanese Literature*, Cambridge, MA.: Harvard University Press, 2009, pp. 213-238。

② 鲁迅德文藏书中有九本（八种）安德烈耶夫小说的德译本（参见《鲁迅手迹和藏书目录（内部资料）》第 3 册，北京鲁迅博物馆编，1959 年，第 27—28 页），但并没有 *Der Gedanke und andere Novellen* 一书；笔者根据崔文东提供的利兹大学图书馆员所编安德烈耶夫德语译本目录（含细目），检索了鲁迅所藏八种安德烈耶夫小说德译本的细目，也没有发现《思想》这篇作品。

③ 周作人：《鲁迅的青年时代》，石家庄：河北教育出版社，2002 年，第 75 页。

④ 李冬木：《"狂人"的越境之旅——从周树人与"狂人"相遇到他的〈狂人日记〉》，《文学评论》2020 年第 5 期。

影响关系增添一个注脚。将《狂人日记》置于与安德烈耶夫小说《思想》的互文关系中来解读,目的是在如此相似的"格式"的基础上,进一步探究鲁迅在其小说中的转化、协商与创造,从而对《狂人日记》的形式和主旨提出更为精微和深入的阐释。

二、"超人"的投影:《狂人日记》与《思想》的"内涵"差异

安德烈耶夫是一位典型的"世纪末"的作家,他的小说,无论是用托尔斯泰式手法写成的现实主义作品,还是具有现代风格的"玄学"问题小说,其"内涵",如米尔斯基所言,都是一种彻底的虚无主义和否定态度。①《思想》一方面继承了陀思妥耶夫斯基"思考的激情"的传统,另一方面还有着浓厚的尼采哲学的影子。安德烈耶夫是《查拉图斯特拉如是说》的俄文译者,深受尼采思想的影响。②《思想》中的 Kerzhentsev 医生,可以说是一位俄国通俗版"超人",他对世俗的道德甚至是法律不屑一顾,试图通过理性地扮演疯狂,来设计杀人并逃脱杀人后的惩罚,从而让自己成为自己和世界的立法者,但最终走向了傲慢的自我毁灭。

高利克曾将鲁迅的《狂人日记》与安德烈耶夫小说《我的记录》("Moii zapiski")作了一番比较,在他看来,安德烈耶夫小说具有一种"无目的性的恐怖",在《我的记录》中,半疯人将监狱当作"最深刻的目的性"的典范,而鲁迅小说的主人公——"狂人"则致力于一种新秩序的建设,这是鲁迅与安德烈耶夫之间深刻的不同。③ 这无疑是一个颇有

---

① 〔俄〕德·斯·米尔斯基:《俄国文学史》,第 522 页。
② William Lyon Phelps, *Essays on Russian Novelists*, p. 263. 另据 Edith W. Clowes 的研究,在安德烈耶夫 1900 年的小说 "Story of Sergei Petrovich(Rasskaz o Sergee Petroviche)"中,主人公 Sergei Petrovich 即是一位《查拉图斯特拉如是说》的半懂不懂然而十分虔诚的读者,他被"超人"的远景深深吸引,从此其生命也展开了全新的维度。参见 Edith W. Clowes, *The Revolution of Moral Consciousness: Nietzsche in Russian Literature, 1890-1914*, DeKalb, Illinois: Northern Illinois University Press, 1988, pp. 83-113。
③ 〔捷克〕马利安·高利克:《中西文学关系的里程碑》,第 35—38 页。

见地的观察。如果延续上文的讨论，将《狂人日记》视为一篇与《思想》具有密切互文关系的作品来阅读，那么，鲁迅何以将安德烈耶夫具有浓厚虚无主义和"世纪末"色彩的小说，在《狂人日记》中转化为一种致力于改造现代中国的积极的启蒙文学，就成为一个饶有趣味的问题。

写作《狂人日记》前后，鲁迅分别用文言和白话翻译了尼采《查拉图斯特拉如是说》的序言。① 在 1935 年的《〈中国新文学大系〉小说二集序》中，鲁迅更是直接指出了《狂人日记》与尼采"苏鲁支"语录之间的互文关系：

> 一八八三年顷，尼采（Fr. Nietzsche）也早借了苏鲁支（Zarathustra）的嘴，说过"你们已经走了从虫豸到人的路，在你们里面还有许多份是虫豸。你们做过猴子，到了现在，人还尤其猴子，无论比那一个猴子"的。……但后起的《狂人日记》意在暴露家族制度和礼教的弊害，却比果戈理的忧愤深广，也不如尼采的超人的渺茫。②

这意味着，《狂人日记》除了与安德烈耶夫小说有着潜在的互文关系，还受到直接来自尼采超人哲学的启示。我们不妨在尼采的延长线上，将《狂人日记》与《思想》作一比较，以便对这两篇小说的内涵及其差异有更深入的观察和理解。

在《狂人日记》中，狂人有一段对他大哥说的话，正是鲁迅所云"尼采也早借了苏鲁支的嘴"说过的话的回响：

> "我只有几句话，可是说不出来。大哥，大约当初野蛮的人，都

---

① 鲁迅手稿中有一篇《察罗堵斯德罗绪言》的抄本，这是他对尼采《查拉图斯特拉如是说》序言前三节的文言翻译，译稿未注明翻译时间，研究者推断可能在 1918 年或是更早（参见李浩：《鲁迅译稿〈查拉图斯特拉如是说·序言〉》，《上海鲁迅研究》2015 年第 1 期）；1920 年，鲁迅又用白话译出序言全文，题为《察罗忒拉的序言》，刊于《新潮》第 2 卷第 5 号，1920 年。

② 鲁迅：《〈中国新文学大系〉小说二集序》，《鲁迅全集》第 6 卷，第 246—247 页。

吃过一点人。后来因为心思不同，有的不吃人了，一味要好，便变了人，变了真的人。有的却还吃，——也同虫子一样，有的变了鱼鸟猴子，一直变到人。有的不要好，至今还是虫子。这吃人的人比不吃人的人，何等惭愧。怕比虫子的惭愧猴子，还差得很远很远。……"①

狂人这段话的"底本"，出自尼采《查拉图斯特拉如是说》序言的第三节，即查拉图斯特拉向群众宣讲"超人"的话。

在尼采这里，超人（Übermensch）是在"上帝死了"之后，人对自身存在状态的超越——"人是一件东西，是该被超越的"②。在《查拉图斯特拉如是说》中，尼采为超人这一意象多方立说，但并未描画出定型。大体而言，超人代表着对"人"这一类属的超越，他是一种对生命的肯定，是在脱离了对上帝的依赖之后，能够给生活赋予永恒意义和肯定道德的存在者。在这个意义上，《思想》和《狂人日记》可以说都是尼采超人哲学的延长线上的产物。

《思想》的主人公 Kerzhentsev 明显以"超人"自居。在上引第一节自白书的开头，他对谋杀对象阿雷克的描述，如"性柔顺如女子""修文学而落笔庸劣"等，即是将阿雷克视为一位"生平无奇才异能"的"庸人"或是"末人"，而他自己，则十分骄傲于自己超于常人的自由精神与自由心智。然而，这位坚信自己可以理性地假装疯狂来设计一桩杀人并成功地逃脱惩罚的主人公，最终却遭到了自身的反戈一击。在最后一则自白书中，Kerzhentsev 称自己别无所好，而只骄傲于自己的"思想"——这一"思想"让自己如同居住在固若金汤的城堡中的男爵，俯视芸芸众生，自己主宰自己，并主宰整个世界；然而，最终他却遭到了自己"思想"的背叛——"他以为自己是在假装疯狂，但他可能是真的疯了"。我们仍然引用 Cournos 的英译：

I have been betrayed—basely, insidiously; thus women betray, and

---

① 鲁迅：《狂人日记》，《鲁迅全集》第 1 卷，第 452 页。
② 德人尼采作，唐俟译：《察拉图忒拉的序言》，《新潮》第 2 卷第 5 号，1920 年。

slaves—and thought. My castle became my prison. My enemies fell upon me in my castle—where's salvation? In the impregnability of the castle, in the thickness of its walls is my perdition. My voice cannot penetrate outside, and who is stronger than I—and I am the sole enemy of my "I".①

（我被卑鄙地、阴险地出卖了。女人会背叛，奴隶会背叛，思想也会背叛。我的城堡成了我的监狱，我的敌人在我的城堡里袭击了我——救赎在哪里？我毁灭在这坚不可摧的城堡之中，毁灭在这厚厚的城墙之中。我的声音无法穿透出去，谁比我更强大——我是"我"自己唯一的敌人。）

最终，这位相信自己可以主宰自己进而主宰整个世界的主人公，因对自己理性的绝对信赖而陷入了绝境：

Who amongst the strong shall come to my aid? None! None! Where shall I seek that eternal something to which I may cling with my piteous, powerless, awesomely solitary "I"? Nowhere! Nowhere! ②

（有没有强者来帮助我？一个也没有！一个也没有！我该去哪里寻找那永恒的东西，以便让用我那可怜的、无力的、令人敬畏的孤独的"我"可以紧紧抓住它？无处可寻！无处可寻！）

在此，Kerzhentsev 陷入了一种尼采式的"存在的恐惧"之中，为"我"所骄傲的"我"的强有力的理性，是使自己成为世界的强者和立法者的重要依凭，然而，此刻这一理性却将自己带入了疯狂的边缘，"我"立即失去了存在的意义，变得可怜、无力而孤独。在这则自白书的最后，Kerzhentsev 将自己投掷到另一个极端，化身为一个无限膨胀的"超人"在自言自语，宣称自己是新世界的创造者和立法者（"神"）：

---

① Leonid Andreyev, *A Dilemma*, *A Story of Mental Perplexity*, pp. 106-107.
② Ibid., p. 108.

And when I do find it, I shall scatter in the air your accursed earth, which has so many gods and not one eternal God.①

　　(当我找到它的时候,我将迸散在这片可诅咒的大地上空,那里有如此多的神,但并没有一个永久的神。)

在此,以"神—人"(God-man)自居的主人公,似乎已彻底陷入疯狂。

　　在安德烈耶夫这里,主人公 Kerzhentsev 所象征的"超人",明显带有尼采哲学中的"敌基督"意味,其目标是在上帝不再作为价值依凭、世界的存在陷入无意义的状况中,在自我身上找到更高的道德以及"永恒的存在"(eternal something)的意义。《思想》中的 Kerzhentsev 睥睨一切价值,自认凭借超群的理性可以自我实现、自我立法并成为世界的主宰,但最终却毁灭在由他自身的理性一手构筑起来的坚不可摧的"思想"城堡之中。相比之下,《狂人日记》中的"狂人",他对"超人"的期待则要务实、温和得多。"狂人"秉承着与《思想》的主人公相似的"凡事须要研究,才能明白"的"思考的激情",从写满"仁义道德"的历史的字缝中读出了"吃人"的字样,并由此觉醒,悟出"去了这心思,放心做事走路吃饭睡觉,何等舒服",继而便开始向大哥宣讲"超人"——"有的不吃人了,一味要好,便变了人,变了真的人",最后则发出了著名的"呐喊":

　　没有吃过人的孩子,或者还有?
　　救救孩子……②

　　"孩子"是尼采在《查拉图斯特拉如是说》卷一第一篇论及"精神之三变"时用到的隐喻。"精神之三变"指的是:"精神如何变成骆驼,骆

---

　　① Leonid Andreyev, *A Dilemma*, *A Story of Mental Perplexity*, p. 112. 在德译本和英译本中,这个句子的印刷字体皆与全文不同,表明是叙事者特别加以强调的话。
　　② 鲁迅:《狂人日记》,《鲁迅全集》第 1 卷,第 454—455 页。

驼如何化为狮子,狮子怎样终于变为婴孩"①。在尼采这里,"婴孩乃天真,遗忘,一种新兴,一种游戏"②,是精神蜕变的最后阶段:从背负传统价值的"骆驼",到打破雕像、批判一切既定价值的"狮子",再到代表游戏与新开始和新价值的"婴孩"。③ 置于尼采的语境中来看,狂人最后所要拯救的"孩子",显然不是小说中写到的"也睁着怪眼睛"看着他的"小孩子",而是一种新价值和新开始的隐喻。因此,狂人最后发出的这一呐喊——对"没有吃过人"的"孩子"的拯救,就是对幸免于"四千年吃人履历"之外的"真的人"的拯救,也即是对"超人"的呼唤。

鲁迅自称,"后起的《狂人日记》……不如尼采的超人的渺茫"④。张钊贻认为,鲁迅在《狂人日记》中将"超人"换成了"真的人",而"真的人"在进化的阶梯上比尼采的"超人"低一级,显然更容易实现,这就是这篇小说不太渺茫的原因。⑤ 笔者认为,《狂人日记》中的"真的人"与"超人"之间,并没有进化链条上的高低之别。在从虫子到猿猴再到人的这一"进化"链条上,"真的人"(不吃人的人)即处于已有的"人"(吃人的人)的更高等级,与"超人"之于"人"的位置正相等同;换言之,"真的人"即可视为鲁迅在《狂人日记》中对于尼采"超人"概念的翻译。鲁迅之所以称《狂人日记》"不如尼采的超人的渺茫",在笔者看来,大约有两重含义:首先,"真的人"所追求的目标——对"吃人的人"的超越,喻指的是彻底打破传统"家族制度和礼教"的桎梏,这较之尼采在《查拉图斯特拉如是说》中并未明言的超人的批判目标,更为明确;其次,狂人最后的"救救孩子"的呼声,也为"真的人"/"超人"的实现,指示了方向与途径:"超人"的实现,可以通过对"没有吃过人的孩子"的拯救来完成,它可以是对记忆和历史的打捞

---

① 〔德〕尼采:《苏鲁支语录》,徐梵澄译,北京:商务印书馆,2015年,第19页。
② 同上书,第21页。
③ 关于精神之三变的阐释,参见〔法〕吉尔·德勒兹:《尼采》,王绍中译,黄雅娴审订,上海:上海人民出版社,2020年,第3页。
④ 鲁迅:《〈中国新文学大系〉小说二集序》,《鲁迅全集》第6卷,第247页。
⑤ 张钊贻:《鲁迅:中国"温和"的尼采》,北京:北京大学出版社,2011年,第363页。

(朝向过去),也可以是对将来愿景的期待(朝向未来)。不久之后,鲁迅在《我们现在怎样做父亲》中,就提出了一种颇具现实感和建设性的"救救孩子"的方案:"自己背着因袭的重担,肩住了黑暗的闸门,放它们到宽阔光明的地方去;此后幸福的度日,合理的做人。"①

如果说安德烈耶夫在《思想》中塑造了一个被封闭于"思想"城堡中的孤独的、失败的"超人"(Kerzhentsev 医生),那么,鲁迅小说《狂人日记》则以"救救孩子"的呐喊,为"超人"("真的人")的实现指示了一条开放的、具有远景的途径。我们可以说,作为《查拉图斯特拉如是说》的俄文和中文译者,安德烈耶夫和鲁迅分别在他们的小说中为各自所理解的"超人"理念进行了赋形。在《思想》中,"超人"被理解为一种对世俗道德和价值观进行挑战的"自由思想",主人公希望凭借这一自由思想来达到自我超越,但最终却走到了理性与疯狂的边缘。Edith W. Clowes 在探讨尼采与俄国文学关系的著作中,将安德烈耶夫、库普林和阿尔志跋绥夫等归为一类,认为他们代表了20世纪初年俄国文学界对尼采超人思想进行通俗化演绎的潮流。在 Clowes 看来,"超人"在这一通俗化潮流中,被简化为一种自我实现、自我决断的手段,最终被肤泛地理解为一个肆无忌惮的人、对自我价值无限膨胀的人,简言之,"认为自己的价值超过人类的人"。② 《思想》中的 Kerzhentsev 医生,正是这一通俗化的"超人"理念的形象代言。相比之下,鲁迅在《狂人日记》中并未为"超人"("真的人")描画出具体的形象,他与尼采一样,将这一理想的存在置于未来的远景之中,有效地避免了安德烈耶夫小说主人公所陷入的精神困境。"狂人"在鲁迅小说中更多地相当于查拉图斯特拉,他是"超人"的教导者和宣示者。较之安德烈耶夫在《思想》中对尼采超人理念的形象化和通俗化演绎,《狂人日记》中的转译和互文显得更为谨慎和节制。

---

① 鲁迅:《我们现在怎样做父亲》,原刊1919年《新青年》第6卷第6号,收入《鲁迅全集》第1卷,第135页。

② Edith W. Clowes, *The Revolution of Moral Consciousness: Nietzsche in Russian Literature, 1890-1914*, pp. 83-110.

三、"狂人""超人"与"异人"
——兼论冷血译本的媒介意义

　　回到《狂人日记》与《思想》的互文关系。尽管在《狂人日记》中，狂人是以"超人"的教导者的形象出现，而《思想》中的Kerzhentsev医生则是"超人"的化身，但在鲁迅小说中，狂人向大哥宣讲"超人"之际，正是他被大哥所代表的社会宣告为"疯子"的时刻——狂人身上这一兼具写实主义的"疯"和象征主义的"狂"的二元性，与贯穿在安德烈耶夫小说中的主人公"在疯狂与理智的边缘上的探险"，仍颇有相通之处。"狂人"，在鲁迅小说中作为一位宣示"超人"的查拉图斯特拉式的人物，在后世的阅读和理解中，又常常被与他所呼唤的"真的人"混为一谈，譬如高利克即指出，"狂"在这一故事中就相当于"真的人性"①。这意味着，"狂人"仍与"超人"有着复杂的纠葛。将《狂人日记》置于《思想》的延长线上来阅读，厘清"狂人"与化身为"超人"的Kerzhentsev之间的相似性与相异性，或可有助于我们理解和澄清狂人形象的这一暧昧性。由于鲁迅对安德烈耶夫小说的接触，很可能是以上田敏和冷血的译本为媒介的，接下来我们回到上田敏和冷血对《思想》的翻译，并对其翻译的内部过程作进一步的考察和分析。

　　上文已述及，冷血的译本是以上田敏的日译本为底本的重译。上田敏对《心》的日译又是以法译本为底本的，它在明治文坛上遭到了升曙梦的激烈批判。升曙梦除了批评上田敏译本中的错译、漏译之外，还特别指出，安德烈耶夫原作是一部象征主义作品，"自由思想"是贯穿全篇的主题，而上田敏将标题译作"心"，说明他根本没有理解原作的中心思想。②升曙梦的批评有一定道理。《思想》真正的"主人公"，透彻一点来说，正是居于Kerzhentsev意识中心的"自由思想"，这也是尼采的超人哲学在

---

① 〔捷克〕马利安·高利克：《中西文学关系的里程碑》，第38页。
② 参见〔日〕塚原孝：《上田敏とアンドレーエフ》，《上田敏集》，第255页。

安德烈耶夫小说中最浓重的投影。安德烈耶夫常常在他的小说中，将氛围或者物体当作行动的主体，如《谩》与《默》中那压倒一切、无所不在的谎言与沉默，又如他的名篇《墙》里，那堵永远横亘在孤独的人与事物之间的高墙；这些行动的氛围与物体，可视为小说真正的"主人公"，它们也往往顺势成为小说的标题，《思想》也不例外。

上田敏将小说标题译作"心"，表明他对这篇小说的理解的确有所偏移。在《心》的序文中，上田敏将安德烈耶夫小说置于波德莱尔和爱伦·坡的"创造了新的战栗"的文学传统中来讨论，强调的是作者对人物病态心理的描写和精彩绝伦的再现，在他看来，安德烈耶夫小说"揭示了在日常事件当中存在着的仔细想来非常悲惨、幽玄、严重的事情，所以也就是说他从生死的大不可思议当中把暗藏在其中的惊心骇目的事实抽取出来展示给了读者"①。《思想》的确也有着爱伦·坡的心理小说的影响，这篇小说的情节设置与坡的短篇小说名作《泄密的心》，即颇有相似之处；然而，仅仅强调心理描写的深度与强度，上田敏对这篇小说的理解，显然存在着重心的偏移。

冷血的译本基本是对上田敏译本亦步亦趋的中文直译。上田敏将"思想"译作"心"，直接影响到冷血对这篇小说中心思想的理解。上引《思想》的主人公在最后一则自白书中称遭遇自己"思想"背叛的一节（"I have been betrayed……"），冷血译文如下：

> 嗟乎、异矣。余悉为余心所欺矣。余心宛如不贞之女。对于余而有所欺骗矣。余所有之坚牢之城。不幸而为敌军所攻入。虽然、余能呼救。攻入甚难。余固毋畏。然而此呼救之声。为坚壁所闭。不能外达！嗟乎、谁复有能闻声而救余者乎。无论是谁。视余而强者。更有何人。然则苟能救余者。莫如余。余今既为余敌矣。救余者更有何人。②

---

① アンドレイエフ著，上田敏译：《心》，第4页。中译引自梁艳：《从上田敏翻译的〈心〉看转译的功与罪》，《日本教育与日本学》2014年第1期。
② 俄国痕苔原著，冷译：《心》，《小说时报》第1卷第6期，1910年。

在安德烈耶夫小说中,"我"被自己的"思想"所背叛,指的是 Kerzhentsev 思想实验的失败——他以为自己在假装疯狂,但他可能是真的疯了;然而在冷血的译文中,这一"背叛"却被理解和翻译成"余悉为余心所欺",这无形中改变了安德烈耶夫小说的意涵,Kerzhentsev 对于理性的绝望,变成一种对于绝对之"诚"的追求而不得。

实际上,经过法文、日文以及中文的重重转译之后,安德烈耶夫小说中与尼采哲学相关的"玄学"意味,已在很大程度上被遮蔽或是消除了。上文所引 Kerzhentsev 对于"永恒的存在"的绝望("Who amongst the strong shall come to my aid?……")一段,冷血译文如下:

> 有强者以援余乎。无有也。此孤独可怜绝望之我。其长跪者在何处耶。在何物之前耶。无有也。①

这里与尼采的超人思想有着关键契合的"eternal something",上田敏译作"永遠の或物"②,而冷血则干脆将它完全省略过去,因此他的译文读起来就像是不可解的呓语。

在冷血的译本中,主人公亨登在最后逼近疯狂的状态下,对外在社会有一番批判。这段文字可能对《狂人日记》的基本构图有着关键的启发:

> 人生于世。究不能永寿也。而今夜已深矣。夫抱妻而眠。学者教人而又教己。贫者得钱一文。狂喜不止。此皆狂人之状态也。狂人世界。极乐世界也。虽然、尔等之觉醒。岂不可恐。③

"狂人",鲁迅小说的主人公,似乎正是从安德烈耶夫小说中这一"狂人世界"里走出来的觉醒者。鲁迅颠倒了其中"狂"与"不狂"的指称关系,在一位觉醒的"狂人"的视界中,呈现出现代中国现实与历史的疯

---

① 俄国痕苔原著,冷译:《心》,《小说时报》第 1 卷第 6 期,1910 年。
② アンドレイエフ著,上田敏译:《心》,第 173 页。
③ 俄国痕苔原著,冷译:《心》,《小说时报》第 1 卷第 6 期,1910 年。

狂性（"人吃人"）。

冷血这段译文中的关键词——"狂人世界"，其实是上田敏和他的发明。在 John Cournos 的英译本中，"狂人世界"对应的是"stupid world"①，上田敏的日译本作"狂人の世"②，冷血则以上田敏译本为底本，译作了"狂人世界"。这一译法显然强化了挣扎在主人公思想中"狂（insane）"与"不狂（sane）"的戏剧性对比，并将这段评论在他充满"思考的激情"的自我分析和灵魂解剖中凸显了出来。在 Cournos 译本中，这段评论并不起眼。以"超人"自居的 Kerzhentsev，在陷入对自我的怀疑和极度分裂之际，仅仅短暂地将"思想"投向了外在的"愚蠢世界"，以期将自己从疯狂的孤独中解救出来，但很快便又将视线转回了自身，回到了对"永恒的存在"的绝望追寻。但置于冷血译本的上下文中，由于主人公追寻"永恒的存在"的玄学意味已被消除或者变得不可解，这段针对"狂人世界"的评论便显得格外惹人注目。

实际上，作为译者的冷血，也正是将这段评论视为整篇小说的题眼。他在《心》的译后语中写道：

> 此亨登自述之狂人谈也。阅者试心评之。亨登果狂者否。其自述有云。证明自己是狂人之处。语多不狂者。证明自己不是狂人之处。语多狂者。此两语可为全篇之总评。是以此篇中读之最觉狂妄处。乃最切情理处也。阅者幸留意之。③

所谓"此篇中读之最觉狂妄处。乃最切情理处也"，上引亨登对"抱妻而眠。学者教人而又教己……"的"狂人世界"的批判，正是其集中体现。这意味着，经过冷血的翻译与改造，安德烈耶夫小说主人公身上的"超

---

① 这一段 Cournos 译文作："……Meanwhile the world slumbers and husbands kiss their wives and learned men read their lectures, and the beggar rejoices in the penny thrown his way. Oh, stupid world, happy in thy stupidity, terrible will be thy awakening!" Leonid Andreyev, *A Dilemma*, *A Story of Mental Perplexity*, p. 108.
② アンドレイエフ著，上田敏译：《心》，第 173 页。
③ 俄国痕苔原著，冷译：《心》，《小说时报》第 1 卷第 6 期，1910 年。

人",在《心》中仅仅留下了一个最粗略的轮廓与结构,即"狂"与"不狂"之间的可逆转逻辑;而"超人"的内涵也发生了实质性的变化,它从一种对"人"的超越,变成了独异个人与庸众社会的对抗。

借助"狂"与"不狂"的颠倒关系来展开社会批判,其实是陈冷血清末以来小说创作的一个重要主题。冷血是活跃在清末报界的一位时评家和小说家,他不仅为《时报》开辟了虎虎有生气的"时评"栏目,还在《时报》和《新新小说》等报刊中发表了大量"侠客谈""侦探谈"一类的短篇小说,辅助时事评论,同时也兼及社会批判。冷血这些"谈"体短篇小说最常见的结构模式,就是借侠客、侦探乃至乞丐、马贼这类与社会格格不入的"异人",来发表对于时事和现实的观感,从而对中国社会痛下针砭;在这些小说中,"异人"通常是社会的边缘人,其行事风格不合社会常规,但却往往能够说出"最切情理"的话。① 1909 年,冷血在《小说时报》创刊号上发表了一篇颇具寓言意味的短篇小说《催醒术》,这篇作品被范伯群誉为"1909 年的'狂人日记'"②。小说写的是主人公"予"被一位高人点醒,自此"口鼻手足无一不豁然",然而被催醒之后的"予",突然敏感地发现自己身处的人间社会无不沾满"尘秽积垢",以致终无立足之地。借一位觉醒的"异人"之眼,来反观我们习焉而不察的现实社会的黑暗与荒谬,冷血在他的小说创作中对这种"狂"与"不狂"的颠倒关系已使用得驾轻就熟,这大概也是安德烈耶夫的小说《思想》引起他关注的重要原因。

冷血在《心》的译后语中将这篇小说视为"亨登自述之狂人谈",实际上是将安德烈耶夫带有"世纪末"和虚无主义色彩的小说,纳入了他清末以来的"侠客谈""侦探谈"等"谈"体短篇小说的谱系之中;换言之,安德烈耶夫小说中的"超人",在冷血这里被"翻译"成了"狂人",而其实质乃是一位与社会格格不入的"异人"。"异人"并非冷血的

---

① 关于冷血清末"谈"体短篇小说的讨论,参见张丽华:《现代中国"短篇小说"的兴起——以文类形构为视角》,第 33—83 页。
② 范伯群:《1909 年发表的一篇"狂人日记"——介绍陈景韩的〈催醒术〉》,《清末小说通讯》第 76 期,2005 年。

创造，他在《史记》的游侠、六朝志怪书中的鬼神、唐传奇里的豪侠乃至蒲松龄《聊斋志异》的狐仙鬼魅中，有着源远流长的谱系。德国学者莫宜佳（Monika Motsch）甚至用"异"这一概念来界定整个中国古代的中短篇叙事文学。在她看来，有关奇异、鬼怪、非常、不凡的形象和事件的描写构成了中国古代中短篇小说的中心概念，因此这一文类可定义为"跨越通往'异'的疆界"。①冷血以"异人"为主人公的清末"谈"体短篇小说，从人物塑造和叙事方式上来看，并没有摆脱传统中短篇小说（尤其是笔记小说）的文类成规，只不过在他这里，"异人"从具有超能力的豪侠、鬼神，逐渐蜕变为乞丐、侦探乃至被催醒的第一人称——"予"这样的普通人，这些普通人往往处于社会的边缘位置，但却能够洞悉隐藏在社会表象之下的真相和真理。在鲁迅的小说《狂人日记》中，如查拉图斯特拉一般向大哥宣讲"超人"，却被大哥所代表的社会规则视为"疯子"而被排除在外的主人公——"狂人"，无疑也是冷血笔下"异人"的延长线上的产物。

在尼采的超人哲学中，个人与社会的关系并不是其中的核心问题；然而，经过安德烈耶夫《思想》的通俗化演绎，再经过上田敏和陈冷血的跨文化翻译，"超人"的内涵与实质发生了巨大的折射与变化。在安德烈耶夫小说中，"超人"的失败，部分地来自主人公与外部世界失去联系的孤独感，这其实已使尼采思想不知不觉地带上了以陀思妥耶夫斯基为代表的俄国文化特质；而经过上田敏和冷血的翻译，《思想》中所留存的尼采超人哲学中的玄学意味被进一步削弱甚至被消除，安德烈耶夫小说主人公对理性的试探和绝望，在上田敏的译本中被转译为对幽玄的内面之心的挖掘，而冷血凸显的则是个人与社会之间的对抗。在这一翻译与跨文化的协商过程中，我们可以清晰地看到，尼采的玄学的、渺茫的"超人"，如何一步步地蜕变为一位与现存的社会秩序格格不入的"异人"。从"超人"到"异人"，发生了一个重要的结构性转换，即疯狂与理性的可逆转逻辑，被置换成了独异个人与庸众社会的对抗。

---

① 〔德〕莫宜佳：《中国中短篇叙事文学史：从古代到近代》，韦凌译，上海：华东师范大学出版社，2008年，第5页。

将疯狂视为呈现理性的面具，是尼采的重要思想之一。① 安德烈耶夫《思想》的基本构造，即通过呈现主人公在疯狂与理性边缘的冒险，来挑战自由思想的限度，显然可以在尼采这里找到思想源头。《狂人日记》的基本构图，如上文所述，可能从安德烈耶夫小说主人公对外在世界的批判中，获得了关键的启发；但也正是在这里，与冷血对安德烈耶夫小说的翻译和改造相似，"异人"的逻辑结构悄然取代了"超人"：安德烈耶夫小说主人公的假装疯狂，所要试探的是理性的边界，而狂人的发狂，主要挑战的则是社会的边界和秩序——在此，"玄学"退场，而"社会"凸显。这正是安德烈耶夫和鲁迅小说的主人公形象建立在相似性基础之上的微妙差异，也是《狂人日记》在内涵和基调上区别于《思想》的关键所在。

当然，《狂人日记》中的"狂人"，与冷血"谈"体短篇小说中的"异人"，也有着显著的不同。冷血的《催醒术》以及"侠客谈""侦探谈"等系列作品，其主人公的"异"类禀赋，往往是由外在身份或某种神秘力量所赋予的，譬如《催醒术》中的"予"，就需要一位高人来点醒。这些从外部"催醒"的缺乏个性和主体性的主人公，通常仅仅沦为小说中的观察视角，这也使得冷血的作品往往缺乏现代小说的肌理，而更接近寓言形式的新闻评论。相比之下，鲁迅小说中的"狂人"，则是一位具有高度甚至过度自我意识的主体。《狂人日记》对狂人异常心理的呈现，与《思想》对 Kerzhentsev 的内面之心的挖掘，不相上下；而狂人在小说中所呈现出来的疑似精神病症状，如对赵家的狗和赵贵翁的眼色的高度敏感，以及时刻疑心自己将要"被吃"，也使他足以成为一位"采取了严格的现实主义手法来描写"② 的现代小说的主人公。在这个意义上，我们可以说，《狂人日记》乃是鲁迅在冷血的"谈"体寓言小说与安德烈耶夫的心理写实小说之间进行跨文化协商的产物。

---

① 在《善恶的彼岸》中，尼采写道："有时疯狂本身也是一道面具，掩饰着一个无可避免又太过清楚的认识。"转引自〔法〕吉尔·德勒兹：《尼采》，第 143 页。
② 严家炎：《〈狂人日记〉的思想和艺术》，《论鲁迅的复调小说》，上海：上海教育出版社，2002 年，第 10 页。

四、《狂人日记》与鲁迅短篇小说形式

詹明信（Fredric Jameson）在《处于跨国资本主义语境中的第三世界文学》一文中曾提出过一个对《狂人日记》的著名观察：鲁迅这篇小说的故事一方面是个体的心理体验，即一个受到精神幻觉骚扰的病人"精神崩溃"的记录；另一方面，狂人关于"吃人"的言说和观察，又构成了关于整个民族命运的宏大叙说。这种在西方读者看来十分悖反的二元性，在詹明信看来，恰是第三世界文化的寓言性质，即作家在讲述个体经验的故事时，总是包含了对整个集体本身的经验的艰难叙述。① 詹明信对第三世界文化的寓言性质的观察，仅仅是就《狂人日记》以及其他第三世界小说文本本身而提出的，并没有就这些文本在历史中的形成过程和境遇作进一步考察。在笔者看来，《狂人日记》所兼具的"写实"与"寓言"的二元性，恰恰可以在上文所讨论的鲁迅对安德烈耶夫《思想》的借鉴、转化与协商的延长线上，获得充分语境化和历史化的理解。

詹明信指出的所谓第三世界文本与第一世界文本之间的区别，也可以用来大致描述《狂人日记》与《思想》的差异：《思想》是一篇处于19、20世纪之交的兼有写实主义和象征印象主义的现代小说，安德烈耶夫所探索的，是一种封闭在个人经验之内的"孤独者的声音"；而《狂人日记》，尽管其文言小序宣称这是一个患着"迫害狂"的精神病人的病中日记且最终病人已痊愈，但白话的日记正文却以"疯狂"为面具，对中国历史和文化的病症展开了极为清醒的诊断，这一诊断在1918年的《新青年》杂志以及随后展开的新文化运动的语境中，很快就被读解为一种对儒家礼教进行全面抨击和批判的启蒙之声。那么，《狂人日记》究竟在《思想》的基础上，增加了何种形式或形式之外的要素，使得它具备了被解读为民族寓言的可能性呢？

---

① 〔美〕詹明信：《晚期资本主义的文化逻辑：詹明信批评理论文选》，张旭东编，陈清侨等译，北京：生活·读书·新知三联书店，1997年，第516—546页。

《狂人日记》令人瞩目地采用了文言与白话并存的形式，置于1918年前后《新青年》所倡导的文学革命的语境中，这显然是鲁迅有意为之的语言和文体策略。上文已论及，《狂人日记》这一文言小序与白话正文并置的"格式的特别"，与安德烈耶夫的小说《思想》在形式和文体上有着显著的互文。在《思想》中，作为次文本的八篇自白书与作为小说框架而存在的引言、尾声之间，在叙事人称和文体风格上都截然不同。《狂人日记》沿袭了这一形式构造，其小序和正文有意采用不同的语体来叙述，从而增强了二者在文体上的反差。不过，在文学革命的语境中，《狂人日记》中以"文言"和"白话"标识出的文体区隔，还承担着另一项功能，即召唤不同的读者群体与阅读方式。这篇小说从"文言文学"和"白话文学"的不同角度去阅读，将呈现出十分不同的面貌：若将文言小序视为小说的纲领，则日记正文乃是对一个狂人"疯言疯语"的"实录"；而若将白话视为小说的主体语言——胡适在《文学改良刍议》中所说"将来文学必用之利器"①，则文言小序就是一个具有反讽意味的即将脱落的历史躯壳。

　　詹明信在上引论文中敏锐地指出，《狂人日记》有两种截然不同和互不协调的结局，一种是患有狂想症的"狂人"，无法忍受"吃人"主义而发出"救救孩子……"的呐喊，另一个结局则是在小序中，"狂人"的哥哥称狂人"已早愈，赴某地候补矣"，狂人又重新在官僚体系中恢复了自己的席位。② 对于这两种截然不同的结局，历来的研究者做了无数的阐释工作，希望在小说文本内部弥合这一矛盾。实际上，狂人的这两种结局，正是沿着白话正文和文言小序的不同文体通道阅读会导向的不同结果，但它们并非互不协调，其矛盾也无需在文本内部进行弥合，二者的对立和暗讽关系正是鲁迅在小说形式上的精心构造：狂人的不同结局，喻示的正是"白话"与"文言"的读者群体以及阅读方式之间的不可调和。这种小序和正文之间从语体、文体到预期读者和阅读方式的对立与反讽意味，是鲁迅在安德烈耶夫小说《思想》的基础上增加的额外"形式"。

---

① 胡适：《文学改良刍议》，《新青年》第2卷第5号，1917年。
② 〔美〕詹明信：《晚期资本主义的文化逻辑：詹明信批评理论文选》，第533页。

《思想》也有一个开放式的结局。在尾声中，叙事者交代，四位精神病专家对主人公精神状态的裁定结果恰好是二比二。① 在小说中困扰着主人公的"悖论"——他究竟是假装疯狂，还是真的疯了，最终留给了小说的读者来裁断。《狂人日记》沿着小序和正文的不同文体通道阅读会导向不同的结局，这一不确定性与《思想》的开放式结局略有几分相似；不过，相似的背后却有着巨大的不同。《思想》虽被米尔斯基归为"玄学"问题小说，但其引言、尾声却提供了一个写实的框架，读者会根据小说文本对人物心理经验的丰富呈现来对主人公的精神状态进行综合判断；换言之，尽管作为次文本的自白书是一种充满了寓意的象征印象主义风格，但小说的实际读者却首先会根据引言、尾声所提供的现实主义框架来阅读。上田敏和冷血的译本删去了尾声，这使得这篇小说的现实主义框架变得不那么稳定。冷血将引言题作"楔子"，更是召唤出章回小说的阅读成规，如此一来，作为"次文本"的"犯罪始末书"便上升为小说"正文"，这显然会极大地改变包括鲁迅在内的读者对这篇小说的阅读体验。在格式上直接与上田敏和冷血译本构成互文关系的《狂人日记》，其文言小序和白话正文之间的张力，显然也部分地来源于此。

现实主义作为现代小说的一种形式成规，是安德烈耶夫小说《思想》与其预期读者之间缔结的不言自明的阅读契约；然而，对于诞生在"文学革命"旋涡中的《狂人日记》而言，这一阅读现代小说的契约关系仍处于悬而未决的状态。《狂人日记》是鲁迅发表在《新青年》上的第一篇短篇小说作品，"鲁迅"这一笔名也是首次使用。在此之前，无论是1909年以"会稽周氏兄弟"名义刊行的《域外小说集》，还是1913年以"周逴"的名义发表在《小说月报》上的《怀旧》，这些新型短篇小说的著译都未曾引发鲁迅所期待的读者反应。《狂人日记》诞生在这一"寂寞"的心境之中，此时的鲁迅，对于《新青年》的读者将会在怎样的文类视野中来接受这一"短篇小说"形式，其实是心存疑虑的。其时，关于"短篇小说"的现代理论还远未成熟，胡适在与《狂人日记》刊于同期《新

---

① Leonid Andreyev, *A Dilemma*, *A Story of Mental Perplexity*, p.113.

青年》杂志的《论短篇小说》一文中，才刚刚将"Short-story"作为一种现代文学的新文类介绍进来。

在《狂人日记》登场之前的《新青年》杂志上，胡适和钱玄同就近代小说进行了多次往返讨论。这一讨论从第3卷第1号开始，一直持续到第4卷第1号。胡适在《文学改良刍议》中，从"白话文学"的主张出发，将施耐庵、曹雪芹、吴趼人等人的小说视为"文学正宗"；钱玄同则一直希望在胡适的"不避俗字俗语"（即使用白话文字）之外，为"小说"这一文类在现代的文学框架中找到价值依凭，从而弥补胡适的理论中"白话文字"与"白话文学"的缝隙。在经过对《水浒传》《红楼梦》《儒林外史》以及清末的《孽海花》《品花宝鉴》《二十年目睹之怪现状》等具体小说的品评和往复讨论之后，最终钱玄同吸收了陈独秀的观点，将"实写当今社会"的"自然主义"视为小说的最高境界，从而与胡适对清末李伯元、吴趼人等小说家的推举达成共识。① 这种以"实写当今社会"为尚的小说观，虽有"自然主义"等时新理论为依托，但在根本上其实并没有超越传统中国以"补史之阙"为期待的对小说功能的理解。

置于《新青年》这一关于小说讨论的微观语境中，《狂人日记》的小序与正文之间从语体、文体到内涵上的对立与反讽，除了安德烈耶夫小说《思想》的可能启发之外，还包含了鲁迅对《新青年》读者的一种试探。《狂人日记》的文言小序是一则关于小说内容具有"实录"性的说明。将小说的故事或内容假托为"实录"，不仅是安德烈耶夫小说的创造，在中国小说中，从唐传奇到《红楼梦》直到清末李伯元、吴趼人等人的谴责小说，同样有着源远流长的传统，章回小说的"楔子"便通常扮演这一功能。《狂人日记》的文言小序明显模仿了传统的史家笔法，这使得它看起来与传统小说中"楔子"的功能颇为相似；然而，仔细观察，小说的正文却与小序形成了一种紧张的暗讽关系：叙事者所交代（假托）的源自"实录"的日记，乃是一位精神病人的不可靠的书写。相对于文言小

---

① 参见钱玄同《寄陈独秀》（《新青年》第3卷第1号）、《二十世纪第十七年七月二日钱玄同敬白》（《新青年》第3卷第6号）。关于这一问题更详尽的讨论，参见张丽华：《现代中国"短篇小说"的兴起——以文类形构为视角》，第172—181页。

序中司空见惯的史家笔法，白话的日记正文堪称中国文学前所未有的新文体，它与安德烈耶夫小说《思想》中的自白书类似，整篇都由"狂人"的内心独白构成，卓越地展现了主人公"在理性与疯狂的边缘上的冒险"。这里的"白话"，显然并非"引车卖浆之徒"的日常口语，同时也与传统白话小说的叙述语言相差甚远，它是鲁迅在安德烈耶夫小说以及其他"域外文术新宗"的基础上所进行的一种跨文化创造。

如此截然对立的文体和叙述风格，显然预约了两种迥然不同的阅读方式：如果将文言小序视为传统章回小说的"楔子"，秉承着传统小说的阅读方式，那么，《狂人日记》便可读作一篇"实写当今社会"的作品，它与清末谴责小说或民初黑幕小说共享着同样的文类成规，其核心要旨是对主人公的个体心理经验——一个"（被）迫害狂"的精神病症状——的真实、如实的呈现；然而，这种现实主义的读法，对于阅读日记正文而言却显得窒碍难通。日记正文召唤的是一种与现实主义成规迥然不同的新型阅读模式。这种模式，其实已由"狂人"在小说文本中给予了提示：

> 凡事总须研究，才会明白。古来时常吃人，我也还记得，可是不甚清楚。我翻开历史一查，这历史没有年代，歪歪斜斜的每叶上都写着"仁义道德"几个字。我横竖睡不着，仔细看了半夜，才从字缝中看出字来，满本都写着两个字是"吃人"！①

"狂人"这番振聋发聩的言语，不啻是对传统的历史书写在"元—历史"层面的价值重估。② 从历史中觉醒的"狂人"，也提供了一种与现实主义的阅读模式形成持续对抗的寓言式的读法：不再遵循年代顺序，也不再遵循语言已有的能指与所指关系，而是从具有断裂意味的"字缝"中，读出历史背后所隐藏的暴力与真相。事实上，《狂人日记》很快就在《新青年》杂志上召唤出了如"狂人"一般的理想读者。傅斯年率先在发表于

---

① 鲁迅：《狂人日记》，《鲁迅全集》第1卷，第447页。
② 关于鲁迅通过狂人之口对中国历史传统展开的批判，参见季剑青：《从"历史"中觉醒——〈狂人日记〉主题与形式的再解读》，《中国现代文学研究丛刊》2017年第7期。

《新潮》的《一段疯话》中指出,"鲁迅先生所作的《狂人日记》中的狂人,对于人世的见解,真个透彻极了",并号召"我们带着孩子,跟着疯子走,——走向光明去"①;随后,吴虞又在《新青年》发表《吃人与礼教》,专门对《狂人日记》进行回应和阐释,将狂人喊出的"吃人"读作关于中国历史的"礼教"的寓言②。至此,狂人的言说,就冲破了文言小序的限制,在文学革命所召唤的理想读者那里,它从一个疯子的呓语,转化成了理性的启蒙中国的声音;狂人在日记书写所采用的"白话",也因此从一种对"疯言疯语"的实录,变成了抉剔蒙蔽、揭示真理的语言。

傅斯年和吴虞对《狂人日记》的读法,其实并不陌生。上文论及的冷血的清末"谈"体短篇小说,其小说文本与预期读者之间,即建立了一种稳定的寓言式的表意关系:冷血小说中的"异人",尽管行事风格不合常规,但在读者心目中,他们恰恰是说出"真理"的代言人。这种文本与读者之间心照不宣的契约,既有传统中短篇小说文类成规的作用,也与冷血小说和清末报刊的共生关系密不可分。笔者在《现代中国"短篇小说"的兴起——以文类形构为视角》一书中,曾对此作过详尽分析。限于篇幅,这里不作展开。简单来说,冷血的清末"谈"体短篇小说主要扮演时事批评的功能,其意义的传达十分依赖读者和作者都了然于心的时政背景,它们召唤的是一个与报纸新闻、"时评"的读者高度同质的阅读群体;换言之,冷血的小说虽然在人物塑造和叙事形式上未能摆脱传统中短篇小说的文类成规,却在读者、媒体与文体之间建立了一种新型的阅读契约。③ 这一新型的契约关系,无疑为傅斯年和吴虞对《狂人日记》的阅读奠定了重要的制度基础。在晚清报刊初兴的环境下,冷血"谈"体短篇小说的主要预期读者是关心社会变革的新学生、新少年;到了《新青年》时代,这批新学生、新少年就成长为了傅斯年、吴虞所代表的"新(老)青年"。

---

① 傅斯年:《一段疯话》,《新潮》第1卷第4号,1919年5月1日。
② 吴虞:《吃人与礼教》,《新青年》第6卷第6号,1919年11月1日。
③ 张丽华:《现代中国"短篇小说"的兴起——以文类形构为视角》,第45—72页。

《狂人日记》在它的"新青年"读者中试探成功之后，小序中所使用的"文言"，很快就作为历史的躯壳而脱落了，随后便是《孔乙己》《药》的相继登场，鲁迅小说进入全面采用白话书写并不断试探新的叙事与文学技巧的时代。尽管如此，由《狂人日记》所奠定的"写实"与"寓言"并存的文体混合结构，却构成了鲁迅短篇小说经久不衰的内在形式。本书第七章对《高老夫子》的讨论，将重新回到这一饶有意味的话题。

第五章 "直译"的神话：文学革命与《域外小说集》的经典化

周氏兄弟1909年在东京自费出版的两册《域外小说集》，虽然初版时仅卖出了六十一册左右，但在后世文学史和翻译史中却获得了极高的评价。阿英在《晚清小说史》中将之视为"五四直译运动的前车"①，许寿裳则称誉鲁迅的翻译"字字忠实，丝毫不苟，无丝毫增删之弊，实为译界开辟一个新时代的纪念碑"②。20世纪90年代以降，随着翻译研究的兴起和周氏兄弟研究的深入，《域外小说集》引起了越来越多研究者的关注，它被视为周氏兄弟的"文学原点"③、"五四""直译"主张的提前实践与体现。④ 2007年，东京版《域外小说集》第一册更是在拍卖市场上以29.7万元的高价成交。⑤ 毫无疑问，一百多年前出版于东京的《域外

---

① 阿英：《晚清小说史》，上海：商务印书馆，1937年，第283页。
② 许寿裳：《亡友鲁迅印象记·杂谈翻译》，《人世间》第6期，1947年。
③ 参见杨联芬：《作为"潜文本"的〈域外小说集〉》，《晚清至五四：中国文学现代性的发生》，北京：北京大学出版社，2003年，第127—156页；顾均：《周氏兄弟与〈域外小说集〉》，《鲁迅研究月刊》2005年第5期。
④ 陈福康：《论鲁迅的"直译"与"硬译"》，《鲁迅研究月刊》1991年第3期。
⑤ 秦杰：《1元升到29.7万 鲁迅〈域外小说集〉秋拍》，《北京商报》2007年11月8日。另参见谢其章：《〈域外小说集〉拍卖亲闻亲历记》，《鲁迅研究月刊》2008年第1期。

小说集》，在今天已被公认为周氏兄弟的翻译典范，是新文学的经典之作。

近些年来，随着对周氏兄弟在东京翻译《域外小说集》历史状况的还原，王宏志、廖七一等学者指出，后世关于此书的不少论述，如"鲁迅的翻译杰作"、对"弱小民族文学"的译介等，皆存在着虚构或是矛盾的地方。① 这提醒我们，《域外小说集》的历史声誉，可能与后来的回忆、重写或建构有关。王宏志认为，《域外小说集》在晚清的影响是微不足道的，今天人们对它的重视，是一个后来随着鲁迅形象的膨胀而人为建构出来的神话；廖七一亦持类似观点，他认为《域外小说集》在民国时期并没有产生显著影响，新中国成立后对此书的诸多正面、积极的评价是"非历史化"的，只是主流政治话语的简单延伸。

《域外小说集》在今天所获得的崇高声誉，自然和鲁迅后来不容置疑的地位有关。然而，排除众所周知的"鲁迅"因素，我们却不能忽视以下事实，即《域外小说集》在1921年曾以周作人的名义由群益书社增订再版（1924年重印，1929年三印），在出版广告中，它即被称为"周先生'人的文学'之主张之表现"②；1936年，此书又收入了上海中华书局的"现代文学丛刊"再版发行（1939年重印、1940年三印），著译者仍署"周作人"，其广告则称"本书为介绍外国小说之最早及最有权威之译作"③。这意味着，在鲁迅的地位被神化之前，以周作人名义出版的《域外小说集》在民国时期已拥有了一定的读者规模，并获得了很高的声誉。

重订再版《域外小说集》的群益书社，同时也是《新青年》前七卷（1915—1920）的出版商。实际上，随着周氏兄弟1918年正式加入《新青年》的作者队伍，《域外小说集》也进入了《新青年》同人的视野。在钱玄同、刘半农的"双簧信"以及蔡元培答林纾公开函这些文学革命的

---

① 王宏志：《"人的文学"之"哀弦篇"：论周作人与〈域外小说集〉》，原刊《中国文化研究所学报》2006年总第46期，收入其《翻译与近代中国》，上海：复旦大学出版社，2014年，第194—232页；廖七一：《谈〈域外小说集〉批评的非历史化》，《山东外语教学》2014年第6期。

② 《新出版 域外小说集 周作人先生译》（广告），《申报》1921年1月27日。

③ 《域外小说集》（广告），《申报》1937年3月28日。

核心文献中，在晚清市场上销售完全失败的《域外小说集》得到了高度评价，它被视为足以与"林译小说"匹敌乃至胜过林译的作品。此书1921年在群益书社的再版，正是这一背景下的产物。1922年，胡适在为纪念《申报》创刊五十周年所写的《五十年来之中国文学》中，将《域外小说集》评价为"比林译的小说却是高的多"①的周氏兄弟的古文译作，随后又将此书与《点滴》《呐喊》等新文学著译作品一起，写入《新学制（初中）课程纲要》的"略读书目"中。《域外小说集》在后世文学史和翻译史中的地位，很大程度上与它在文学革命中的这番"复活"和"再生"有关。

文学革命作为一场宣告与传统断裂的文学活动，其合法性的建立，除了尽快创作出如《女神》《呐喊》这样面向未来的作品，还需要重构自身的过去，并在过去与现在之间建立内在的连续性。《域外小说集》正是在这一背景下被建构为"直译"的先驱、周氏兄弟的革命"前史"，并成功地与其"五四"时期的翻译和创作顺利接轨的。本章拟聚焦1917—1922年间，《域外小说集》如何在文学革命的历史背景和话语脉络中被重新激活、重新出版和重新评价的历史，来考察文学革命对《域外小说集》的"重写"和经典化的作用。厘清《域外小说集》在文学革命中的"再生"及其与"五四""直译"话语的铆合，无疑有助于我们从一个新的角度来观察文学革命的内在机制，并重新审视周氏兄弟（及其所代表的新文化人）的晚清经验与"五四"文学的关系，从而为讨论中国现代文学与文化的起源增添一个更为辩证的维度。

一、文学革命与《域外小说集》的"复活"

1909年3月和7月，周氏兄弟合作翻译的《域外小说集》第一、二册在东京相继出版，这是他们在东京文艺活动的一部分，目标是向国人介

---

① 胡适：《五十年来之中国文学》，上海：申报馆，1924年3月，第25页。

绍"异域文术新宗"①，以便唤起有心的读者对异域文化及其民族精神的想象。《域外小说集》的选编和翻译十分用心，装帧与印刷亦颇为考究，然而，自费出版、小本经营，以及将总寄售处设在"上海广昌隆绸庄"这一近乎前现代的销售方式②，未能取得应有的市场效应，因此其影响力与商务印书馆推出的"林译小说"不可同日而语。尽管当时周氏兄弟也在报纸上刊登告白③、赠书文告④，并意外地引起了日本人的关注⑤，但在东京和上海总计六十一册左右的销售业绩，仍然不能不说是归于失败了。

1909年8月，鲁迅从东京回国。回国后的鲁迅，一方面忙于生计，一方面则沉浸于"抄古书、抄古碑"，《域外小说集》式的介绍域外新文学的事业，已暂告结束。留在东京的周作人，虽仍有治文艺和译书的余暇，但他在1910年译完育珂摩尔小说《黄华》（后改题《黄蔷薇》出版）之后，对欧洲文学的兴趣即转向了"古昔"和"民间"——古希腊诗歌、拟曲和安徒生童话；1911年回绍兴后，则将主要精力投入童话、儿歌的比较研究。换言之，如《域外小说集》一般系统地介绍"异域文术新宗"（即19世纪欧洲近世文学）的工作，在周作人这里也逐渐淡出视野。

《域外小说集》在《新青年》同人中被公开提起，始于1917年《新青年》第3卷第6号钱玄同与陈独秀的通信。钱玄同此信的主题，是建议《新青年》的印刷应仿西洋办法改为左行横式，后半谈到小说，则干脆将其"西化"主张贯彻到底，呼吁青年读者舍弃中国小说、直接阅读西文

---

① 鲁迅：《〈域外小说集〉序言》（1909），《鲁迅全集》第10卷，第168页。
② 据周作人回忆，《域外小说集》第一册印了一千本，第二册只有五百本，印刷费是由友人蒋抑卮代付的，上海寄售处的广昌隆绸庄亦是蒋氏产业（周作人：《关于鲁迅之二》，《宇宙风》1936年第30期）。另据许寿裳回忆，1909年4月，他正有回国之行，交给上海寄售处的书（即《域外小说集》第一册）乃是由他带去的（许寿裳：《亡友鲁迅印象记·杂谈翻译》，《人世间》1947年第6期），这也是《域外小说集》小本经营的一个例证。
③ 《域外小说集》第一册（广告），原刊1909年4月18日《时报》，见郭长海《新发现的鲁迅佚文〈域外小说集〉（第一册）广告》，《鲁迅研究月刊》1992年第1期。
④ 《赠书志谢》，原刊1909年4月18日《神州日报》，见谢仁敏《新发现〈域外小说集〉最早的赠书文告一则》，《鲁迅研究月刊》2009年第11期。
⑤ 〔日〕藤井省三：《日本介绍鲁迅文学活动最早的文字》，《复旦学报（社会科学版）》1980年第2期。

名著,并称:

> 若是不懂西文的、像胡适之先生译的《二渔夫》、马君武先生译的《心狱》、和我的朋友周豫才起孟两先生译的《城[域]外小说集》《炭画》、都还可以读得。(但是某大文豪用《聊斋志异》文笔和别人对译的外国小说、多失原意、并且自己搀进一种迂谬批评、这种译本、还是不读的好。)

在此,钱玄同将尚未在《新青年》露面的"周豫才起孟两先生"介绍给了读者,并将他们的《域外小说集》《炭画》与胡适、马君武的译作相提并论,共同构成对当时的译界主流——"大文豪"林纾的反抗。

钱玄同与周氏兄弟 1908 年相识于东京,是章太炎国学小班的同学。对于《域外小说集》,他很早就是一位有心的读者。1913 年 9 月,钱玄同到国立北京高等师范学校任职,在与鲁迅晤面后不久即去函索书,鲁迅日记这年 9 月 29 日曾记载"午前稻孙持来中季书,索《或外小说》",9 月 30 日又云"上午以《或外小说集》二册交稻孙,托以一册赠中季"①。此外,周作人 1908 年翻译的显克微支中篇小说《炭画》,1914 年经鲁迅联系后在文明书局出版,钱稻孙(即钱玄同之侄)曾参与此事并为此书设计了封面②,因此,对于《炭画》,钱玄同大概也并不陌生。

钱玄同在《新青年》中对《域外小说集》《炭画》的推举,与此时正在预备北京大学课程、重拾欧洲近世文学兴趣的周作人,几乎一拍即合。1917 年 3 月,周作人离开绍兴北上谋职,4 月,在北京大学国史编纂处办事,9 月,正式得北京大学教授聘书,开始在国文门教授希腊文学史、近世欧洲文学史两门课程。从 4 月开始,周作人日记中即频频出现购

---

① 《鲁迅全集》第 15 卷,第 80—81 页。侯桂新在《钱玄同与鲁迅交往始末——以日记为视角》(《鲁迅研究月刊》2016 年第 8 期)一文中提到了这一细节。
② 鲁迅日记 1914 年 1 月 16 日云"晚顾养吾招饮于醉琼林,以印二弟所译《炭画》事与文明书局总纂商榷也。……同席又有钱稻孙",同年 4 月 27 日又云"午后稻孙持来文明书局所印《炭画》三十本,即以六本赠"(《鲁迅全集》第 15 卷,第 101、114 页)。又周作人日记 1914 年 5 月 2 日:"得北京廿八日寄书两包,内……炭画十册,文明书局出版……表纸图案乃钱稻孙作者。"(《周作人日记[影印本]》[上],郑州:大象出版社,1996 年,第 500 页)

读欧洲近世文学书籍的记录①，6月份他还重操译笔，用文言译出了梭罗古勃的《未生者之爱》及寓言八篇②（后来收入群益版《域外小说集》）。钱玄同的上述通信写于"七月杪间"③，正是周作人获得北京大学教授聘书的前夕，他在此时对《域外小说集》《炭画》的特意标举，颇有为周作人在北京大学担任教授鸣锣开道的意味。

由于《域外小说集》已不在市场流通，经钱玄同在《新青年》中的鼓吹，周作人即主动将此书分送北京大学同事，其日记1917年8月30日云：

往大学访蔡先生，遇君默，便交予域外小说二册。④

10月24日又云：

寄玄同函，以域外小说二部留校，转交刘、胡二君。⑤

"君默"即沈尹默，"刘、胡二君"指的是刘文典（叔雅）和胡适。⑥

---

① 如4月14日"托紫佩向图书分馆假波兰史、俄文学史各一本"，30日"阅トルストイ（按，即托尔斯泰）传"，5月7日"丸善寄波兰小说集一册"，26日"联日稍阅アンドレエフ（按，即安德烈耶夫）七刑人至今日已了"，28日"得丸善十五日寄ソログーブ（按，即梭罗古勃）及クープリン（按，即库普林）小说集各一册"，30日"托紫佩借法美文学史二本"，6月30日"得东京堂二十日寄露国现代ノ思想ト文学一册"（《周作人日记［影印本］》［上］，第664—679页）。

② 参见周作人1917年6月6日、7日日记，《周作人日记（影印本）》（上），第673页。

③ 钱玄同在《论小说及白话韵文》（刊《新青年》第4卷第1号"通信"栏）中引用了这则通信的内容，并称"此信是七月杪间写的"。

④ 《周作人日记（影印本）》（上），第690页。

⑤ 同上书，第703页。

⑥ 不少学者（包括笔者在内）曾认为"刘、胡二君"指的是刘半农和胡适，不确。刘半农直到1917年11月13日才出现在周作人日记中，其契机是二人共同认领了北大文科研究所小说科的教员；此前周作人日记中的"刘"指的是刘文典（叔雅），如1917年8月18日记"上午往大学……至校长室见沈君默、刘叔雅、马幼渔、朱逷先诸君，分阅预科卷，至下午五时了，同沈、马、刘三君至王府井大街吃点心"，又9月2日记"上午雨，得蔡先生函属阅卷，即往大学。沈、刘、朱、钱四君亦在"（《周作人日记［影印本］》［上］，第688、691页）。另，据《知堂回想录》对北大"卯字号名人"的介绍，在四公主府的"卯字号"（即北大文科教员的预备室）日常聚集的教授，有钱玄同、朱希祖、刘文典、胡适等，而刘半农因担任预科功课，则住在第三院的译学馆里；考虑到这一空间因素，周作人将《域外小说集》"留校"，托钱玄同"转交"，其对象是刘文典的可能性也更大。

第五章　"直译"的神话：文学革命与《域外小说集》的经典化　│　123

沈尹默是北大老人，刘文典、胡适则分别是 1917 年 4 月和 9 月新到的北京大学教员。

论及东京版《域外小说集》的存世数量及传播范围时，不少学者注意到鲁迅在民国初年的赠书。① 不过，鲁迅的赠书效果，与周作人的不可同日而语。笔者根据鲁迅日记略作统计，1912—1917 年间，鲁迅曾收到周作人从绍兴寄来的《域外小说集》二十四套四十八册，截至 1919 年 10 月，他共送出了十六套三十二册，赠书对象有董恂士、钱稻孙、戴螺舲、季自求、夏穗卿（曾佑）、刘雳青、游允白、夏揖颜、袁文薮、钱玄同、黄季刚、许寿裳、陈寅恪、张春霆、宋子佩、许诗堇等十六人，多为鲁迅的教育部同僚及留日旧友。虽然分送广泛，但受赠诸人中，除钱玄同外，对《域外小说集》有所反馈的，寥寥无几。鲁迅的赠书，可以说是习惯性的持赠知音，并无章法可言。而周作人的则不同，除了持赠知音，还有在北京大学教授、《新青年》同人中"投石问路"的意图——而他的赠书很快就见了效果。

1918 年《新青年》第 4 卷第 3 号刊出了题为《文学革命之反响》的由钱玄同戏作的《王敬轩君来信》和"记者"刘半农的复信，此即著名的"双簧信"。在此，《域外小说集》又得到了一次意想不到的宣传。刘半农在复信中用了非常多的篇幅来讨论翻译问题，他以鸠摩罗什的译经为范本，倡导一种"以原本为主体""把本国文字去凑外国文"的翻译理念，而林纾则被树立为反面典型；为了反驳"王敬轩"来信中褒扬林纾的翻译文体、贬低周作人在《新青年》第 4 卷第 1 号刊出的《陀思妥夫斯奇之小说》之译笔的言论，刘半农遂将《域外小说集》抬了出来：

> 万一先生在旧文学上所用的功夫较深，竟能看得比林先生分外高古的著作，那就要请先生费些功夫，把周先生十年前抱复古主义时代

---

① 参见胡从经《大涛之微沤、巨响之先声——〈域外小说集〉》（《柘园草》，长沙：湖南文艺出版社，1982 年，第 7—18 页）、陈洁《〈域外小说集〉重印考》（《中国现代文学论丛》2014 年第 2 期）、谢其章《〈域外小说集〉拍卖亲闻亲历记》、葛涛《再谈〈域外小说集〉的存世数量》（《上海鲁迅研究》2008 年第 3 期）、王祖华《〈域外小说集〉的隐性传播》（《东方翻译》2015 年第 5 期）诸文。

所译的《域外小说集》看看。

这里,《域外小说集》成为证明《新青年》同人"古文功夫"的重要依凭,有力地回击了"王敬轩"来信中关于文学革命者"偏谬""不通"以及"得新忘旧"的指控。

《新青年》中这番虚构的通信很快就引出了林纾这一真实的反对派。林纾对新文化人的攻击、蔡元培的公开回应,以及新文化人如何大获全胜,这一曲折回环的故事我们已耳熟能详,在此不赘。① 值得注意的是,在蔡元培答林纾的公开函中,针对林纾来信中对新文化人"尽废古书,行用土语为文字"的指控,再次出现了《域外小说集》的身影:

> 北京大学教员中、善作白话文者、为胡适之、钱玄同、周启孟诸公。公何以证知为非博极群书、非能作古文、而仅以白话文藏拙者?……周君所译之"或外小说"、则文笔之古奥、非浅学者所能解。②

从这一角度来看,林、蔡斗争文件堪称《新青年》之"双簧信"的现实版,且这一次"真刀实枪"的斗争,其影响力已不是《新青年》中虚拟的"双簧信"所可比拟的了。

经过钱玄同、刘半农等《新青年》同人的宣传,周作人的赠书,尤其是蔡元培在答林纾公开信中的提点,在晚清小说市场上失败了的《域外小说集》,很快在一个全新的读者圈中获得了良好的口碑和声誉。1918年4月3日,即《新青年》第4卷第3号的"双簧信"刊出后不久,北大教授、《新青年》编委之一陶孟和即来信索书,周作人次日便将《域外

---

① 参见王风:《林纾:拼我残年、极力卫道》,《世运推移与文章兴替——中国近代文学论集》,北京:北京大学出版社,2015年,第238—252页。关于林纾与北京大学之纠葛新近的讨论,见陈平原:《林纾与北京大学的离合悲欢》,《文艺争鸣》2016年第1期,及陈平原:《古文传授的现代命运——教育史上的林纾》,《文学评论》2016年第1期。
② 《蔡校长致公言报函并附答林琴南君函》,《北京大学日刊》1919年3月21日。

小说集》二册寄出①。1918年12月4日,周作人又"以域外小说集四部交半农代售"②。至此,周作人从绍兴寄往北京的二十四套《域外小说集》,已基本送、售完毕。1919年3月28日,周作人日记中又有"得家中……廿四日寄域外小说集六本"的记录,但很快也分赠出去或是由孙伏园等同乡、友人来借走了。③ 1920年2月6日,高语罕在致胡适的信中写道:

> 你那里有周作人兄弟的《域外小说集》么?若有,请寄把我一看,看完便寄还。④

高语罕是陈独秀的安徽同乡、革命同志,曾在《青年杂志》上发表过《青年与国家之前途》《青年之敌》等文章,此时则是芜湖五中的国文教师、胡适白话文学的热情拥护者。这意味着《域外小说集》的声名已超出了北京大学师生的圈子,并且颇有一书难求之势。

就在高语罕写信向胡适借书后不久,1920年3月,《新青年》的出版商群益书社即启动了《域外小说集》的再版计划。鲁迅在群益版新序中写道:

> 到近年,有几位著作家,忽然又提起《域外小说集》,因而也常有问到《域外小说集》的人。但《域外小说集》却早烧了,没有法子呈教。几个友人,因此很有劝告重印,以及想法张罗的。⑤

"劝告重印"或是"想法张罗"的友人,其中之一即是《新青年》的主

---

① 《周作人日记[影印本]》[上],第742页。
② 同上书,第788页。
③ 如周作人日记1919年3月29日记"寄上海吴君片,又域外小说一本",11月2日记"伏园来借去域外小说集一部",11月8日记"寄叶君函,又域外小说一册",1920年3月8日记"成君送还域外小说二本"。《周作人日记(影印本)》(中),第19、52、110页。
④ 《胡适遗稿及秘藏书信》第31册,第353页。
⑤ 鲁迅:《〈域外小说集〉序》(1921),《鲁迅全集》第10卷,第177页。

编陈独秀。① 陈独秀在1920年3月11日致周作人的一封信中曾提及此事：

> 重印《域外小说集》的事，群益很感谢你的好意。你开来的办法，芝寿兄托我转答如左：
> 一、照原议。
> 二、照原议。
> 三、版权既不让群益，报酬若干，群益的意思，决计请先生自定。②

"芝寿"即群益书社的老板之一陈子寿。陈独秀的信虽仅寥寥数语，我们却可获悉，重印《域外小说集》很可能是周作人主动向群益提起的，而群益的态度则十分积极友好。

目前笔者未见周作人的去信，不能确知陈独秀信中"照原议"的内容；周作人后来在文章中引用过一封1920年1月5日刘半农的来信，是和他商议在群益出版一套"近代文艺小丛书"的计划，刘半农在信中开列了他与群益老板关于出版细节的谈判结果，我们不妨作为参照：

> 今天群益的老板陈芝寿先生来同我谈天，我同他一谈，他就非常高兴，极愿意我和贤昆仲三人把这事完全包办下来。于是我就和他正式谈判，其结果如下：
> 一、编制法可完全依我的主张。
> 二、书用横行小本，其印刷法以精美为条件，我等可与斟酌讨论，他必一一依从。
> 三、各书取均价法。……

---

① 参见《鲁迅全集》所收《〈域外小说集〉序》注释3，《鲁迅全集》第10卷，第179页。
② 《陈独秀致周启明》，《陈独秀书信集》，水如编，北京：新华出版社，1987年，第251页。

> 四、出版人对于编译人处置稿件之法，可于下三项中任择其一。甲、版权共有，即你的《欧洲文学史》的办法。乙、租赁版权，即规定在若干部之内，抽租值若干，过若干部则抽若干。丙、收买版权。①

刘半农计划与周氏兄弟合作的这套"近代文艺小丛书"，其初衷是"想要翻译外国文学上的作品，用小本子一本一本的出版"，形式上以短篇为主，内容上则拟分为甲乙丙三集：甲集收小说、诗歌、戏剧等文艺创作，乙集收与文艺相关的传记、批评，丙集则是音乐、雕刻、绘画等其他文艺形式。② 这套文艺丛书的设想（尤其是甲集），与周氏兄弟在东京出版的《域外小说集》（第一、二册）颇有相通之处，只是刘半农 1920 年春天便携家眷赴欧洲留学了，这一丛书计划便搁置下来。周作人在 1920 年 3 月向群益书社提起再版《域外小说集》，大概与刘半农曾经和群益老板商议过这套文艺丛书的出版事宜有关；换言之，《域外小说集》的再版，无形中成了未能问世的"近代文艺小丛书"的替代物。

群益书社是一家以出版教科书起家的民营机构③，陈独秀 1913 年亡命上海，经汪孟邹介绍与群益书社的老板结识，由此促成了 1915 年《青年杂志》（一年后改名为《新青年》）的出版。据邱雪松的研究，《新青年》初刊时，销量不多，群益书社几乎是亏本经营，因此杂志的运营也受制于出版商的态度，《新青年》的两次停刊都与此有关；但随着陈独秀的北上、《新青年》第 4 卷第 1 号改为"同人杂志"，尤其是 1919 年之后《新青年》的热销，编辑部与出版商之间的权力才得到了扭转。④ 1920 年 5 月，陈独秀因《新青年》第 7 卷第 6 号（劳动节号）的定价和广告问题，

---

① 周作人：《曲庵的尺牍》，《周作人文类编·八十心情》，钟叔河编，长沙：湖南文艺出版社，1998 年，第 422 页。
② 同上书，第 421 页。
③ 关于群益书社早年出版教科书的历史，可参见邹振环：《作为〈新青年〉赞助者的群益书社》，《史学月刊》2016 年第 3 期。
④ 邱雪松：《"启蒙"与"生意"之间——"五四"新文化与出版业关系论》，《文艺研究》2018 年第 7 期。

与群益书社发生龃龉并最终导致"决裂",自1920年9月开始,《新青年》第8卷第1号便独立出来,由新成立的"新青年社"负责编辑印刷发行等一切事务,结束了与群益长达六年的合作。①

群益书社启动《域外小说集》的再版事宜,发生在陈独秀与之"决裂"之前。上引陈独秀致周作人的信写于3月11日,而鲁迅在3月20日即完成了新序,可见群益的动作十分迅速。综合上引陈独秀、刘半农两信,我们还可发现,作为译作者和编者的周作人,在"编制法""印刷法"以及版税报酬上,都有着很大的话语权。周氏兄弟早年的译作出版经历十分曲折,1909年的《域外小说集》是自费出版,《劲草》《炭画》都经历过不止一次的退稿,最终前者原稿丢失,后者虽经鲁迅居中联络于1914年在文明书局出版,但周作人所得版税仅为时值估价的一半,且最终并未收到分文。② 与这些早年的挫折和委曲求全相比,群益书社此时开出的条件,折射出周氏兄弟(尤其是周作人)在文学革命之后迅速攀升的文化资本。

新版《域外小说集》于1921年初正式出版,同年《申报》1月27日刊出的出版广告云:

> 新出版《域外小说集》周作人先生译 全一册定价六角
> 是书乃先生历年用文言翻译之短篇小说。凡先生友朋中之曾见是书者,无不极口称道之。蔡孑民先生于答林琴南君函中有云"周君所译之域外小说,则文笔之古奥,非浅学者所能解",可以见其工力。大氏先生之文,清真淡远,描画入神,为最不可及,其味之醇者,如嚼橄榄,愈久而弥厚也。先生最近纯以白话作文。而是书则擅

---

① 关于陈独秀与群益的"决裂",因近年有"陈独秀等致胡适信札"的公开,其过程及原因已得到很好的梳理和阐释。参见黄兴涛、张丁《中国人民大学博物馆藏"陈独秀等致胡适信札"原文整理注释》及黄兴涛《中国人民大学博物馆藏"陈独秀等致胡适信札"释读》(刊《中国人民大学学报》2012年第1期),以及齐鹏飞《〈新青年〉与"群益书社"的决裂及独立办刊再梳理》(刊2012年5月10日《光明日报》)诸文。

② 参见周作人:《关于〈炭画〉》,〔波兰〕显克微支原著,周作人译:《炭画》,北京:北新书局,1926年,第109—117页。

文言最难几及之境,足为后学楷模。至于原文本质,皆含有极高尚之理趣,此又先生"人的文学"之主张之表现也。上海棋盘街群益书社印行

"短篇小说""蔡子民""林琴南""人的文学"……广告中的这些词语明白地提醒我们,这乃是一个在文学革命的历史背景和话语脉络中"再生"的文本。

二、《域外小说集》的"重写":群益版与东京版的对勘

群益版《域外小说集》以周作人的名义出版,将东京版的两册合为一册,新增了二十一篇译作,按照国别重新编目,由鲁迅(以周作人的名义)新写了序言,保留东京版旧序,但删去《略例》;已有的正文内容变动不大,但以常用字替换了偏僻字,增加了新式标点;此外,东京版《杂识》中的译注移入正文,作者小传则重加增补、以《著者事略》为题附于书后。

和东京版相比,群益版在内容和形式上均有了显著变化,书籍样貌和随之而来的阅读体验也迥然不同。然而,在众多关于《域外小说集》之微言大义的阐述中,研究者对群益版和东京版之间的版本差异,除了注意到篇什增加之外,其他往往皆视为细枝末节的改动;而在藏书家眼里,因群益版并非初版,且"书品"远不如东京版,其价值和受关注程度也大打折扣。① 换言之,无论在学术界还是藏书界,群益版《域外小说集》这一在内容和形式上皆有大幅变动且诞生在文学革命之后的新版本,却通常

---

① 参见唐弢:《〈域外小说集〉》,《晦庵书话》,北京:生活·读书·新知三联书店,1980年,第9—11页;胡从经:《大涛之微沤、巨响之先声——〈域外小说集〉》,《柘园草》,第7—18页。

被视为一个透明的乃至隐形的存在。①

笔者认为,群益书社对《域外小说集》的再版,不是简单的旧书重印,而是深深嵌入文学革命的历史背景与话语脉络中的一次出版行为。书籍的再版本身,即是一种历史的擦拭与重写。下文将对群益版和东京版进行对勘,从"篇目与编目""注释与小传""新序与旧序"三个角度,略述其内容和形式上的异文,并分析这些异文与文学革命的话语和实践之间的关系。

(一) 篇目与编目

群益版新增了二十一篇译作,篇目如下:

> 法国须华勃拟曲五篇:《婚夕》《舟师》《萨摩思之酒》《昔思美》《明器》
> 丹麦安兇尔然一篇:《皇帝之新衣》
> 俄国梭罗古勃十一篇:《未生者之爱》、寓言十篇
> 波兰显克微支一篇:《酋长》
> 新希腊蔼夫达利阿谛斯三篇:《老泰诺思》《秘密之爱》《同命》

这些皆是周作人在1910—1917年间的文言短篇译作,除了显克微支的《酋长》,其他作品的原作者,如须华勃、安兇尔然、梭罗古勃、蔼夫达利阿谛斯,都是东京版不曾译介过的②,它们反映的是周作人民国初年对

---

① 在相关的文学史论述及资料编撰中,将群益版和东京版混淆的情况比比皆是。譬如阿英《晚清小说史》称周氏兄弟1909年出版的《域外小说集》为"小说、童话、寓言、拟曲的合集"(第284页),即不确切,是把群益版新增的须华勃和梭罗古勃的作品纳入了。此外,岳麓书社1987年印行的文白对照版《域外小说集》(伍国庆编),是当代流传颇广的版本,此书具有前言性质的《戈宝权文》和编者《后记》都指向1909年的东京版(只字未提群益版的情况),但所收小说篇目与《著者事略》却是以1921年群益版为底本的,书首则同时收录了群益版新序、东京版旧序(群益版保留)以及东京版《略例》(群益版删去)三个文本,堪称版本杂糅的"典范"。另外,钟叔河编辑的《周作人散文全集》将《著者事略》系于1909年2—6月作,也是将群益版和东京版混为一谈所致。
② 其中,安兇尔然(安徒生)曾出现在第一册和第二册的译文预告中,但所预告的篇目是《廖天声绘》与《和美洛斯陇上之华》,而非具有民间故事性质的《皇帝之新衣》。

"古昔"和"民间"的文学兴趣。

尽管新增译作从篇幅上讲，足以构成东京版《域外小说集》第三册的分量，但群益书社并没有叠加成第三册出版，而是将全部作品合为一册，按照作者的国别顺序重新编目。东京版《域外小说集》是一个长期的出版计划，其《略例》云"后当渐及十九世纪以前名作……惟累卷既多，则以次及南欧暨泰东诸邦"，"前后篇首尾各不相衔，他日能视其邦国古今之别，类聚成书"，揭示出这一出版计划的远景；已出版的第一、二册，乃是一种具有杂志性质的未完成之"书"。群益版则结束了这一未完成状态，它将一、二两册的内容及新增二十一篇作品合为一册，以国别为序编排，宣告"完成"。鲁迅在新序中以周作人的口气写道，"我的文言译的短篇，可以说全在里面了"，这自然是拜文学革命所赐——只有在开启了全新的白话书写模式之后，才能如此宣告文言时代的结束。

(二) 注释与小传

东京版《域外小说集》第一、二册卷末均附有《杂识》，《略例》云："文中典故，间以括弧注其下。此他不关鸿旨者，则与著者小传及未译原文等，并录卷末杂识中。"群益版将《杂识》中的注释以及未译原文的译文皆移入正文，变成行间注，而将著者小传重加增补、厘定，以《著者事略》为题附于卷末。这一变动，对《域外小说集》的意义表达，影响似小而实大。

首先来看注释。

既然东京版《杂识》的内容由《著者事略》取代，其"不关鸿旨"的注释和正文中未译原文的译文，在群益版中都被移入正文，变成了行间注（个别注释略有删节）。这一注释形式的变动，看似细微，其意义却不可小觑。

如上引《略例》所示，东京版有两套注释系统：一是以文间注形式呈现的"文中典故"，如《戚施》中的"暂"（即白骨头），文后括弧注云"贵胄之别名"（第一册，第十二页），《塞外》中"老人绥蒙。浑名多尔珂微"，"多尔珂微"后注云"此言智士"（第一册，第二十五页），这类典故释义对原文读者而言也是必不可少的，故以括弧注于正文中；另一套注释系统，则是以尾注形式在《杂识》中呈现的各国语言习俗以及人地名的释义，如"扬珂　扬。波兰言约翰也。珂者小词。示亲爱意。斯拉夫语皆有之"，"福烛　波兰语为格伦尼加。人垂死时。然之床头"（第一册，第百五页），以及"堂克诃第　西班牙人色勒凡提氏著书。言堂克诃第生十七世纪。犹慕古代游侠。仿而行之。卒困顿以死。事至吊诡可笑"（第一册，第百六页）等，这类注释在原文中一般不会存在，它们是针对不懂原作语言以及不了解西方文学背景的读者而写的译注，重点在介绍西方的语言习惯、风俗与历史及文学典故。此外，原作中出现的外国语，如显克微支小说《乐人扬珂》最后庄园主女儿和她的情人所说的法语，契诃夫小说《戚施》《塞外》中出现的法语、德语，东京版《域外小说集》正文皆保留外国语原文，而只在《杂识》中附注译文。

东京版这套层次分明的注释系统，在正文和《杂识》之间进行了有效的功能区分：正文试图最大程度地如实传达原作在原作语言环境中的阅读效果，以求其"信"；《杂识》中包括语言习俗、人地名释义以及外国语译文在内的"译注"则面向不懂原文的译文读者，以求其"达"。如果我们了解周作人和鲁迅各自的翻译理念，这一功能性的区分，也可以视为周氏兄弟在合作中所留下的分工痕迹：对原作之"信"的执念，主要来自鲁迅；而通过添加详细的译注来沟通不同文化之间的鸿沟，弥补正文文本翻译的不足，则是周作人一直坚持到晚年的翻译方法。

群益版将东京版《杂识》中的这些"译注"一律移入正文，变成行间注，如此，东京版在正文和《杂识》之间"信"与"达"的功能区分就无形中失效了。此外，更为重要的是，这一改动也是对（预设）读者的"消费降级"：一方面，直接降低了阅读难度；另一方面，译文的预设读者不再是东京版所拟想的"卓特"之"士"（可能可以同时阅读原文和译文），而是不懂外文原文也不了解西方文化习俗的普通读者。

这一注释形式上的细微改动，与群益版正文中另外两点显著的形式变化，即将"偏僻"的古字、本字改为常用字，并采用大量的新式标点排版（东京版虽引入了省略号和破折号，也间或使用感叹号和问号，同时也采用了分段，但每段自成一片，有圈点，无句读，且从未使用引号来标注人物对话；群益版则将句读标于文字之中，替读者点断了文句，且新增了引号用于人物对话及书名的标识，并在人地名右侧标明竖线），功能是一致的，即令阅读变得更为简便，其背后的目标，则与白话文运动殊途同归——通向一个更广大的读者群。下文还将揭示，这个读者群体与《点滴》《呐喊》等新文学的读者群，在事实上有着庞大的交集。

其次，关于《著者事略》。

东京版《杂识》中的著者小传非常简略，不过四五行，其功能与译注类似；群益版的《著者事略》经过周作人的大量增补，除了介绍作者生平之外，"对于所译短篇，偶然有一点意见的，也就在略传里说了"（群益版新序），最后长达十二页的《著者事略》，其功能已从简单的译注变成了文学史的雏形。

实际上，周作人在《著者事略》中的增订，有不少即与他1917年后在北京大学讲授的欧洲文学史课程有关。如"须华勃"条对"拟曲"的介绍，便是对《欧洲文学史》第一卷第八章中论希腊拟曲的撮要。此外，"迦尔洵""安特来夫"两条，群益版的增订，如称迦尔洵《四日》为"俄国非战文学中名作"，以及对安特来夫小说《赤笑》《七死囚记》的介绍，据笔者考察，其材源即出 Phelps《论俄国小说家》一书对俄国"非战文学"谱系的勾勒①，周作人1917年5月27日日记中有"阅フェルプス（按，即 Phelps）俄国小说家论了"②的记录，此书乃是他随后开设欧洲文学史课程的重要参考书。

除了文学史知识的补充，《著者事略》的增订内容中，还有不少周作人文学革命时期言论意见的反响。安徒生（周作人译作"安兑尔然"）的《皇帝之新衣》是群益版的新增篇目，《著者事略》中的"安兑尔然"条，不仅撮录了周作人民初所写的《安兑尔然》一文中的观点，连他不久前在《新青年》发表的《随感录（二四）》中批评陈家麟、陈大镫所译安徒生童话集《十之九》的意见，也被写了进去："唯转为华言、即失

---

① William Lyon Phelps, *Essays on Russian Novelists*, pp. 264-267.
② 《周作人日记（影印本）》（上），第671页。

其纯白简易之长、遂不能仿佛百一。近有译者、言是搜神志怪一流、则去之弥远矣。"(《著者事略》,第四页)又如关于"王尔德",东京版《杂识》和群益版《著者事略》的介绍分别如下:

> 淮尔特
> 生一千八百五十六年。爱尔兰人也。所著诗文传奇遗稿凡十三卷。九十五年。以事下狱。二年。出居法国。易名美勒穆思。郁郁以死。当时国人恶之。书无读者。近为欧洲文坛所赏。盛翻译之。英国亦梓其全集行于世。(第一册,第百六—百七页)

> 淮尔特(Oscar Wilde 1854—1905)
> 淮尔特生于一八五四年、爱尔兰人。九十五年以事下狱、二年后出居法国、易名美勒穆思(Melmoth)、郁郁而死。淮尔特素持唯美主义、主张人生之艺术化、尝自制奇服服之、持向日葵之华、游行于市。其说多见于小说《格来之肖像》中。所著喜剧数种、虽别无精意、然多妙语、故亦为世所赏。又有童话集二、一曰《柘榴之家》、一曰《安乐王子》、共九篇、亦甚美妙、含讽刺。今所译安乐王子、即第二种之首篇、可例其他、而特有人道主义倾向、又其著作中之特殊者也。(《著者事略》,第一—二页)

这与其说是增补,不如说是重写。周作人《自己的园地》中有一篇《王尔德童话》,可与群益版的介绍互相参看;其时,周作人对王尔德、佩得(Walter Pater)、波德莱尔等代表的"颓废的唯美主义"思潮,有着非同寻常的兴趣。而将《安乐王子》阐释为"特有人道主义倾向",显然与周作人在《人的文学》中所倡导的"主义"有关——无怪乎《申报》广告会以"此又先生'人的文学'之主张之表现也"来概括《域外小说集》的"原文本质"。

(三)新序与旧序

群益书社重订再版《域外小说集》,主要由周作人参与其事,但鲁迅为其撰写了新序。《域外小说集》在东京寄售处卖出四十一册左右的故事,经过鲁迅这篇序文的高妙叙述,早已深入人心,成为文化价值与商业利润对抗的佳话。考察《域外小说集》的接受史,研究者往往绕不开它在清末小说市场上失败的销售业绩,其中最常引述的便是鲁迅的这篇新序。虽然已有藏书家和学者对这一销售数字进行勘误①,但仅仅纠缠于《域外小说集》的销售数量,仍然是掉入了鲁迅在这篇序言中所设的"圈套"。实际上,从东京版《域外小说集》的生产、印刷及销售的流程来看,它从头到尾都不是商业行为:自费出版,生产成本来自友人蒋抑卮的不需要回报的资助;而寄售在绸缎庄,更是非专业的销售渠道。从神田的印刷出版,到民初鲁迅、周作人的赠书,东京版《域外小说集》的生产传播,可以说主要不在一个我们现在所熟悉的现代小说市场中进行,而是更接近一种如传统诗、文集一般在友朋之间流通的"前现代"的方式。鲁迅在群益版新序中渲染失败的销售业绩,显然不是真的要报告这套书籍的实际阅读与接受情况,而是为了反衬它的文化价值——因"曲高"而"和寡"。

和旧序相比,新序的叙述还有两处不同值得关注。首先是"短篇小说"的定位。鲁迅在叙述了东京版《域外小说集》的售卖故事之后,将销售失败的原因归结为所译短篇小说文类的先锋性:

> 《域外小说集》初出的时候,见过的人,往往摇头说,"以为他才开头,却已完了!"那时短篇小说还很少,读书人看惯了一二百回的章回体,所以短篇便等于无物。现在已不是那时候,不必虑了。(《域外小说集序》,第五页)

关于读书人看惯章回体而不习惯短篇,这其实是一个虚构的论述,因清末

---

① 参见谢其章:《〈域外小说集〉拍卖亲闻亲历记》;葛涛:《〈域外小说集〉存书毁于大火了吗》,《粤海风》2008年第4期。

报刊中各式各样的短篇作品并不少见。① 鲁迅这一叙述值得关注的地方在于，他首先用"短篇小说"这一术语来概括《域外小说集》中的作品，继而又将短篇小说视为比章回体小说更加进步和先锋的文类；而东京版《域外小说集》，无论是旧《序》，还是《杂识》中，都只称"异域文术新宗""小品"，并没有现代"短篇小说"的文类意识。实际上，从东京版两册《域外小说集》的"杂识"后所附"新译豫告"来看，周氏兄弟当时计划翻译的小说，还有《赤笑记》（今译《红笑》，安德烈耶夫原著）、《并世英雄传》（今译《当代英雄》，莱蒙托夫原著）、《粉本（原名炭画）》（今译《炭笔素描》，显克微支原著）、《人生》（今译《一生》，莫泊桑原著）等中长篇作品，计划连续出版的《域外小说集》则专收篇幅更短的"小品"。在此，"小品"的重要性和先锋性，并不比"新译豫告"中的中长篇作品更高、更强。

"短篇小说"一词虽在 1904 年前后的清末报章中即已出现，但真正使得它作为一种区别于笔记、杂纂的现代文类得到界定并获得通行，还要归功于胡适 1918 年发表在北大文科研究所小说科、随后刊于《新青年》第 4 卷第 5 号的《论短篇小说》。在此，胡适仿照美国学者哈密尔顿为 short story 所下的定义，将"短篇小说"界定为"用最经济的文学手段，描写事实中最精采的一段，或一方面，而能使人充分满意的文章"②，并认为"短篇小说"是符合世界文学潮流、代表未来文学发展方向的先进形式。周氏兄弟未必认可胡适的短篇小说定义，但他们在《新青年》中发表的小说译、著，无一例外皆是短篇小说的体例；鲁迅的《狂人日记》更是与胡适的《论短篇小说》，颇具象征意味地刊在同一期《新青年》（第 4 卷第 5 号）上。

《域外小说集》所收作品的文类形式其实十分多样，除了契诃夫、莫泊桑的短篇小说之外，还有童话（如《安乐王子》）、民间故事（如《一文钱》），群益版增订的篇目中则还有拟曲、寓言。对此，鲁迅自然

---

① 相关讨论参见张丽华：《现代中国"短篇小说"的兴起——以文类形构为视角》，第 33—72 页。

② 胡适：《论短篇小说》，《新青年》第 4 卷第 5 号，1918 年。

了然于心；但他在群益版新序中仍然将之通称为"短篇小说"并强调这一文类的先锋性，很明显是对胡适以及"五四""短篇小说"理论和实践的呼应。无独有偶，胡适在1919年出版的《短篇小说第一集》的《译者自序》中，已在周氏兄弟、周瘦鹃和他自己的翻译之间，建立了一条"短篇小说"译作的文类谱系：

> 短篇小说汇刻的有周豫才周启明弟兄译的《域外小说集》（一九〇九）两册，周瘦鹃的《欧美名家短篇小说丛刊》（一九一七）三册。①

在这一谱系中，《域外小说集》令人瞩目地居于榜首。值得一提的是，继鲁迅这篇写于1920年3月的群益版新序之后，周作人1920年8月出版的《点滴》副标题即径直题为"近代名家短篇小说"。

新序与旧序的另一不同之处，在于对译文本身的态度。旧序起首即云"词致朴讷，不足方近世名人译本"，而鲁迅在新序的末尾却写道：

> 倘使这《域外小说集》不因为我的译文，却因为他本来的实质，能使读者得到一点东西，我就自己觉得是极大的幸福了。（《域外小说集序》，第六页）

旧序虽谦称"不足方近世名人译本"，但开宗明义，强调"词致朴讷"，显然希望读者关注到其独特的译文文体。而新序则干脆试图取消译文，希望读者穿过译文而直接得到原作"本来的实质"。这部后世视为翻译典范的《域外小说集》，鲁迅在序言中却简直以取消翻译为诉求，这听起来有点不可思议。鲁迅此语并非简单的谦辞，而是对文学革命的另一主流话语——"直译"的深切认同。

---

① 胡适：《译者自序》，《短篇小说第一集》，上海：亚东图书馆，1919年，第1—2页。

三、"直译"作为典范

"直译"在文学革命之前,其实是一个中性的甚至是名声不佳的词语,它通常指仅考虑词语的字面含义而不加以解释或是照搬原文的句式而不加以调整的翻译。如章太炎《文学论略》即云"素怛缆(梵文中的佛经)者,直译为线,译意为经"①;而在晚清报章和民初政府公报中,也常有"直译日本报"或"中学教材直译外籍"等用法②。陈平原曾指出,在清末民初的读者心目中,"直译"的效果,通常与"率尔操觚""诘屈聱牙"或是"味同嚼蜡""无从索解"等联系在一起。③ 但到了"五四"时期,"直译"却一跃成为翻译所应当遵守的最高法则,并成为抵达"忠实于原文"这一翻译的最高目标的唯一途径。这背后既有从晚清到"五四"翻译规范的变迁④,同时更为重要的是,还因为"直译"的理念与方法,与另一项文学革命大计——白话文运动,有着密切的关联。

《域外小说集》新序虽由鲁迅执笔,但亦不乏周作人的理念;新序末尾对原作"本来的实质"的推崇,即与周作人当时的想法颇为一致。周作人在1918年8月18日给胡适的一封信中写道:

> 翻译别人著作,总有"嚼饭"之嫌;文言尤甚:《或外小说集》系"复古时代"所作,故今日视之,甚不惬意;唯原作颇有佳者,如以白话写之,当有可观。来函所云《扬珂》等,弟亦曾有改译之意,但终未果行。有同人所作《酋长》,亦曾用文言译出,未有发表机会;今夏在家闲住,用白话改写,草稿已具。下月来京,当送上,

---

① 章太炎:《文学论略》,《国粹学报》第22期,1906年。
② 如《法人与云南》(直译日本报),《云南》第5期,1907年;《教育部批第七十七号(中华民国元年十二月十一日)》,《政府公报》第236期,1912年。
③ 陈平原:《中国现代小说的起点——清末民初小说研究》,第39页。
④ 参见关诗珮:《从林纾看翻译规范从晚清中国到五四的变化:西化、现代化和以原著为中心的观念》,《中国文化研究所学报》2008年第48期。

请编入《新青年》五卷之四也。（五卷之三，已译有短篇二种。）《安乐王子》如以白话译之，自更佳妙；不知何时可成，甚望早日为之。①

上文已提及，周作人1917年10月曾将东京版的两册《域外小说集》通过钱玄同转送给胡适，此信当是答复胡适对此书的评论的。尽管周作人在1922年之后对白话和文言的关系开始发表自己的看法，但此时却与胡适保持高度一致，认为白话文是翻译更为直接和灵活的媒介，并尝试将《域外小说集》中的作品用白话改译——这背后自然是基于对原作"本来的实质"的看重，以及对"白话"作为一种近乎"透明的"书写媒介的想象。《酋长》一篇的白话译文，后来即刊于《新青年》第5卷第4号。值得注意的是，在这封信中，周作人还用"翻译"来阐释他对白话作为一种"透明的"书写媒介的理解：

> 表现思想，自以白话为"正宗"！有时觉得古文别有佳处，然此恐系习惯之故。吾辈所懂只有俗语；如见文言，必先将原文一一改译俗语，方才了解。（正同看别国语一样，至习惯时，也一样的一见可解了。）俗语与文言的短长，就在直接与间接这一件事。②

在周作人看来，既然翻译是"嚼饭哺人"的次等事业，而文言有赖于俗语的翻译才能为读者所理解，其表现力自然要劣于白话；换言之，理想的白话和理想的翻译一样，都应该是直致地乃至透明地传达思想或传达原文的媒介。这里，"五四"的"直译"理论已呼之欲出。

1919年，傅斯年在发表于《新潮》第1卷第2号的《怎样做白话文》一文中，正式提出"直译"的主张，并将"直译"视为建设"欧化的白话文"的重要途径。傅斯年将"留心说话"和"直用西洋词法"视为写作白话散文的两种主要途径；而"直用西洋词法"的方法之一，即用直译的笔法去翻译西洋文章，"径自用他的字调，句调，务必使他原来的

---

① 《胡适遗稿及秘藏书信》第29册，第542页。
② 同上书，第543—544页。

旨趣一点不失"。在傅斯年看来，周作人在《新青年》上发表的《童子 Lin 之奇迹》《酋长》等白话短篇小说译作，正是"直译的笔法"的代表：

> 《新青年》里的文章，像周作人先生译的小说是极好的，那宗直译的笔法，不特是译书的正道，并且是我们自己做文的榜样。

随后，在刊于《新潮》第 1 卷第 3 号的《译书感言》中，傅斯年又将"直译的笔法"上升为当下译书应遵守的第一的"公同的原则"，并从思想与语言关系的哲学高度作了一番阐释：

> 严几道先生那种"达恉"的办法，实在不可为训，势必至于"改恉"而后已。……况且思想受语言的支配，犹之乎语言受思想的支配。作者的思想，必不能脱离作者的语言而独立。我们想存留作者的思想，必须存留作者的语法；若果另换一副腔调，定不是作者的思想。所以直译一种办法，是"存真"的必由之径。一字一字的直译，或者做不到的，因为中西语言太隔阂，——一句一句的直译，却是做得到的，因为句的次叙，正是思想的次序，人的思想却不因国别而别。

以"直译"可以"存（语言及思想之）真"为由，傅斯年又将严复用"子家八股合调"的文体"达恉"的译书以及林纾更加等而下之的小说翻译，一概称作"意译"，并斥为"作伪""虚诈"的翻译方法，二者被建构成一种二元对立、非此即彼的关系。

就翻译理论而言，傅斯年提出的"直译"主张，其实经不起推敲。直用西洋词法、句法的"直译"，并不必然能够抵达对于原作的忠实——雅各布森、Anton Popovic 等理论家已指出，在翻译过程中要如实传达原文的意义和风格，不同语言之间"表达的切换"（shift of expression）其实是必不可少的①；傅斯年这里所标举的"直译"和"意译"的二元对立，借用翻译理论家奈达（Eugene A. Nida）的说法，只不过是面向原文的"形式对等"和注重接受者反应的"灵活对等"的区分②，二者各有利弊，并不是非此即彼的关系。尽管在理论上颇为粗疏③，但由于"直译"的方法直接服务于文学革命的大计——"做白话文"，而就语言与思想之通透的表达关系而言，"直译"的理念又与"做白话文"的主张共享了文学革命最基本的意识形态——"言文一致"的诉求，即对"（白话）文"作为一种透明的书写媒介的想象，以及对"言"（在翻译中即为原著、原文）的至高位置的推崇，傅斯年对"直译"的倡导，很快就得到了新文化人的响应，不胫而走。与"意译"相对的"直译"，不仅被确立为译事楷模，也成为"做白话文"的文章正轨。

继傅斯年在《怎样做白话文》中的表彰之后，1919 年 11 月，钱玄同在《新青年》第 6 卷第 6 号的通信《关于新文学的三件要事》中，又再次强调了周作人在《新青年》上发表的小说译作对严复、林纾所代表的翻译方法的"革命"：

> 周启明君翻译外国小说，照原文直译，不敢稍以己意变更。他既不愿用那"达恉"的办法，强外国人学中国人说话的调子；尤不屑像那"清室举人"的办法，叫外国人都变成蒲松龄的不通徒弟。我以为他在中国近来的翻译界中，却是开新纪元的。

钱玄同此信回应的是潘公展来信中指出的《新青年》应创作模范文学但目前刊载翻译作品居多的意见；其言下之意，周作人的译作，与"《新青

---

① Roman Jakobson, "On Linguistic Aspects of Translation," in *The Translation Studies Reader*, pp. 113-118. Anton Popovic, "The Concept of 'Shift of Expression' in Translation Analysis," in *The Nature of Translation*: *Essays on the Theory and Practice of Literary Translation*, pp. 79-87.
② 参见《西方翻译理论精选》，陈德鸿、张南峰编，香港：香港城市大学出版社，2000 年，第 41—53 页。
③ 用"意译"和"直译"这一对立框架来描述晚清至"五四"的翻译史，其间存在的问题也已经王宏志等学者澄清。参见王宏志：《重释"信、达、雅"——20 世纪中国翻译研究》，北京：清华大学出版社，2007 年，第 1—86 页。

年》里的几篇较好的白话论文，新体诗，和鲁迅君的小说"一样，不仅是"照原文直译"的翻译典范，更是白话文和新文学的模范文本。

1920年，在傅斯年和罗家伦的催促下，周作人将他文学革命以来在《新青年》等杂志上发表的《童子Lin之奇迹》《皇帝之公园》《改革》《不自然淘汰》等二十一篇白话短篇小说译作，结集为《点滴：近代名家短篇小说》，作为"新潮社丛书第三种"由北京大学出版部出版。在《〈点滴〉序》中，周作人用"直译的文体"和"人道主义的精神"来概括他这部短篇小说译作集的特点，并引用了他自己发表在《新青年》上的两则论述，其一是写于1917年11月的《〈古诗今译〉题记》（第4卷第2号），其二则是写于1918年11月的《答某君通信》（第5卷第6号）中的一节——"我以为此后译本……应当竭力保存原作的'风气习惯语言条理'；最好是逐字译，不得已也应逐句译，宁可'中不像中，西不像西'，不必改头换面"，作为对"直译的文体"的说明。

值得注意的是，周作人在《〈古诗今译〉题记》中对"翻译的要素"的说明，除了强调"不像汉文"（不能像林纾一样套用汉文的声调与样式）之外，还有一条是"不及原本"；此外，在《新青年》第5卷第3号刊出的《随感录（二四）》（即对安徒生童话译作《十之九》的批评）中，他一面批评林纾式的改译，一面仍在强调"中国用单音整个的字，翻译原极为难；即使十分仔细，也止能保存原意，不能传本来的调子"。换言之，在上引刊于《新青年》第5卷第6号的《答某君通信》之前，周作人公开发表的翻译意见中，从来没有提及要逐字逐句"直译"原文。周作人后来在《知堂回想录》中说，《古诗今译》的译诗和题记都经过鲁迅的修改，并特别提及，"题记中第二节的第二段由他添改了两句，即是'如果'云云，口气非常的强有力"①。考虑到这一情形，尤其是考虑到鲁迅后来的"硬译"主张，这封《答某君通信》中的"最好是逐字译，不得已也应逐句译"，或许也是出自鲁迅的手笔。② 不过，无论如何，周作人在《〈点滴〉序》中将《〈古诗今译〉题记》与《答某君通信》串联起

---

① 周作人：《知堂回想录（药堂谈往）手稿本》（一一五·蔡子民二），第267页。
② 此节笔者承北京大学王风教授指教，特致谢忱。

来，作为对"直译的文体"的说明，表明他已完全进入文学革命的角色，并与胡适、傅斯年以及鲁迅等在"言文一致"的意识形态上达成共识。

《点滴》在当时的印数至少有七千部①，"直译"的理念，既有周作人序文中的理论倡导，又有二十一篇白话短篇小说译文作为范本，自然很容易得到传播和接受。1922 年，胡适在《五十年来之中国文学》中论及"五四"时期的翻译，即称："周作人的成绩最好。他用的是直译的方法。严格的尽量保全原文的文法与口气；这种译法，近年来很有人仿效，是国语的欧化的一个起点。"② 在 1922 年前后，"直译"已成为一个十分流行的术语，并成为衡量翻译好坏的重要标尺。茅盾在 1921 年发表于《小说月报》的《译文学书方法的讨论》一文中，起首即称"翻译文学之应直译，在今日已没有讨论之必要"③；1922 年，他还专门写了一则《"直译"与"死译"》④ 的短文，来纠正流行的误解。

《点滴》的出版与群益书社对《域外小说集》的再版，几乎同时进行；实际上，无论从内容还是形式上来看，这两部集子都堪称"姊妹篇"：两部集子中，重出的作者有五位——契诃夫、安特来夫、显克微支、梭罗古勃、安兑尔然，后两位是群益版新增的作家，而显克微支的《酋长》则分别以白话和文言的形态出现在两个集子中。此外，《点滴》所收译作，也与群益版《域外小说集》一样，按作者国别进行编排，采用了新式标点，且每篇小说译文之后附有对作者以及相关文学史知识的介绍——值得注意的是，按国别编目、新增大量新式标点以及具有文学史雏形的《著者事略》，恰是上文对勘中所揭示的群益版《域外小说集》与东京版不同的地方。换言之，就编目、标点、附录等与预期读者密切相关的"副文本"而言，群益版《域外小说集》与周作人 1920 年出版的《点滴》，而不是其东京版"前身"，有着更多的相似性。

---

① 鲁迅在《〈中国新文学大系〉小说二集序》中称，《新潮》社的健将留学欧美后，"留给国内的社员的，是一万部《子民先生言行录》和七千部《点滴》"（《鲁迅全集》第 6 卷，第 249 页）。
② 胡适：《五十年来之中国文学》，第 84 页。
③ 沈雁冰：《译文学书方法的讨论》，《小说月报》第 12 卷第 4 号，1921 年。
④ 雁冰：《"直译"与"死译"》，《小说月报》第 13 卷第 8 号，1922 年。

周作人的《〈点滴〉序》写于 1920 年 4 月 17 日，其时，群益版《域外小说集》的出版计划已提上日程，因此，他还在其中回顾了一番自己晚清以来的翻译史：

> 我从前翻译小说，很受林琴南先生的影响；一九〇六年往东京以后，听章先生的讲论，又发生多少变化，一九〇六年出版的《域外小说集》，正是那一时期的结果。一九一七年在《新青年》上做文章，才用口语体，当时第一篇的翻译，是古希腊的牧歌。①

对"古希腊的牧歌"的翻译，即周作人刊于《新青年》第 4 卷第 2 号的《古诗今译》。这里，周作人很巧妙地在他的《域外小说集》（1909）、《古诗今译》（1917）和《点滴》（1920）之间，建立了一条个人翻译的"进化"小史："1909 年出版的《域外小说集》"成为他摆脱林纾的影响、走上独立翻译道路的标志。在 1922 年《我的复古的经验》一文中，周作人又强化了这一说法："随后听了太炎先生的教诲，更进一步，改去那'载飞载鸣'的调子，换上许多古字……多谢这种努力，《域外小说集》的原板只卖去了二十部。这是我的复古的第一支路。"② 周作人的这些说法，与钱玄同最初在《新青年》通信中将《域外小说集》《炭画》推举为"大文豪"林纾"用《聊斋志异》文笔和别人对译的外国小说"的对立面，正好互相发明。不过，与钱玄同不同的是，作为摆脱林译小说影响的标志，周作人这里只标举出与"五四""短篇小说"潮流相契合的《域外小说集》，其同时期的中篇小说译作《炭画》（以及《黄蔷薇》）却不再被提及。此外，更有意味的是，与《〈点滴〉序》相比，周作人《我的复古的经验》的叙述中，《域外小说集》所试图摆脱的来自前辈译者的影响，在林纾之外，又多了一位被章太炎批评为"载飞载鸣"的严复！

从钱玄同、刘半农的"双簧信"开始，林纾和严复就是新文化人随

---

① 周作人：《序言》，《点滴：近代名家短篇小说》，周作人辑译，北京：北京大学出版部，1920 年，第 1—2 页。
② 周作人：《我的复古的经验》，《晨报副镌》1922 年 11 月 1 日。

意拉来的"靶子",以便与《新青年》同人的文学改革方案形成对照;在傅斯年的理论框架中,他们更是被夸张地塑造成"直译"的反面典型。周作人的上述追忆和叙述,显然是这一文学革命话语体系的产物。如果说《点滴》奠定了周作人"五四""直译"旗手的地位,那么,周作人在《〈点滴〉序》《我的复古的经验》中将《域外小说集》与文学革命的对手——林纾、严复所进行的区隔,则成功地将这部晚清时期的译作建构成了自己的革命"前史"。在这个意义上,1921年以《点滴》的"姊妹篇"形式出现的群益书社对《域外小说集》的再版,不啻五四时期的周作人对其晚清经验的一种"招魂"。

1922年,胡适为纪念《申报》创刊五十周年撰《五十年来之中国文学》,其中有一节专门论述严复、林纾的翻译,他很自然地就将《域外小说集》和林译小说进行对举:

> 十几年前,周作人同他的哥哥也曾用古文来译小说。他们的古文工夫既是很高的,又都能直接了解西文,故他们译的《域外小说集》比林译的小说确是高的多。①

虽然胡适从白话文学的角度,认为用古文翻译的《域外小说集》在"适用的"方面并不成功,但他的这番文学史论述,却极大地提高了《域外小说集》的历史地位:原本在清末市场上销售惨淡、影响甚微的无名译作,此时却获得了与晚清主流译界中的林译小说相提并论的资格,并在价值上被评价为"高的多"。这也在很大程度上奠定了《域外小说集》日后在文学史和翻译史中相关论述的基础:阿英在1937年出版的《晚清小说史》中,便用了几乎相等的篇幅来论述《域外小说集》和林译小说,并径直将周氏兄弟视为"五四直译运动的前车"②;1959年,冯至等学者又将此书誉为"是采取进步而严肃的态度介绍欧洲文学最早的第一燕。只

---

① 胡适:《五十年来之中国文学》,第24页。
② 阿英:《晚清小说史》,第283页。

可惜这只燕子来的时候太早了"①，这基本沿用了阿英《晚清小说史》中的观点。所谓"进步而严肃的态度"，自然是和林纾的随意改译不同，而在"五四"以来"直译"与"意译"二元对立的阐释框架中，只能指"直译"的方式。

  1922年10月，胡适参与新学制课程纲要的制定工作，他将《域外小说集》与周作人的《点滴：近代名家短篇小说》《胡适译短篇小说》以及鲁迅尚未出版的短篇小说集《呐喊》一起，写入了《新学制（初中）课程纲要》的《略读书目》之中。胡适此举，不仅为群益版《域外小说集》的销路提供了有力的制度保障②，同时也将周氏兄弟这部肇始于晚清的文言译作与新文学的白话著译作品一起，推向了一个包括中学师生在内的更为广泛的读者群体。随后，《域外小说集》中的篇目，如《月夜》《乐人扬珂》《安乐王子》《先驱》《一文钱》等，便频频被选入20世纪20—30年代的中学国文课本和讲义之中，作为中学生阅读和写作的范本。在这些教科书中，《域外小说集》所译作品的描写和叙述技巧，得到了高度强调：譬如，1926年董鲁安编的《修辞学讲义》是一部"供给高级中学、旧制中学及师范学校选科国文之用"的教科书，其中，作者即借《域外小说集》中《摩诃末翁》一篇来谈"名家布局的手段"③；又如，叶圣陶在收入《创造国文读本》的《描写》和《叙述的方法》二文注释中，分别引用了《月夜》和《灯台守》中的选段，作为对如何"以作者曾有的

---

  ① 冯至、陈祚敏、罗业森：《五四时期俄罗斯文学和其他欧洲国家文学的翻译和介绍》，《北京大学学报（人文科学版）》1959年第2期。
  ② 群益书社再版《域外小说集》时没有注明印数，但在1921年初印之后，1924年即重印，1929年三印。查《申报》广告，从1921年10月22日开始，即群益版《域外小说集》初印九个月之后，此书便进入半价促销的状态；但在《新学制（初中）课程纲要》制定后不久，它在《申报》中的广告词就变成了"极高尚的文言作品，绝无'流毒'的国文教材"（1922年10月21日《申报》广告），"国文教材"成为此书的重要卖点。鲁迅在1926年一封致许广平的信中提到，随信给她寄了一本"北新新近寄来的"《域外小说集》，并称"现在你不教国文，已没有用……自己不要，可以给人"（鲁迅：《261010致许广平》，《鲁迅全集》第11卷，第582页），由此可知，鲁迅此时亦将群益书社再版的《域外小说集》视为国文教科书。1937年，中华书局将《域外小说集》收入"现代文学丛刊"再版发行（使用的是群益书社的纸型，重新设计了封面），且在1939年重印，1940年三印。反复重印，说明作为中学生"略读书目"的《域外小说集》有着持续的市场需求。
  ③ 《修辞学讲义》，董鲁安编，北京：北京文化学社，1926年，第150—151页。

印象为蓝本"来描写以及在叙述中如何"接榫"的说明。①

略显吊诡的是,《域外小说集》在《新青年》的"双簧信"和蔡元培致林纾的公开函中被推举出来,原本是为了证明《新青年》同人的"古文功夫";而随着群益书社的再版、重写,以及作为中学生《略读书目》被推向一个更为广泛的读者群体,这时,《域外小说集》的"古文功夫"不再受到重视,而是如鲁迅在新序中强调的原作"本来的实质"得到了关注和强调。换言之,《域外小说集》当初为新文化人所看重的可与林纾译文匹敌的"古文功夫",经过群益书社的"重写",以及五四"直译"理念的涤荡,其古文文体的价值无形中已被消解,周氏兄弟古奥的文言与白话一样,奇妙地成为能够直致地乃至透明地传达原文的翻译媒介。在此,我们可以清晰地看到,文学革命中与白话文运动共享着"言文一致"之意识形态的"直译"话语,如何对《域外小说集》进行了精微的雕塑与重造。

四、结语:没有"五四",何来"晚清"?

从1917年钱玄同在《新青年》杂志中的偶然标举,经过"双簧信"的宣传和蔡元培的提点、1921年群益书社的再版,再到1922年胡适在《五十年来之中国文学》中的文学史定位,以及作为《略读书目》之一写入《新学制(初中)课程纲要》,短短五年之间,《域外小说集》从两册名不见经传的晚清译作,变成了一部可以与《点滴》《呐喊》等新文学作品相提并论的典范之作。本章所勾勒的《域外小说集》在文学革命中"复活"与"再生"的过程,不啻一部侧面描摹的文学革命的"小史"。借助这番"小史"的勾勒,我们得以从一个新的角度来观察文学革命的微观场景与内在逻辑。本雅明在《历史哲学论纲》中曾借助保罗·克利

---

① 《创造国文读本》第三册,徐蔚南编,上海:世界书局,1932年,注释第8—9页;《创造国文读本》第四册,徐蔚南编,上海:世界书局,1933年,注释第9页。

（Paul Klee）的《新天使》（*Angelus Novus*）画作来阐述他对历史的理解：天使的脸"朝着过去"，一场被称作"进步"的风暴却"把天使刮向他背对着的未来"。①《域外小说集》在文学革命中的复活与再生，恰是本雅明所图解的这一历史哲学的绝妙演绎，它生动地呈现了"文学革命"这一历史的胜利者，如何一面宣告与传统断裂走向未来，一面又迅速重构自身"过去"的辩证风景。

直到今天，论及《域外小说集》，不少研究者仍然不假思索地沿用阿英、许寿裳、冯至等人的说法，将之视为"五四""直译"理念的先驱，有的甚至干脆宣称周氏兄弟使用了"直译"的手法，并用"直译"来解释此书在晚清市场上失败的原因，愈加凸显其先驱者的地位。实际上，只要略为检视原文，我们很容易发现这一论述的虚构性。譬如东京版第一册第一篇《乐人扬珂》中，周作人即将他所用英译底本中的"sparrows（麻雀）""swallows（燕子）"一律译为"黄雀"，而"nightingale（夜莺）"则译为"黄鹂"，这明显是一种向中国文化归化的译法；此外，"what was it, —did he know? Pines, beeches, golden orioles, all were playing（那是什么，——他知道吗？松树，山毛榉，金莺鸟，全都在奏鸣）"②也变成了"松柏鸣禽，咸有好音"（第一册，第三页）。这显然并非致力于引入西洋词法、句法的"直译"，甚至也难称与严复、林纾的"归化"式翻译相对的"异化"。更不用说，其中还有将"cuffs（教鞭）"译为"夏楚"这样颇有林译风味的译法。③

1944年，周作人在一篇谈翻译的文章中，全面回顾了其文言时代的翻译经验："简单的办法是先将原文看过一遍，记清内中的意思，随将原本搁起，拆碎其意思，另找相当的汉文一一配合……上下前后随意安置，

---

① 〔德〕阿伦特编：《启迪：本雅明文选》，第270页。
② Henryk Sienkiewicz, "Yanko the Musician," in *Sielanka: A Forest Picture, and Other Stories*, p. 257.
③ 周作人的翻译在东京版《域外小说集》中即占了五分之四以上的篇幅，在群益版中占的比重更大，因此，以上举例颇能说明《域外小说集》的整体风貌。鲁迅在东京版《略例》中提到的"人地名悉如原音"，以及引入破折号以输入西洋句式的主张，的确与后来傅斯年提倡的"直译"理念颇有相通之处；但很显然，周作人的翻译并没有很好地贯彻鲁迅这一理念。关于周氏兄弟翻译理念的差异及其缘由，笔者拟另撰文探讨。

总之只要凑得象妥帖的汉文,便都无妨碍……我们于一九零九年译出《域外小说集》二卷,其方法即是如此,其后又译了《炭画》与《黄蔷薇》。"① 这一方法,显然并非细致地对应西文句式的"直译",并且与他此前翻译《玉虫缘》《红星佚史》(亦即周作人自称"很受林琴南先生的影响"的阶段)也没有根本的不同。② 这就意味着,我们其实很难在周作人的晚清译作中,以是否摆脱林纾影响为标准,划出一条截然的分界线来。以林纾在晚清译界的市场号召力和影响力而言,恐怕周作人一直处于其"影响的焦虑"中,才更符合实情。周氏兄弟在晚清对林纾的翻译确有不满,但这不满主要是针对林纾对西方文化和文学的误读以及随之而来可能的误译,却不是翻译方法上的"意译"与"直译"之别。③

很显然,《域外小说集》在后世文学史和翻译史中与林译小说对举的地位,并非历史的真实,而是文学革命的"发明"。在文学革命时期,严复、林纾仍然是文坛上颇具影响力的译者。为了声称白话文以及与之相关的一系列文学改革方案的合理性,新文化人同仇敌忾地将他们树立为"白话文"的对立面、"直译"的反面典型,并将自身的过去和现在都与之区隔开来,从而形塑文学革命和新文化的身份认同。《域外小说集》正是在这一背景中,被新文化人重新激活、重新出版,并在"直译"与"意译"的二元对立框架中,被追认为"五四"的"直译"旗手周作人的革命"前史",从而获得了足以与林译小说相抗衡的历史地位。文学革命的展开与《域外小说集》的"再生"和经典化,恰如一体之两面,为我们微妙地呈现了革命中断裂与绵延的辩证。

---

① 周作人:《谈翻译》,《周作人文类编·希腊之馀光》,第 686 页。
② 相关讨论参见张丽华:《现代中国"短篇小说"的兴起——以文类形构为视角》,第 111—114 页。
③ 周作人在 1907 年发表在《天义报》上的《论俄国革命与虚无主义之别》一文后记中,对林纾所译《双孝子喋血恩仇记》提出了激烈批评(参见《周作人散文全集》第 1 册,第 84 页,前引王宏志论文《"人的文学"之"哀弦篇"》指出了这一点);此外,鲁迅在 1932 年 1 月 16 日致增田涉的信中说:"《域外小说集》发行于一九〇七或一九〇八年,我与周作人在日本东京时。当时中国流行林琴南用古文翻译的外国小说,文章确实很好,但误译很多。我们对此感到不满,想加以纠正,才干起来的,但大为失败。"(《鲁迅全集》第 14 卷,第 196 页)

厘清文学革命与《域外小说集》之"再生"的关系，无疑有助于我们摆脱习以为常的关于文学革命的目的论叙事，重新审视周氏兄弟的晚清经验与"五四"文学的关系。日本学者木山英雄曾对周氏兄弟的文学观、语言观与章太炎的复古主义思想之间的关系，作过精微而深入的阐释。木山英雄认为周氏兄弟的晚清经验"为即将到来的新文学准备了不可替代的基础"，从而在胡适的白话文学视野之外，提供了一个另类的关于文学革命的解释。① 这一论述对中国学界产生了不小的影响。② 然而，就对《域外小说集》的讨论而言，当木山先生称章太炎的文论为周氏兄弟暗示了行之有效的办法，"（周氏兄弟）在阅读原文时，把自己前所未有的文学体验忠实不贰地转换为母语，创造了独特的翻译文体"时，他仍然掉入了"五四""直译"话语的陷阱，而这背后，则是他尚未摆脱的以周作人的"复古"论为代表的新文化人对自身晚清经验的追认和叙述。

通过本章的考察，我们不难发现，1909年出版于东京的两册《域外小说集》，原本是周氏兄弟晚清尚未定型且并未完成的文艺活动的一部分，它们与流产的《新生》杂志以及在当时未能出版的译作《炭画》《黄蔷薇》一样，未能对文坛产生有效的作用；但随着周氏兄弟"五四"文学活动的展开，《域外小说集》被从众多的晚清译作中挑选出来，并以群益书社的再版为契机，在内容和形式上都经历了一番"重写"——群益版与东京版之间的异文，正是文学革命的诸多话语和意识形态留下的印记，最终，经过周作人、胡适等新文化人的自我追忆和叙述，它又被嫁接在周氏兄弟"五四"时期的文学实践之上，成为"直译"的先驱、文学革命的"前史"。至此，周氏兄弟暧昧不明的晚清经验，才获得了稳定的秩序与意义。换言之，后世加在《域外小说集》之上的诸多标签，如"直译"的典范、"短篇小说"的翻译以及这里尚未展开讨论的"弱小民族文学"的翻译等等，与其说是周氏兄弟的晚清经验具有为新文学奠定

---

① 〔日〕木山英雄：《文学复古与文学革命——木山英雄中国现代文学思想论集》，赵京华编译，北京：北京大学出版社，2004年，第209—238页。
② 参见王风：《文学革命的胡适叙事与周氏兄弟路线——兼及"新文学"、"现代文学"的概念问题》，《中国现代文学研究丛刊》2006年第1期。

基础的先驱性，不如说是他们的"五四"文学对晚清经验的"招魂"。

  文学革命作为一场除旧布新的文学运动，其合法性的建立，不仅需要面向未来的新作品的创造，还需要重构自身的过去，以便在过去与现在之间建立连续性。关于新文化人如何重构历史以证明当下的合法性，如胡适"白话文学史"的建构，以及周作人将中国新文学的源流追溯到晚明，这种"事后追认先驱"的事例，钱锺书早有敏锐的批评。① 不过，或许由于近在眼前，新文化人对自身晚清经验的提炼与攫取，其背后的意识形态性和建构性，却少有人关注。周氏兄弟的《域外小说集》在文学革命中的复活和再写并被建构为"直译"典范、文学革命先驱的过程，与胡适将其旧体诗作品《去国集》附录在《尝试集》之中，其实颇有异曲同工之妙：都是在宣告与传统"断裂"的同时，又迅速地建构起自己个体的内在延续性。这种新文化人对自身"过去"的迅速建构或者说自我经典化，是文学革命能够成功的关键；而恰恰因为文学革命的成功，这些新文化人的叙述通常被原封不动地接受下来，并在后世的文学史书写中不断被强化，以至于我们逐渐忘记了它们的历史和起源。本章对《域外小说集》在文学革命中再生和重构的历史考察，以及对这一过程中的裂缝与褶皱的展示，不仅有助于拂去长期附着于《域外小说集》之上名不副实的标签，还有助于我们在新文化人自我经典化的叙述中撕开一道裂口，拆解已有的关于文学革命的目的论叙事，为重新考察周氏兄弟（及其所代表的新文化人）的晚清经验与"五四"文学的关系，进而再思现代中国文学与文化的起源，释放出更有弹性的阐释空间。

---

  ① 钱锺书：《中国诗与中国画》，《七缀集（修订本）》，上海：上海古籍出版社，1985年，第3页。

第六章　鲁迅、曼殊斐儿与文学现代主义：
《幸福的家庭》文体新论

《幸福的家庭》是鲁迅第二本小说集《彷徨》中一篇风格独特的作品，它以轻快的笔调呈现了一位经过"五四"洗礼的青年作家日常生活的片段，其中，真实的家庭生活与作家高蹈的文学想象之间，构成了充满喜剧感的反讽。这篇小说有一个令人迷惑的副标题——"拟许钦文"。最早发表在《妇女杂志》时，鲁迅还特意加了一则附记，声称它模仿了许钦文《理想的伴侣》的笔法。尽管收入《彷徨》时，鲁迅已删去这则附记，但《理想的伴侣》在《幸福的家庭》的阐释史上，至今仍是挥之不去的存在，研究者不仅借此讨论鲁迅小说的写作背景，也在与许钦文的比较视野中考察鲁迅的反讽技巧。① 在这一阐释脉络中，《幸福的家庭》中突然出现的新的形式技巧，如大段的人物独白、场景闪现以及人物视角的反讽叙事等，在很大程度上都被忽略不计。

与《呐喊》相比，鲁迅在《彷徨》中实验了更多新手法。韩南曾指

---

① 参见张铁荣：《从许钦文的〈理想的伴侣〉到鲁迅的〈幸福的家庭〉》，《文教科学》1981年第4期；曾华鹏、范伯群：《论〈幸福的家庭〉》，《扬州师院学报（社会科学版）》1986年第3期；朱崇科、陈沁：《"反激"的对流：〈幸福的家庭〉、〈理想的伴侣〉比较论》，《中国文学研究》2014年第2期。

出,《彷徨》出现了《呐喊》没有充分表露的某些特色,如深刻的心理刻画、以《幸福的家庭》《肥皂》《高老夫子》为代表的"角色反语"(irony of character)——后者指摆脱了对反语叙述者的依赖,借用小说人物来叙述故事,通过呈现小说人物在现实与错觉、造作与行动之间的反差来达到反语效果;在韩南看来,这与《呐喊》中的《阿Q正传》《明天》《风波》等小说通过一个站在情境之外的叙述者来实现的"描述性反语"(presentational irony)颇为不同。① 然而,或许仍然受制于《幸福的家庭》副标题的影响,韩南将《彷徨》的这些新手法通过许钦文仅仅单方面地追溯到《儒林外史》,这在一定程度上妨碍了他对《彷徨》小说诗学的深入分析。

1924年2月7日和16日,鲁迅分别写了《祝福》和《在酒楼上》。尽管时间接近,写于同年2月18日的《幸福的家庭》,在文体风格和叙述方法上却发生了显著变化:鲁迅小说中一向克制、白描的叙述文体,被意识流一般的人物独白所取代;具有反讽功能的人物角色,也显著地取代了《祝福》《在酒楼上》中的"第一人称叙述者"。继《幸福的家庭》之后,鲁迅对人物的心理刻画表露出更大的兴趣。在《高老夫子》《伤逝》《弟兄》等后续作品中,他以更复杂和更精妙的方式,发展了《幸福的家庭》中的场景顿悟、人物独白以及人物视角的反讽叙事;换言之,如韩南所观察到的《彷徨》的新手法,明显萌芽于《幸福的家庭》。这意味着,在鲁迅的小说序列中,《幸福的家庭》是一篇在小说文体上具有突转意味的作品,而它的整体风格又是如此地"非鲁迅",这不禁令人猜测,它的写作和技巧来源在"拟许钦文"之外是否还另有契机。

在20世纪堪称现代主义的文学长廊中,凯瑟琳·曼斯菲尔德(Katherine Mansfield,1888—1923)是一位颇富争议的作家,在个人气质上也与鲁迅相差甚远。然而,就《幸福的家庭》所开启的新风格与新技法而言,将鲁迅与她关联起来,却并非异想天开。在文学史上,曼斯菲尔德即以最早将无情节的故事、意识流以及场景顿悟等现代主义技巧引入短篇小

---

① Patrick Hanan, "The Technique of Lu Hsün's Fiction," *Harvard Journal of Asiatic Studies*, Vol. 34, No. 3-4 (1974), pp. 53-96.

说而著称。① 值得注意的是，曼斯菲尔德第一篇被介绍到中国的作品——由徐志摩 1923 年翻译的《一个理想的家庭》，无论在小说标题还是主题上，都与鲁迅的《幸福的家庭》似曾相识；而在人物独白、场景闪现以及象征的使用等技巧上，两篇作品更是有着微妙的相似性。本章拟在许钦文《理想的伴侣》之外，将《一个理想的家庭》作为《幸福的家庭》的另一个"互文"文本引入阐释视野，希望在曼斯菲尔德小说的延长线上，来重新理解鲁迅这篇小说中突然出现的形式创新及其意义，并由此照亮对《彷徨》中的后续作品以及鲁迅小说中的文学现代主义的阐释。

一、拟"许钦文"，还是拟"曼殊斐儿"？

《幸福的家庭》有一个令人瞩目的副标题——"拟许钦文"，在《妇女杂志》上发表时，鲁迅还特意加了一则附记：

> 我于去年在《晨报副镌》上看见许钦文君的《理想的伴侣》的时候，就忽而想到这一篇的大意，且以为倘用了他的笔法来写，倒是很合式的；然而也不过单是这样想。到昨天，又忽而想起来，又适值没有别的事，于是就这样的写下来了。②

如此事无巨细地交代作品的灵感来源，在鲁迅的小说创作乃至一般的作家创作中都是颇为罕见的。鲁迅的这一说法也让包括许钦文在内的诸多阐释者大惑不解。

《理想的伴侣》发表于 1923 年 9 月 9 日《晨报附刊》"杂谈"栏，文章虚构了一位朋友"赵元元君"的到访，并记录了他对《妇女杂志》上"理想的伴侣"征文的应答：其"理想的"伴侣须满足三个条件（"一是

---

① Sydney Janet Kaplan, *Katherine Mansfield and the Origins of Modernist Fiction*, Ithaca and London: Cornell University Press, 1991, p. 3.
② 鲁迅：《幸福的家庭——拟许钦文》"附记"，《妇女杂志》第 10 卷第 3 号，1924 年。

须会跳舞","二是须会唱歌","三是须会弹钢琴")、两条附则以及一条"很要紧的"补充说明("结婚以后不过三年她就须死掉")。从内容上看,这不过是许钦文借《妇女杂志》1923 年 8、9 月份"我之理想的配偶"征文之机,对张竞生同年 4 月 29 日在《晨报附刊》发表并引起巨大争议的"爱情定则"的一个反讽式评论。① 就"笔法"而言,鲁迅的小说《幸福的家庭》与许钦文这篇"杂谈"之间的相似性十分有限。《理想的伴侣》后来虽然收入了许钦文的小说集《故乡》,但从现代小说的角度去看,它的叙事技巧和讽刺笔法皆十分稚嫩。面对许钦文的疑问,鲁迅曾回答说,他所拟的是其中"轻松的讽刺的笔调",尤其是"轻松的笔调"。② 无论我们对这一"轻松的笔调"作何理解,它都无法穷尽《幸福的家庭》的"笔法"——尤其是其中精巧的叙事结构以及鲁迅小说中此前并未出现的文体形式与修辞技巧。

《理想的伴侣》发表于 1923 年 9 月,《幸福的家庭》则写于 1924 年 2 月,二者相隔了半年之久。或许正是意识到读者可能会注意到这一时间差,鲁迅在上引附记中特地仔细交代了自己的阅读时间("去年")和写作时间("昨天"),并接连用了两个"忽而"。这种对于偶然性的强调,以及对时间细节的刻意凸显,反而透露出令人怀疑的气息。实际上,《理想的伴侣》在《晨报附刊》发表后并没有引起太大的关注。其时,关于"爱情定则"的讨论热点已过,读者对这一话题甚至已有审美疲劳,张竞生在 6 月下旬就以《答覆〈爱情定则的讨论〉》两篇长文结束了这一讨论。而作为一位文坛新人发表在报纸副刊上的"杂谈",许钦文此文,甚至也没有影响到《妇女杂志》11 月号刊出的"我之理想的配偶"的应征文章。③ 那么,为何单单鲁迅会注意到这篇文章,并"忽而想到"《幸福的家庭》的大意呢?他这么说,难道仅仅是为了提携同乡的青年作家,

---

① 参见〔美〕李海燕:《心灵革命:现代中国爱情的谱系》,修佳明译,北京:北京大学出版社,2018 年,第 336 页。
② 钦文(许钦文):《来今雨轩》,《新文学史料》1979 年第 3 期。
③ 其中不少文章的开列方式,与许钦文文章中"赵元元君"的口气几乎如出一辙。相关讨论,可参见李丽冬、张宁:《鲁迅〈幸福的家庭〉创作与〈妇女杂志〉》,《郑州大学学报(哲学社会科学版)》2019 年第 5 期。

或者为许钦文文章的被"埋没"而鸣不平吗？笔者感到，鲁迅在这篇附记中言之凿凿的背后，或许恰恰还有尚未揭示或者想要掩饰的真相。

1923年1月，出生于新西兰的英国小说家曼斯菲尔德在法国去世。她的去世很快引起了中国文坛的反响。徐志摩，这位后来著名的新月派诗人，因一年前曾在伦敦与曼斯菲尔德有过一面之缘，于3月11日写下了哀感动人的诗篇《哀曼殊斐儿》①，并开启了对曼斯菲尔德小说的持续翻译②。《一个理想的家庭》是由徐志摩所译的第一篇介绍到中国的曼斯菲尔德小说，它与徐志摩的纪念长文《曼殊斐儿》一起刊于1923年《小说月报》第14卷第5号的卷首。这篇作品写的是一个西方中产阶级家庭的"理想的""幸福的"生活表象，与其主人公疲惫、孤独与异化的内心感受之间的反差，其标题——"一个理想的家庭"本身，即充满了反讽意味。鲁迅写于1924年2月的《幸福的家庭》，其标题内容与构造方式，几乎与这篇作品一模一样；而如果仔细阅读，则不难发现，二者在反讽叙事、人物独白的大量使用，以及象征和场景闪现的技法等方面，也存在着微妙的相似性。

曼斯菲尔德出生于新西兰，其文学生涯则主要在英国展开。在文学史上，曼斯菲尔德以对短篇小说的形式革新而著称，她给短篇小说带来的文类革新，被评论家认为可与乔伊斯对长篇小说的革命相提并论。③ 中国文坛对曼斯菲尔德的介绍，并不始于徐志摩。1922年，曼斯菲尔德在出版了她的第三个短篇小说集 *The Garden Party* 之后，即获得了世界性的文学声誉。沈雁冰已在这年8月号《小说月报》的"海外文坛消息"中介绍

---

① 志摩：《哀曼殊斐儿》，《努力周报》第44期，1923年3月18日。
② 徐志摩是曼斯菲尔德作品在中国最早也是20世纪20年代早期最重要的译者。他共翻译了曼斯菲尔德的十篇作品，其中《园会》《毒药》《巴克妈妈的行状》《一杯茶》《深夜时》《幸福》《一个理想的家庭》《刮风》等八篇，收入1926年北新书局出版的《曼殊斐尔小说集》；集外译文还有《金丝雀》（刊1923年6月21日《晨报副刊·文学旬刊》）和《苍蝇》（刊《长风［南京］》1930年第2期）两篇。关于曼斯菲尔德在中国的译介研究，可参见 Shifen Gong, "Katherine Mansfield in Chinese Translations," in *Journal of Commonwealth Literature*, Vol. 31, No. 2 (1996), pp. 117-137；蒋华：《曼殊斐儿："新月"下的英国夜莺》，北京大学硕士论文，2013年。
③ Ian A. Gordon, *Katherine Mansfield*, British Writers and Their Work, No. 3, Lincoln: University of Nebraska Press, 1964, p. 105.

过这位"英国女作家",其时她的名字被译作"孟菲尔特",她的作品则被置于与契诃夫并列的视野中来评论。① 作为《小说月报》的固定作者和读者,鲁迅是否在 1922 年就注意到"海外文坛消息"中所介绍的"孟菲尔特",我们不得而知;不过,当徐志摩 1923 年在《努力周报》《小说月报》相继发表了他的纪念诗、文,并引起了中国文坛对"曼殊斐儿"的关注和纪念热潮之后,鲁迅对这位英年早逝的"英国女作家"应该已不会陌生。

与许钦文《理想的伴侣》之默默无闻不同,《一个理想的家庭》是作为刚刚去世的女小说家"曼殊斐儿"的代表作品,在《小说月报》第 14 卷第 5 号被隆重推出的,郑振铎在编辑按语中专门介绍了这篇小说,并称"我们读了,略略可以窥见这个女小说家作风的一枝一叶"②。在这期《小说月报》刊出之前,郑振铎已在文学研究会的刊物《文学旬刊》中,与"泰戈尔的东来"一起,报告了"曼殊斐儿"逝世的消息,并预告了徐志摩及其友人的翻译计划③;沈雁冰则在《小说月报》第 14 卷第 4 号的"海外文坛消息"中专门为"曼殊斐儿"辟出专题,以徐志摩《哀曼殊斐儿》一诗为引子,详细介绍了这位刚刚去世的当代英国短篇小说家的"文艺生涯"④。而刊出《一个理想的家庭》的《小说月报》第 14 卷第 5 号,除了同时发表徐志摩的纪念长文《曼殊斐儿》,其彩色插图页中还刊登了"曼殊斐儿"肖像并节选了徐志摩的《哀曼殊斐儿》作为题辞,颇有纪念专号的意味。可见,以徐志摩的纪念诗、文和译介活动为中心,1923 年的中国文坛已兴起了一股"曼殊斐儿"的纪念热潮。虽然此时的徐志摩也是一位文坛新人,但在这一纪念语境中推出的译作却足够引人瞩目。

继《一个理想的家庭》刊出之后,在徐志摩的鼓动下,时任北京大学英文系教授的陈西滢也译出了一篇曼斯菲尔德小说《太阳与月亮》

---

① 沈雁冰:《海外文坛消息(一三七)英国文坛近况》、《海外文坛消息(一三八)卡斯胡善在丹麦的言论》,《小说月报》第 13 卷第 8 号,1922 年。
② 西谛:《曼殊斐儿》"编者按语",《小说月报》第 14 卷第 5 号,1923 年。
③ 西谛:《我们的杂记(一)》,《文学旬刊》第 72 期,1923 年 5 月 2 日。
④ 沈雁冰:《海外文坛消息(一六五)曼殊斐儿》,《小说月报》第 14 卷第 4 号,1923 年。自此,"曼殊斐儿"也取代了"孟菲尔特",成为《小说月报》以及同时期其他报刊对曼斯菲尔德的译名,1926 年之后,随着徐志摩译《曼殊斐尔小说集》的出版,这一译名又修订为"曼殊斐尔"。

("Sun and Moon"),在《小说月报》第 14 卷第 10 号刊出。此外,徐志摩自己在 1923 年还翻译了曼斯菲尔德另外三篇作品《金丝雀》("The Canary")、《园会》("The Garden-Party")和《巴克妈妈的行状》("Life of Ma Parker"),分别刊于 6 月 21 日《晨报副刊·文学旬刊》和 12 月 1 日《晨报五周年纪念增刊》。① 《金丝雀》是曼斯菲尔德最后一篇小说,是作者为她死去的弟弟而作,全篇都是女主人公以独白的方式,对一只她十分珍爱然而失去了的金丝雀的哀悼;《园会》是曼斯菲尔德的名篇,是以儿童的视角去面对生活的复杂性的作品;《巴克妈妈的行状》则明显有契诃夫的名著《苦恼》的影子,二者的主题都关乎人类悲苦的不相通。这意味着,在 1923 年的中国文坛,刚刚去世的女小说家"曼殊斐儿"及其文学,得到了几乎与世界同步的介绍。曼斯菲尔德也因为徐志摩而获得了"曼殊斐儿"这一极具诗意的译名,并在中国文坛上留下了缥缈的、宛若仙子一般的形象——当然这一形象与她在英国文坛尤其是伍尔夫眼中所呈现的形象相差甚远。② 值得一提的是,发表了徐志摩译作的《晨报副刊》和《晨报五周年纪念增刊》这两期报刊中,恰好分别刊有周作人和鲁迅的文章,它们甚至与《金丝雀》《巴克妈妈的行状》就印在同一个版面上。③ 如此看来,在 1924 年 2 月写作《幸福的家庭》之前,鲁迅很有可能通过《小说月报》或《晨报》的副刊、增刊,阅读(或部分阅读)过徐志摩、陈西滢所译介的"曼殊斐儿"及其小说。④

---

① 曼殊斐儿著,志摩译:《金丝雀》,《晨报副刊·文学旬刊》1923 年 6 月 21 日;曼殊斐儿著,志摩译:《园会》《巴克妈妈的行状》,《晨报五周年纪念增刊》1923 年 12 月 1 日。
② 参见蒋华:《曼殊斐儿:"新月"下的英国夜莺》,北京大学硕士论文,沈弘指导,2013 年。
③ 周作人《儿童的书》一文与《金丝雀》的开头,同印于 1923 年 6 月 21 日《晨报副刊·文学旬刊》第 2 版;鲁迅《宋民间之所谓小说及其后来》一文的末尾与《巴克妈妈的行状》的开头,同印于 1923 年 12 月 1 日《晨报五周年纪念增刊》第 54 页。
④ 这一经由报刊的版面形式所旁证的"阅读史",也可为史家所关注的鲁迅与徐志摩之间的私人与公共关系添加一个注脚。鲁迅对徐志摩的拟仿和拟讽,众所周知的是鲁迅 1924 年 12 月 8 日和 15 日在《语丝》相继发表的《我的失恋》和《"音乐"?》二文。据陈子善考证,鲁迅在 1924 年 5 月 8 日新月社同人为泰戈尔主办的祝寿会上,应观看过徐志摩的演出(陈子善:《鲁迅见过徐志摩吗?》,《文汇报》2018 年 4 月 29 日)。如果将徐志摩对"曼殊斐儿"的翻译考虑在内,则鲁迅与徐志摩的文字因缘还可以往前追溯。

陈寅恪在《元白诗笺证稿》中曾指出，阐释文学作品，须明了"当时文体之关系"，以及"当时文人之关系"。① 陈寅恪对元、白诗以及唐代传奇文的研究方法提醒我们，由作品的相关性或相似性所形成的文本关系，也足以视为一种有效的历史语境，从而抵达对作品有"了解之同情"的分析与阐释。尽管在鲁迅日记、书信和藏书目录中，并没有留下阅读曼斯菲尔德的踪迹，但基于上述讨论，我们有足够理由将《一个理想的家庭》作为鲁迅创作《幸福的家庭》时的一种具有高度互文关联的文本语境，纳入阐释视野。《幸福的家庭》创作时的互文文本，当然不限于《理想的伴侣》或《一个理想的家庭》这两篇——它完全有可能还包含其他"古典"或"今典"；但在"许钦文"之外，引入"曼殊斐儿"，无疑有助于我们将《幸福的家庭》与许钦文的笔法"松绑"，从而在一个扩大了的同时代文人的文本语境中，为阐释鲁迅这篇小说的形式与意义提供新的参照目标与观察角度。

二、互文阅读：《幸福的家庭》与《一个理想的家庭》

《一个理想的家庭》原题"An Ideal Family"，译自曼斯菲尔德1922年刚刚出版的小说集 *The Garden Party*。与卡夫卡、托马斯·曼、乔伊斯、劳伦斯这些现代主义作家相比，曼斯菲尔德的现代主义更多地体现在她独特的小说（尤其是短篇小说）文体和技巧上。伊恩·戈登（Ian A. Gordon）指出，曼斯菲尔德的小说文体非常有标识性，如整段的内心独白、叙述声音的悄然转换以及不着痕迹但又效果强烈的象征手法。② 尽管曼斯菲尔德自己对《一个理想的家庭》并不满意，认为它在思想上的穿透力

---

① 陈寅恪：《陈寅恪集·元白诗笺证稿》，北京：生活·读书·新知三联书店，2011年，第2页。
② 〔新西兰〕伊恩·戈登选编：《未发现的国土——凯瑟琳·曼斯菲尔德新西兰短篇小说集》，上海：上海外语教育出版社，1991年，第15—16页。

不够①，但作为她写于1921年的六篇成熟期的作品之一，这篇作品中明显的反讽叙事、大量的人物独白、象征的运用，以及突出的场景闪现，恰是能够显豁地传达出其小说典型风格的篇目，这也很可能是《小说月报》首选它来译介的原因。② 这里首先以徐志摩的译文为基础，将这篇作品与鲁迅小说《幸福的家庭》进行互文阅读，来分析曼斯菲尔德的文体技巧在鲁迅小说中的"显影"。

（一）反讽叙事

《一个理想的家庭》是一篇颇具反讽意味的作品。在"故事"层面，它几乎无情节可言。作者只是随意截取了主人公老倪扶先生（Old Mr. Neave）日常生活的一个片段，从一个春日的下午他离开公司步行回家，到回家后听妻子和女儿的谈话，在仆人的伺候下上楼换衣服，以及最后下楼吃晚餐即告结束。这一按时间顺序离析出来的故事线索，对小说的主题不起任何作用。构成意义张力的，是主人公的内心感受与外在现实之间的反差。伴随着老倪扶先生的回家，小说在叙述中不断插入他的回忆、独白、梦境与幻觉，向读者揭示：他那看上去光鲜亮丽的中产阶级家庭生活——"白漆的大楼"、"全城有名的紫阳花"、可爱的妻女……背后其实是年迈的主人公的苦苦支撑、缺少可靠继承人的摇摇欲坠，以及他在自己家里感到的孤独、疏离与异化。

在这篇小说中，描述主人公的家庭生活时，两次出现了"戏台"（stage）一词。一次是以画外音的方式呈现的他人话语：

---

① 曼斯菲尔德在1921年7月23日日记中写道："昨日写完《理想家庭》，我认为比《鸽先生和夫人》要好，但还有待改进。我已竭尽全力……可是我却没有一次把最深刻的思想揭示出来。……篇中涉及的问题对我来说过于简单。"（《曼斯菲尔德书信日记选》，陈家宁等编，天津：百花文艺出版社，2009年，第145页）

② Shifen Gong 在上引研究文章中，将徐志摩首译《一个理想的家庭》的原因归结为他的个人生活：与林徽因不成功的恋爱、亲友的不理解和疏离，使他对《一个理想的家庭》的主人公产生了惺惺相惜之感。对此，笔者不太认同。就译作主题与徐志摩个人心境的契合而言，他随后在1923年6月21日《晨报副刊》刊出的《金丝雀》更具代表性。从发表时间看，这两篇的翻译时间应该不会相差太远。笔者推测，《小说月报》选择《一个理想的家庭》作为首发，可能也包含了编辑郑振铎的意见，即考虑到对曼斯菲尔德小说"作风的一枝一叶"的呈现。

> "你们是个理想的家庭,老先生,一个理想的家庭,仿佛是在书上念剧或是戏台上看的似的。"①

另一次则是从叙述者角度对二女儿说话声音的描写:

> 可是现在,不论说什么——就是在饭桌上的"爹,劳驾梅酱;"她总是唱着高调,仿佛在戏台上唱戏似的。②

"仿佛在戏台上唱戏似的",这句叙述者的描写与上述画外音中的他人话语互相加强,凸显了这个"理想的家庭"的表演性和虚构性。

鲁迅在《幸福的家庭》中,似乎是将曼斯菲尔德小说中这个如同戏台上或书本里的"理想的家庭",直接变成了一位青年作家试图在"绿格纸"上写出的文学作品。《一个理想的家庭》中对老倪扶先生一家中产阶级生活场景的描绘,如"白漆的大楼"、"全城有名的紫阳花"、可爱的妻女,有仆人伺候的更衣、晚餐等等,在鲁迅小说里,成为主人公——一位经过"五四"洗礼的青年作家所构想的文学作品的重要内容,如主人与主妇"受过高等教育,优美高尚","桌上铺了雪白的布,厨子送上菜来","房子要宽绰","主人的书房门永远是关起来的"……

如果说曼斯菲尔德在《一个理想的家庭》中,通过主人公的生活表象与内心感受之间的反差,揭示了20世纪20年代西方中产阶级生活的虚假性,那么,鲁迅的《幸福的家庭》,则以一位青年作家对(西方)中产阶级生活的"白日梦"与他身处第三世界国家的生活现实——狭小嘈杂的公寓、劈柴的价格、女儿的啼哭——的对比,对同时代中国的知识青年及其苍白虚幻的文学想象,进行了颇具喜剧意味的嘲讽。③

鲁迅在将《幸福的家庭》收入《彷徨》时,删去了初刊《妇女杂

---

① 曼殊斐儿著,徐志摩译:《一个理想的家庭》,《小说月报》第 14 卷第 5 号,1923 年。
② 同上。
③ 参见姜涛:《"室内作者"与 20 年代小说的"硬写"问题——以〈幸福的家庭〉为中心的讨论》,《汉语言文学研究》2010 年第 3 期。

志》时的附记,但保留了"拟许钦文"的副标题。已有研究在讨论《幸福的家庭》与许钦文的关系时,往往从实证的角度去考察这篇作品与许钦文小说之间的影响和接受关系,得出的结论通常不得要领;如果我们将小说的副标题——"拟许钦文",视为鲁迅对《幸福的家庭》与当时文坛具有密切互动的"互文性"声明,则关于这篇作品的诸多阐释障碍可能会迎刃而解。这里的"许钦文",我们不妨理解为是对中国20世纪20年代"硬写"的"室内作者"的一个代称。《幸福的家庭》中已出现了对"裴伦(拜伦)""吉支(济慈)""《理想之良人》"等西洋文学的互文指涉;如果将徐志摩所译介的"曼殊斐儿"也作为潜在的互文文本考虑在内,那么,鲁迅在这篇小说中进行喜剧化地嘲讽的对象,不仅包括许钦文这样在室内"硬写"的青年作家,还包含了徐志摩这种同样在"室内"想象和翻译西洋文学的"译者"。换言之,在《幸福的家庭》中,鲁迅不仅模拟了徐志摩所翻译的曼斯菲尔德小说的反讽叙事,也在一定程度上借小说中青年作家的形象,戏仿了徐志摩的"翻译"行为。

将《幸福的家庭》置于"拟许钦文"和"拟曼殊斐儿"的双重互文关系中来阅读,无疑会大大拓展我们对这篇小说意涵的理解:它不仅嘲讽了20世纪20年代新文学作家苍白虚幻的文学想象,也对"五四"以来试图"翻译"过来的包括西洋文学及其生活方式在内的西方"理想"与"主义"的虚幻性,进行了生动的描绘和审慎的反思。

(二) 场景闪现

场景闪现(glimpse)是曼斯菲尔德小说中相当著名的技巧,如《幸福》的结尾女主人公眼前闪现的"梨花",《序曲》中多次出现的"芦荟",它们不仅微妙地揭示了人物的内心世界,甚至也成为叙事的一个结构性要素。[①] 这一技巧通常被研究者与乔伊斯的"精神顿悟"(ephiphany)和伍尔夫的"重要瞬间"(moments of being)相提并论,

---

[①] 参见 Sarah Sandley, "The Middle of the Note: Katherine Mansfield's 'Glimpses'," in *Katherine Mansfield: In From the Margin*, ed. Roger Robinson, Baton Rouge and London: Louisiana State University Press, 1994, pp. 71-89。

成为曼斯菲尔德之文学现代主义的重要表征。① 《一个理想的家庭》也相当娴熟地运用了这一技巧。

在小说结尾，老倪扶先生已被家人遗忘了很久，他从睡梦中醒来后，感到妻子和女儿们都是自己的陌生人，眼前闪现了这幅场景：

> 黑沉沉的门口，一半让情藤给掩住了，情藤仿佛懂得人情，也在垂头丧气，发愁似的。小的暖的手臂绕着他的项颈，一只又小又白的脸，对他仰着，一个口音说道："再会吧，我的宝贝。"
>
> 我的宝贝！"再会吧，我的宝贝！"她们里面那一个说的。她们为甚要说再会？准是错了，她是他的妻，那个面色苍白的小女孩子，此外他的一生只是一个梦。②

闪现在老倪扶先生幻觉中的"面色苍白的小女孩子"，与他现实生活中的妻子夏罗的形象，形成了鲜明对比：小说有两次对夏罗的外貌描写，如"暖暖的熟梅似的脸""丰腴的小手指"③，凸显的都是她的成熟、丰腴；结尾处的这一幻觉，暗示了主人公内心深处对他现实生活中的妻子（也包括全部家庭成员）的拒绝，这也是他的真实自我闪现的时刻。借助场景闪现的瞬间来结尾，并将小说带入高潮，这是曼斯菲尔德结构其"无情节"的短篇小说的重要技巧。这里的场景闪现不完全等同于幻觉或是象征，而是类似电影画面，具有一定的叙事功能。

《幸福的家庭》临近结尾处也有一个类似的场景闪现。主人公为了安抚啼哭的女儿，把她抱进房里，给她做"猫洗脸"的动作，随后即有一番他与女儿的对视：

---

① 蒋虹：《凯瑟琳·曼斯菲尔德作品中的矛盾身份》，北京：中国社会科学出版社，2004年，第274—291页。
② 曼殊斐儿著，徐志摩译：《一个理想的家庭》，《小说月报》第14卷第5号，1923年。
③ 曼斯菲尔德的原文是 "her warm plum-like cheek" "her plump, small fingers"（Katherine Mansfield, "An Ideal Family," in *The Collected Stories of Katherine Mansfield*, London: Penguin, 1981, pp. 371, 372），"plum-like" 和 "plump" 音节上的相似性，可令读者更易觉察到这一描写的文体效果。

只见她还是笑迷迷的挂着眼泪对他看。他忽而觉得,她那可爱的天真的脸,正像五年前的她的母亲,通红的嘴唇尤其像,不过缩小了轮廓。那时也是晴朗的冬天,她听得他说决计反抗一切阻碍,为她牺牲的时候,也就这样笑迷迷的挂着眼泪对他看。他惘然的坐着,仿佛有些醉了。①

对女儿的凝视,将主人公拉回到过去的记忆中,令他对妻子产生了"幸福的"幻觉(类似的描写后来在《伤逝》中又出现了一次,读者一定印象深刻)。将女儿的脸和妻子的混淆,这一细节与上引曼斯菲尔德小说中的描写颇为类似(《一个理想的家庭》甚至也写到了老倪扶先生对女儿的凝视,如"她满脸玩得通红,两眼发光,头发散落在额上……老倪扶先生对着她最小的女孩净看;他觉得从没有见过"②);更重要的是,这一场景的闪现,在《幸福的家庭》中也扮演着结构性的叙事功能。就在主人公陷入幻觉、"仿佛有些醉了"的时候:

门幕忽然挂起,劈柴运进来了。
他也忽然警醒,一定睛,只见孩子还是挂着眼泪,而且张开了通红的嘴唇对他看。"嘴唇,……"他向旁边一瞥,劈柴正在运进来,"……恐怕将来也就是五五二十五,九九八十一!……而且两只眼睛阴凄凄的……。"③

现实生活中的劈柴,打破了主人公刚刚产生的对过去的妻子的幸福幻觉;而妻子的现在,又击碎了他对于将来的女儿的美好想象。最后,彻底幻灭的主人公,终于从白日梦中醒来,扔掉了象征文学世界的"绿格纸"。

(三) 象征的运用

除了反讽主题、场景闪现之外,《幸福的家庭》与《一个理想的家

---

① 鲁迅:《幸福的家庭——拟许钦文》,《妇女杂志》第10卷第3号,1924年。
② 曼殊斐儿著,徐志摩译:《一个理想的家庭》,《小说月报》第14卷第5号,1923年。
③ 鲁迅:《幸福的家庭——拟许钦文》,《妇女杂志》第10卷第3号,1924年。

庭》在象征的运用上，也颇具可比性。

在《一个理想的家庭》后半部分，当主人公在家里感觉被家人遗忘时，他眼前反复出现一个干瘪老头的形象。这个"小老头儿"共出现了三次。第一次是在他回家不久、在客厅里陷入半睡半醒的状态时：

> 在什么事情的背后，他都看见有个干枯的小老头儿在爬着无穷尽的楼梯。他是谁呢？①

第二次是他醒过来要上楼换衣服时：

> 老倪扶先生站了起来，自个儿跑上楼，他方才隐约梦见爬楼梯的那个小老头儿，仿佛就在他前面引路。②

第三次是在他更衣完毕之后：

> 现在那小老头儿又在无穷尽的楼梯上爬下来，楼下漂亮的饭厅里灯火开得旺旺的，
> 啊，他的腿！像蜘蛛的腿——细小，干瘪了的。
> …………
> ……下去了，那小小的老蜘蛛下去了。老倪扶先生心里害怕，因为他见他溜过了饭厅，出了门，上了暗沉沉的车道，出了车马进出的门，到了公司。你们留住他，留住他，有人没有！③

这个在楼梯中爬上爬下的"干瘪的小老头儿"，显然就是老倪扶先生真实自我的幻象，或者说是他的"复影"④。最后，"小老头儿"蜕变成"老

---

① 曼殊斐儿著，徐志摩译：《一个理想的家庭》，《小说月报》第14卷第5号，1923年。
② 同上。
③ 同上。
④ 王素英：《凯瑟琳·曼斯菲尔德小说的审美现代性》，北京：中国社会科学出版社，2015年，第123页。

蜘蛛",则象征着他在自己家庭生活中的异化。

在《幸福的家庭》中,也有一个反复出现的意象——"叠成一个很大的 A 字"的白菜堆。这个意象出现了两次。第一次是青年作家饥肠辘辘地想象着名菜"龙虎斗"的时候:

> ……他终于忍耐不住,回过头去了。
> 就在他背后的书架旁边,已经出现了一座白菜堆,下层三株,中层两株,顶上一株,向他叠成一个很大的 A 字。①

第二次是在小说结尾,主人公从女儿的啼哭声中"警醒"了之后:

> 他看见眼前浮出一朵扁圆的乌花,橙黄心,从左眼的左角漂到右,消失了;接着一朵明绿花,墨绿色的心;接着一座六株的白菜堆,屹然地向他叠成一个很大的 A 字。②

六株叠成 A 字的白菜,既是写实,也是"生活真相"的象征。最后这一象征意象以场景闪现的方式出现,意味着主人公对自己真实处境和生活真相的顿悟。

通过以上举例和分析不难发现,即便透过徐志摩的译文,我们仍然能够清晰地看到曼斯菲尔德的小说及其文学技巧在鲁迅《幸福的家庭》中的"显影"。当然,对于上述文体技巧,鲁迅未必一定是从《一个理想的家庭》这篇作品中获得灵感,它很可能来自当时译介过来的曼斯菲尔德其他小说的启发(如《金丝雀》贯穿全篇的人物独白),或者源自鲁迅与曼斯菲尔德共同的文学前辈契诃夫(譬如反讽叙事和象征的运用),乃至可能分别来自当时的新兴媒介电影叙事的影响(如场景闪现)。然而,无论如何,与"许钦文"叙事技巧和讽刺笔法皆十分稚嫩的小说相比,曼斯菲尔德具有标志性的文体技巧在鲁迅小说中的"显影",让我们有足够

---

① 鲁迅:《幸福的家庭——拟许钦文》,《妇女杂志》第 10 卷第 3 号,1924 年。
② 同上。

的理由将《一个理想的家庭》视为《幸福的家庭》的一个强大而潜在的互文文本,并将鲁迅小说置于曼斯菲尔德所代表的文学现代主义的延长线上来阅读。循着这一脉络,或许可以离析出《幸福的家庭》与《祝福》《在酒楼上》明显不同的叙述方式和文体特征,并找到一个有效的诗学视野,来照亮对《彷徨》中相关后续作品的阐释。

三、文体协商:被翻译的"内心独白"

除了反讽主题、场景闪现、象征的运用之外,《幸福的家庭》在小说文体上还有一个与曼斯菲尔德小说相关的显著特点,即人物"内心独白"的大量使用。"内心独白"又称"自由间接引语"(free indirect style or discourse,法语称 style indirect libre),是一种现代西方小说常见的文体形式和叙述方法,它是介于叙事和人物对话之间的言语方式,在语法上与叙事性的片段是一致的,而与直接引语的关系则由文体和语义因素来决定。尽管自由间接引语最早可追溯到欧洲中世纪文学,但直到现代主义时期,它才成为一种主导性的叙述模式。曼斯菲尔德在小说中大量使用了这一形式。她的最重要的小说技巧和文体特征,如微妙的心理刻画、大段的人物独白,以及叙述声音和叙述视角的悄然转换,都与她对自由间接引语的娴熟使用密不可分。[①]

在鲁迅小说中,《幸福的家庭》之前的大部分作品,很少见到自由间接引语的形式。他的叙述者很少进入人物内心,甚至可以说始终与人物"内面"保持审慎的距离,如《明天》中叙述者不断强调单四嫂子的"粗笨"[②],《祝福》中作为第一人称叙事者的"我"始终也无从了解祥林嫂的内心。《幸福的家庭》打破了这一成规,小说中出现了大量对主人公思

[①] 关于曼斯菲尔德小说的"视角转换",可参见申丹对《唱歌课》的分析,申丹:《叙事、文体与潜文本——重读英美经典短篇小说》,第163—179页。

[②] 参见张丽华:《"原来死住在生的隔壁"——从夏目漱石〈虞美人草〉的角度阅读鲁迅小说〈明天〉》,《文学评论》2015年第1期。

想话语的转述。然而，仔细考察其转述形式，除了第一段略有例外，几乎所有的思想话语都有引号以及"他想""他又想来想去"这样的提示词加以标识，这就使得它在形式上与中国传统小说的方式没有区别。那么，究竟《幸福的家庭》是否开创了新的叙述形式，就变得暧昧起来。

假如承认上文的分析，即曼斯菲尔德的小说技巧透过徐志摩的译文，在《幸福的家庭》中有着多方面的"显影"，那么，深入考察徐志摩的翻译，或许可以找到解决这一疑问的通道。

上文已提及，《小说月报》首选《一个理想的家庭》来译介，与这篇作品在风格和技巧上的显豁有关。徐志摩和陈西滢这两位早期译者都曾感慨，曼斯菲尔德的小说文体十分精妙，其行文结构与遣词造句通常包含"微妙的匠心"，"非三读四读不能完全了解"①，因此对译者的要求非常高。《一个理想的家庭》在风格和技巧上的显豁会在一定程度上降低翻译难度，即便如此，徐志摩还是遇到了难以逾越的文化和语言鸿沟，令他的译文不可避免地产生了风格和文体上的偏离。徐志摩的偏离主要表现在两个方面：其一，源于他过于讲究音乐性的华丽文风，这在一定程度上妨碍了对原文信息和风格的如实传达；其二，则与中西语言以及文学传统的差异有关，这导致了不可避免的文体偏离。风格偏离并非这里讨论的重心，我们重点关注文体偏离。

徐志摩的文体偏离，最典型的就是对曼斯菲尔德小说中自由间接引语的翻译。譬如小说原文开头第一段：

（1）That evening for the first time in his life, as he pressed through the swing-door and descended the three broad steps to the pavement, old Mr. Neave felt he was too old for the spring. （2）Spring—warm, eager, restless—was there, waiting for him in the golden light, ready in front of everybody to run up, to blow in his white beard, to drag sweetly on his

---

① 分别见曼殊斐儿著，徐志摩译：《幸福》"译者附记"，《晨报七周年纪念增刊》，1925年12月；曼殊斐儿著，西滢译：《太阳与月亮》"译后记"，《小说月报》第14卷第10号，1923年。

arm. (3) *And he couldn't meet her, no; he couldn't square up once more and stride off, jaunty as a young man.* (4) He was tired and, although the late sun was still shining, curiously cold, with a numbed feeling all over.①

句 3 是一个自由间接引语，从人物视角表达了力不从心的年迈感，与前两句以叙述者视角对"和煦的、充满希望的、生机勃勃的（warm, eager, restless）"春天的描写形成鲜明对比。人物角色的内心感受（年迈、寒冷）与他所处的外在现实（青春、温煦）之间的错位与对立，正是小说随后不断展开的主题。

句 3 作为自由间接引语，在英语原文中很好辨识：如果是叙述者叙述，应该像句 1 一样加上"He felt (he couldn't meet her...)"，若是直接引语，则人称和时态要作相应的变化，譬如变成"'I can not meet her...', He said to himself."然而，正如申丹和刘禾都已指出的那样，由于汉语中缺乏人称、时态的变化，也不存在明显的主从句差别，并且通常可以省略主语和人称代词，自由间接引语区别于直接引语或第三人称叙述的文体形式（如主从句的变化、人称、时态的变化）很难在汉语翻译中得到原封不动的再现。②徐志摩的翻译明显地遭遇了这一问题。句 3 他译作："他却是对付不了，他如今老了，再不能拉整衣襟，向前迈步，青年的飒爽，他没有了。"这与上下文的第三人称叙述完全没有差别。

不妨再举一例。这是原文第四段主人公在下班路上的心理活动：

(1) And then Charlotte and the girls were always at him to make the whole thing over to Harold, to retire, and to spend his time enjoying him-

---

① Katherine Mansfield, *The Collected Stories of Katherine Mansfield*, p. 368. 斜体为笔者所加，下同。
② 申丹：《叙述学与小说文体学研究（第三版）》，第 291—292 页；刘禾：《语际书写》，上海：上海三联书店，1999 年，第 128—129 页。

self. (2) *Enjoying himself*! (3) <u>Old Mr. Neave stopped dead under a group of ancient cabbage palms outside the Government buildings!</u> (4) *Enjoying himself*! (5) <u>The wind of evening shook the dark leaves to a thin airy cackle.</u> (6) Sitting at home, twiddling his thumbs, conscious all the while that his life's work was slipping away, dissolving, disappearing through Harold's fine fingers, while Harold smiled…①

这一段的叙述形式更为复杂：对过去的回忆（1、6）与对现在的叙述（3、5），在语法形式上完全一致，读者只能靠语义来区分；而2、4两个自由间接引语的出现，则使得过去与现在的区分变得更加困难，叙事视角更是在叙述者视角和人物视角之间不断切换——到了句6，我们已经很难分清究竟是叙述者在进行的回忆性叙事还是人物视角的内心独白。徐志摩的译文如下：

（1）可是一面夏罗同女孩子们整天嬲着他，要他把生意整个儿交给海乐尔，要他息着，享他自己的福。（2）自个儿享福！（3）<u>老倪扶先生越想越恼，爽性在政府大楼外面那堆棕榈树下呆着不走了！</u>（4）自个儿享福！（5）<u>晚风正摇着黑沉沉的叶子，轻轻的在咯嘎作响。</u>（6）好，叫他坐在家里，对着大拇指不管事，眼看一生的事业，在海乐尔秀美的手指缝里溜跑，消散，临了整个儿完事，一面海乐尔在笑……②

与上一个例子不同，这里主人公的内心独白——句2的"Enjoying himself!"，是对上一句妻子和女儿们的话的重复。徐志摩应该是感受到了英文原文的文体效果，他没有像上一个例子那样直译，而是将"himself"转译成了"自个儿"，与上一句间接引语中的"享他自己的福"有所区别。然而，由于中文的"自个儿"是一个自指、他指两可的人称代词，徐志

---

① Katherine Mansfield, *The Collected Stories of Katherine Mansfield*, p. 369.
② 曼殊斐儿著，徐志摩译：《一个理想的家庭》，《小说月报》第14卷第5号，1923年。

摩的转换又使得这一翻译过来的自由间接引语，与不加引号的直接引语在语法上变得没有差别，尤其是他随后还模仿了中国传统小说的叙事模式，加上了一个"（老倪扶先生）越想越恼"的说明。在中国传统小说中，对人物对话或内心想法的呈现原本就不需要引号来标明，而是完全以提示词（如某某道，某某心里想道……）作标识，因此，徐志摩的上述译文与——

"自个儿享福！"老倪扶先生越想越恼……

这一加了引号的直接引语形式，在文体功能上没有任何区别。

由此看来，无论徐志摩如何努力，由于中西语言的语法差异以及中西文学传统的不同，曼斯菲尔德小说中的自由间接引语文体很难原封不动地翻译过来——不是变成第三人称叙述，就是等同于直接引语。然而，由于曼斯菲尔德大量使用了这一手法，作为一种变通办法，徐志摩调用了语义手段来帮助翻译。句6就是一个典型例子，它在原文中因为主语的省略，很难判断是叙述者的叙述还是人物的内心独白，但由于表达的是人物内心活动，徐志摩干脆加上了一个模仿人物口吻的语气词——"好，叫他坐在家里……"，自主地变成了人物的内心独白。就这样，曼斯菲尔德小说中大量的自由间接引语与叙述者叙述交替使用的叙述文体，经过徐志摩的"翻译"，遂变成了人物单一的自言自语（中文意义上的"独白"），而曼斯菲尔德通过视角、声口的转换所造成的反讽效果，则通过人物话语的内在争辩表现出来。换言之，曼斯菲尔德通过语法手段达到的叙述效果，在徐志摩的翻译文本中，以语义的手段实现了功能上的对等。

鲁迅在《幸福的家庭》中广泛使用的，就是这种经过翻译的"内心独白"。小说开头第一段，是一位略显神经质的青年作家的自说自话：

"……做不做全由自己的便；那作品像太阳的光一样，从无量的光源中涌出来，不像石火，用铁和石敲出来，这才是真艺术。那作者，也才是真的艺术家，幸福的。——而我，……这算什么？……"他想到这里，<u>忽然从床上跳起来了</u>。以先他早想过，须得捞几文稿费维持生活了；投稿的地方，先定为幸福月报社，因为润笔似乎比较的丰，但作品就须有范围，否则，恐怕要不收的。范围就范围，……现在的青年的脑里的大问题是？……大概很不少，或者有许多是恋爱，婚姻，家庭之类罢。……<u>他跳下卧床之后，四五步就走到书桌面前，坐下去，抽出一张绿格纸，毫不迟疑，但又自暴自弃似的写下一行题目道：《幸福的家庭》</u>。①

这里，除了下划线两句描写了人物动作之外，其余都是对主人公思想话语的转述。随后小说大部分篇幅都是对这位青年作家如何构思文学作品的话语转述，中间穿插着叙述者对其现实生活十分节制的叙述。只不过，与曼斯菲尔德小说不同的是，鲁迅在转述主人公的思想话语时，大部分都采用了直接引语形式，加了引号和提示词。

引号和提示词的标识，似乎将《幸福的家庭》限定在中国传统小说的叙事模式之中。然而，如果我们将徐志摩上述翻译过程考虑在内，既然他所译出的自由间接引语，在汉语语境中与加了引号的直接引语的文体功能没有区别，那么，汉语文本中以直接引语形式呈现的对人物思想话语的转述，也未必不能传达出自由间接引语的文体效果。换言之，《幸福的家庭》中加在人物思想话语之上的引号和提示词，是一个可以随时舍弃的"阑尾"。如上文所引第一段，若去掉引号和"（他）想到这里"这一提示词，就是典型的自由间接引语文体。

在《幸福的家庭》中，鲁迅利用这一加了引号和提示词的内心独白（自由间接引语）文体，创造了一种十分独特的叙述形式。在小说中，青年作家构思文学作品的独白话语与叙述者的叙述之间，构成了一种既对立又相互依存的紧张关系。一方面，这位陷入白日梦的文学青年，对家庭生活的现实，如劈柴、白菜之类，完全不屑一顾，并且，在小说话语层面，他喋喋不休的占了大部分篇幅的独白，也严重侵占了叙述的空间，买劈柴、堆白菜的情节，叙述者似乎只能见缝插针地塞进去；而另一方面，这

---

① 鲁迅：《幸福的家庭——拟许钦文》，《妇女杂志》第10卷第3号，1924年。

位文学青年所有对"幸福的家庭"的想象,又都是对他的现实家庭生活的一种反弹,譬如当他感到"胃里有点空虚"时,就开始想象小说中人物的"午餐","桌上铺着雪白的布,厨子送上菜来……",当他瞥见书架旁边"叠成一个很大的 A 字"的白菜堆时,就开始想象"幸福的家庭的房子要宽绰,有一间堆积房,白菜之类都到那里去,主人的书房另一间……",而听到孩子的啼哭,则想到"孩子是生得迟的……"。

这种独白世界与叙述世界的戏剧性对峙与反讽,构成了《幸福的家庭》中最重要的结构张力。在小说中,尽管青年作家努力地从脑海中赶走现实世界里"二十五斤!"这样的声音,但关于劈柴价格的"算草",还是被顽强地写进了象征着文学世界的绿格纸中,并且就在那一行"幸福的家庭"的题目之下。这意味着,并不存在一道将生活世界从文学世界中隔离出去的封闭之门。小说中多次出现的"门幕"的意象,对此正是绝妙的象征:

> 他觉得劈柴就要向床下"川流不息"的进来,头里面又有些桠桠叉叉了,便急忙起立,走向门口去想关门。但两手刚触着门,却又觉得未免太暴躁了,就歇了手,只放下那积着许多灰尘的门幕。①

这一"门幕"的意象,随后在小说中还出现了两次:一次是主人公听到女儿啼哭声高了起来之后,"也就站了起来,钻过门幕";另一次则是临近结尾处,"门幕忽然挂起,劈柴运进来了"。这道在居室内外进行着不完整分割的"门幕",形象地暗示了文学世界与生活世界的真实关系。在笔者看来,这也恰是鲁迅这篇小说想要揭示的主旨。

由此看来,曼斯菲尔德在小说中通过自由间接引语所达到的文体效果——在叙述者视角与人物视角之间的交织转换,以及由此凸显的人物内心感受与外在现实之间的反差,在鲁迅这里以一种颇为戏剧化的方式实现了:其中,叙述者的叙述与加了引号的人物独白,犹如舞台上的两个角

---

① 鲁迅:《幸福的家庭——拟许钦文》,《妇女杂志》第 10 卷第 3 号,1924 年。

色,在进行着微妙的对峙和持续不断的对话。而由于鲁迅为人物的"内心独白"加了引号,二者的对话还意外地获得了形象的"双声"效果:

> "不行不行,那不行!二十五斤!"
> 他听得窗外一个男人的声音,不由得回过头去看……"不相干,"他又回过头来想,"什么'二十五斤'?——他们是优美高尚,很爱文艺的。但因为都从小生长在幸福里,所以不爱俄国的小说……。俄国小说多描写下等人,实在和这样的家庭也不合。'二十五斤'?不管他。……"①

这里三次出现的"二十五斤",其音响效果不禁令我们想起上引曼斯菲尔德小说段落中三次出现的"Enjoying himself":尽管文体形式不同,但它们所实现的文体功能其实已别无二致。

在中国现代文学中,最早在形式上完整引入自由间接引语,在人物的内心独白和叙述者叙述之间交叉进行叙事的作品,通常被认为是茅盾的《子夜》。② 从形式上来看,《幸福的家庭》虽然出现了大段对人物思想话语的引述,但如上文所述,这些话语大部分都被引号以及"他想""他又想来想去""于是仍复恍恍忽忽的想"这类提示词标识成了直接引语;只有上引小说第一段以"他想到这里"开始的间接引语是例外,这一提示词后面所接续的人物话语太过冗长,似乎要脱离它而变成"自由"间接引语。在这个意义上,严格来说,《幸福的家庭》并没有在文体形式上有所革新。然而,如果将《一个理想的家庭》作为《幸福的家庭》的互文文本来阅读,并充分考虑到徐志摩翻译中的文体偏离,以及鲁迅在这一基础之上所进行的文体协商,则不难发现,曼斯菲尔德小说通过自由间接引语所达到的文体效果,已经被鲁迅以一种具有对话意味的人物独白与叙述者叙述并置的形式,创造性地转译了出来。

---

① 鲁迅:《幸福的家庭——拟许钦文》,《妇女杂志》第10卷第3号,1924年。
② 〔捷克〕普实克:《茅盾和郁达夫》,《普实克中国现代文学论文集》,李燕乔等译,长沙:湖南文艺出版社,1987年,第136—139页。

四、鲁迅的都市小说与文学现代主义

谈论鲁迅与文学现代主义的关系，研究者通常着眼的是散文诗《野草》；而与《野草》并出的《彷徨》，则往往与《呐喊》一起被掷入写实主义的篮筐。将《幸福的家庭》置于曼斯菲尔德小说的互文语境中来阅读，不难发现，鲁迅在此实验和开创的新文体，如象征的运用、场景闪现，以及将主人公独白与叙述者叙述穿插并置的反讽叙事，已颇具文学现代主义的特质。如果说前者颇有借鉴和模仿的意味，后者则属于鲁迅独特的创造，它可以视为对以曼斯菲尔德为代表的现代西方小说中大量使用的"内心独白"（自由间接引语）的创造性"翻译"和文体协商。继《幸福的家庭》之后，鲁迅在《高老夫子》《伤逝》和《弟兄》这几篇以"五四"后的都市青年、知识分子和官吏为表现对象的小说中，继承和发展了《幸福的家庭》中实验和开创的新文体和新手法。

《伤逝》在很多方面都可以视为《幸福的家庭》的姊妹篇。在这篇小说中，鲁迅以"涓生的手记"的形式，将《幸福的家庭》中青年作家未能在"绿格纸"上写出的小说写了出来，并将《幸福的家庭》中"独白"和"叙述"这两条平行的线索合并在一起，去掉加在人物独白之上的引号和提示词，发展出一种属于他的独一无二、比曼斯菲尔德小说更为复杂却又更为自由的反讽叙事——其中，叙述者"涓生"的话语与作为小说人物的"涓生"的话语在语法上融为一片，在语义上却互相讥讽。①

---

① 日本学者中里见敬在《〈伤逝〉的独白和自由间接引语——从叙述学和风格学作一探讨》（《东洋文论——日本现代中国文学论》，吴俊编译，杭州：浙江人民出版社，1998年，第133—154页）一文中，从叙述学和文体学（Stylistics）的角度，分析了《伤逝》中作为叙述者的"涓生"与作为小说人物的"涓生"之间的反讽意味。在笔者看来，"涓生"这两个角色之间的反讽关系，源自"独白"（当下的忏悔）和"叙述"（对往事的追述）两条线索的交叉并置，它更多地表现在小说的整体叙述结构上，而非被中里见敬作为"自由间接引语"来分析的句法形式层面。

《伤逝》中也有两个场景闪现的镜头。一个出现在涓生刚刚收到局里的辞退信时：

> 我的心因此更缭乱，忽然有安宁的生活的影像——会馆里的破屋的寂静，在眼前一闪，刚刚想定睛凝视，却又看见了昏暗的灯光。①

另一个出现在涓生为逃避天气和家庭氛围的寒冷，坐在通俗图书馆看书的时候：

> 屋子和读者渐渐消失了，我看见怒涛中的渔夫，战壕中的兵士，摩托车中的贵人，洋场上的投机家，深山密林中的豪杰，讲台上的教授，昏夜的运动者和深夜的偷儿……。子君，——不在近旁。②

这两个场景闪现的瞬间，如同《一个理想的家庭》中"老倪扶先生"最后对妻子的幻觉，也揭示了涓生对与他一起生活在吉兆胡同的现实中的子君（以及他自己当下生活）的拒绝。场景闪现的瞬间，通常也是人物的真实自我暴露的时刻。这种以第一人称形式叙述的场景闪现，不啻作为叙述者的"涓生"对作为小说人物"涓生"的自我解剖与精神分析。

《高老夫子》和《弟兄》两篇，都是揭示人物在台前的表演（虚假自我）与台后的真相（真实自我）之间反差的小说。在《高老夫子》中，主人公一开始就在照镜子，他对镜子里"左边的眉棱上还带着一个永不消失的尖劈形的瘢痕"的自我，感到十分不满和不安。这种对于带有瘢痕的"自我"的拒绝和不安，成为小说的重要伏线，而在高老夫子直面"女学生"的讲堂之上，达到高潮：

> 他不禁向讲台下一看，情形和原先已经很不同：半屋子都是眼

---

① 鲁迅：《伤逝》，《鲁迅全集》第2卷，第120页。
② 同上书，第124页。

睛,还有许多小巧的等边三角形,三角形中都生着两个鼻孔,这些连成一气,宛然是流动而深邃的海,闪烁地汪洋地正冲着他的眼光。但当他瞥见时,却又骤然一闪,变了半屋子蓬蓬松松的头发了。①

这段描写是《高老夫子》中的名文,即便对小说整体评价不高的李长之,也认为写得"确乎好"②。高老夫子朝向讲台下的"看",其实并未真正看见,他与"女学生"的对视,仅仅存在于场景闪现的瞬间。这一场景闪现的瞬间,同样揭示了高老夫子的潜意识及其虚假"自我"的失效:他的乔装的自我,想要在作为客体的女学生上谋求欲望的满足,却遭遇了这一客体的无情反击。最终,高老夫子回家卸下了用新学问和新艺术临时装扮起来的虚假身份("将聘书和《中国历史教科书》一同塞入抽屉"),"然而还不舒适,仿佛欠缺了半个魂灵",直到在黄三家中汇入昔日牌友的行列,才终于找回真实的自我,感到"舒适"和"乐观"。在《弟兄》中,自由间接引语、场景闪现、梦境等这些揭示潜意识、真实自我的文体技巧,则以更为显豁的方式出现,这里不再枚举。

《幸福的家庭》《高老夫子》《伤逝》和《弟兄》这几篇出现了现代主义技巧的小说,都是鲁迅小说中以都市生活为背景的作品,其中也包含了较多鲁迅在北京的个人生活的投影。在写实主义的阐释脉络中,惯于刻画乡村和农民的鲁迅,通常被认为并不擅长写都市题材的作品。③ 本章的讨论,或许可以在《彷徨》的这一阐释传统中撕开一道裂口。以曼斯菲尔德小说为镜,可以照见鲁迅在《幸福的家庭》中所实验的诸多现代主义小说技巧,以及这些技巧跨越语言和文化的界限时所产生的变形与协

---

① 鲁迅:《高老夫子》,《鲁迅全集》第 2 卷,第 82 页。
② 李长之:《鲁迅批判》,上海:北新书局,1936 年,第 120 页。
③ 譬如,李长之认为,鲁迅的《端午节》《肥皂》《弟兄》等写都市小市民的小说,读来"沉闷,松弱和驳杂"(《鲁迅批判》,第 118 页);竹内好延续了李长之的看法,他将《端午节》《幸福的家庭》《肥皂》《高老夫子》等都市题材小说归为一类,认为是"与(《孔乙己》、《阿Q正传》等)成功之作一样同是讽刺却又都归于败笔的作品",并称从这些作品中"没有看出任何有趣来"(〔日〕竹内好:《鲁迅》,《近代的超克》,孙歌编,李冬木、赵敦华、孙歌译,北京:生活·读书·新知三联书店,2005 年,第 85 页)。

商。在由《幸福的家庭》所开启的《彷徨》的后续都市小说中，鲁迅通过场景闪现、象征、"内心独白"的大量使用所揭示出的人物内心感受与外在现实的反差，以及虚假自我与真实自我的迭代，不仅呈现了鲁迅这一阶段内心的"彷徨"，也包含了他对刚刚过去、自己也曾投入其中的"五四"新文学与新文化的反思。

第七章 "新文化"的拟态：《高老夫子》中的两个自我与双重诗学

鲁迅的短篇小说《高老夫子》写于 1925 年 5 月，发表于同年《语丝》杂志第 26 期。小说写的是女子高等学校新聘的一位历史教员——高老夫子第一次登台讲学，即在女学生的"凝视"中落荒而逃的故事。这篇作品在鲁迅的小说中一直不受重视，被简单地视为一篇《儒林外史》式的讽刺小说，其主旨通常被理解为对假道学或伪新党的批判。关于它的小说技巧，历来的评价也颇不稳定。早期评论家任叔认为，《高老夫子》对人物心理的表现已"超过了阿Q时代"[1]，李长之则指出，与《孔乙己》《阿Q正传》相比，《高老夫子》是艺术上不完整的"失败之作"[2]。而就讽刺艺术而言，许钦文和林非也提出了截然相反的看法，前者认为《高老夫子》比《肥皂》的人物刻画更加"活形活现"，后者则认为它不

---

[1] 任叔：《鲁迅的〈彷徨〉》，《1913—1983 鲁迅研究学术论著资料汇编》第 1 卷，中国社会科学院文学所鲁迅研究室编，北京：中国文联出版公司，1985 年，第 263 页。
[2] 李长之：《鲁迅批判》，第 120—122 页。

如《肥皂》深切，较为模糊、单薄。① 给研究者留下如此纷纭乃至针锋相对的意见的作品是不多见的，这也意味着我们可能并未真正理解《高老夫子》的诗学机制。

在鲁迅以都市知识分子为主角的小说序列中，《高老夫子》处在《端午节》和《肥皂》的延长线上。与《孔乙己》《阿Q正传》这类乡村题材作品相比，由《端午节》所开启的都市知识分子小说，是鲁迅直接面对其当下生活和文化情境的产物。然而，在讽刺小说和国民性批判的阅读惯性中，这批作品很少得到充分语境化的阐释，它们只是被笼统地理解为鲁迅对知识分子劣根性的批判。近年来，藤井省三、彭明伟、陈建华、郜元宝等学者对《端午节》《肥皂》《弟兄》背后可能与鲁迅创作动机有关的"当日之时事"（即陈寅恪所说的"今典"②）多有考证，并由此激发了颇富新见的阐释，为我们提供了阅读鲁迅都市小说的新视野。③

与《端午节》《肥皂》相比，《高老夫子》在塑造主人公的方式上发生了微妙变化：高老夫子在"高干亭"和"高尔础"两个角色之间游移不定，其中，"高尔础"的自我意识得到了强调和凸显，而"高干亭"的形象则隐藏在黄三、老钵、万瑶圃等人的面目下，小说的叙事诗学呈现出复杂的中西杂糅的样态。萨特论及福克纳时表达过一个信念："小说技巧总是让读者领悟小说家的哲学理念。"④ 本章试从解析《高老夫子》的形式诗学出发，通过引入与它具有互文关系的世界文学资源以及1925年前后鲁迅所面对的"当日之时事"，以期在一个扩大了的文学和社会语境中，对其主旨和理念进行重新解读。笔者试图阐明，《高老夫子》在写实

---

① 参见许钦文：《仿〔彷〕徨分析》，北京：中国青年出版社，1958年，第64页；林非：《论〈肥皂〉和〈高老夫子〉——〈中国现代小说史上的鲁迅〉片段》，《鲁迅研究》1984年第6期。

② 参见陈寅恪：《读哀江南赋》，《陈寅恪集·金明馆丛稿初编》，北京：生活·读书·新知三联书店，2011年，第234页。

③ 参见〔日〕藤井省三：《中国现代文学和知识阶级——兼谈鲁迅的〈端午节〉》，《中国现代文学研究丛刊》1992年第3期；彭明伟：《爱罗先珂与鲁迅1922年的思想转变——兼论〈端午节〉及其他作品》，《鲁迅研究月刊》2008年第2期；郜元宝：《重释〈弟兄〉——兼论读懂鲁迅小说的条件》，《文学评论》2019年第6期；陈建华：《商品、家庭与全球现代性——论鲁迅的〈肥皂〉》，《学术月刊》2020年第7期。

④ 转引自〔美〕乔治·斯坦纳：《托尔斯泰或陀思妥耶夫斯基》，第4页。

小说的面纱下，实蕴含着对现代中国文化情境的寓言式书写：小说所塑造的在"高干亭"和"高尔础"之间游移而分裂的主人公，可以读作鲁迅对晚清以降的"新文化"及其未完成性的文学寓言。

一、从"照镜子"谈起

《高老夫子》开头，有一个主人公照镜子的细节。即将走上讲台的高老夫子，在镜中仔细察看左边眉棱上"尖劈形的瘢痕"，在回忆了一番瘢痕形成的儿时经历并怨愤父母照料不周之后，即担心"万一给女学生发见，大概是免不了要看不起的"①。这个照镜的动作，看似和小说情节关系不大，但主人公由镜中所见的"瘢痕"而引起的不安，却构成了笼罩全篇的基调。这面镜子也成为小说中的一个重要道具。它随后还出现了两次：一次是小说中间，高老夫子的老友黄三来访时，"向桌面上一瞥，立刻在一面镜子和一堆乱书之间，发见了一个翻开着的大红纸的帖子"②；另一次是临近末尾，主人公从讲堂上落败回家，将聘书和教科书都塞进了抽屉，"桌上只剩下一面镜子，眼界清净得多了"③。

姜彩燕指出，高老夫子出场时照镜子的场景与芥川龙之介的小说《鼻子》有神似之处。④《鼻子》是芥川对日本禅智和尚长鼻子故事的改编。内道场供奉禅智因长了一个骇人的长鼻子而伤尽自尊，他费尽心思将鼻子缩短之后，却并没有将自尊心挽救回来，反而更加不安。鲁迅1921年曾翻译过这篇小说。《鼻子》开场不久，也有主人公对着镜子察看自己的"长鼻子"，并希望在意念中将其变短的情景，对比鲁迅的

---

① 鲁迅：《高老夫子》，《鲁迅全集》第2卷，第76页。
② 同上书，第77页。
③ 同上书，第84页。
④ 参见姜彩燕：《自卑与"超越"——鲁迅〈高老夫子〉的心理学解读》，《西北大学学报（哲学社会科学版）》2015年第5期。

译文①与《高老夫子》的开头，二者在细节上确有几分神似；而就笼罩全篇的主人公的"不安"而言，两篇作品的基调也颇为相近。可以想见，鲁迅在创作《高老夫子》时，应该是想到了他曾翻译过的这篇芥川小说。

芥川龙之介与鲁迅相似，也是俄国文学的一位热心读者。《鼻子》在情节构造上与果戈理的同名小说《鼻子》颇有渊源：在果戈理的小说中，鼻子离开了八等文官科瓦廖夫脸上本来的位置，穿着军衔更高的制服满城乱窜。在这两篇小说中，"鼻子"都是主人公另一个自我的象征：离开科瓦廖夫的"鼻子"，代表着主人公的社会野心；而禅智内供对"长鼻子"的残酷改造，则意味着潜在的社会规则对自我的形塑。在果戈理和芥川的小说中，主人公的"鼻子"——不管是离开科瓦廖夫擅自行动的鼻子，还是让禅智内供伤尽自尊的长鼻子，在经历了一番游历或改造之后，最终都得到了复原：科瓦廖夫的鼻子回到了他的脸上，禅智内供则任由长鼻子"在破晓的秋风"中飘荡。在这个意义上，《高老夫子》基本的情节轮廓，即主人公试图以"高尔础"的名字和身份扮演女校历史教员的新角色，最终因极度不适又退回为"高干亭"的故事，可以说与芥川和果戈理两篇同题的《鼻子》均有同构之处。

不过，与果戈理和芥川的小说不同的是，《高老夫子》开头所写的主人公在镜中所见的"瘢痕"，随后即退入背景，在下文不再出现，这使得他的"照镜子"更像是一处闲笔，很容易被批评家放过；此外，果戈理和芥川小说中怪诞离奇的情节，在《高老夫子》中也被转换成了一种颇具写实风格的叙事。这大概是《高老夫子》在后来的研究中一直被置于《儒林外史》延长线上来讨论的缘故；换言之，鲁迅在《高老夫子》中所施的"障眼法"，成功地遮蔽了它与芥川和果戈理的同题小说《鼻子》之

---

① "每当没有人的时候，对了镜，用各种的角度照着脸，热心的揣摩。不知怎么一来，觉得单变换了脸的位置，是没有把握的了，于是常常用手托了颊，或者用指押了颐，坚忍不拔的看镜。但看见鼻子较短到自己满意的程度的事，是从来没有的。内供际此，便将镜子收在箱子里，叹一口气，勉勉强强的又向那先前的经几上啭《观世音经》去。"鲁迅：《现代日本小说集》，《鲁迅全集》第11卷，北京：人民文学出版社，1973年，第553—554页。

间的同构关系——尽管鲁迅在不同时期曾翻译过这两篇小说。① 值得注意的是，与果戈理的小说相比，《高老夫子》和芥川的小说《鼻子》还具有另一种不同的质地，即这两篇小说都着重描写了主人公对外界神经质般的"察言观色"：在芥川小说中，禅智内供因"长鼻子"而感受到他人目光的无处不在；在《高老夫子》中，"高尔础"登台讲学之际，耳边即萦绕着一种来历不明的"嘻嘻"的窃笑声（这一描写在小说里出现了六次之多）。这种对他人目光和话语的高度"察言观色"，显然又与陀思妥耶夫斯基小说有着亲缘关系。

芥川是被公认受到陀思妥耶夫斯基影响的日本作家，而鲁迅与陀思妥耶夫斯基之间也有不浅的渊源。② 关于陀思妥耶夫斯基，鲁迅最早形诸文字的论述是 1926 年为韦丛芜译、未名社出版的《穷人》所写的《小引》。据韦丛芜回忆，他在 1924 年下半年从英译本译出《穷人》并经韦素园对照俄文修改后，1925 年 3 月 26 日前后，由他的一位同乡张目寒送给鲁迅审阅③，1925 年 8 月，鲁迅即与韦素园、李霁野、韦丛芜等青年译者一起成立未名社，《穷人》于次年由未名社出版。在《〈穷人〉小引》中，鲁迅将陀思妥耶夫斯基称作"人的灵魂的伟大的审问者"，并从这一角度阐释了陀氏艺术的精髓，即其手记所说的"以完全的写实主义在人中间发见人"。④

---

① 除了 1921 年译出芥川的《鼻子》之外，鲁迅在 1934 年还翻译了果戈理的《鼻子》，见〔俄〕N. 果戈理：《鼻子》，许遐（鲁迅）译，《译文》第 1 卷第 1 期，1934 年 9 月。此外，1924 年《晨报副刊》曾刊出过果戈理《鼻子》的中译本，见〔俄〕郭哥里著：《鼻子》，李秉之译，《晨报副刊》1924 年 7 月 28、29、30 日，8 月 2、3 日。

② 苏联学者格·弗里德连杰尔在《陀思妥耶夫斯基与世界文学》（莫斯科：文学艺术出版社，1979 年）一书中曾开列了一个受到陀思妥耶夫斯基影响的近二十人的名单，其中东亚作家仅芥川一人（转引自李春林、臧恩钰：《鲁迅〈幸福的家庭〉与芥川龙之介〈葱〉之比较分析》，《鲁迅研究月刊》1997 年第 5 期）；关于鲁迅与陀氏的文学关系，可参见李春林：《鲁迅与陀思妥耶夫斯基》，合肥：安徽文艺出版社，1985 年。

③ 韦丛芜：《读〈鲁迅日记〉和〈鲁迅书简〉——未名社始末记》，《鲁迅研究动态》1987 年第 2 期。鲁迅日记 1925 年 3 月 26 日记有"得霁野信并蓼南（即韦丛芜笔名）文稿"，所得"文稿"为韦丛芜的短篇小说《校长》，鲁迅 28 日即将它转寄郑振铎，后在《小说月报》第 16 卷第 7 号（1925 年）上刊出。韦丛芜在上引回忆中指出，《穷人》译稿送给鲁迅的时间即"大约在这前后"。

④ 鲁迅：《〈穷人〉小引》，《鲁迅全集》第 7 卷，第 105 页。

在陀思妥耶夫斯基的处女作《穷人》中，也有一段主人公照镜子的著名场景。杰符什金因抄错公文而被叫到上司办公室，他在镜中瞥见了自己的模样。原本竭力要装得不被人注意、仿佛在世上不存在似的主人公，突然被镜中的自我形象惊醒，因而发生了一连串悲喜剧。① 最早发现《穷人》的价值并令陀思妥耶夫斯基在文坛声名鹊起的评论家别林斯基，曾引了小说这段情节大加赞赏②；但巴赫金认为，别林斯基并没有真正领会这段描写在艺术形式上的意义，在他看来，陀思妥耶夫斯基让杰符什金从镜中看到自我形象并引起痛苦惊慌的反应，不仅仅是如别林斯基所理解的从人道上丰富了"穷人"的形象，它恰恰是陀思妥耶夫斯基在主人公的塑造方式上，对其文学前辈果戈理的"革命"：

> 陀思妥耶夫斯基还在创作初期，即"果戈理时期"，描绘的就不是"贫困的官吏"，而是贫困官吏的自我意识（杰符什金、戈利亚德金，甚至普罗哈尔钦）。在果戈理视野中展示的构成主人公确定的社会面貌和性格面貌的全部客观特征，到了陀思妥耶夫斯基笔下便被纳入了主人公本人的视野，并在这里成为主人公痛苦的自我意识的对象，甚至连果戈理所描绘的"贫困官吏"的外貌，陀思妥耶夫斯基也让主人公在镜中看见而自我观赏。③

在巴赫金看来，将自我意识作为塑造主人公的艺术上的主导因素，是陀思

---

① 这一段韦丛芜的译文如下："我看见大人在站着，他们都围着他。我大概没有鞠躬；我忘记了。我是如此狼狈，我的嘴唇抖战，我的双腿抖战。这也是难怪的，亲爱的姑娘。第一，我害臊；我一瞥右边的镜子，我所看见的光景也尽够使人发疯了。第二，我举止动作常是避人，好像在世界上就没有我这个人似的。……一个钮扣——鬼气！系着一根线挂在我的制服上——忽然掉了，在地板上跳动（显然是我无意之间碰了它），玎珰的响，可恶的东西，直接滚到大人的脚前——在一阵奥妙的静寂之中！……大人的注意立刻转到我的面貌和衣服上来。我记起我在镜中所看见的；我忙扑上前去捉钮扣！"〔俄〕陀思妥也夫斯基原著，韦丛芜译：《穷人》，北京：未名社，1926年，第215—216页。
② 参见〔俄〕别林斯基：《彼得堡文集》，《别林斯基选集》第2卷，满涛译，上海：时代出版社，1953年，第187—215页。
③ 〔苏〕M. 巴赫金：《陀思妥耶夫斯基诗学问题》，白春仁、顾亚铃译，北京：生活·读书·新知三联书店，1988年，第83—84页。

妥耶夫斯基在小说史上掀起的一场哥白尼式的革命。陀思妥耶夫斯基的早期创作有着明显的果戈理源头,如处女作《穷人》对"小人物"和贫困官吏的描写,即深受《外套》影响,而继《穷人》之后的《二重人格》(又译作《同貌人》《魂灵》),则将果戈理《鼻子》中人格分裂的主题发展到了极致。尽管主题相似,但在艺术法则上,陀思妥耶夫斯基从一开始就有自己的主张。在《穷人》中,他便借主人公之口,对果戈理的小说诗学提出疑问:瓦莲卡将《外套》一书借给了杰符什金,杰符什金读后感到十分恼怒,他在《外套》的主人公中认出了自己,但对果戈理的写法非常不以为然,在他看来,将穷人的外貌、衣着以及日常生活的细节在小说中一览无余地暴露出来,某种程度上是对人物的侮辱。陀思妥耶夫斯基在《穷人》中采用了书信体的形式,杰符什金的形象是通过他在信中的自我观察和自我陈述而为读者所知的,如此有效地避免了果戈理小说中叙事者的"僭越"。巴赫金认为,书信体本身即一种高度"察言观色的语言",写信的杰符什金已具备了陀思妥耶夫斯基小说的典型主人公——"地下室人"的雏形,他时刻在揣测别人怎么看他,以及别人可能怎么看他,话语中充满了对他人话语的折射。① 小说中,叙事者让杰符什金从镜中照见自己的形象,正是陀思妥耶夫斯基这一小说诗学的微观表达——这里的"镜子",既有现实功能,也是主人公在他人目光和话语中感知"自我"的一个道具、一种隐喻。在这个意义上,无论是芥川的《鼻子》,还是鲁迅的《高老夫子》,主人公的"照镜"以及由此引发的痛苦而不安的自我意识,又皆可在陀思妥耶夫斯基这里找到源头。与芥川龙之介(也包括果戈理)的怪诞故事相比,陀思妥耶夫斯基"以完全的写实主义在人中间发现人"的小说及其诗学,或许是一个打开《高老夫子》的文本肌理并探寻其诗学机制的更有效的入口。

---

① 关于杰符什金"察言观色的语言"的分析,参见〔苏〕M. 巴赫金:《陀思妥耶夫斯基诗学问题》,第281—289页。

二、《高老夫子》与陀思妥耶夫斯基诗学

从《孔乙己》到《祝福》，鲁迅的小说为我们贡献了一系列形象鲜明的人物素描，如"站着喝酒而穿长衫"的孔乙己，拖着黄辫子、"懒洋洋的瘦伶仃"的阿Q，头发花白、"脸上瘦削不堪"的祥林嫂……鲁迅的外貌描写，虽仅寥寥几笔，却颇能传达人物的神韵。然而，到了《高老夫子》，除了主人公自己照镜子所见的"瘢痕"之外，对于他的外貌，我们几乎一无所知。在《〈穷人〉小引》中，鲁迅曾概括陀思妥耶夫斯基的小说艺术如下："他写人物，几乎无须描写外貌，只要以语气，声音，也就不独将他们的思想和感情，便是面目和身体也表示着。"① "无须描写外貌"，恰恰是陀思妥耶夫斯基对果戈理的"革命"，这意味着他实践了自己在《穷人》中借杰符什金之口所表达的艺术宣言。在鲁迅的小说序列中，《高老夫子》仿佛也完成了一项对《孔乙己》《祝福》的"革命"，即并非主人公的客体形象，而更多的是他的自我意识，构成了作者观察和描绘的对象。

《高老夫子》的核心情节，其实主要是发生在主人公自我意识中的事件：从一开始的"照镜"和备课时的"怨愤"，到站上讲台之后的心理风暴，都是发生在高老夫子内心的戏剧，与外在的现实并不相干。虽然小说在主人公登台讲学前插叙的黄三来访的情节，颇有《儒林外史》风味，但涉及女校讲学这一主干情节时，高老夫子则变成一位十足的陀思妥耶夫斯基的主人公。在摆脱了黄三之后，高老夫子即跑到贤良女学校，在门房的引导下，走到教员豫备室，继而又在教务长万瑶圃的引导下，经过植物园走进讲堂。一路上，万瑶圃滔滔不绝，高老夫子则沉浸在备课不充分的烦躁愁苦中。小说用了两个"忽然"，来描写他的动作：

---

① 鲁迅：《〈穷人〉小引》，《鲁迅全集》第7卷，第105页。

"哦哦!"尔础忽然看见他举手一指,这才从乱头思想中惊觉,依着指头看去,窗外一小片空地,地上有四五株树,正对面是三间小平房。①

尔础忽然跳了起来,他听到铃声了。②

随后,小说又用了两个"忽而",来标识讲课的开始与结束:

高老师忽而觉得很寂然,原来瑶翁已经不见,只有自己站在讲台旁边了。③

他自己觉得讲义忽而中止了……一面点一点头,跨下讲台去,也便出了教室的门。④

在这两个"忽而"的中间,就是高老夫子面对"半屋子蓬蓬松松的头发""小巧的等边三角形"⑤ 所起的心理惊骇。

反复出现的"忽然""忽而",形象地写出了沉浸在自我意识中的高老夫子对外在物理时空感到的错愕与茫然。这段叙述(也包括小说开头两段冗长的内心叙事),遵循的并非外在的物理时间,而是主人公的心理时间。高老夫子从教员豫备室走向讲堂,小说的叙述与万瑶圃滔滔不绝的说话一样十分冗长,而从讲堂走回教员豫备室的叙述则十分迅疾;高老夫子的讲课时间并不长,前后不过一点钟,但在心理上却几乎是无限长,因此也无法度量,只能用两个"忽而"来加以标识。这里的高老夫子,如同梦游症患者,似乎永远也无法真实地感知周遭的世界,始终处于追赶、不安的状态——时缓时疾的叙事节奏与高老夫子惶惑不安的内心,形成绝妙的共振。

---

① 鲁迅:《高老夫子》,《鲁迅全集》第 2 卷,第 80—81 页。
② 同上书,第 81 页。
③ 同上书,第 82 页。
④ 同上书,第 83 页
⑤ 同上书,第 82 页。

陀思妥耶夫斯基小说中叙事的变形和流动性，是不少研究者都注意到的特质。梅列日科夫斯基指出，陀思妥耶夫斯基作品的叙事，"有时候被许多细节拉长、弄乱、堆积起来，有时候又过度压缩、折褶"①。我们不妨略引两段陀思妥耶夫斯基在《二重人格》中对戈里亚德金进出阿苏费埃夫娜家的舞会客厅的叙述。戈里亚德金在角落里站了三个小时之后，终于鼓起勇气冲进客厅，但很快又被请了出去：

> 戈里亚德金君这样考虑了他的处境，便一冲向前，好像有人触了他身上的弹簧似的；跨了两步，他便自觉身在点心室了，甩掉大衣，取下帽子，赶忙把这些东西推到角落去，伸伸腰，让自己安静下来；然后……然后继续前进到茶室，又从茶室冲进隔壁房间……然后……戈里亚德金君忘记周围进行的一切事情，就象箭头一样笔直穿进客厅。②

> 有个人的手放在他的一只膀臂上，另一只手压着他的背，他被特别担心地引到某个方向去了。最后，他注意到他是照直朝门前走去。……最后，他晓得了，他们在给他穿大衣，他的帽子被推在眼睛上面；他终于觉得他是在又暗又冷的楼梯上入口处。最后，他失了足，他觉得他正在从悬崖上跌下来；他想大叫——忽然发觉置身院内了。③

对于这种时而过分拉长、时而过度压缩的叙事方式，巴赫金归纳为一种适用于陀思妥耶夫斯基整个创作方法的"时空体（chronotope）"，简言之，即小说的叙事并不遵循严格的叙述历史的时间，而是往往超越这一时间，将情节集中到危机、转折、灾祸的时刻；而空间也通常超越过去，将其集

---

① 〔俄〕梅列日科夫斯基：《托尔斯泰与陀思妥耶夫斯基》，杨德友译，北京：华夏出版社，2016年，第231页。
② 这里采用的是韦丛芜的译文，参见〔俄〕陀思妥也夫斯基原著，韦丛芜译：《魂灵》，《韦丛芜选集》，合肥：安徽文艺出版社，1985年，第437—438页。
③ 参见〔俄〕陀思妥也夫斯基原著，韦丛芜译：《魂灵》，《韦丛芜选集》，第443页。

中在发生危机或转折的边沿（如大门、入口、楼梯、走廊等）和发生灾祸或闹剧的广场（通常用客厅、大厅、饭厅来代替）这两点之上——这种"时空艺术观"或"时空体"，巴赫金称之为"非欧几里德"式的，它超越了经验的真实性和表面的理智逻辑，背后是一种狂欢化了的时间观和世界感受。① 在这个意义上，《高老夫子》对主人公在女校登台讲学的叙述，其叙事时空体——时而拉长、时而压缩的时间，集中于边沿（从预备室到讲堂的路）和广场（讲堂）的空间，与陀思妥耶夫斯基小说的时空艺术有着奇妙的契合。

目前学界已有的关于《高老夫子》的讨论中，无论是着眼社会语境的分析，还是从个体心理学或精神分析角度进行的解读，高老夫子都被视为一个稳固的作为客体的主人公形象，"高尔础"和"高干亭"之间的行为差异，通常被理解为虚伪、造作和言行不一。这显然仍然在用阅读《孔乙己》《阿Q正传》的方式，或更确切地说，仍然在单方面地用《儒林外史》的诗学，来理解这篇作品以及"高老夫子"的形象。我们并不否认《高老夫子》与《儒林外史》之间的显著关联，鲁迅所称道的吴敬梓"无一贬词，而情伪毕露"②的讽刺艺术，在《高老夫子》对黄三、万瑶圃等人物的刻画中有着精妙的复现；然而，仅仅在《儒林外史》的视野中来阅读这篇作品，会将小说中大量关于高老夫子自我意识的描写排除在外或仅作为主人公紧张心理的一个注脚。这一阅读方式，很难真正照亮小说的形式，因而也产生了对其人物形象和讽刺艺术的歧义纷纭的理解。

纪德在阐述陀思妥耶夫斯基小说艺术时指出，陀思妥耶夫斯基在描绘其小说近景中的大人物时，往往"不去描绘他们，而是让他们在整本书的过程中自己来描述自己，而且，描画出的肖像还在不断变化，永远没有

---

① 〔苏〕M. 巴赫金：《陀思妥耶夫斯基诗学问题》，第 210、235—245 页；另参见 M. M. Bakhtin, "Forms of Time and Chronotope in the Novel," in *The Dialogic Imagination: Four Essays by M. M. Bakhtin*, pp. 248-249。
② 鲁迅：《中国小说史略》，《鲁迅全集》第 9 卷，第 231 页。

完成"①。巴赫金论及陀思妥耶夫斯基小说的主人公形象时，曾引入拉辛小说的主人公来作对比，得出了与纪德类似的看法：拉辛的主人公是如雕塑一般稳固而坚实的存在，陀思妥耶夫斯基的主人公则整个是自我意识，他"没有一时一刻与自己一致"②。置于陀思妥耶夫斯基诗学的视野中来观察，不难发现，《高老夫子》想要集中呈现的，并非一个稳固的作为客体的主人公形象，而恰恰是主人公在自我认知上的暧昧性和不稳定性。

《高老夫子》中叙事者对主人公的指称颇有意味：一开始是一个孤零零的第三人称代词——"他"；"尔础高老夫子"的名字，首次出现在女学校的聘书上，而在老友黄三的口中主人公则被称作"老杆"，以至于接下来叙事者不得不在这两个称谓之间作一番链接："老杆——高老夫子——沉吟了，但是不开口"③；直到小说最后，主人公的本名——"高干亭"，才通过老钵向牌友的介绍而为读者所知。这种先尊称人物头衔字号最后才揭示人物本名，或者借人物对话和正式文书才说出人物正名的方式，其实是《儒林外史》常见的技巧④；不过，在《儒林外史》中，参差互见的人物字号、官衔和本名，最终指向的是同一个客体对象，而在《高老夫子》这里，不同指称方式的变幻暗示的却是主人公自我认同的游移与分裂。

《高老夫子》的文本以主人公的讲学和回家为界分为两节。第一节是小说的主体，写的是高老夫子如何以"高尔础"的身份粉墨登场，第二节类似尾声，写的是他向"高干亭"的回归。对于这一登场与回归，小说均有详细描写：

> 他一面说，一面恨恨地向《了凡纲鉴》看了一眼，拿起教科书，装在新皮包里，又很小心地戴上新帽子，便和黄三出了门。他一出门，就放开脚步，像木匠牵着的钻子似的，肩膀一扇一扇地直走，不

---

① 〔法〕安德烈·纪德：《关于陀思妥耶夫斯基的六次讲座》，余中先译，北京：人民文学出版社，2019年，第39页。
② 〔苏〕M. 巴赫金：《陀思妥耶夫斯基诗学问题》，第87页。
③ 鲁迅：《高老夫子》，《鲁迅全集》第2卷，第79页。
④ 参见程毅中：《近体小说论要》，北京：北京出版社，2017年，第96—97页。

多久，黄三便连他的影子也望不见了。①

他于是决绝地将《了凡纲鉴》搬开；镜子推在一旁；聘书也合上了。……

一切大概已经打叠停当，桌上只剩下一面镜子，眼界清净得多了。然而还不舒适，仿佛欠缺了半个魂灵，但他当即省悟，戴上红结子的秋帽，径向黄三的家里去了。②

"红结子的秋帽"俗称"瓜皮帽"，是清末民初市民常戴的一种便帽；至于高老夫子为登台讲学所准备的"新帽子"，小说没有具体描述，但可以想见应是民国剪辫之后适用的新式礼帽。关于"帽子"的描写，在小说中也并非无关紧要的细节。借用巴赫金的术语，主人公在"高干亭"与"高尔础"之间的游移和切换，岂非一场生动的"加冕"和"脱冕"的狂欢式闹剧？

当高老夫子戴上象征市民生活的"红结子的秋帽"向黄三家里走去后，小说中摇晃不定的叙事总算安稳下来，空间也转向了室内——最后，高老夫子在黄三家点了洋烛的麻将室内，才最终找到了身心的"舒适"。《高老夫子》在《语丝》初刊时，前后两节之间印有明显的分节符③，这一分节符不仅区分了情节发展的两个阶段，也切分了两种不同的叙事时空体：当主人公以"高尔础"的身份登场时，他如同梦游者一般，行进在一个由过道与讲堂构成的充满危机的空间中，其内心世界与外部世界充满了紧张的错位与摩擦，这一节的叙事时空体接近陀思妥耶夫斯基小说的狂欢式或"非欧几里得"式；当他摆脱了"高尔础"的装置而以"高干亭"的身份汇入老友黄三、老钵的群体后，则立即恢复了行动力与现实感，黄三家中点着"细瘦的洋烛"的麻将室，赋予了人物身、心的双重安宁与舒适——这是我们在《红楼梦》《儒林外史》等传统小说中常见的

---

① 鲁迅：《高老夫子》，《鲁迅全集》第2卷，第79页。
② 同上书，第84页。
③ 鲁迅：《高老夫子》，《语丝》第26期，1925年5月11日。这一分节符（三个黑色五角星号）在收入《彷徨》以及后来的《鲁迅全集》时，均以空行代替。

时空体。

如此看来，鲁迅交织着陀思妥耶夫斯基诗学与《儒林外史》笔法，在《高老夫子》中极为艺术地完成了对主人公的两个"自我"或者说双重人格——"高尔础"和"高干亭"的形象塑造。如果说在从《孔乙己》到《祝福》的小说序列中，鲁迅笔下形象鲜明的人物群像着眼的是"他是谁"的描绘，那么，到了《高老夫子》这里，通过将主干情节集中在主人公的自我意识中并聚焦其身份与自我认同的双重性与流动性，小说的关注点则变成了对"我是谁"的追问——小说中反复出现了三次的"镜子"，无疑可以视为高老夫子试图确证"自我"的象征。在这个意义上，《高老夫子》的情节轮廓与主旨理念，的确与果戈理与芥川龙之介的同题小说《鼻子》（也包括陀思妥耶夫斯基的《二重人格》）构成了密切的互文关系，它们都对无法确证的"自我"，或者说在他人目光和话语中不断异化的"自我"，进行了形象而深刻的探索——在《高老夫子》中，"高尔础"即相当于离开主人公独自远行的"鼻子"。鲁迅后来在1934年还重译过果戈理的《鼻子》①，可见他对这一"同貌人"主题的持续兴趣。那么，鲁迅塑造出这一在"高干亭"和"高尔础"两个"自我"之间游移而不安的"高老夫子"，究竟想要表达什么呢？很显然，《高老夫子》的主旨并非讽刺假道学、伪新党那么简单。对此，我们还需将目光转向小说之外。

三、女学生与新文化——作为"今典"的《一封怪信》

《高老夫子》的情节高潮是高老夫子与女学生的"看"与"被看"。如前所引，试图"钻进"女学堂里去"看"女学生的高老夫子，反而成为"被看"的对象：

---

① 〔俄〕N.果戈理：《鼻子》，许遐（鲁迅）译，《译文》第1卷第1期，1934年9月。

> 他不禁向讲台下一看，情形和原先已经很不同：半屋子都是眼睛，还有许多小巧的等边三角形，三角形中都生着两个鼻孔，这些连成一气，宛然是流动而深邃的海，闪烁地汪洋地正冲着他的眼光。但当他瞥见时，却又骤然一闪，变了半屋子蓬蓬松松的头发了。①

上一章我们已经简要分析过这一场景闪现的瞬间对于揭示高老夫子虚假自我的意义。实际上，从未真正出场的"女学生"，是小说的一个关键词。从一开始，在高老夫子"照镜"之际，女学生便作为想象的他者出现了——"万一给女学生看见，大概是免不了要看不起的"，可以说，正是以假想的女学生的眼光，高老夫子才特别"发见"了眉棱上的瘢痕，因此开始了对自我的乔装改扮；而此刻，乔装改扮之后的"尔础高老夫子"，在从贤良女学校的教员豫备室到讲堂的过道中累积起来的"不安"，在面向女学生的"讲台"这一空间中达到高潮——这里的"女学生"，类似拉康所说的实在界中的"对象 a"，是通过主体的欲望才成其为"物"的一种"非物"（no-thing），它既存在，同时又是一种不可见的"空无"。② 高老夫子与"女学生"的对视，如同他与一张照片的"刺点"（punctum）的相遇，最终，在不可见的"女学生"——对象 a——的"凝视"之下，高老夫子被迫"收回眼光"，落荒而逃。

竹内好指出，《高老夫子》只能看作鲁迅"厌恶自己的产物"③。排除其中的酷评成分，这一观察其实颇为敏锐。与《端午节》相似，《高老夫子》也有着鲁迅当下生活的投射。1923 年 7 月，时任北京女子高等师范学校校长的许寿裳聘请鲁迅担任国文系小说史科的兼任教员。1924 年 9 月，女高师改为女子师范大学，鲁迅的兼职不变。写作《高老夫子》前后，鲁迅每周都到女师大上课，作为女学生之一的许广平即在班上听课，并已与鲁迅有书信往返。女学堂来了男教员，这对素来严于男女之大防的

---

① 鲁迅：《高老夫子》，《鲁迅全集》第 2 卷，第 82 页。
② 关于拉康的"实在界"和"对象 a"的简明阐述，参见〔英〕霍默：《导读拉康》，李新雨译，重庆：重庆大学出版社，2014 年，第 81—120 页。
③ 〔日〕竹内好：《从"绝望"开始》，靳丛林编译，北京：生活·读书·新知三联书店，2013 年，第 113 页。

中国传统伦理，提出了相当程度的挑战。《高老夫子》的情节高潮，可以说是对这一新旧更迭时代女子教育的生动写照——鲁迅借此对包括他自己在内的男性知识分子，如何处理新的制度与文化情境之下的师生伦理，提出了灵魂拷问。

《高老夫子》写于1925年5月。这一时期，鲁迅每月都会收到商务印书馆寄送的《妇女杂志》。《妇女杂志》第10卷第10号是"男女理解专号"，起源于不久前一桩闹得沸沸扬扬的"韩杨事件"。1924年5月7日，《晨报副刊》"来件"栏中发表了以韩权华的名义送登的《一封怪信》。韩权华是北京大学的一位女学生，《一封怪信》是北京大学历史系教员杨栋林（字适夷）写给她的一封疑似求爱的两千多字的"情书"。杨在信中首先述说他听到的关于他和韩之间"要好极了"甚至已经"订婚"的"谣言"，然后，仔细研究并报告了"谣言"的由来，最后，则是对韩的请求，以及他想出来的共同对付的方法。韩权华感到被冒犯，同时也为了申明自己的态度，故将此信在《晨报副刊》上公开发表，并在"按语"中写道："不意我国高等学府的教授对本校女生——素不认识的女生竟至于如此。我以为此等事匪但与权华个人有关，实足为我国共同教育（Co-education）之一大障碍。"① 所谓"共同教育"即"男女共校"，这是"五四"前后颇受瞩目的一桩新文化事件。韩权华能在北京大学求学，正是拜这一"新文化"所赐。

《一封怪信》刊出后，立即引起巨大的舆论反响。一方面是大学生贴榜发文，对杨栋林的行为大肆讨伐。杨栋林迫于压力，两天后即向北京大学辞职②，不久其他兼职院校也将他辞退。随后，此事又在报刊中引发知识阶层的激烈讨论。与大众舆论对杨栋林一边倒的讨伐不同，江绍原、周作人以及《民国日报·妇女周报》《妇女杂志》的评论作者对当事人有着

---

① 韩权华：《一封怪信》，《晨报副刊》"来件"栏，1924年5月7日。据西夷《记北大的初期女生》（《正论》[北平]1947年第5期）一文的回忆，送登此信并写文章驳斥杨栋林的是韩权华的姐夫，也是由他"压迫"孙伏园将此信在《晨报副刊》发表。

② 1924年5月10日《北京大学日刊》发布注册部布告（二）：杨适夷先生辞职，所授功课暂行停讲；另，1924年5月14日《时报》也刊发了一则短消息："北大教授杨适夷、致函女生韩权华、被韩将函在报上宣布、杨辞职（本馆十二日北京电）"。

更多的理解与同情,并呼吁一种更为宽容和理性的道德尺度。江绍原和《妇女杂志》的评论者起睡都认为,韩杨事件只是个人私事,不应贸然付诸社会公断。①《民国日报·妇女周报》的社论则指出,如果不是抱着蔑视女性的态度、将女性看作"易损品"的话,则杨栋林的信最多只是对于韩女士个人的无礼,对她并不构成损失,作者在文末认为中国青年男女迫切需要一种"心的革命",以打破传统的因袭的两性观念。②《妇女杂志》的"男女理解专号",正是以此事为契机,以"我所希望于男子者"和"我所希望于女子者"为题,向杂志的女性和男性读者征文,以期增进两性的相互理解,减少"男女争斗"。这期专号的"卷头言",即题曰"男女之心的革命"。

值得注意的是,在上述报刊舆论中,"新文化"成为一个随时被征用且意义多元暧昧的新名词。费觉天是当时为杨栋林辩护最有力的一位,他搴出"新文化"的旗帜,为杨的行为寻找根据。在他看来,在"反对旧礼教、反对三纲五常"的"新文化运动旗帜"下,应当承认先生可以同学生结婚(他举出罗素与勃拉克的恋爱为例),也当承认男女婚姻个人自主,如果认同这一"新文化"理念,那么杨栋林的信就是"很光明,很平常"的事情,韩女士的举动实属处置失当。③而几乎同时发表意见的周作人,则将批判的矛头指向了"贴黄榜,发檄文"的大学生,在他看来,"中国自五四以来,高唱群众运动社会制裁,到了今日变本加厉,大家忘记了自己的责任,都来干涉别人的事情,还自以为是头号的新文化,真是可怜悯者"④。周作人的文章针对的是大学生过激行为背后所蕴含的群众对个人自由的侵犯,但他取了一个耸人听闻的标题——"一封反对新文化的信"。

与周作人不同,鲁迅并没有就韩杨事件直接发表意见;但如果将《高老夫子》纳入考察视野,不难发现,这篇小说对《一封怪信》及其引

---

① 参见江绍原:《伏园兄我想你错了》《经你一解释》,《晨报副刊》1924 年 5 月 12 日、15 日;起睡:《两性间一桩习见的事》,《妇女杂志》第 10 卷第 7 号,1924 年 7 月。
② 奚明:《社评》,《民国日报·妇女周报》1924 年 5 月 21 日。
③ 费觉天:《从新文化运动眼光上所见之韩杨案》,《京报》1924 年 5 月 15、16、18 日。
④ 陶然(周作人):《一封反对新文化的信》,《晨报副刊》1924 年 5 月 16 日。

发的报刊舆论，实有着不同程度的反馈与折射。高老夫子作为一个对外界高度察言观色的主人公，与《一封怪信》的作者杨栋林之间，即颇有神似之处。有意思的是，杨栋林的书信文体，与陀思妥耶夫斯基小说《穷人》中杰符什金写给瓦莲卡的信也非常相似，充满了对他人话语以及自己的爱慕对象的察言观色。我们不妨略引一段：

> 那天听了这话我也不知道是吉是凶，也不知道谁造的这谣言。但是无法探听真相，只好忍耐着，却是弄得我在讲堂上心神不安了。狼狈之至，狼狈之至！①

杨栋林的"狼狈"，既源自他所说的谣言，更源自他对女学生韩权华的欲望。在这个意义上，《高老夫子》的情节高潮——主人公在女校讲堂上对女学生的看与被看，不啻对杨栋林的心理所进行的绝妙的传神写照和精神分析。

将《一封怪信》作为《高老夫子》的"今典"来阅读，可令我们对这篇小说产生全新的理解。"韩杨事件"本身并不特殊，晚清兴女学以来，类似的事件便时有发生。夏晓虹曾探讨过晚清的一起著名案例，即京师大学堂译学馆学生屈彊投书四川女学堂学生杜成淑以示倾慕，却遭遇杜以公开信方式发表的严词拒斥。② 这类从晚清一直延续到"五四"的"男女争斗"，在在显示了新制度与旧道德之间的裂隙。1924 年前后，距清末女学堂的开设已近二十年，"男女共校"也已在制度上确立；然而，传统的因袭的两性观念似乎并没有得到改观，且女性仍然在用将私人信函公开发表的方式来维护自身声誉。这不禁令我们怀疑，刚刚过去的致力于破除旧礼教、重估一切价值的新文化运动，是否真正形塑了健全的且能与新的社会状况相适应的新伦理和新道德。

《妇女杂志》"男女理解专号"刊出的应征文章中，不少女性读者即

---

① 韩权华：《一封怪信》，《晨报副刊》1924 年 5 月 7 日。
② 参见夏晓虹《晚清女性与近代中国》（北京：北京大学出版社，2004 年）第二章"新教育与旧道德：以杜成淑拒屈彊函为例"。

对新文化运动的成效提出了质疑。章君侠指出,"知识界中有一般表面上似乎尊重女性……的男子,他们一面大唱特唱'女子解放'、'自由恋爱'等新名词以博时誉,另一面却在虐待妻女,以巩父权、夫权"①;而在心珠女士看来,无论是四年前在《京报》上骂苏梅女士的几位先生,还是"韩杨事件"中在《东方时报》发表《厕所内的婚姻问题》的青年学生,都是新文化运动的主力军,但他们心中仍然"充满了以女子为物的观念"②;此外,还有不止一位女性读者感慨,从前男子以女子为玩物,而现在则以女性为偶像,其实"都是不以人的眼光看女性"③。看来,现代中国的"男女之心的革命",实任重而道远。

鲁迅在《高老夫子》中所塑造的在女学生的"凝视"中败下阵来的"高老夫子",通常被视为假道学或反对新文化运动的复古派的代表。然而,置于《一封怪信》及其引发的上述舆论语境中,"高老夫子"的形象与其说是对新文化的反对者的讽刺,不如说是对新文化运动本身的反思:这位在"高干亭"和"高尔础"之间摇摆不定、造作不安的主人公,正是对当时被作为一个新名词而随意挪用,但却意义暧昧、难以自处的"新文化"的绝妙隐喻。

四、未完成的"新文化"

1925年11月,收录了鲁迅"五四"前后报刊评论文章的杂感集《热风》在北新书局出版。鲁迅在《〈热风〉题记》中对"新文化运动"的"名目"提出了质疑:

> 五四运动之后,我没有写什么文字,现在已经说不清是不做,还是散失消灭的了。但那时革新运动,表面上却颇有些成功,于是主张

---

① 章君侠:《我所希望于男子者(六)》,《妇女杂志》第10卷第10号,1924年10月。
② 心珠女士:《我所希望于男子者(四)》,《妇女杂志》第10卷第10号,1924年10月。
③ 小倩:《我所希望于男子者(九)》,《妇女杂志》第10卷第10号,1924年10月。

革新的也就蓬蓬勃勃，而且有许多还就是在先讥笑，嘲骂《新青年》的人们，但他们却是另起了一个冠冕堂皇的名目：新文化运动。①

袁一丹注意到鲁迅这番言论与我们通常对新文化运动的评价之间的差异，并详尽探讨了其背后"另起"的"新文化运动"的状况。② 在笔者看来，鲁迅此论，不仅只是为"新文化运动"辨"名"，更源于他对"新文化运动"之"实"的观感。换言之，新文化运动时期引入的新观念、新话语乃至新制度与它们在中国的现实实践之间的分离、分裂或者说变形，恰恰是鲁迅在包括《高老夫子》在内的《彷徨》中的诸多小说（如《幸福的家庭》《伤逝》《离婚》）中所探讨的核心议题。③

在《〈热风〉题记》中，鲁迅两次用到了"拟态"一词：一是文章开头写到西长安街一带衣履破碎的穷苦孩子叫卖报纸，"三四年前，在他们身上偶而还剩有制服模样的残余；再早，就更体面，简直是童子军的拟态"；一是文章临近结尾，"自《新青年》出版以来，一切应之而嘲骂改革，后来又赞成改革，后来又嘲骂改革者，现在拟态的制服早已破碎，显出自身的本相来了"④。"拟态"（mimicry）是一个生物学术语，指的是一种生物模拟另外一种生物或模拟环境中的其他物体以保护自己或攻击敌人的现象。在拉康看来，生物的拟态并非单纯为了适应环境，而是依据他者的存在形构自身的存在，即因为想象自己将被看而模仿性地改变自己的视觉形态。⑤ 在《高老夫子》中，主人公正是以想象的女学生、新学堂为潜在他者，从而多方面地展开了对自我的改造和形构：他为自己配备了新知识（《论中华国民皆有整理国史之义务》）和新形象（新帽子、新皮包、新名片），其中，最具戏剧色彩的情节，则是追慕俄国文豪高尔基而

---

① 鲁迅：《〈热风〉题记》，《鲁迅全集》第 1 卷，第 307—308 页。
② 袁一丹：《"另起"的"新文化运动"》，《中国现代文学研究丛刊》2009 年第 5 期。
③ 《幸福的家庭》《伤逝》对"五四"话语的拟讽和反思非常明显；关于《离婚》与"五四"女性解放话语之间的关系，参见杨联芬：《重释鲁迅〈离婚〉》，《文艺争鸣》2014 年第 6 期。
④ 鲁迅：《〈热风〉题记》，《鲁迅全集》第 1 卷，第 307—308 页。
⑤ 参见吴琼：《他者的凝视——拉康的"凝视"理论》，《文艺研究》2010 年第 4 期。

改字"尔础"。这正是一种典型的"拟态"行为。在这个意义上,我们可以将《高老夫子》与《〈热风〉题记》进行互文阅读:如同高老夫子对"高尔础"的角色扮演,当时冠以"新文化"名目的诸多革新运动,在鲁迅看来,亦不过是一种对想象的(西方)新思想、新文明或新制度的"拟态"。

高老夫子之外,鲁迅还花了不少笔墨写了黄三和万瑶圃这两个人物。在小说中,黄三是"高干亭"的旧友,但在高老夫子接受了女校的聘书后,这位"一礼拜以前还一同打牌,看戏,喝酒,跟女人"的老友,就变得"有些下等相了"①,成了主人公急于摆脱的对象;而当高老夫子败退回家,将愤怒指向女学堂之际,他的内心独白——"女学堂真不知道要闹到什么样子,自己又何苦去和她们为伍呢?犯不上的"②,恰与此前黄三来访时说过的话一模一样,听起来就像是黄三的幽灵附体。很显然,黄三(包括另一位牌友老钵)正是主人公那"欠缺了"的"半个魂灵"。除了"高干亭"的旧友,小说还浓墨重彩地写了"高尔础"的新同事——教务长万瑶圃。致力于"新学问、新艺术"的高老夫子,对万瑶圃与女仙酬唱的那套旧文学毫无兴趣,在走向女校讲堂的路上,他与这位喋喋不休的教务长一直貌合神离;但小说却有一个意味深长的细节:万瑶圃与女仙赠答的《仙坛酬唱集》,与高老夫子叩响新学问的敲门砖《论中华国民皆有整理国史之义务》,其实是刊登在同一张报纸——《大中日报》上的。这意味着,万瑶圃也不过主人公化装为"高尔础"后的另一个"复影"。

周作人指出,鲁迅在小说中将黄三、老钵与万瑶圃这两群人分开来写,但中间也加些连络,如见面时,都是"连连拱手,膝关节和腿关节接连弯了五六弯,仿佛想要蹲下去似的",在他看来,"这重复不是偶然的,它表示出他们同样的作风,是一伙儿的人物"。③ 周作人的观察颇为

---

① 鲁迅:《高老夫子》,《鲁迅全集》第2卷,第77页。
② 同上书,第84页。
③ 周遐寿(作人):《鲁迅小说里的人物》,上海:上海出版公司,1954年,第183—184页。

敏锐,但他随后将这一描写溯源至绍兴乡间"浮滑少年"的作风,则未免误导了阐释方向。如同上文所分析的"镜子"和"帽子"一样,这一拱手屈膝礼,在小说中也并非无关紧要的细节:相似的礼仪,将高老夫子两个看似不相干的"魂灵"与"复影"连络起来。二者的相似,除了拱手屈膝礼,还有对待女性的态度:无论是黄三的将女学生视为"货色",还是万瑶圃的将女诗人捧为"仙子",背后均是以女子为"物"的陈腐观念,正如上文所引《妇女杂志》征文中多位女性读者所感慨的,他们都没有将女性当作平等的"人"来看待。如此看来,黄三和万瑶圃的形象,实代表了高老夫子潜意识中受到压抑的愿望,用鲁迅不久前译介的厨川白村的文学理论来表述,他们乃是主人公的"苦闷的象征"①。在小说中,尽管高老夫子拼命拒绝与黄三、万瑶圃混为一谈,但最终仍是他的这些潜意识的"魂灵""复影"占了上风,借用《〈热风〉题记》的说法,"拟态的制服"终究脱落,"显出自身的本相来了"。

高老夫子在"拟态"与"本相"之间的反差,构成了《高老夫子》重要的反讽结构。有意思的是,高老夫子的"拟态"行为及其失败,在小说中是在一种陀思妥耶夫斯基式的诗学——扭曲和变形的狂欢化的时空体中得到呈现的;而"本相"的揭示,如对黄三、万瑶圃这些"复影"人物的描写,则采取的是《儒林外史》式的传统小说笔法。让人物成对出现并构成互文与映射关系,是《儒林外史》以及中国传统章回小说的拿手好戏;鲁迅通过黄三、万瑶圃的形象,映射出高老夫子的真面目,可谓深得其中三昧;不过,置于《高老夫子》整体的反讽结构来看,作为具象人物来描写的黄三、万瑶圃,其实又是主人公极力压抑但却无法摆脱的"潜意识"的象征。《高老夫子》在呈现作为意识主体的"高尔础"的内心活动时,叙事者与主人公的视角是几乎无限趋近的;而当笔锋转向"潜意识"时,叙事者立即背过身去——不仅"高干亭"的内心不为读者

---

① 1924年,鲁迅译出厨川白村的文艺理论著作《苦闷的象征》,随后由新潮社出版。厨川白村糅合弗洛伊德和柏格森的理论,将文艺视为"生命力受了压抑而生的苦闷懊恼"而用改装打扮的具象形式表达出来,他将这种表现法称为"广义的象征主义"(王世家、止庵编:《鲁迅著译编年全集》[伍],北京:人民出版社,2009年,第306—313页)。《苦闷的象征》不仅对鲁迅的创作颇有影响,也作为"今典"广泛地存在于他这一时期的诗文小说中。

所知,即便对黄三、万瑶圃的描写,也采取的是有距离的、不介入的姿态。这一微妙的诗学变奏,也极为艺术地揭示了主人公"意识"与"潜意识"的不同质地。

如果将高老夫子视为对"新文化"的一种隐喻,那么,鲁迅在小说中通过具象化地呈现主人公在"意识"与"潜意识"、"拟态"与"本相"之间的错位和反差,则深刻地揭示了"新文化"这一主体的分裂和它的未完成性。这一"新文化"以拟想的西方新思想、新文明、新制度为"镜",将自己用新皮包、新帽子和新名字装扮一新,然而,这一乔装的自我,如同将一个他者引入自我的形式结构之中,始终与现实的物理时空无法协调:小说中,高老夫子的手表与女学校的挂钟之间永远"要差半点"①("挂钟"这一细节出现了两次),而贤良女学校的空间场所,如教员豫备室、讲堂、过道乃至植物园,都对高老夫子并不友好;"尔础高老夫子"行进在一个"非欧几里得式"的时空之中,始终不具备行动的主体性(他的走路要么"像木匠牵着的钻子似的",要么要由驼背的老门房或花白胡子的教务长引导),也无法与任何人(包括万瑶圃和女学生)产生实际的交流。这是一个空洞的、惶惑的、未能完成的主体。

拉康在著名的"镜像阶段"理论中,揭示了镜子装置前后主体与镜像之间的异质性,在他看来,主体对自己"镜中之像"的认同,本质上是一种"误认",它需要穿越想象与真实、他者与自我、外在世界与内在世界的多重难以逾越的界限。②鲁迅在《高老夫子》中所着力描绘的主人公的"拟态"行为及其失败,可以说以一种十分形象的方式,揭示了镜像认同的误认机制。在小说开头意味深长的"照镜子"情节中,高老夫子第一次朝向镜中的观看,即对镜中那个带有瘢痕的身体形象并不认同;随后,他开始按照想象的新学堂、女学生的眼光乔装改扮,以"高尔础"的形象粉墨登场,然而,这一乔装的(或者说拟态的)自我,在贤良女

---

① 鲁迅:《高老夫子》,《鲁迅全集》第 2 卷,第 80 页。
② 参见 Jacques Lacan, "The mirror stage as formative of the function of the *I* as revealed in psychoanalytic experience," in *Écrits: A Selection*, trans. Alan Sheridan, London and New York: Routledge, 2001, pp. 1-7;吴琼:《雅克·拉康:阅读你的症状》(上),北京:中国人民大学出版社,2011 年,第 121—133 页。

学堂所上演的戏剧并不成功,他先是在欲望的客体——女学生的"凝视"中败下阵来,继而又遭到了植物园里桑树"一枝天斜的树枝"① 的致命一击——这棵桑树,似乎成为高老夫子在女学堂里遭遇的唯一真实之物,至此,他的拟态的自我——"高尔础"终于彻底失效。小说写道,当高老夫子在植物园撞上桑树,狼狈地回到教员豫备室时:

> 那里面,两个装着白开水的杯子依然,却不见了似死非死的校役,瑶翁也踪影全无了。一切都黯淡,只有他的新皮包和新帽子在黯淡中发亮。看壁上的挂钟,还只有三点四十分。②

这意味着,作为主体的女学堂和高尔础都已如镜花水月般消失不见,只剩了皮包和帽子这些被褪下的"拟态的制服"。

《高老夫子》的文本中,出现了两个用方框标识的图像符号,一个是女校的聘书,另一个则是女校植物园中将桑树标识为"桑/桑科"的木牌。聘书和木牌无疑是新文化、新文明的象征,在它们的文字之外加上方框,看似对这两个物件极为写实的再现,但这一图像与文字的跨媒介并置,却在文本中制造了新的意义:用方框圈起、作为图像呈现的聘书和木牌,又何尝不是新文化的一件可能并不合身的"拟态的制服"?聘书和木牌,原本具有名片或名牌的指示作用,指向的是现实中的人和树,但在《高老夫子》中,它们其实均已被切断了与真实之物的关联,而沦为纯粹的表象——如同高老夫子的新皮包和新帽子,除了"新"之外,别无所指。这两个用方框圈起的聘书和木牌,无疑也是对"新文化"之沦为肤泛的新名词——一个空洞的能指——的绝好象征。

如此看来,鲁迅写于1925年5月的《高老夫子》,可以视为他对其时刚刚过去的新文化运动所进行的生动描写和深刻反思。当时冠以"新文化运动"名目的诸般革新运动,看起来"蓬蓬勃勃",但如细察这一运动的主体——"新文化"究为何物,则难免令人心生疑窦。与"高老夫子"

---

① 鲁迅:《高老夫子》,《鲁迅全集》第2卷,第83页。
② 同上书,第84页。

类似,其时甚嚣尘上但又意义肤泛的"新文化",在鲁迅看来,也是一个在他者目光和话语中不断被异化的主体:它既对自身带有"瘢痕"的传统无法认同,同时又与以西方为镜的"新学问、新艺术"这一象征秩序并不相容,因此在中西古今之间几乎无所归依:正如"高尔础"不过是对"高尔基"的拙劣摹仿,新式《中国历史教科书》与传统历史教科书《了凡纲鉴》之间"也有些相合,但大段又很不相同"①。如同高老夫子在拟态与本相、意识与潜意识、他者与自我、想象与现实之间的无所适从,"新文化"本身,也是一个惶惑的、未完成的分裂的主体。这一缺乏主体性的、未完成的文化状态,既是晚清以降中国诸多现代性变革的内在隐忧,又何尝不是我们今天依然要面对的严峻课题?小说题为"高老夫子","夫子"是旧时学生对老师的尊称,这也提醒我们,儒家关于师道的礼教已经崩坏,但与新的社会文化情境相适应的师生伦理尚未建立,"高老夫子"正处在一个真空地带,无地彷徨。

---

① 鲁迅:《高老夫子》,《鲁迅全集》第 2 卷,第 76 页。

第八章　中国之"意识流"：废名的小说文体与象征诗学

废名（1901—1967）是中国现代文学作家中"读者缘"颇为奇特的一位，其作品在当时即被公认晦涩，是"第一名的难懂"①；然而，正如其好友鹤西所称，"废名君的文章，以难懂出名，可是懂了一点就必甚为爱好"②，周作人、朱光潜、李健吾、施蛰存等同时代的评论家皆是废名文章的爱好者，对其作品赞赏有加，且颇有会心之理解。废名在现代文学史上留下了不少"破天荒"的小说作品，如《桥》（1932）、《莫须有先生传》（1932）、《莫须有先生坐飞机以后》（1947—1948）等，这些作品在小说史上颇难定位，但直到今天，它们仍然不断激起"懂了一点就必甚为爱好"的读者和研究者孜孜解读的兴趣。

朱光潜在1937年评论《桥》的文章中，曾将《桥》与现代主义作家普鲁斯特和弗吉尼亚·伍尔夫的作品相提并论：

---

① 岂明（周作人）：《枣和桥的序》，《废名集》第6卷，第3410页。
② 鹤西（程侃声）：《谈〈桥〉与〈莫须有先生传〉》，《文学杂志》第1卷第4期，1937年。

> 它表面似有旧文章的气息，而中国以前实未曾有过这种文章；它丢开一切浮面的事态与粗浅的逻辑而直没入心灵深处，颇类似普鲁斯特与伍而夫夫人。①

普鲁斯特和弗吉尼亚·伍尔夫是现代意识流小说的代表人物，其作品着重呈现不受外部事件制约的人物如梦一般丰富的自由联想与意识流动，极大地革新了传统小说的叙事手法与表征现实的方式。就"撇开浮面动作的平铺直叙而着重内心生活的揭露"②而言，《桥》的确与普鲁斯特和弗吉尼亚·伍尔夫的小说有相通之处。废名自己后来也承认这一点，不过，他也表示在创作《桥》时，并没有读过二人的作品，"当时只读俄国十九世纪小说和莎翁的戏剧"③。朱光潜认为，《桥》的文字技巧"似得力于李义山诗"，"其突出特征是'跳'，也即废名所说的'因文生情'"，正是这一"因文生情"的文章技艺，造就了废名小说中"联想的飘忽幻变"，其"美妙在此，艰涩也在此"。④ 那么，废名究竟是如何化用以李商隐为代表的晚唐诗的文字技巧，来书写令当时文坛感到陌生的、"颇类似普鲁斯特与伍而夫夫人"的现代小说的呢？

废名在 1944 年出版的《谈新诗》中，曾论及温庭筠、李商隐诗词的表现技巧，他十分欣赏温词中"视觉的盛宴"与李诗中"感觉的联串"，将之视为"新诗"可资借鉴的传统资源。⑤ 废名对"温李"诗词的阐释，其实是一种"传统的发明"，它与废名小说自身的文体特质以及 20 世纪 30 年代新诗坛所接受的"象征主义"，皆有着密切的互文关系。废名 20 世纪 20 年代在北京大学就读的是英文系，他自己曾说"读中国文章是读外

---

① 孟实（朱光潜）：《桥》，《文学杂志》第 1 卷第 3 期，1937 年。
② 同上。
③ 朱光潜等：《今日文学的方向——"方向社"第一次座谈会记录》，原刊 1948 年 11 月 14 日天津《大公报·星期文艺》第 107 期，收入《废名集》第 6 卷，第 3394 页。
④ 孟实（朱光潜）：《桥》，《文学杂志》第 1 卷第 3 期，1937 年。
⑤ 废名：《谈新诗·已往的诗文学与新诗》，《废名集》第 4 卷，第 1633—1647 页。据《废名集》编者题注，《谈新诗》原题《新诗讲义》，为废名抗战前在北京大学任教时所开"现代文艺"课的讲稿，1944 年 11 月由北京新民印书馆出版。

国文章之后再回头来读的"①。从 1925 年开始创作到 1932 年出版上卷，延续了近十年之久的小说《桥》的写作，在废名从西洋文学读到"中国文章"的过程中，无疑扮演了重要的媒介角色。1957 年，废名在《废名小说选》的序中总结其创作经验称："在艺术上我吸收了外国文学的一些长处，又变化了中国古典文学的诗。"②废名的"十年造《桥》"③，不仅使得这部作品成为其小说文体的集大成者，也在其中留下了他的艺术与诗学探索可资辨认的踪迹。本章将通过对以《桥》为中心的废名小说文体的分析，来揭示这位传说"用毛笔写英文"的作家，如何在现代小说与晚唐诗词之间进行诗学上的融合与创造。

一、废名小说文体略识

废名在文坛初露头角的作品是短篇小说集《竹林的故事》，其时他尚未"废"去名号，署的是本名"冯文炳"。废名 1922 年考入北京大学预科，1924 年升入北京大学英文学系，《竹林的故事》所收的十四篇短篇小说，即大致创作于这一时期。这部小说集中的作品，虽然最早的几篇还残留着模仿的痕迹，但很快便显示出废名独特的个人风格，已约略可以见出日后《桥》《莫须有先生传》的文体端倪。1935 年，鲁迅编选《中国新文学大系·小说二集》时，从《竹林的故事》里选了三篇作品——《浣衣母》《竹林的故事》《河上柳》，作为废名小说的代表。为便利起见，我们先以这三篇作品为例，对废名小说的文体特质略作分析。

《浣衣母》写于 1923 年 8 月，这篇作品从文体到主题，皆可见出模仿鲁迅的痕迹。小说的主人公"李妈"是一位住在城外河滩上替人洗衣的普通妇人，原本受尽全城人的尊敬，但一位卖茶的单身汉的寄住，引起了乡村的骚动与谣言。小说开头便是以倒叙的方法从这一"谣言"写起：

---

① 废名：《中国文章》，《废名集》第 3 卷，第 1371 页。
② 废名：《（〈废名小说选〉）序》，《废名集》第 6 卷，第 3269 页。
③ 同上。

> 自从李妈的离奇消息传出之后，这条街上，每到散在门口空坦的鸡都回厨房的一角漆黑的窠里，年老的婆子们，按着平素的交情，自然的聚成许多小堆；诧异，叹息而又有点愉快的摆着头："从那里说起！"①

这种对于乡村谣言的传神描写，即颇有鲁迅的笔法；而从"年老的婆子们"的议论中引出主人公"浣衣母"的间接写法，亦是鲁迅小说《药》和《明天》中的典型技巧。此外，小说中写到李妈的女儿"驼背姑娘"的死，"一切事由王妈布置，李妈只是不断的号哭"，这一情节也与《明天》中单四嫂子失去孤儿的情景差相仿佛。废名自己后来回忆说，在这篇作品中，"一枝笔简直就拿不动，吃力的痕迹可以看得出来"②。所谓"吃力"，显然和他的小说技巧尚不成熟，还处于模仿阶段有关。尽管从文体到主题都有明显的模仿痕迹，但与鲁迅的作品相比，废名在《浣衣母》中的表达要冲淡许多，无论是寡妇孤儿的悲哀，还是礼教的迫害，都笼罩在小说无意中所展露出的一种人情之美中，批判的锋芒被稀释了不少。如果将鲁迅的小说比作木刻画，那么废名的作品一开始便呈现出铅笔素描般的轻淡之感。

除了《浣衣母》，《竹林的故事》集中其他几篇早期作品也存在或多或少的模仿痕迹；不过，废名很快就形成了自己的个人风格，这在写于1924年的短篇小说《竹林的故事》中即已明显表现出来。这篇后来被用作小说集题名的作品，很有废名的特色。小说几乎没有具情节性的故事，所写的只是平凡的乡村生活。作者意在借竹林的主人公"三姑娘"这一美好的少女形象，来表现乡村的人情之美。废名在此所塑造的淳朴美好的乡村少女形象，对沈从文有着显著影响。在"三三""翠翠"这些沈氏笔下著名的少女形象中，我们不难看到"三姑娘"的影子。不过，和沈从文的写法相比，废名的文体更具含蓄的古典趣味。"翠翠在风日里长养着，把皮肤变得黑黑的，触目为青山绿水，一对眸子清明如水晶"，这是

---

① 废名：《竹林的故事·浣衣母》，《废名集》第1卷，第50页。
② 废名：《（〈废名小说选〉）序》，《废名集》第6卷，第3269页。

《边城》里的名句,沈从文对翠翠的描写,从肤色到眼眸,颇为详尽,接近西方小说言无不尽的写实传统。相比之下,废名对"三姑娘"的描写则要含蓄得多:

> 三姑娘这时已经是十二三岁的姑娘,因为是暑天,穿的是竹布单衣,颜色淡得同月色一般,——这自然是旧的了,然而倘若是新的,怕没有这样合式,不过这也不能够说定,因为我们从没有看见三姑娘穿过新衣:总之三姑娘是好看罢了。①

在废名这里,少女相貌的美好似乎是不可写的,只好用饶舌的方式写上下四旁的衣装:旧衣也好,新衣也罢,总之"浓妆淡抹总相宜"——至于如何"好看",则作为空白,留给读者去想象。

从《浣衣母》到《竹林的故事》,再到《河上柳》,废名在小说中对故事情节的放逐愈发大胆。写于1925年4月的《河上柳》,不要说没有情节,连故事也几乎消亡殆尽。据废名后来追叙,这部作品的写作缘起乃是他"在某一种生活之中,偶然站在某地一颗[棵]杨柳之下"②的心情。小说的主人公陈老爹是一位演"木头戏"(木偶戏)的演员,衙门对"木头戏"下了禁令,陈老爹在生计受窘想到典卖全副行头之际,在河边柳树下打了个盹儿。小说选取来作为人物外部活动描写的对象,就只有这一个随意的瞬间,而剩下的大量篇幅则是人物在这一随意的瞬间所陷入的不断变幻的内心活动:从衙门禁演木头戏后的失落,到对于亡妻曾经在杨柳树上点灯的怀念,再到大水淹没杨柳的回忆……这一从现实的随意瞬间切入连绵不断的回忆和意识世界的方式,已颇具以普鲁斯特为代表的意识流小说的特质。作为小说标题的"河上柳",在陈老爹从现实切入回忆的转换中扮演了重要角色:

> 老爹突然注视水面。

---

① 废名:《竹林的故事·竹林的故事》,《废名集》第1卷,第123页。
② 废名:《说梦》,《废名集》第3卷,第1151页。

> 太阳正射屋顶，水上柳荫，随波荡漾。初夏天气，河清而浅，老爹直看到沙里去了，但看不出什么来，然而这才听见鸦鹊噪了，树枝倒映，一层层分外浓深。
>
> …………
>
> 接着是平常的夏午，除了潺潺水流，都消灭在老爹的一双闭眼。
>
> 老爹的心里渐渐又滋长起杨柳来了，然而并非是这屏着声息蓬蓬立在上面蔽荫老爹的杨柳，——到现在有了许多许多的岁月。①

这里，"风景"并非客观存在之物，而是存乎主人公的眼与心——注视水面可见柳荫荡漾，闭眼则外物消失；而心里滋长出的"杨柳"——回忆的经验世界，同样也是"风景"之所在。正是基于这一对"风景"的理解，小说以"老爹的心里渐渐又滋长起杨柳来"一句为界，从主人公的外部现实生活悄然切换到了内心的回忆世界——紧接着这一段引文，便是陈老爹对于过往岁月中与杨柳有关的回忆。这种对于风景与人物内心之关系的处理方式，以及在现实世界与回忆/幻想世界中的自由穿梭，开启了废名后续诸多小说的先声。

以上三篇经鲁迅选入《中国新文学大系·小说二集》的废名小说，的确代表了三种特色，同时也能见出废名的小说创作从模仿到形成个人风格的过程，可见鲁迅眼光之敏锐。在《小说二集》的导言中，鲁迅对废名《竹林的故事》之后的小说评价不高——"可惜的是大约作者过于珍惜他有限的'哀愁'，不久就更加不欲像先前一般的闪露，于是从率直的读者看来，就只见其有意低徊，顾影自怜之态了"②。所谓"率直的读者"，其实也可以理解为是以一般"小说"的期待视野去阅读的读者。朱光潜在1937年评论《桥》的文章中即指出："这部书虽沿习惯叫作'小说'，实在并不是一部故事书。……看惯现在中国一般小说的人对于《桥》难免隔阂；但是如果他们排除成见，费一点心思把《桥》看懂以后，再去看现在中国一般小说，他们会觉得许多时髦作品都太粗疏浮浅，

---

① 废名：《竹林的故事·河上柳》，《废名集》第1卷，第126—127页。
② 鲁迅：《〈中国新文学大系〉小说二集序》，《鲁迅全集》第6卷，第252页。

浪费笔墨",因此,"读《桥》是一种很好的文学训练"。①将大多数读者与废名隔绝开来,大概并非全因废名的"有意低徊,顾影自怜",还源于现代读者安于"率直"的小说阅读习惯。

施蛰存将废名视为中国新文坛中"第一名"的文体家,在他看来:

> 在写《竹林的故事》的时候,废名先生底写小说似乎还留心着一点结构……但是在写作《枣》的时候……似乎纯然耽于文章之美,因而他笔下的故事也须因文章之便利而为结构了。……看废名先生的文章,好像一个有考古癖者走进了一家骨董店,东也摩挲一下,西也留连一下,纡徊曲折,顺着那些骨董橱架巡行过去,而不觉其为时之既久也。……用我们中国人的话说起来,也就是所谓"涉笔成趣"。②

在废名的小说中,故事"因文章之便利而为结构"、"涉笔成趣"之作,最典型的代表,莫过于1932年出版的《莫须有先生传》。

《莫须有先生传》是一部自叙传式的小说,它以废名1927年前后隐居西山的生活为底本,"莫须有先生"即废名自己的投影。这部作品与《桥》出版于同一年,可是风格却截然两样。《桥》的风格是简洁而凝练的,而《莫须有先生传》却来得恣意汪洋。卞之琳说,"废名喜欢魏晋文士风度,人却不会像他们中一些人的狂放,所以就在笔下放肆"③——用"放肆"来形容《莫须有先生传》的文风,可谓恰如其分。尽管风格两样,但在联想的跳跃、情文相生的语言机制上,《莫须有先生传》与《桥》却有着内在的共通之处。《桥》且按下不表,这里先来看《莫须有先生传》的文风:

> 莫须有先生蹲在两块石砖之上,悠然见南山,境界不胜其广,大喜道:

---

① 孟实(朱光潜):《桥》,《文学杂志》第1卷第3期,1937年。
② 施蛰存:《一人一书》,《宇宙风》第32期,1937年。
③ 卞之琳:《序》,《冯文炳选集》,北京:人民文学出版社,1985年,第8页。

"好极了，我悔我来之晚矣，这个地方真不错。我就把我的这个山舍颜之曰茅司见山斋。可惜我的字写得太不像样儿，当然也不必就要写，心心相印，——我的莫须有先生之玺，花了十块左右请人刻了来，至今还没有买印色，也没有用处，太大了。我生平最不喜欢出告示，只喜欢做日记，我的文章可不就等于做日记吗？只有我自己最明白。如果历来赏鉴艺术的人都是同我有这副冒险本领，那也就没有什么叫做不明白。"

"莫须有先生，你有话坐在茅司里说什么呢？"①

这一段是小说第六章"这一回讲到三脚猫"的开头，写的是莫须有先生出恭的神态。莫须有先生坐在茅司里自言自语，他的思绪十分跳跃：从山舍的命名，到写字，到印玺，再到告示、日记、文章，最后讲到艺术的赏鉴，各个联想物之间有一点微弱的联系，但背后却没有总体的指涉，类似于在能指层面不断跳跃的成语接龙游戏。在这个滑稽的、不登大雅之堂的场景里，作者还插入了一句"悠然见南山"，这既是对陶渊明诗句的引用，又是对莫须有先生真实动作的描摹。这种在文本中随时插入古诗文的情形，在《桥》和《莫须有先生传》中都很常见。这些诗文皆是未经剪裁、长驱直入的，废名并没有有意识地将诗文典故与当前文本的语境加以协调，而是如庾信一般，"以典故为辞藻，于辞藻见性情"②；当典故的历史含义与当下的文本语境产生落差时，便造成这种特殊的既热闹又嘲讽的效果。

周作人曾形容《莫须有先生传》文章的好处道："这好像是一道流水，大约总是向东去朝宗于海，他流过的地方，凡有什么汊港湾曲，总得灌注潆洄一番，有什么岩石水草，总要披拂抚弄一下子，才再往前去，这都不是他的行程的主脑，但除去了这些也就别无行程了。"③ 这段关于流水的比喻很贴切，与施蛰存所说的如考古癖者在古董店中巡行的感觉颇为

---

① 废名：《莫须有先生传·这一回讲到三脚猫》，《废名集》第 2 卷，第 701 页。
② 废名：《谈用典故》，《废名集》第 3 卷，第 1461 页。
③ 岂明（周作人）：《（〈莫须有先生传〉）序》，《废名集》第 6 卷，第 3414 页。

相似。诗文典故以及自由联想中的各个物件,在废名的文章中,类似于流水所遇到的汉港弯曲、岩石水草,被披拂抚弄一番之后,文章又继续前行了。这种流水般的文脉,不仅是废名文章局部的文体特色,也可以用来形容《莫须有先生传》的整体结构。莫须有先生在西山的奇遇,如同堂吉诃德的漫游,其间的偶然和巧遇似乎皆非行程的主脑,但除去这些也就别无行程了;换言之,莫须有先生的故事没有任何先在的目的性,亦不指向一个外部的现实世界,仿佛是文本内部一种自足的生长和蔓延。借用托多罗夫在《象征理论》中概括浪漫主义文学批评的一个术语,这种语言的"不及物性"①,构成了废名小说极为重要的文体和诗学特质。

二、因文生情:《桥》的小说文体与晚唐诗学

废名的小说《桥》1932年4月由开明书店出版,分上下两篇,计四十三章。这部小说的写作始于1925年11月,上篇各章在结集出版前曾经过废名的大幅修订;开明书店单行本出版后,废名又开始续写下卷,1932—1937年间,陆续登载于《新月》《学文月刊》《大公报·文艺副刊》《文学杂志》等报刊,共九章②。因此,后来废名戏称自己是"十年造《桥》"。《桥》既是从《竹林的故事》到《莫须有先生传》之间的过渡,也是废名小说文体的集大成者,它将废名在《竹林的故事》《河上柳》等作品中初步呈现的文体与诗学特征发扬光大,并在小说中留有大量的作者艺术与诗学观念的自我指涉,因此构成了观察和分析废名小说特质的绝佳样本。

---

① 〔法〕茨维坦·托多罗夫:《象征理论》,王国卿译,北京:商务印书馆,2010年,第221页。托多罗夫援引了诺瓦利斯对语言两种用法的划分——一种是实用的、作为工具的语言,其目的在于表达、传递使用工具者的思想,另一种则是次要的、不及物的语言,这是为表达而表达、适用于诗的语言,并将"不及物言语"总结为浪漫主义者对于语言的诗性功能的悖论式认识:"除了表达自己之外不表达任何别的东西的表达方式,能够而且的确也充满了极深刻的意义。"(第224页)

② 其中最后一章《蚌壳》未发表,仅存《文学杂志》清样。《桥》下卷九章未结集,收入《废名集》第2卷,第579—657页。

《桥》的情节构造十分松散。在开明书店出版的单行本中，上篇十八章写小林与琴子的儿时生活，下篇二十五章写小林长大后的回乡及其与琴子和细竹之间微妙的爱情。小说的主要人物只有三位：小林、琴子和细竹。琴子与细竹是堂姐妹，小林与琴子自幼定下婚约，而回乡后的小林对长大了的细竹姑娘亦萌发爱意——整部小说即围绕这小儿女的微妙爱情与田园诗一般的乡村生活而展开。《桥》下卷的九章，增加了大千、小千两位人物，写的是小林、琴子和细竹离开史家庄去天禄山的远行；不过，大千、小千实乃琴子、细竹的镜像，而天禄山的"山"与"海"更是充满了佛教意味的喻象。这部缺乏"故事"且几乎完全不遵守小说叙事成规的作品，对读者提出了不小的挑战。周作人在《枣和桥的序》中即戏称："据友人在河北某女校询问学生的结果，废名君的文章是第一名的难懂。"①

1927年，废名在《说梦》一文中曾论及自己小说的"晦涩"，并自我辩解道：

> 有许多人说我的文章 obscure，看不出我的意思。但我自己是怎样的用心，要把我的心幕逐渐展出来！我甚至于疑心太 clear 得利害。这样的窘况，好像有许多诗人都说过。
>
> 我最近发表的《杨柳》（无题之十），有这样的一段——
>
> > 小林先生没有答话，只是笑。小林先生的眼睛里只有杨柳球，——除了杨柳球之外虽还有天空，他没有看，也就可以说没有映进来。小林先生的杨柳球浸了露水，但他自己也不觉得，——他也不觉得他笑。……
>
> 我的一位朋友竟没有看出我的"眼泪"！这个似乎不能怪我。②

---

① 岂明（周作人）：《枣和桥的序》，《废名集》第6卷，第3410页。
② 废名：《说梦》，《废名集》第3卷，第1153页。

《杨柳》即《桥》下篇第七章，这一段写的是小林在河边看细竹为小孩子扎杨柳球时的观感。假如没有废名自己关于"眼泪"的解释，这段文字的确令人费解。不过，由"眼泪"的解释作回溯式的阅读，我们却不难解析出废名文章典型的构造方式，并由此获得解读其"晦涩"之文的某种"密码"："小林先生的眼睛里只有杨柳球"这一句是实写，指的是细竹所扎的"一个白球系于绿枝"之上的杨柳球，小林为其所吸引；而接下来"小林先生的杨柳球浸了露水"，则跳跃到了隐喻的层面——"浸了露水"的"杨柳球"，而且是在小林的眼睛里，喻指的是小林的"眼泪"，而破折号后面"他也不觉得他笑"，则再次从"哭"的角度提示了"眼泪"这一喻旨。

"小林先生的杨柳球"之所以晦涩难解，是因为它兼具了实写层面（一个绿枝之上的白球）和隐喻层面（眼泪）的双重"所指"，废名有意抽掉二者之间"喻象"与"喻旨"的内在关联，从而造成了词语意义的叠加与闪烁。这显然是一种诗性的思维。如同《河上柳》中的"柳树"既是河岸的实物，又能"滋长"在李老爹的心里，这里的"杨柳球"，也是一个可以在现实世界与幻想世界之间自由驰骋和摆渡的符指。让同一个词语既指涉现实世界的对象，同时又唤起幻想世界中的形象，其实是中国近体诗的对仗和用典所产生的一种特殊艺术效果。废名在 1948 年所写的《谈用典故》《再谈用典故》二文中，对庾信、陶渊明、杜甫、李商隐诗歌中的这一技巧即颇有会心，他称之为"以典故写想像""以典故当故事"。譬如，陶渊明的"造夕思鸡鸣，及晨愿乌迁"，废名诠解如下：

> 造夕思鸡鸣当然是真的光景，老年人冬夜睡不着，巴不得鸡鸣，天便亮了，而"及晨愿乌迁"决然是一句文章，意思是说清早的日子也难过，巴不得太阳走快一点，因为写实的"鸡鸣"而来一个典故的"乌迁"对着，其时陶公的想像里必然有一支乌，忘记太阳了。这是很难得的，在悲苦的空气里，也还是有幽默的呼息。[①]

---

① 废名：《再谈用典故》，《废名集》第 3 卷，第 1464 页。

黄裳曾说,"废名讲唐人诗和他写小说用的好像是同样一种方法"①,此言极是。这里,废名对陶诗"乌迁"的阐释,即与他在《桥·杨柳》一章中对"小林先生的杨柳球"的反复操练,有异曲同工之妙。"乌迁"是一个典故,它携带着神话中的含义进入诗句,指的是太阳的升降;然而,因为与起句的"鸡"构成对仗关系,"乌"的字面含义与形象也得到了激活,甚至这一幻想中的形象超过了它在典故含义中的所指——"其时陶公的想像里必然有一支乌,忘记太阳了"。废名将陶渊明的"及晨愿乌迁"称作"以典故写想像"——这只"乌",是从作者的文思里飞出来的,此即"因文生情";在他看来,晚唐诗人李商隐正是这一技艺的集大成者,譬如:

> 他写唐明皇杨贵妃"此日六军同驻马,当时七夕笑牵牛",六军驻马等于渊明的造夕思鸡,七夕牵牛则是及晨望乌了,是对出来的……虽是典故,而确是有牵牛的想像的。②

"驻马"是写实,"牵牛"则是由上联对应的字面("马")而来的想象——李商隐的诗句原本表达的是凄怆之情,但因为对仗的关系,字面上却显得热闹非凡,仿佛有六七牛马在欢笑似的。又如:

> "于今腐草无萤火,终古垂杨有暮鸦",这是李商隐写隋宫的,上句是以典故写景,真是写得美丽,下一句则来得非常之快,真写得苍凉。③

在废名看来,"没有典故便没有腐草没有萤火。没有腐草没有萤火也没有垂杨没有暮鸦"④,李商隐诗歌中活色生香的形象,并不是对现实世界的

---

① 黄裳:《废名》,《黄裳文集》第 3 卷,上海:上海书店出版社,1998 年,第 53 页。
② 废名:《再谈用典故》,《废名集》第 3 卷,第 1464 页。
③ 同上。
④ 同上书,第 1465 页。

摹写，而是借助隋炀帝征求萤火夜出游山的典故驰骋而来的想象。①

通过废名自己对李商隐诗歌的诠释再来反观《桥》，不难发现，朱光潜曾指出的《桥》的文字技巧"似得力于李义山诗"，确为卓见。与李商隐诗类似的"因文生情"，在《桥》中几乎随处可见。譬如："这个气候之下飞来一只雁，——分明是'惊塞雁起城乌'的那一个雁！因为他面壁而似问：'画屏金鹧鸪难道也一跃……？'"②现实之中并无雁，更无画屏，当然也谈不上屏中的金鹧鸪了。上天下地的幻想，是以温庭筠《更漏子》中的"花外漏声迢递，惊塞雁，起城乌，画屏金鹧鸪"为依托的。有时候，古诗文中的一个意思，废名拿来在自己心里衍生出一个意境，以此便做成了文章。有李商隐的"我是梦中传彩笔，欲书花叶寄朝云"，于是有小林"花也是夜里亮的"③的论断；有庾信的"寒壁画花开"，于是有琴子、细竹以灯照花的情趣，又有他的"树入床头，花来镜里"，于是而有姐妹俩梳头的意境和关于头发林的想象④，这几乎便是"以典故写想像"乃至"以典故当故事"了。

在上引两篇谈用典故的文章中，废名对外国文学与中国文学的表现方式作了一番比较。在他看来，以莎士比亚为代表的外国文学"藉故事表现着作者的境界"，而中国的诗人则是"藉典故表现境界"⑤；"一个表现方法是戏剧的，一个只是联想只是点缀。这是根本的区别，简直是东西文化的区别"⑥。这不仅是对以庾信、陶渊明、李商隐为代表的传统诗学的总结，还可以读作《桥》的"夫子自道"：整部小说很少有戏剧性的情节冲突，它的"故事"也只是点缀，重要的是表现这故事的手法，以及在

---

① 在1956年的《杜诗讲稿》中，废名将庾信、李商隐以及杜甫夔州诗中这一习见的技艺称作"文字禅"。在20世纪50年代的语境中，"文字禅"略带贬义，但废名的真实意图，其实与他在1948这两篇谈用典故的文章中对杜甫、李商隐诗"文生情，情生文"技巧的推崇，别无二致。参见张丽华：《废名小说的"文字禅"——〈桥〉与〈莫须有先生传〉语言研究》，《中国现代文学研究丛刊》2004年第3期。
② 废名：《桥·箫》，《废名集》第1卷，第521页。
③ 同上书，第420页。
④ 相关情节分别见《桥·日记》《桥·棕榈》。
⑤ 废名：《谈用典故》，《废名集》第3卷，第1461页。
⑥ 废名：《再谈用典故》，《废名集》第3卷，第1467页。

"故事"的上下四旁翩翩展开的"藉典故表现境界"的人物对话、联想以及如行云流水一般的意识活动。譬如：

> "唐人的诗句，说杨柳每每说马，确不错。你看，这个路上骑一匹白马，多好看！"
> "有马今天我也不骑，——人家笑我们'走马看花'。"
> "这四个字——"
> 这四个字居然能够引姐姐入胜。
> "你这句话格外叫我想骑马。"
> 这是她个人的意境。立刻之间，跑了一趟马，白马映在人间没有的一个花园，但是人间的花。好像桃花。……①

这是《桥》下篇《路上》中琴子和细竹的一段对话。姐妹俩在垂杨夹道的路上行走，现实中的杨柳让琴子想起唐人诗句，经由唐诗中杨柳与马的关联，细竹牵引出"走马看花"，马与花则最终生成了琴子"白马映在人间没有的一个花园"的意境。琴子和细竹看似漫无边际的闲谈，生动地展现了一个意境在文字和典故中生成的过程，这是《桥》中典型的联想方式。正如废名所形容的那样，"著作者当他动笔的时候，是不能料想到他将成功一个什么。字与字，句与句，互相生长，有如梦之不可捉摸"②。人物行进在这样的诗意话语中，故事也就在不断生成的意境中滑翔。又如：

> 这时正是日午，所谓午阴嘉树清圆，难得在一个山上那么的树树碧合画日为地了。……小林站着那个台阶，为一颗松荫所遮，回面认山门上的石刻"鸡鸣寺"三字，刹时间，伽蓝之名，为他出脱空华，"花冠闲上午墙啼"，于是一个意境中的动静，大概是以山林为明镜，

---

① 废名：《桥·路上》，《废名集》第1卷，第504页。
② 废名：《说梦》，《废名集》第3卷，第1155页。

羽毛自见了。①

如果说上面琴子个人意境的生成，还有现实的杨柳作为起点，这里小林"意境中的动静"——"花冠闲上午墙啼"（鸡鸣），则几乎一无依傍，完全由"鸡鸣寺"三字空想而来了。有时，废名干脆连语词的形与义一并放逐，仅仅用声音（即纯粹的"能指"）来作为人物对话与联想之间的联结物。如《桥（下卷）》最后一篇《蚌壳》中的一段：

> 这荷塘路边有一棵树，五个人有四个人不知这树的名字，小林一定说这树名叫榖树，他解释道：
> "你们不信，这个树是叫做榖树！不是五谷的"谷"，这个树的皮还可以做纸！"
> 琴子笑道：
> "你写字给我看！我们何必一定要争这个树的名字，就说牠是荷塘旁边的树我们都记得牠，这个树影子上面画了两朵花。"
> 琴子因为小林的话最后有一个"纸"字，故说"你写字给我看！"有点打趣于他，连忙她的眼光望了水上树影当中两朵荷花。②

小说中，小林执着于解释榖树的名字，源于他曾经体验到的个人经验未经命名便无法传达的窘境（即记得儿时桥边的一棵树却不知道名字，于是无法将这事告诉人）；而琴子却是一个坚定的反对抽象概念的个人经验的维护者——"说牠是荷塘旁边的树我们都记得牠"。这里，琴子的答话——"你写字给我看"，听上去是对小林分辨"榖树"之"榖"与"五谷"之"谷"的回应（两字的读音相同），但随后叙述者却交代，她的回答不过是因为小林的话最后有一个"纸"字（在废名故乡黄梅的方言中，"字"与"纸"的发音相似）。从根本上否认树需要共名的琴子，

---

① 废名：《桥（下卷）·荷叶》，《废名集》第 2 卷，第 603 页。
② 废名：《桥（下卷）·蚌壳》，《废名集》第 2 卷，第 648 页。

自然不会在乎"榖""穀"两字写法的差异。"纸"与"字"的迁移与误读,将二人的对话变成了一番倾向于放逐意义与所指的纯粹咬"文"嚼"字"的游戏。

《蚌壳》中的这一例子在废名小说中颇具症候意义。在"因文生情"的文脉中,废名有一种故意忽略词语对事物的"所指"而让"能指"本身不断衍生新意的趋向。如同陶渊明诗中的"及晨愿乌迁","乌"的形象得到凸显,反而令人"忘记太阳了",在废名的小说中,"走马看花""鸡鸣寺"的"所指"本身也不再重要,而由字面激发的"白马映在人间没有的一个花园""花冠闲上午墙啼"这些鲜明的形象,则成为小说随后的表现对象,并推动着文脉不断向前流动。雅各布森在《诗学问题》中曾对"诗性"作过如下界定:

> 诗性是怎样表现出来的呢?这就是只把语词作为语词,而不把它作为被指称事物的替身或感情的爆发来对待。①

在雅各布森看来,语言的诗性特质即在于以自身为目的,而不是作为其他事物透明而及物的媒介。② 废名的小说以及他所阐释的以李商隐为代表的晚唐诗的"因文生情",无疑是雅各布森所界定的语言之"诗性"运用的极佳代言。雅各布森对语言的"诗学功能"有一个著名的描述,即"诗学功能把筛选轴上的等同原则投射到组合轴上"③;借用他的这一描述,废名的小说文体连同他所阐释的晚唐诗学,也可以说是将筛选轴(垂直轴)上的词语和意象投射到组合轴(水平轴)上,并在组合轴上翩翩起舞。以李商隐为代表的晚唐诗歌借助对仗和用典来实现这一"诗性"功能,而废名小说则摒弃了传统诗歌的形式要素,通过对语言的如诗词炼句般的运用,覃思苦心地试图让同一个语词有着兼及现实与想象的多义指

---

① 雅各布森:《诗学问题》,转引自〔法〕茨维坦·托多罗夫:《象征理论》,第 372 页。
② 〔法〕茨维坦·托多罗夫:《象征理论》,第 373 页。托多罗夫此书第十章对雅各布森的诗学有详尽探讨,可参阅。
③ 雅各布森:《普通语言学论文集》,转引自〔法〕茨维坦·托多罗夫:《象征理论》,第 381 页。

涉,并让故事在"因文生情"的文脉之中展开,"破天荒"地以小说的方式实现了对语言的"诗性"操练。

废名曾说:"就表现手法说,我分明地受了中国诗词的影响,我写小说同唐人写绝句一样,绝句二十个字,或二十八个字,成功一首诗,我的一篇小说,篇幅当然长得多,实是用写绝句的方法写的,不肯浪费语言。"① 这段论述,历来解人极少。结合上文的分析,不难发现,所谓"写小说同唐人写绝句一样",并非要在小说中营造出如唐人绝句般的意境,也并不意味着追求文字或叙述的简洁(相反废名小说的叙述有时显得相当"饶舌")。"不肯浪费语言",在废名这里真正想指的是不浪费语言在"能指"层面上的音响、形象及其所能衍生出来的意义;这种对于语言"诗性"功能的发掘与锤炼,才是废名所说的唐人"写绝句的方法"及其小说表现手法的精髓。

三、象征的技艺:中国之"意识流"

废名曾征引并翻译了波德莱尔的散文诗《窗》,作为他的第一个短篇小说集《竹林的故事》的附录:

> 一个人穿过开着的窗而看,决不如那对着闭着的窗的看出来的东西那么多。世间上更无物为深邃,为神秘,为丰富,为阴暗,为眩动,较之一枝烛光所照的窗了。我们在日光下所能见到的一切,永不及那窗玻璃后见到的有趣。在那幽或明的洞隙之中,生命活着,梦着,折难着。
>
> 横穿屋顶之波,我能见一个中年妇人,脸打皱,穷,她长有所倚,她从不外出。从她的面貌,从她的衣装,从她的姿态,从几乎没有什么,我造出了这妇人的历史,或者不如说是她的故事,有时我就

---

① 废名:《(〈废名小说选〉)序》,《废名集》第6卷,第3268页。

念给我自己听，带着眼泪。

　　…………

　　你将问我，"你相信这故事是真的吗？"那有什么关系呢？——我以外的真实有什么关系呢，只要他帮助我过活，觉到有我，和我是什么？①

这是废名对自己文艺观的初步表达。他对《窗》的征引，源自厨川白村的文艺理论著作《苦闷的象征》。在《苦闷的象征》中，厨川白村引用波德莱尔这首散文诗来解释艺术的鉴赏，在他看来，烛光所照的关闭的窗可视为"作品"的隐喻，而窗玻璃后的观察者则是"读者"，读者"瞥见了在那里面的女人的模样……就在自己的心里做出创作来"，这其实是"由了那窗，那女人而发见了自己"，因此，所谓鉴赏，"就是在他之中发见我，我之中看见他"。②鲁迅1924年9月开始翻译厨川这部作品，并陆续在《晨报副刊》上刊载，12月作为"未名丛刊之一"印行出版。废名应该很快读到了鲁迅的翻译。1925年2月16日，他在短篇小说《竹林的故事》初刊《语丝》时的"赘语"中写道："波特来尔题作《窗户》的那首诗，厨川白村拿来作赏鉴的解释，我却以为是我创作时最好的说明了。"③1925年10月，小说集《竹林的故事》出版时，废名又自己重译了一遍《窗》，先是附在书末，再版时则移置书首。④这意味着，波德莱尔这首散文诗，可以读作废名更为广泛的小说创作的纲领性说明。

　　从《竹林的故事》到《桥》，废名所构筑的小说世界，可以说都是他对着"一枝烛光所照的窗"而造出的关于妇人或是少女的"历史"和

---

　　① 《竹林的故事·窗》，《废名集》第1卷，第10—11页。
　　② 〔日〕厨川白村原著，鲁迅译：《苦闷的象征》，1924年12月自印、新潮社代售，第64页。
　　③ 冯文炳：《竹林的故事》"赘语"，《语丝》第14期，1925年2月16日。这里废名对波德莱尔诗题的翻译"《窗户》"，与鲁迅译本中的译法一致。
　　④ 据唐弢《〈竹林的故事〉及其他》："冯文炳的《竹林的故事》于一九二五年十月由北京新潮社出版……末附书前未列目录的译文一篇——波特莱尔散文诗：《窗》。……这书共收小说十四篇，后改由北新书局出版，将译文移至卷首，仍未列目。"唐弢：《晦庵书话》，第208页。

"故事",是一种"梦想的幻景的写象"。① 周作人在《桃园跋》中指出,废名小说中的人物,"与其说是本然的,无宁说是当然的人物","不论老的少的,村的俏的,都在这一种空气中行动,好像是在黄昏天气,在这时候朦胧暮色之中一切生物无生物都消失在里面"②;朱光潜则干脆指出,《桥》中的小林、琴子和细竹,"都是参禅悟道的废名先生"③。换言之,废名小说重视的不是对"日光下所能见到的"实生活的写照,而更多的是对着"闭着的窗玻璃"所引起的想象;小说中的人物与故事,其实不过是作者"自我"的象征——真实与否并不重要,"只要他帮助我过活,觉到有我,和我是什么"。

除了指向关于艺术本体的理解,波德莱尔诗中的"日光下所能见到的一切,永不及那窗玻璃后见到的有趣",在废名这里,还意味着一种独特的呈现现实的方式。在他的小说中,"日光下"的外部现实世界,通常是透过人物意识的"窗玻璃"才得以呈现的。这正是废名小说与西方现代意识流小说的内在契合之处。上文已论及,《河上柳》中的风景与故事,完全存乎主人公陈老爹的"眼"与"心";而《桥》的主人公小林,也在很大程度上代替了叙事者的角色,小说中的自然景物与人物(琴子、细竹),往往是通过他的眼睛来呈现,如:

> 不时又偷着眼睛看地下的草,草是那么吞着阳光绿,疑心牠在那里慢慢的闪跳,或者数也数不清的唧咕。④

> 小林慢慢的看些什么?所见者小。眼睛没有逃出圈子以外,而圈子内就只有那点淡淡的东西,——琴子的眉毛。⑤

眼睛是一面镜子,经过这面镜子的采撷与抓取,外部世界在小林的意识中

---

① 岂明(周作人):《桃园跋》,《废名集》第6卷,第3407页。
② 同上书,第3407—3408页。
③ 孟实(朱光潜):《桥》,《文学杂志》第1卷第3期,1937年。
④ 废名:《桥·芭茅》,《废名集》第1卷,第379页。
⑤ 废名:《桥·清明》,《废名集》第1卷,第499页。

被定格为一幅一幅颇具审美意味的图画。《桥》甚至直接写到了小林这一"画画"的心理动作:"'你们索性不要说话呵。'小林一心在那里画画,唯恐有声音不能收入他的画图。他想细竹抬一抬头,她的眼睛他看不见……"① 透过小林的意识滤镜,外在的自然景物与人物均变成了一种审美的对象,这正是《桥》读来诗意盎然的秘密所在。

除了大量呈现作为审美主体的小林的意识活动之外,《桥》对琴子的内心世界也有细致入微的描写。我们来看下篇《灯笼》中的一段描写:

> 这时小林徘徊于河上,细竹也还在大门口没有进来。灯点在屋子里,要照见的倒不如说是四壁以外,因为琴子的眼睛虽是牢牢的对住这一颗光,而她一忽儿站在杨柳树底下,一忽儿又跑到屋对面的麦垅里去了。这一些稔熟的地方,谁也不知谁是最福气偏偏赶得上这一位姑娘的想像!不然就只好在夜色之中。
>
> "清明插杨柳,端午插菖蒲,艾,中秋个个又要到塘里折荷叶,——这都有来历没有?到处是不是一样?"史家奶奶说。
>
> "不晓得。"
>
> 琴子答,眼睛依然没有离开灯火,——忽然她替史家庄唯一的一棵梅花开了一树花!
>
> 这是一棵蜡梅,长在"东头"一家的院子里,花开的时候她喜欢去看。②

这段叙述单从文体感觉上说,即已颇有"意识流"的味道。小林徘徊于河上,细竹还没有回来,琴子在灯下与奶奶闲谈,虽然人在屋内,但思绪却全在小林身上,因此是"一忽儿站在杨柳树底下,一忽儿又跑到屋对面的麦垅里去了"(即猜测小林此时的所在地)——这里,"站"和"跑"的行动主体并不是现实生活中的琴子,而是琴子的意念。再到后

---

① 废名:《桥·杨柳》,《废名集》第1卷,第483页。
② 废名:《桥·灯笼》,《废名集》第1卷,第492—493页。据《废名集》编者王风校勘,引文最后一段在原刊作"这棵梅花长在细竹家的院子里"(同上书,第492页)。

面,"忽然她替史家庄唯一的一棵梅花开了一树花!",这是很拗口的一个句子,意思是,琴子的思绪又飘到了下文所交代的"东头"一家(即细竹家)院子里的梅花上了。文章表面上是由奶奶所说的清明、端午、中秋,按照四季更替的顺序,琴子接着就联想到冬天的梅花,可作者真正想表达的是少女之心的飘忽不定、暗自担心。

奥尔巴赫在《摹仿论》最后一章以弗吉尼亚·伍尔夫的小说《到灯塔去》中兰姆西太太测量棕色长筒袜的一个叙事片段为例,分析了现代西方意识流小说独特的文体风格。在他看来,对意识的多方面的呈现,以及时间的多层次应用,是弗吉尼亚·伍尔夫、普鲁斯特、乔伊斯等小说家共同使用的技巧。具体而言,在《到灯塔去》"棕色的长筒袜"片段中,由作者直接告诉我们、作为确切无疑的事实出现的"量袜子",只是一个诱因,重要的是由这一并不重要的外部事件"引发了想象及一连串联想,这些联想离开了目前的外部事件,在时间的深处自由驰骋"①。奥尔巴赫将弗吉尼亚·伍尔夫突出的具有革新意味的叙事技巧总结如下:首先,引发意识活动的是纯粹偶然的事件;其次,以自然的甚至自然主义的方式呈现人物不受外在因素制约的内心意识;最后,突出"外部活动"时间和"内心活动"时间的对比。② 在这个意义上,废名小说与弗吉尼亚·伍尔夫的意识流手法,的确有着奇妙的契合。

在上引《灯笼》的一段简短叙述中,小说中的时间和空间发生着复杂的跳脱和交错。在现实的时空中,琴子的眼睛始终没有离开灯火,但她的意念和想象却完全不受"夜晚灯下"这一时空的限制,在春天的"杨柳树底下"、夏天的"屋对面的麦垅里",以及冬天的细竹家的"蜡梅"中,不断停留和跳脱。如同《河上柳》的叙述以"杨柳"为媒介在杨老爹的当下与回忆中来回穿梭,《灯笼》的叙事也在琴子的现实与幻想中进行着悄无声息的切换;这里,对外部现实的呈现被最大程度地压缩,大量

---

① 〔德〕埃里希·奥尔巴赫:《摹仿论——西方文学中现实的再现》,第638页。
② 同上书,第635页。笔者同时参考了奥尔巴赫著作的英译本 Erich Auerbach, *Mimesis*: *The Representation of Reality in Western Literature*, Shanghai: Shanghai Foreign Education Press, 2009, p. 535。

的叙事让位给人物的内心意识；此外，触发琴子的联想及其意念之动的"灯火"，也是一个完全偶然的因素。《桥》最早在《语丝》连载时，整部小说尚无名目，各章一律以《无题》相称；如果我们考察废名后来在修订和出版单行本时为《桥》各章添加的小标题，尤其是下篇的各章，如《灯》《棕榈》《沙滩》《杨柳》《黄昏》《灯笼》《花红山》等等，便不难发现，它们所标识的多是一个个偶然地触发人物意识活动的时空场景，这些场景所代表的外部生活并不重要，重要的是它们为人物内在意识的流动提供了触媒与背景。

如此看来，虽然《桥》的笔法与（经废名阐释的）晚唐李商隐诗的技艺有相似之处，但它对人物内心意识的发掘及其呈现现实的方式，却极具现代意味。这正是朱光潜说"它表面似有旧文章的气息，而中国以前实未曾有过这种文章"的缘由。实际上，不止朱光潜曾指出《桥》与普鲁斯特和弗吉尼亚·伍尔夫的作品有相通之处，据废名回忆，温源宁在20世纪30年代也有类似看法，而他自己后来读了点弗吉尼亚·伍尔夫的作品，也认为"确有相同之感"[①]。不过，这种相通或相同之感，并不意味着二者存在影响关系。废名并没有直接从普鲁斯特或弗吉尼亚·伍尔夫的作品中获得灵感，他有他自己的"创造"。

朱光潜在将《桥》与普鲁斯特和弗吉尼亚·伍尔夫的小说关联起来的同时，也指出了其中的差异：

> 普鲁司特与伍而夫夫人借以揭露内心生活的偏重于人物对于人事的反应，而《桥》的作者则偏重人物对于自然景物的反应；他们毕竟离不开戏剧的动作，离不开站在第三者地位的心理分析，废名所给我们的却是许多幅的静物写生。"一幅自然风景"，像亚弥儿所说的，"就是一种心境"。……自然，《桥》里也还有人物动作，不过它的人物动作大半静到成为自然风景中的片段，这种动作不是戏台上的

---

① 朱光潜等：《今日文学的方向——"方向社"第一次座谈会记录》，《废名集》第6卷，第3394页。

而是画框中的。①

朱光潜的感觉颇为敏锐,但他将《桥》与西方现代小说的差异"归原于民族性对于动与静的偏向"②,却显得略为肤泛。实际上,正是在这里,废名的小说文体显示出极为重要的价值和独创性,它嫁接起两种截然不同的诗学传统,在传统中国诗歌的抒情手法与现代小说的叙事技巧之间,进行了破天荒的协商与融合。

在上引《灯笼》的段落中,琴子内心的飘忽不定、暗自担心,正是通过"史家庄唯一的一棵梅花开了一树花"这一自然景物来呈现的。我们再来看《桥》下篇《诗》中的一段:

> 他要写一首诗,没有成功,或者是他的心太醉了。但他归究于这一国的文字。因为他想像——写出来应该是一个"乳"字,这么一个字他说不称意。所以想到题目就窘:"好贫乏呵。"立刻记起了"杨妃出浴"的故事,——于是而目涌莲花了!那里还做诗?……不知怎的又记起那"小儿"偷桃,于是已幻了一桃林……其树又若非世间的高——虽是实感,盖亦知其为天上事矣,故把月中桂树高五百丈也移到这里来了。
>
> 一天外出,偶尔看见一匹马在青草地上打滚,他的诗到这时才俨然做成功了,大喜,"这个东西真快活!"并没有止步。"我好比——"当然是好比这个东西,但观念是那么的走得快,就以这三个字完了。这个"我",是埋头于女人的胸中呵一个潜意识。
>
> 以后时常想到这匹马。其实当时马是什么色他也未曾细看,他觉得一匹白马,好天气,仰天打滚,草色青青。③

如果说《灯笼》表现的是琴子的"心不在焉",这里写的则是小林的"心

---

① 孟实(朱光潜):《桥》,《文学杂志》第1卷第3期,1937年。
② 同上。
③ 废名:《桥·诗》,《废名集》第1卷,第526—527页。

猿意马"。这一章命题为《诗》,主要内容是写小林面对细竹"少女之胸襟"时,想要写诗却不成功,在摒弃了"乳"这样直截而贫乏的词汇之后,他在"杨妃出浴"、红桃、月中桂树等故事和典故中神游了一番,然而这些都不能令人满意;直到有一天,看到"一匹马在青草地上打滚",他才找到了恰当的形象,以表现心中的诗思。

在《灯笼》和《诗》的例子中,主人公的意识之流动,皆是以一种意境化的方式来表达的,即以自然景物中的具象来表达人物内心的意念。吴晓东主张用"心象小说"来概括《桥》的诗学特征,强调的即是废名善于在小说中用拟想的具象性的意境,来营造"一个心理和意念化的现实"①。实际上,这种以具体的形象来表达抽象的、不可捉摸的意念的方式,与浪漫主义的"象征"手法以及《诗经》中"兴"的写法,均有诗学上的相通之处。周作人在1926年的《扬鞭集序》中曾创造性地将二者相提并论:

> 我只认抒情是诗的本分,而写法则觉得所谓"兴"最有意思,用新名词来讲或可以说是象征。让我说一句陈腐话,象征是诗的最新的写法,但也是最旧,在中国也"古已有之"。……譬如《桃之夭夭》一诗,既未必是将桃子去比新娘子,也不是指定桃花开时或是种桃子的家里有女儿出嫁,实在只因桃花的浓艳的气分与婚姻有点共通的地方,所以用来起兴,但起兴云者并不是陪衬,乃是也在发表正意。②

周作人以《桃之夭夭》为例,将《诗经》中的"起兴"与浪漫主义的象征手法联系起来,二者共同的诗学机制在于,放逐作为象征物的具象(桃)与作为被象征物的观念(婚姻)之间的相似性或相关性,转而强调二者非必然的、非理性的联系。废名在《诗》中对小林"作诗"过程的

---

① 吴晓东:《意念与心象——废名小说〈桥〉的诗学研读》,《文学评论》2001年第2期。
② 周作人:《〈扬鞭集〉序》,《谈龙集》,第63页。

心理描摹，几乎是对周作人这一诗学理论的故事图解：小林一步一步放逐掉"杨妃出浴""红桃"等与"少女之胸襟"具有相似性或相关性的形象，最终在"一匹白马，好天气，仰天打滚，草色青青"中找到了"起兴"式的表达。无论是《灯笼》中的"梅花"，还是《诗》中的"白马"，这些作为象征物的具象，与作为被象征物的意念（如琴子的心不在焉、小林对细竹之胸襟的遐想）之间，皆不具有必然性或是相似性的关联；而象征物本身，也并不是一个透明的符指，它们也构成了小说重要的表现对象——如同"桃之夭夭"在诗中"并不是陪衬，乃是也在发表正意"。这正是浪漫主义诗学中"象征"的精义所在。①

对于这种"起兴"的或者说"象征"的技巧，废名后来在《谈新诗》的《已往的诗文学与新诗》中，通过对温庭筠和李商隐的诗歌艺术的分析，有精彩的阐述。如前所述，在废名看来，温庭筠的词，因其"具体的写法"以及对具象的频繁使用，堪称"视觉的盛宴"，而李商隐的诗则借典故来驰骋他的幻想，其典故亦是"感觉的联串"，这种不具逻辑性的"上天下地的幻想"以及对于具体的形象、感觉与经验的重视，蕴含着突破已有诗歌形式（如腔调、文法）的内在力量，乃是以自由表现自己为诉求的"新诗"所应取法的资源。在论述温庭筠词的"自由表现"手法时，废名举了《花间集》的几首作为例子，并称其"写美人简直是写风景，写风景又都是写美人"。如《花间集》第二首《菩萨蛮》：

> 水精帘里颇黎枕，暖香惹梦鸳鸯锦。江上柳如烟，雁飞残月天。
> 藕丝秋色浅，人胜参差剪。双鬓隔香红，玉钗头上风。

在废名看来，前两句是写幻想中的美人闺房里的情景，可是接着"江上柳如烟，雁飞残月天"，一下子就跑到闺外的风景里去了；而在闺中的"暖香惹梦"与闺外的"江柳残月"之间，则没有任何理据性的关联。废名说，这就是幻想，如此落笔，温词中处处皆是，而这也正是温庭筠最令

---

① 托多罗夫在《象征理论》第六章中，对浪漫主义的象征理论有详细阐述，可参阅。

人佩服的地方——"上天下地,东跳西跳,而他却写得文从字顺,最合绳墨不过"①,"仿佛风景也就在闺中,而闺中也不外乎诗人的风景矣"②。这里我们可以很鲜明地看到废名小说与他所阐释的温庭筠词之间的互文关系:《灯笼》中琴子从"灯火"到杨柳、麦垅和梅花的自由联想,与温庭筠词"闺中"与"风景"的切换,即颇为相似;而《诗》中的"一匹白马,好天气,仰天打滚,草色青青",与温词的"江上柳如烟,雁飞残月天",也共享着同样的"象征"机制。我们很难说是温庭筠的词启发了《桥》的写作技巧,还是通过《桥》的写作和淬炼,才使得废名对温词有别有会心的领悟——但毫无疑问,二者都堪称中国之"意识流"的卓越实践。

废名小说的这种文章与意境,在现代文学的小说中似无后续,却意外地在卞之琳一派的新诗中得到了回响。卞之琳诗歌的以小写大、以具象写抽象,与《桥》的意识流手法和象征技巧,即颇有会通之处。卞之琳自己也曾说:"我主要是从他(废名)的小说里得到读诗的艺术享受,而不是从他的散文化的分行新诗。"③ 这里我们引用卞之琳的一首《无题一》,以见一斑:

>　　三日前山中的一道小水,
>　　掠过你一丝笑影而去的,
>　　今朝你重见了,揉揉眼睛看
>　　屋前屋后好一片春潮。
>
>　　百转千回都不跟你讲,
>　　水有愁,水自哀,水愿意载你。
>　　你的船呢?船呢?下楼去。

---

① 废名:《谈新诗·已往的诗文学与新诗》,《废名集》第 4 卷,第 1640 页。
② 同上书,第 1639 页。
③ 卞之琳:《序》,《冯文炳选集》,第 8 页。

南村外一夜里开齐了杏花。①

在这首诗中，诗人以水自居，描写爱情从萌芽（"一道小水"）到生长（"春潮"），再到泛滥（"水愿意载你"）的过程。最后一句"南村外一夜里开齐了杏花"，似乎是从《灯笼》中的"忽然她替史家庄唯一的一棵梅花开了一树花"化用而来，其功能则类似温庭筠词中的"江上柳如烟，雁飞残月天"，从闺中不可言传的情思，突然转向了闺外的风景，虽然"上天下地，东跳西跳"，却又似乎"最合绳墨不过"，爱情的生长、绚烂，似乎非"南村外一夜里开齐了杏花"不能表达。

四、作为诗学宣言的"小说"

废名小说在现代文学中是一个独异性的存在，但其文体的诗学意义却不可小觑。通过糅合西方小说对人物内心活动的开掘与晚唐温（庭筠）李（商隐）诗词的技艺，废名创造了一种独特的中国之"意识流"的文体；其小说中随处可见的以具象写抽象、以心象写意念的手法，是一种可以与《诗经》中的"兴"互相发明的"象征"诗学。1934年，梁宗岱写了《象征主义》一文，再次将"象征"与传统诗学中的"兴"联系起来。在他看来，《文心雕龙》所云"兴者，起也；起情者依微以拟义"，其中的"依微以拟义"，即颇能道出"象征"的精义：

> 所谓"微"，便是两物之间微妙的关系，表面看来，两者似乎不相联属，实则是一而二，二而一。……当一件外物，譬如，一片自然风景映进我们眼帘的时候，我们猛然感到它和我们当时或喜，或忧，或哀伤，或恬适的心情相仿佛，相逼肖，相会合。我们不摹拟我们底

---

① 卞之琳：《无题一》，《十年诗草 1930—1939》，桂林：明日社，1942 年，第 108—109 页。

心情而把那片自然风景作传达心情的符号，或者，较准确一点，把我们底心情印上那片风景去，这就是象征。①

梁宗岱对"象征主义"的阐述，在20世纪30年代新诗的发展脉络中，有为卞之琳一派现代诗开路的意味。但毫无疑问，废名小说的意识流手法及其以自然界的"具象"写抽象的不可捉摸的人物"意念"的技巧，与梁宗岱所阐释的"象征"诗学，正相契合。换言之，废名在以《桥》为代表的小说中，提前实验或者说实践了20世纪30年代以卞之琳、梁宗岱等诗人为代表的象征诗学。

对于这一象征诗学，废名自己并无系统的理论阐述；但在他的小说尤其是写作过程贯穿了十年之久的《桥》中，却有不少关于这一象征诗学的自反性指涉。《桥·黄昏》中有这么一段对话：

一年前，正是这么黑洞洞的晚，三人在一个果树园里走路，N说：

"天上有星，地下的一切也还是有着，——试来画这么一副图画，无边的黑而实是无量的色相。"

T思索得很窘，说：

"那倒是很美的一幅画，苦于不可能。比如就花说，有许多颜色的花我们还没有见过，当你著手的时候，就未免忽略了这些颜色，你的颜色就有了缺欠。"

…………

T是一个小说家。②

借助N和T的对话，废名表达了他自己对于语言与事物关系的独特思考。一方面，他有着对于语言表达限度的深刻体认，即所谓"一落言诠，便

---

① 梁宗岱：《象征主义》，《梁宗岱文集Ⅱ（评论卷）》，北京：中央编译出版社，2003年，第63页。

② 废名：《桥·黄昏》，《废名集》第1卷，第491页。

失真谛",对此,禅宗的方式是"不立文字,以心传心";然而,作为一个小说家,却又不得不面对这样的悖论:如何以有限的颜色,来表现"无量的色相"。在《桥》中,废名示范了一些方式,其文体的"不及物性",以及以象征化的方式对人物不可言传的内心活动的呈现,皆可视为他作为小说家试图突破语言表达限度的尝试。

  《桥(下卷)》有题为《窗》的一章,写的是小林、琴子和细竹三人住进鸡鸣寺植有一株蜡梅的小院的情形。小说依次从细竹、琴子和小林的角度来观察和描述鸡鸣寺的院落与禅房,叙事视角如电影镜头一般,在三位主人公身上一一切换。这一章不仅堪称一部意识流小说的切片,废名还通过一个意味深长的细节,表达了他对艺术与现实之关系的看法:小林在观音堂初次遇见老和尚时,得到的是一个"狼藉"的印象:"他是一个老人,人世的饥寒披在僧衣之下,殊是可怜相了。"然而,当这位老和尚从院子里经过,小林透过窗玻璃注视,却产生了截然不同的效果:"一瞬间他能够描画得他自己的一个明净的思想了,画出来却好似就是观音堂的那一座佛像。"于是,小林得到一个妙悟:"艺术品,无论他是一个苦难的化身,令人对之都是一个美好。"这里的"小林"无疑是作者废名的代言人,在他(们)看来,艺术品比起"苦难的实相",更容易让人动怜恤——这与废名在《竹林的故事》中作为题词所引述的波德莱尔《窗》的旨趣,正好遥相呼应。

  奥尔巴赫在《摹仿论》中指出,弗吉尼亚·伍尔夫小说对人物意识流的呈现,不仅表现在自由间接引语等句法的层面,还与形式之外的语气、语境等因素有关,它们归根结底取决于作者对于他所试图呈现的现实的态度;简言之,在此,外部现实的客观性和重要性被最大程度地消解了,它们被"分解成多样性的、可作出各种解释的意识镜像"[①]。无论是波德莱尔的散文诗《窗》,还是《桥(下卷)》中《窗》的故事,显然都表达了类似的艺术观;而在作为单行本出版的《桥》中,对于这一艺术与现实之界限的试探与消解,则几乎有着系统性的表达:在上篇是以儿

[①] 〔德〕埃里希·奥尔巴赫:《摹仿论——西方文学中现实的再现》,第649页。

童的视角，在下篇则是以诗人的视角。

《桥》上篇写的是小林儿时的生活，小说多次想表达的一个观念是：在儿童的世界里，艺术与现实的界限是不存在的或者说是可以轻易跨越的。如《井》中，小林的姐姐埋怨他在扇子上画的石头是"地下的石头，不是画上的石头"，小林则回应"那么——牠会把你的扇子压破"[1]；又如《"送牛"》中，小林试图偷拿寿星面前的供桃，被姐姐窥破后，则辩称"我要偷寿星老头子手上的桃子"[2]。在儿童的思维里，画中的世界（连同影子里的、夜里的、梦中的、镜中的世界）与现实世界之间，并没有鲜明的界限，似乎可以来去无碍。如果联想到废名在《说梦》一文中，曾将文章和艺术的世界比作"梦"的世界——"创作的时候应该是'反刍'。这样才能成为一个梦"[3]，那么，他在《桥》中所表露的这种艺术观，可以很好地解释其"因文生情"的小说文体，即他的语言并不追求对于现实世界的"及物性"，而是更为关注文字或者说文章本身的美感与自足性，因为"文章"的世界并不比现实世界缺少生动性或真实性。

《桥》下篇写的是成年之后的小林，但小林本质上乃是一位诗人。我们可以看到，他特别钟情于一些临界的意象，如时间的临界——黄昏，空间的临界——坟、塔、桥，等等。这些对于临界意象的描写，是《桥》中格外迷人的段落。如写到"黄昏"：

> 天上现了几颗星。河却还不是那样的阔，叫此岸已经看见彼岸的夜，河之外——如果真要画牠，沙，树，尚得算作黄昏里的东西。山——对面是有山的，做了这个 horizon 的极限，有意的望远些，说看山……[4]

又如"坟"：

---

[1] 废名：《桥·井》，《废名集》第1卷，第351页。
[2] 废名：《桥·"送牛"》，《废名集》第1卷，第397页。
[3] 废名：《说梦》，《废名集》第3卷，第1154页。
[4] 废名：《桥·黄昏》，《废名集》第1卷，第489页。

小林又看坟。

"谁能平白的砌出这样的花台呢？'死'是人生最好的装饰。……坟对于我确同山一样是大地的景致。"①

"黄昏"是日与夜的临界，废名却从空间上着眼，从河两岸的景色写起；而写到"坟"这一空间意象时，却又带入了时间的维度，即生与死的临界。

很明显，对这些临界意象作出诗人般冥想的小林，同样是作者废名的化身。废名自己对于"黄昏""坟"这些临界意象，亦有着特殊的迷恋。在《说梦》中，废名曾说，"我有一个时候非常之爱黄昏"，其《竹林的故事》，即原拟以"黄昏"为名，并以希腊女诗人萨福（Sappho）的歌作为卷头语——"黄昏啊，你招回一切，光明的早晨所驱散的一切，你招回绵羊，招回山羊，招回小孩到母亲的旁边"②；而在《桥》的序言中，废名也曾指出，这部小说他一度拟题为《塔》——埋葬佛骨的塔，与坟一样，亦是以"死"来装饰"生"的"大地的景致"。废名最终作为小说题名的"桥"，则是此岸与彼岸的交界。在《莫须有先生传》中，废名曾借莫须有先生之口道出他对"桥"的特殊感情：

> 好比我最喜欢过桥，又有点怕，那个小人儿站在桥上的影子，那个灵魂，是我不是我，是这个世界不是这个世界，殊为超出我的画家的本领之外了。③

《桥》所描绘的，正是这样一个能够在现实与幻想、日与夜、生与死、此岸与彼岸之间自由穿梭的儿童和诗人的世界。在1935年的《诗及信》一文中，废名有一首和鹤西的诗，或许有助于我们理解这种梦与醒、死与生两个世界共存的奇妙想象：

---

① 废名：《桥·清明》，《废名集》第1卷，第500页。
② 废名：《说梦》，《废名集》第3卷，第1154页。
③ 废名：《莫须有先生传·莫须有先生看顶戴》，《废名集》第2卷，第698页。

> 我是从一个梦里醒来,
> 看见我这个屋子的灯光真亮,
> 原来我刚才自己慢慢的把一个现实的世界走开了
> 大约只能同死之走开生一样,——
> 你能说这不是一个现实的世界么?
> 我的妻也睡在那壁,
> 我的小女儿也睡在那壁,
> 于是我讶着我的灯的光明,
> 讶着我的坟一样的床,
> 我将分明的走进两个世界,
> 我又稀罕这两个世界将完全是新的,
> 还是同死一样的梦呢?
> 还是梦一样的光明之明日?①

在此,诗人成了梦与醒、死与生、幻想与现实两个世界之间的"通灵者";而"黄昏""坟""塔""桥"这些连接日与夜、生与死的临界意象,则可以视为作为"通灵者"的诗人再好不过的象征。在这个意义上,废名的小说《桥》,不仅在文体上实验了一种以具象表抽象、以心象写意念的象征手法,其故事和内容本身,也可以读作废名以小说方式展开的关于象征诗学的宣言与评论。

在《桥》的下篇,废名曾借小林之口说道:"我感不到人生如梦的真实,但感到梦的真实与美。"② 这句话通常被视作《桥》的诗学纲领。对此,废名后来在《阿赖耶识论》中还有一番哲学式的表述:

> 其实五官并不是绝对的实在,正是要用理智去规定的。那么梦为什么不是实在呢?梦应如记忆一样是实在,都是可以用理智去规定的。梦与记忆在佛书上是第六识即意识作用,第六识是心的一件,犹

---

① 废名:《诗及信》,《废名集》第3卷,第1328—1329页。
② 废名:《桥·塔》,《废名集》第1卷,第564页。

如花或叶是树的一件。……梦与记忆都是有可经验的对象,不是"虚空"。①

所谓"阿赖耶识",在废名这里,即是包含了第六识在内的"心"的代名词。在废名看来,梦与记忆的世界,与我们通常所说的感官所感知的世界,具有同样的"实在"性。这番关于"阿赖耶识"的"实在"论,无疑可以视为废名在《桥》中所实践和宣示的象征诗学的哲学基础:在他这里,无论是五官所见的实象,还是梦与记忆中的虚象,皆被视为"实在"的存在并作为"实在"来描写,因此,在他的小说中,常常是实象与虚象交叠共存,并互相濡染,产生交互感应——这正是其小说文体能够"因文生情"的内在逻辑,亦是其创造出中国之"意识流"象征手法的理论依凭。

废名曾说:"我的《桥》牠教了我学会作文,懂得道理。"② 这句似乎语带禅机的话,颇为精当地概括了《桥》之于废名的文体与诗学意义。这里,"小说"不仅是一种呈现现实的虚构散文叙事,同时还可以被读作一篇关于如何呈现现实的文学批评。废名不仅挑战了"小说"这一文类的叙事成规,也在根本上对何谓"小说"提出了颇具启示意义的质询。

---

① 废名:《阿赖耶识论·序》,《废名集》第 4 卷,第 1836 页。
② 废名:《桥·(〈桥〉)序》,《废名集》第 1 卷,第 337 页。

第九章　从"传奇文"溯源看鲁迅、陈寅恪的"小说"观念

1936年，鲁迅去世之后，周作人写了《关于鲁迅》一文，对鲁迅在学问、文艺两方面的工作皆作了一番"盖棺论定"。其中，论及《中国小说史略》（下文简称《史略》）的学术史地位和价值，有如下评价：

> 其后研究小说史的渐多，如胡适之马隅卿郑西谛孙子书诸君，各有收获，有后来居上之概，但那些似只在后半部，即宋以来的章回小说部分，若是唐以前古逸小说的稽考恐怕还没有更详尽的著作。①

周作人的这番评价颇为中肯，不过美中不足的是，在唐前的古小说钩沉和宋元的章回小说研究之间，唯独漏掉了鲁迅关于唐代小说的论述。1936年，《哈佛亚细亚学报》创刊号刊出陈寅恪的《韩愈与唐代小说》（"Han Yü and T'ang Novel"）一文，论述了韩愈的古文创格与《幽怪录》《传

---

① 知堂（周作人）：《关于鲁迅》，《宇宙风》第29期，1936年。

奇》这类唐代小说之间的关系。① 这篇远隔重洋、似乎突如其来的论文，恰恰可以视为对鲁迅《史略》论述唐传奇的一个潜在回应。此后，在1950年结集出版的《元白诗笺证稿》中，陈寅恪更为系统地论述了他对唐代传奇文"原起与体制"的看法，其观念和方法皆与鲁迅的《史略》构成了重要的学术对话。

20世纪30年代，陈寅恪的文史之学，从域外文献与汉典的比勘逐渐过渡到了对中古政治史和文化史的研究，进入其学术创获最为丰富的时期，而其学术对话的对象，也从国际汉学逐渐转向了"五四"一代的中国学者。陆扬的《陈寅恪的文史之学——从1932年清华大学国文入学考试试题谈起》一文，从陈寅恪的"对对子"理论出发，令人信服地考释了1932年前后陈寅恪与胡适在考证《西游记》故事来源以及禅宗研究上的学术互动。② 关于陈寅恪和鲁迅的学术关联，虽然他们对唐传奇的论说，各自皆对后世有着深远影响③，但或许因缺乏直接的论据，其间的关系一直少有人论述。孔庆东、张彦合作撰写的《论鲁迅、陈寅恪对唐传奇的考评》④ 一文，对鲁迅、陈寅恪二人关于唐传奇的论说进行了初步的梳理和比对，但未能揭示其间的学术关联；刘克敌的若干论文，提及了陈寅恪与鲁迅之间可能的对话⑤，却未能深入。

1930年，鲁迅在《史略》修订本的《题记》中写道："大器晚成，瓦釜以久，虽延年命，亦悲荒凉，校讫黯然，诚望杰构于来哲也。"⑥ 1935年，在此书的日译本序言中，他又感叹道："这一本书，不消说，是一本

---

① Tschen Yinkoh 陈寅恪, "Han Yü and T'ang Novel," in *Harvard Journal of Asiatic Studies*, Vol. 1, No. 1 (Apr., 1936), pp. 39-43。
② 陆扬：《陈寅恪的文史之学——从1932年清华大学国文入学考试试题谈起》，《文史哲》2015年第3期。
③ 对于鲁迅和陈寅恪各自开启的唐传奇研究路径及其后续影响，陈珏在《中唐传奇文"辨体"——从"陈寅恪命题"出发》（《汉学研究》第25卷第2期，2007年）一文中论之颇详，可参阅。
④ 孔庆东、张彦：《论鲁迅、陈寅恪对唐传奇的考评》，《学术界》2011年第3期。
⑤ 参阅刘克敌《诵经说法与小说家言——试论陈寅恪关于佛教与中国古代小说演变关系的研究》（《中国文学研究》1998年第2期）及《鲁迅的魏晋文学研究及与刘师培、陈寅恪相关研究之比较》（《山东师范大学学报［人文社会科学版］》2015年第6期）二文。
⑥ 鲁迅：《〈中国小说史略〉题记》，《鲁迅全集》第9卷，第3页。

有着寂寞的运命的书。"① 可见，在鲁迅生前，《史略》始终未曾遇到足以让鲁迅感到棋逢对手的读者和批评者。陈寅恪的《韩愈与唐代小说》最初以英文发表，1947 年才经程千帆译成中文，想必鲁迅生前以及周作人在 1936 年撰写《关于鲁迅》一文时，皆未曾寓目；而《元白诗笺证稿》1950 年才由岭南大学中国文化研究室结集出版，初版为线装本，流传未广。此后不久，鲁迅便被树立为思想与文学的权威，其小说史研究更是成为不容置疑的典范。陈寅恪对《史略》的"对话"及其背后的小说文体研究思路，虽曾对 40 年代清华的文史学者如浦江清、王瑶等产生了一定影响②，但并不足以撼动鲁迅小说史的典范地位。后世学者对陈寅恪的具体立论，如关于唐传奇与古文运动的关系，以及将传奇文的"文备众体"归结为唐代科举行卷之风等，有不少商榷、讨论与修正③；然而，对其背后的学术理路及其与鲁迅小说史范式所构成的对话关系，却缺少详尽的探讨。钩稽这一段学术史，或可减少鲁迅的"悲凉"和"寂寞"之感；而仔细勘察二者立说背后的"小说"观念及其文学史研究路径的不同，对于仍旧依违于中西、新旧文学观念的今天而言，或许仍然不乏启发意义。

一、"传奇者流，源盖出于志怪"？

鲁迅在《中国小说史略》第八篇《唐之传奇文（上）》中，对唐传奇在小说史上的文体渊源，提出了如下著名论断：

> 小说亦如诗，至唐代而一变，虽尚不离搜奇记逸，然叙述宛转，

---

① 鲁迅：《〈中国小说史略〉日本译本序》，《鲁迅全集》第 6 卷，第 360 页。
② 参见浦江清《论小说》（《当代评论》第 4 卷第 8、9 期，1944 年）中对历代小说观念之演变的论述，以及王瑶《中古文学史论》（上海：上海古籍出版社，1982 年）中的"小说与方术"一节。
③ 黄云眉《读陈寅恪先生论韩愈》（《文史哲》1955 年第 8 期）及王运熙《试论唐传奇与古文运动的关系》（《文学遗产》1957 年总第 182 期）二文，较早对陈寅恪的立论提出了质疑和商榷；程千帆的《唐代进士行卷与文学》（上海：上海古籍出版社，1980 年）则重提陈寅恪命题，将其"行卷"说发扬光大，并作了一定的修正。

文辞华艳，与六朝之粗陈梗概者较，演进之迹甚明，而尤显者乃在是时则始有意为小说。……传奇者流，源盖出于志怪，然施之藻绘，扩其波澜，故所成就乃特异，其间虽亦或托讽喻以纾牢愁，谈祸福以寓惩劝，而大归则究在文采与意想，与昔之传鬼神明因果而无他意者，甚异其趣矣。①

这里将"志怪"与"传奇"之间的演进关系，论述得十分清晰：后者相对于前者的演进，在于"叙述婉转、文辞华艳"，而二者共同的文类特质则在于"搜奇记逸"。这一论断，由于脉络清晰，且暗合了以虚构的散文叙事为内涵的现代小说（fiction）观念，很快就被当时的学者所接受，并被后来的研究者奉为圭臬；从"志怪"到"传奇"的演进思路，几乎主导了此后半个多世纪中国古代小说研究的范式。

《中国小说史略》是由鲁迅20世纪20年代在北京几所大学讲授小说史的讲义编撰而成，其成书过程值得关注：在正式出版之前，有1921年的油印本讲义《小说史大略》（十七篇）②及1923年的铅印本讲义《中国小说史大略》（二十六篇）③供内部使用；1923年12月和次年6月，分上下两册由北京大学新潮社正式出版，书名始定为《中国小说史略》，1925年9月，北新书局出版了此书的合订本，1930年鲁迅又对全书进行了修订，再版发行。④值得注意的是，鲁迅的"传奇者流，源盖出于志怪"这一论断，在1921年的油印本讲义中尚无踪影，最早奠定这番论述的，乃是1923年的铅印本讲义。笔者对勘了《史略》正式出版前的这两个讲义本，发现关于唐传奇的论述，油印本和铅印本的差别极大。与其他

---

① 鲁迅：《第八篇唐之传奇文（上）》，《鲁迅全集》第9卷，第73—74页。
② 这一讲义1977年由单演义整理，最早刊于《中国现代文艺资料丛刊》第4辑（复刊号），上海：上海文艺出版社，1979年。
③ 这一讲义1985年由北京鲁迅博物馆鲁迅研究室整理（以许寿裳藏本为基础），载《鲁迅研究资料》第17辑，天津人民出版社，1986年；这一铅印本讲义另有北京大学图书馆藏本，相关介绍与考证见李云：《北大藏鲁迅〈中国小说史大略〉铅印本讲义考》，《中国现代文学研究丛刊》2014年第1期。
④ 关于《史略》详细的版本情况，可参考吕福堂：《〈中国小说史略〉的版本演变》，《鲁迅著作版本丛谈》，唐弢编，北京：书目文献出版社，1983年，第61—79页。

篇目只是局部增补不同，铅印本讲义（以及随后以之为底本的新潮社、北新书局刊本）的《唐之传奇文（上）、（下）》两节几乎是重写：在最初的油印本讲义中，这两节题作《唐之传奇体传记（上）（下）》，在简要交代了《玄怪录》《传奇》等传奇集之后，即分类介绍了唐人的单篇传奇体"记传"——鲁迅按照题材，将之分为"异闻"和"逸事"两大类，异闻类中又分出"寓意以写牢落之悲"者（如《枕中记》）和"弃翰墨以抒窈窕之思"者（如《柳毅传》），逸事类中则分出"记时人情事"者（如《霍小玉传》）和记"朝外轶闻"者（如《东城老父传》）；这与铅印本讲义以及后来通行的版本中按照文本或作者生卒年的时序加以讨论的方式——如从"犹有六朝志怪流风"的《古镜记》开始，到中唐之后的《霍小玉传》《虬髯客传》等，显然大异其趣。此外，油印本讲义中的这两节，只字未提唐代传奇文与六朝志怪书的关系。这意味着，鲁迅《史略》中的"传奇者流，源盖出于志怪"这一著名文学史论断，是1921—1923年这短短两年间形成的。

鲁迅何以在短短两年间对唐传奇的论述发生了如此大的变化，下文将加以讨论；这里想要指出的是，对于这一论断，鲁迅自己并非全无疑义。1935年，在《六朝小说和唐代传奇文有怎样的区别？——答文学社问》一文中，鲁迅即对《史略》的论断进行了修正。他首先指出，六朝人的小说观念与宋代以后并不一样，他在《史略》中所讨论的"六朝鬼神志怪书"，如《搜神记》《续齐谐记》等，六朝人并不将之视为小说；而六朝人视为小说的作品（如《世说新语》），则并无记叙神仙或鬼怪的，所写多为人事，且往往排斥虚构，因此与注重"搜奇记逸"且作者通常故意显示虚构痕迹的唐代传奇文，乃是截然两样的文体；接下来，他便宕开一笔，为唐代传奇文追溯了另一位"祖师"：

但六朝人也并非不能想象和描写，不过他不用于小说，这类文章，那时也不谓之小说。例如阮籍的《大人先生传》，陶潜的《桃花源记》，其实倒和后来的唐代传奇文相近；就是嵇康的《圣贤高士传赞》（今仅有辑本），葛洪的《神仙传》，也可以看作唐人传奇文的祖师的。①

一旦跳出"小说史"的框架，鲁迅便将唐传奇的文体渊源，追溯到了《大人先生传》《桃花源记》这类具有虚构意味的六朝记传文章；这显然与《史略》中提出的"传奇者流，源盖出于志怪"的著名论断，形成了内在的矛盾。

陈寅恪似乎看准了这一暧昧情形，他在 1935 年撰写了《韩愈与唐代小说》一文，后由 Dr. J. R. Ware 译成英文，刊于 1936 年 4 月《哈佛亚细亚学报》第 1 卷第 1 号。在此，陈寅恪独辟蹊径地指出，唐代古文运动的领袖人物韩愈，其《毛颖传》《石鼎联句诗并序》诸作实乃"以古文为小说之一种尝试"（"an attempt to write a novel in the *ku-wén*"）。② 在文章中，陈寅恪仔细论证了韩愈为时人所诟病的"尚驳杂无实之说"，其实指乃是《幽怪录》《传奇》这类唐代小说，因这类作品在"文体"（"the literary style"）上杂有诗歌、散文诸体，在"作意"（"the intent of the tale"）上受佛、道两教的影响，堪称"驳杂"，而于"本事之性质"（"the quality of the contents"）上则包含了大量神鬼故事和罕见异闻，又可谓"无实"；由此他得出"愈于小说，先有深嗜。后来《毛颖传》之撰作，实基于早日之偏好"③ 的推论，换言之，作为唐代古文大家的韩愈，其古文的创格，实与《幽怪录》《传奇》这类小说作品的广泛传播，有密切关系。

《毛颖传》是一篇以"毛笔"为主人公的拟人化的俳谐之文，在时人心目中是与沈既济的《枕中记》同类的作品，其史才文笔，则被誉为与《史记》不相上下。④鲁迅 1923 年铅印本讲义《中国小说史大略》论及唐

---

① 鲁迅：《六朝小说和唐代传奇文有怎样的区别？——答文学社问》，《鲁迅全集》第 6 卷，第 335 页。
② Tschen Yinkoh 陈寅恪，"Han Yü and T'ang Novel," in *Harvard Journal of Asiatic Studies*, vol. 1, no. 1 (Apr. 1936), p. 41；陈寅恪：《韩愈与唐代小说》，程会昌中译，《陈寅恪集·讲义及杂稿》，北京：生活·读书·新知三联书店，2011 年，第 441 页。
③ Ibid., p. 40；《陈寅恪集·讲义及杂稿》，第 441 页。
④ 参见李肇《国史补》、柳宗元《读韩愈所著毛颖传后题》，转引自陈寅恪：《韩愈与唐代小说》，《陈寅恪集·讲义及杂稿》，第 441—442 页。

代传奇文时也提到了这篇作品,并将其文体渊源上溯至《大人先生传》《桃花源记》等六朝记传文章,但为了引出"传奇者流,源出于志怪"这一小说史论断,他着力撇清"传奇"与这类作品的渊源关系:

> 幻设为文,晋世固已盛,如阮籍之《大人先生传》,刘伶之《酒德颂》,陶潜之《桃花源记》《五柳先生传》皆是矣,然咸以寓言为本,文词为末,其流可衍为王绩《醉乡记》韩愈《毛颖传》等,而无涉于传奇。①

在《史略》的新潮社刊本以及随后北新书局各版中,鲁迅基本沿用了铅印本讲义这一论述,只不过将《毛颖传》替换成了《圬者王承福传》(韩愈)、《种树郭橐驼传》(柳宗元)等更具古文意味的作品——不难看出,修订《史略》的过程中,鲁迅在着意强化"古文"与"小说"的"楚河汉界"。相比之下,在《韩愈与唐代小说》中,陈寅恪则径直指出,韩愈《毛颖传》这类作品乃是试图"以古文为小说"。这无疑是针锋相对的两种观点。

陈寅恪在行文中并未点明他所针对的具体对象,只是在文末似乎泛泛地写道:"今之治中国文学史者,安可不于此留意乎!"② 不过,《陈寅恪读书札记二集》收录了经他批校的《唐人小说》(汪辟疆校录,1931 年上海神州国光社再版)一书,在《题辞》部分的批注中,即可见出《韩愈与唐代小说》一文的撰写思路,而《唐人小说》一书书末则附录有《鲁迅唐小说史略》(即《史略》第八、九、十三章)。汪辟疆校录唐人小说,在版本校勘上比鲁迅的《唐宋传奇集》更胜一筹③,然就小说史识见而言,却未能超出鲁迅的眼界。譬如,在 1931 年刊出的讲演《唐人小说在文学上之地位》中,汪氏虽然强调唐传奇与六朝志怪的差异,但其根本的文学史构架,仍然是承鲁迅的《史略》而来,甚至不惜直接袭用

---

① 鲁迅:《中国小说史大略》(铅印本讲义),《鲁迅研究资料》第 17 辑,第 39 页。
② 陈寅恪:《韩愈与唐代小说》,《陈寅恪集·讲义及杂稿》,第 443 页。
③ 参见任美锷:《读〈唐人小说〉》,《中国新书月报社》第 1 卷第 6/7 期,1931 年。

其中的字句,如"迄于李唐,始有意为小说之创作","唐人小说之绝异于六朝者,其一则在掇拾怪异,偶笔短书,本无意于小说之作也;其一则在搜集题材,供其捊藻,乃始有意为小说者也"等①;换言之,在他这里,唐传奇已被不证自明地置于六朝志怪的延长线上来讨论。

实际上,不仅是专治唐人小说的汪辟疆,鲁迅在《史略》中所构建的从"志怪"到"传奇"这一小说演进思路,几乎被20世纪30年代新旧各派的小说史学者所征引,并辗转沿袭,成为当时普遍接受的文学史论述。譬如旧派文人范烟桥的《中国小说史》,尽管其"小说"范畴囊括词曲、传奇,但论及唐人小说时,仍然征引了鲁迅《史略》的说法②;谭正璧的《中国小说发达史》则径直称"传奇的起源,当然是六朝鬼神志怪书的演进"③;此外,郭箴一的《中国小说史》论及隋唐小说时,其第一节干脆题为"唐始有意为小说",内容则基本上是对鲁迅《史略》论唐代传奇文的白话翻译④。如此看来,陈寅恪在《韩愈与唐代小说》文末提及"今之治中国文学史者",并非无的放矢;他在1935年撰写此文并提出韩愈"以古文为小说"的论点,显然有纠正当时治文学史者"从志怪到传奇"之俗见的意味,而其锋芒所向,或者说真正意欲对话的对象,自然是这一论述的"始作俑者"——鲁迅。

随后,在40年代相继撰写的《读莺莺传》《长恨歌笺证》等后来收入《元白诗笺证稿》的文章中,陈寅恪将他在《韩愈与唐代小说》一文中初步提出的观点进一步系统化,提出了唐代传奇文与古文具有"同一原起及体制"的著名论断:

> 唐代贞元元和间之小说,乃一种新文体,不独流行当时,复更辗转为后来所则效,本与唐代古文同一原起及体制也。……此种文体之兴起与古文运动有密切关系,其优点在便于创造,而其特征则尤在备

---

① 汪辟疆先生讲演,南昌章璠笔记:《唐人小说在文学上之地位》,《读书杂志》第1卷第3期,1931年。
② 范烟桥:《中国小说史》,苏州:秋叶社,1927年,第44—45页。
③ 谭正璧:《中国小说发达史》,上海:光明书局,1935年,第137页。
④ 郭箴一:《中国小说史》,长沙:商务印书馆,1939年,第122—123页。

具众体也。①

所谓"备具众体",即一文中同时具备"史才、诗笔、议论",陈寅恪认为,这是唐代贞元、元和间的新兴文体——传奇文与古文共同的"体制";而其"原起"则与其时古文运动的文体改革诉求,即"一应革去不适于描写人生之已腐化之骈文,二当改用便于创造之非公式化古文"②,有密切关系——小说因其文体的"驳杂无实","既能以俳谐出之,又可资雅俗共赏"③,因此成为尝试的先锋。这一似乎从诗歌笺释中斜逸出去的"当时文体之关系"的论述,其实乃是陈寅恪在《元白诗笺证稿》中提出的核心的文学史论断,此书第五章论及元白新乐府,即将这一文体演变的思路,从"文备众体"的小说范畴推广到诗歌的领域:

> 乐天之作新乐府,乃用毛诗,乐府古诗,及杜少陵诗之体制,改进当时民间流行之歌谣。实与贞元元和时代古文运动巨子如韩昌黎元微之之流,以太史公书,左氏春秋之文体试作毛颖传,石鼎联句诗序,莺莺传等小说传奇者,其所持之旨意及所用之方法,适相符同。④

在此,陈寅恪为文学史的演进提供了一个模型(或者说一种结构模式),即一种新文体的兴起(如唐传奇、新乐府),乃是由于文人用雅正文体试作民间俗文学的结果。这种打破雅俗分野的文学史结构模式,虽与胡适的"一切新文学皆来自民间"的论断略有几分相似,但其背后讨论文体演进的思路,却与胡适、周作人等"五四"新文化人的线性(或"进化"或"循环")文学史观相去甚远⑤,反倒接近于俄国形

---

① 陈寅恪:《陈寅恪集·元白诗笺证稿》,第4页。
② 同上书,第3—4页。
③ 同上书,第4页。
④ 同上书,第125页。
⑤ 关于胡适、周作人文学史观的内在一致性,参见张丽华《现代中国"短篇小说"的兴起——以文类形构为视角》第一章"导论"中的论述。

式主义理论家什克洛夫斯基（Victor Shklovsky，1893—1984）提出的"百凡新体，只是向来卑不足道之体忽然列品入流"①。文体的历时变迁并非陈寅恪关注的重心，他所关注的是共时的结构，即一时代的文体与文体之间以及文体与社会之间的关系。

将《韩愈与唐代小说》和《元白诗笺证稿》中关于唐代传奇文与古文运动之关系的讨论连缀起来，陈寅恪三四十年代的这些论述，可以说与鲁迅在《史略》中将唐传奇的文体渊源追溯至六朝鬼神志怪书，并将之与"韩柳辈之高文"明显区隔开来的小说史论断，形成了持续的对话关系。近些年来，学界关于传奇文文体渊源的讨论，渐渐摆脱了"志怪说"的樊笼，转而关注六朝杂传②或者唐代的文化史和社会史因素③，隐然有一种从鲁迅到陈寅恪的范式转移。不过，就单纯的对于唐代传奇文的文体感觉而言，鲁迅和陈寅恪二人之间，其实并无抵牾。如果考虑到在1921年的油印本讲义《小说史大略》中，鲁迅乃是用"传奇体传记"来称呼和统核唐代单篇传奇作品的（在正文中则间或称作"传奇体记传"），则不妨认为，他在1935年的《六朝小说和唐代传奇文有怎样的区别？——答文学社问》中的论述，更能代表他对唐代传奇作品最初的阅读感受；而关于传奇文之"文备众体"（即传文与诗歌共同构成一不可分之"共同机构"）的立论，亦并非陈寅恪的独到之见。④ 陈寅恪与鲁迅真正的对立（或者说"对话"）之处，在于二者建构小说史或者说文学史的不同路径，而其背后所蕴含的"小说"观念的差异，更是构成这一学术对话的重要缘由，值得仔细分梳。

---

① 转引自钱锺书：《钱锺书集·谈艺录》，北京：生活·读书·新知三联书店，2007年，第98页。
② 代表论著为孙逊、潘建国：《唐传奇文体考辨》，《文学遗产》1999年第6期。
③ 代表著作有〔日〕小南一郎：《唐代传奇小说论》，童岭译，〔日〕伊藤令子校，北京：北京大学出版社，2015年。
④ 上引汪辟疆1931年的讲演文章中，已提及唐传奇每每有"以诗歌叙入文本"的情形；而鲁迅1935年的《六朝小说和唐代传奇文有怎样的区别？——答文学社问》一文，已敏锐地指出"李公佐作《南柯太守传》，李肇为之赞，这就是嵇康的《高士传》法；陈鸿《长恨传》置白居易的长歌之前，元稹的《莺莺传》既录《会真诗》，又举李公垂《莺莺歌》之名作结，也令人不能不想到《桃花源记》"（《鲁迅全集》第6卷，第335页）。

二、依违于古、今之间：
鲁迅《中国小说史略》的"小说"观

鲁迅在《史略》中关于唐传奇的论述，另一个广为征引的论点是唐"始有意为小说"。论者多以此为论据，认为唐传奇乃是符合鲁迅心目中现代小说观念的理想文体，甚至推而论之，认为唐传奇才是中国小说的起源，或者说标志着中国小说文体的真正独立。① 这其实是一个美丽的误会。关诗珮曾从鲁迅这一论断出发，探讨了鲁迅《史略》背后的现代小说（fiction）观念——"第一为独造，第二为虚构"②，其分析颇为周详，但在阐述过程中将鲁迅在《史略》中的论述与1935年的《六朝小说和唐代传奇文有怎样的区别？——答文学社问》并为一谈，且并未注意到这一论述在《史略》前后版本中的变迁，难免对问题有所简化。如果将鲁迅这一论断置于其立说的前后语境之中，则问题并没有如此简单。这涉及鲁迅《史略》的整体撰述思路，即如何在中、西传统之间建构中国"小说"及其历史，值得仔细分辨。

上文已经论及，将《史略》出版前的两种讲义本进行对勘，可以发现，鲁迅关于唐传奇的论述，前后差异极大，他为后世广为征引的"传奇者流，源盖出于志怪"及唐"始有意为小说"等论断，皆是首次出现在后来的铅印本讲义中。那么，何以短短两年之间，鲁迅的论述会发生如此大的变化呢？这里有一个值得注意的因素：1921年5月，上海中国书局出版了一本署名"郭希汾"（即郭绍虞）编的《中国小说史略》，这是对日本学者盐谷温《中国文学概论讲话》一书中关于小说部

---

① 除上引汪辟疆的论述之外，郑振铎在《插图本中国文学史》中亦称唐代传奇文"是中国文学史上有意识的写作小说的开始"（《插图本中国文学史》第2册，北平：朴社，1932年，第493页）；直至董乃斌《从史的政事纪要式到小说的生活细节化——论唐传奇与小说文体的独立》（《文学评论》1990年第5期），仍持相似的论点。

② 关诗珮：《唐"始有意为小说"：从鲁迅〈中国小说史略〉看现代小说（fiction）观念》，《鲁迅研究月刊》2007年第4期。

分的翻译。其中，盐谷温将唐人单篇传奇分为"别传""剑侠""艳情"和"神怪"四类来进行讨论，若对照鲁迅最早的油印本讲义，不难发现，鲁迅对"唐之传奇体传记"的四种分类颇有以盐谷温此书为蓝本的地方。①从这个角度来看，鲁迅在铅印本讲义中大幅调整论述方式，可能与他有意要和已有中译本的盐谷温氏的著作区分开来有关。不过，如果从鲁迅在铅印本讲义中开始的关于唐之传奇文的诸多立论来看，则明代诗论家及藏书家胡应麟《少室山房笔丛》（下简称《笔丛》）中关于"小说"的论述，在其中起了更为关键的作用。

鲁迅在《史略》中对胡应麟的引述，最为著名的是第一章"史家对于小说之著录及论述"②，这一章的目的是要从目录学的角度观察历代史家对于小说的论断。在征引了《汉书》《隋书》、新旧《唐书》等四种史书的《艺文志》和《经籍志》中关于"小说"的著录之后，鲁迅引用了胡应麟在《笔丛》中关于小说的六种分类，随后再接上清代的《四库全书总目提要》。胡应麟的分类将历来史志并不著录的"传奇"纳入小说范畴，这给鲁迅随后在《史略》中用三章的篇幅论述唐传奇（含传奇集及杂俎），带来了极大的便利；然而，在众多的官修史书中，插入胡应麟的个人著述，却未免令人略感突兀。对勘1921年油印本讲义的第一篇《史家对于小说之论录》，我们立即可以发现，胡应麟的著作原本并不在鲁迅引述之列！

将对勘的范围再略微扩大，我们还可发现，在《史略》的前八章中，相对于最初的油印本讲义，后出的版本几乎每一章都有因胡应麟的《笔丛》而带来的不同程度的增补和修订——或出现于铅印本讲义，或出现于新潮社初版本；或直接引用，或间接挪用。我们可以推断，鲁迅大约在

---

① 根据各类所举作品来看，鲁迅的"异闻"类中的两种大致对应盐谷温的"神怪"类，"逸事"类中的前者大致对应"艳情"和"剑侠"类，后者则对应"别传"类；不过，在鲁迅这里，"颇涉神怪"的"异闻"排在最前，而"近于人事"的"逸事"在后，与盐谷温从"别传"到"神怪"的排列秩序恰好相反，其中又可约略见出二者重心的不同。

② 铅印本讲义《中国小说史大略》抽去了油印本中的第一篇《史家对于小说之论录》，但随后1923年12月新潮社初刊本《中国小说史略（上册）》即收录了经过大幅修订之后的此篇，此后北新书局各版基本没有太大的改动。从这一细节可以推知，鲁迅《史略》定本中的第一章，应该是在铅印本讲义完成之后才修订完毕的。

1921—1923 年间集中阅读了胡应麟《笔丛》一书，而此书则对鲁迅的小说史论述（尤其是前半部分），带来了极大的影响，其中关于唐传奇的论述，更是出现了结构性的调整。

胡应麟在《笔丛》的《九流绪论》和《二酉缀遗》中有不少篇幅论及小说。在胡应麟这里，"小说"是一种与"类书"相似、横跨经史子集但同时又无法在已有的分类体系中得到明确定位的知识范畴。《笔丛》卷二十九《九流绪论（下）》云：

> 小说，子书流也。然谈说理道或近于经，又有类注疏者；纪述事迹或通于史，又有类志传者。他如孟棨《本事》、卢瓌《抒情》，例以诗话、文评，附见集类，究其体制，实小说者流也。至于子类杂家，尤相出入。郑氏谓古今书家所不能分有九，而不知最易混淆者小说也。①

这一段话之后，即接着鲁迅在《史略》第一章所引用的胡应麟关于小说的六种分类（志怪、传奇、杂录、丛谈、辩订、箴规）。如此看来，总体而言，胡应麟对于小说的看法，其实并未超越传统书目家的眼光。在鲁迅所引用的自汉至唐宋的史志文献中，"小说"始终是一个收纳被其他门类排除在外的著作遗编的宽泛概念，从"小说"类目在历史上的扩容和变化中，我们很难观察到小说本身的概念变迁，却能清晰地看到子部和史部不断纯化的过程。在胡应麟这里，"小说"在已有知识系统中的处境，没有发生根本的改变。

不过，或许出于明代人对于"怪""异"文学的爱好，或许出于藏书家对于搜集珍奇异籍的本能，胡应麟在《笔丛》中关于"小说"的论述，还是出现了一些新变。其中一个值得注意的地方，是他试图用"志怪"来概括"小说"的某种本质属性，并试图以编集的方式，来为"小说"穷源竟委。《笔丛》卷三十六《二酉缀遗（中）》即透露了他的两种小

---

① 胡应麟：《少室山房笔丛》，上海：上海书店出版社，2001 年，第 283 页。

说编撰计划：

> 余尝欲杂摭《左》、《国》（《国语》、《国策》）、《纪年》、《周穆》等书之语怪者，及《南华》、《冲虚》、《离骚》、《山海》之近实者，燕丹、墨翟、邹衍、韩非之远诬者，及太史、《淮南》、《新序》、《说苑》之载战国者，凡环异之事汇为一编，以补汲冢之旧。虽非学者所急，其文与事之可喜，当百倍于后世小说家云。①

> 余尝欲取宋太平兴国后及辽、金、元氏以迄于明，凡小说中涉怪者，分门析类，续成《广记》之书。②

这两种计划，一种是要补汲冢《琐语》，一种是要续《太平广记》，前者乃胡应麟所认定的"古今小说之祖"，后者则是世人所公认的自晋至唐的野史传记小说之集大成者。可惜这两项计划均未能实现，胡应麟又心有不甘地写道：

> 幼尝戏辑诸小说为《百家异苑》，今录其序云：……③

从胡应麟这些编撰活动和计划中可以看出，"环异""涉怪"，成为他所理解的"小说"的某种核心属性（即在编集过程中，可以视作排他性的标准），或者可以说，是他所认同的"小说"之正宗。这正是为什么胡应麟在他的六种小说分类中，会把"志怪"排在第一位。粗略来说，"志怪"（述怪志异），是胡应麟从名目众多的小说家著述中提取出来的一个编撰书籍时具有一定排他性或者主流的标准，这是他接近于现代人看法的地方，但这并不意味着他已然具备了等同于现代虚构叙事作品（fiction）的小说观念——除志怪与传奇之外，其六种分类的后四种——杂录、丛谈、

---

① ［明］胡应麟：《少室山房笔丛》，第362页。
② 同上书，第363页。
③ 同上书，第363页。

辩订、箴规，根本与"fiction"概念相去甚远。①

由此我们可以回到鲁迅对胡应麟的引述。胡应麟在《笔丛》中关于"志怪"的辩订，不同程度地渗透进了鲁迅铅印本讲义之后各版《史略》前几章的论述之中。我们不妨对照一下油印本讲义和铅印本讲义《六朝之鬼神志怪书（上）》的开头：

> 秦汉以来，神仙之说本盛行，汉末又大行鬼道，而小乘佛教亦流入中国，日益兴盛。凡此，皆张皇鬼神，称述怪异，故汉以后多鬼神志怪之书。②

> 中国本信巫，秦汉以来，神仙之说盛行，汉末又大畅巫风，而鬼道愈炽；会小乘佛教亦入中土，渐见流传。凡此，皆张皇鬼道，称道灵异，故自晋讫隋，特多鬼神志怪之书。其书有出于文人者，有出于教徒者。文人之作，虽非如释道二家，意在自神其教，然亦非有意为小说，盖当时以为幽明虽殊涂，而人鬼乃皆实有，故其叙述异事与记载人间常事，自视固无诚妄之别矣。③

和油印本讲义相比，铅印本及后来各版《史略》增加的部分，正是胡应麟在《笔丛》中反复强调的地方，即六朝人的述怪志异，乃是因为相信鬼神皆为实有，这也是当时诸多鬼神志怪书（如《列异记》《续齐谐记》等）在《新唐书》之前的史家目录中被编入史部杂传类的缘由。鲁迅在《史略》中提出的唐"始有意为小说"、"传奇者流，源盖出于志怪"等

---

① 吴华（Luara Hua Wu）从文类研究（genre study）的角度，仔细分析了胡应麟的小说理论，认为他在将"小说"界定为一种具有叙事性（narrativity）、文学性（literariness）和虚构性（fictionality）的文类的过程中，起到了重要作用。这一分析带有明显后设的西方文学观念。即便如此，作者仍然不得不承认，"小说"在胡应麟那里，仍然是一个包含了各种亚文类——叙事的与非叙事的、文学的与非文学的、虚构的与非虚构的——的涵盖性文类（umbrella genre），参见 Luara Hua Wu, "From *Xiaoshuo* to Fiction: Hu Yinglin's Genre Study of *Xiaoshuo*," in *Harvard Journal of Asiatic Studies*. Vol. 55, No. 2 (Dec., 1995), pp. 339-371。
② 鲁迅：《小说史大略》（油印本讲义），《中国现代文艺资料丛刊》第 4 辑（复刊号）。
③ 鲁迅：《中国小说史大略》（铅印本讲义），《鲁迅研究资料》第 17 辑。

论断,应该在这一脉络和背景中来理解。① 我们不妨再回到鲁迅的原文:

> 小说亦如诗,至唐代而一变……而尤显者乃在是时则始有意为小说。胡应麟(《笔丛》三十六)云,"变异之谈,盛于六朝,然多是传录舛讹,未必尽设幻语,至唐人乃作意好奇,假小说以寄笔端"。其云"作意",云"幻设"者,则即意识之创造矣。②

置于《史略》的上下文中来看,鲁迅所谓唐"始有意为小说",其实是相对于前面的"(六朝人)非有意为小说"而言的;而这里的"小说",显然应该在胡应麟的语境中来理解:六朝文人笔下的"张皇鬼神,称述怪异",多是实录("传录舛讹"),并非有意"志怪",而唐人则是"假小说以寄笔端",有意为之。换言之,所谓唐"始有意为小说",差不多即等同于唐"始有意为志怪"。"传奇者流,源盖出于志怪",《史略》中这一影响了中国学界半个多世纪的论断,正是在胡应麟之"志怪=小说"论的背景中被牵引出来的。

当然,鲁迅并没有对胡应麟的论述亦步亦趋,他以胡应麟为媒介引出从"志怪"到"传奇"这一小说史论断的同时,又对胡应麟的小说观念进行了现代化的改造。胡应麟在《笔丛》中说到"唐人乃作意好奇,假小说以寄笔端"时,对这类作品的评价并不高:"如《毛颖》、《南柯》之类尚可,若《东阳夜怪录》称成自虚,《玄怪录》元无有,皆但可付一笑,其文气亦卑下无足论。"③ 鲁迅在引述时略去了这一评价,并下一转语,将"作意""幻设"解释为有意识之创造,由此,被时人视为卑俗文体的"传奇",便因缘际会地与现代"小说"(fiction)偶合了。此外,在

---

① 刘金仿、李军均《唐人"始有意为小说"的现象还原——从胡应麟的"实录"理念出发》(《鄂州大学学报》2003年第3期)一文,将鲁迅关于唐传奇的论述还原到胡应麟《笔丛》的语境中,分析了鲁迅的现代小说观念与胡应麟的小说理念之间的逻辑错位以及由此引起的文体淆乱,颇具启发意义;但此文将胡应麟的小说理念归于"实录",却过于笼统,掩盖了鲁迅与胡应麟之间趋同的一面。
② 鲁迅:《第八篇 唐之传奇文(上)》,《鲁迅全集》第9卷,第73页。
③ [明]胡应麟:《少室山房笔丛》,第371页。

胡应麟小说分类的举例中，"志怪"包含六朝之后的《酉阳杂俎》，而"传奇"也囊括唐前的《赵飞燕传》；换言之，胡应麟所分的六种小说类型是平行并列的，他从未在"志怪"与"传奇"之间建立递进关系，正如"辩订"和"箴规"之间不存在历史联系一样。而鲁迅《史略》中的"传奇者流，源盖出于志怪"论一出，则似乎"志怪"归于六朝，而"传奇"则归于唐宋，其背后隐然又有一种"一代有一代之文学"的现代史观。

从上文的论述中，我们可以清晰地看到鲁迅在《史略》中建构中国小说史时，其"小说"观念依违于古、今之间的情景。鲁迅在书写中国小说史时，与明代胡应麟的处境，其实略有几分相似，即既需要直面传统目录学意义上的"小说"类别——这是一个收纳其他分类体系不断排除在外的作品的杂类，同时又需要吸纳当代对于小说的主流理解（这里又包含着观念在历史上的不断演化，如在胡应麟那里是"述怪志异"，在鲁迅这里则又加上了"散文体虚构叙事"，即 prose fiction），为"小说"界定出相对清晰的外延。因此，在建构小说史时，既希望以历史的方式去阐释、尊重当时人的观念，同时又免不了以当下的观念为框架去选择和组织材料。于是，在鲁迅的《史略》中，六朝鬼神志怪书、《世说新语》、唐代传奇文、宋元话本和章回小说，这些体例不同且彼此之间具有巨大异质性的文类，被串联在一起，构成一部连绵不断的"中国小说史"。时至今日，这一中国"小说史"的纷纭面貌，并没有得到根本的改观。

三、西学为体、中学为用——陈寅恪的"小说"论

对于鲁迅建构中国小说史时，其"小说"观念依违于古、今之间的情形，陈寅恪其实早有洞悉。鲁迅在《史略》第五篇《六朝之鬼神志怪书（上）》引述了吴均《续齐谐记》中的"阳羡鹅笼记"，并引了两则印度佛经作为参证，以揭示六朝文人笔下志怪故事的域外来源及其跨文化的流传过程。印度佛教故事如何流传至中土并发生演变，进而影响到中国

文学，这正是1930年前后陈寅恪所关注的话题。① 1930年，陈寅恪在《清华学报》发表了《三国志曹冲华佗传与佛教故事》一文，考证《三国志》曹冲华佗二传中所记载的"曹冲称象"以及华佗"断肠破腹"的故事，皆有印度文化的来源——"巨象非中原当日之兽，华佗为五天外国之音"②。若将此文与《史略》第五篇进行参看，则不难读出陈寅恪与鲁迅对话之意：在魏晋六朝，不仅仅是《续齐谐记》这样的"志怪书"受到具有神话色彩的佛教故事的影响，即便被后世视为谨严之正史的《三国志》，亦有佛教故事杂糅附会于其中。上文已经论及，《续齐谐记》这类六朝述怪志异之书，在宋代以前的史家目录中，原本就属于"史部杂传类"，对此鲁迅在《史略》第一篇中已有明确的论述；换言之，《续齐谐记》中的"阳羡鹅笼记"与《三国志》中的"曹冲称象"、华佗的"断肠破腹"，在魏晋六朝人心目中，并没有显著的文类区隔，更没有后世的"虚构（小说）"与"写实（史传）"之分。陈寅恪此文，看起来是对鲁迅论"阳羡鹅笼记"的补充和呼应，但无形中却揭示了《史略》的内在矛盾：《史略》将六朝之鬼神志怪书从"史部杂传类"中分离出来，纳入"小说史"的叙述，是否带入了后设的文学眼光，而与时人的文类观念有所背离？

鲁迅的《中国小说史略》与王国维的《宋元戏曲考》，被誉为现代学术史上的"双璧"；然而，与王国维之"戏曲"概念的边界清晰相比，《史略》中的"小说"概念却不乏暧昧含混之处。造成这一状况的原因，除了"戏曲"和"小说"这两种现代文类自身概念的明晰程度不同之外，更为重要的是，作为一种书籍部类（子部之一）的中国传统"小说"，与作为现代文学概念之下四大文类之一的"小说"之间，的确存在着扞格不入之处，况且，自汉唐至宋元、明清，中国自身的小说观念还在发生着

---

① 在这一时期刊出的《敦煌本维摩诘经文殊师利问疾品演义跋》（1930）、《西游记玄奘弟子故事之演变》（1930）等文章中，陈寅恪即对佛教故事的演变及其体裁如何影响于中土的章回小说有精辟的论述。此外，陈寅恪此时还在清华大学国文系开设了"中国文学中佛教故事之研究""佛教翻译文学"等课程，前者即"专就佛教故事在印度及中国文学上之演变加以比较研究"（《国立清华大学一览（1932）》，第40页）。

② 陈寅恪：《三国志曹冲华佗传与佛教故事》，《清华学报》第6卷第1期，1930年。

不断的演化。对于《史略》之"小说"观念的依违于古、今之间,我们今天不必持后见之明去过于苛责;然而,对于同时熟悉中西文学传统且对文化间的传播与误读十分敏感的陈寅恪而言,自是不难洞悉其间的曲折,而他则选择了一种与鲁迅迥乎不同的方式,在古今中西的"小说"之间建立对话的途径。

在陈寅恪这里,"小说"在很大程度上摆脱了传统目录学的视野,它与作为子部之一的书籍部类的观念相去甚远,而是被视为一种繁详的、写实的描写和叙事方式,不受特定时代或特定文化传统中具体文类的限制。在《论再生缘》一文中,陈寅恪曾自述其对弹词七字唱这类"小说"的态度转变:

> 寅恪少喜读小说,虽至鄙陋者亦取寓目。独弹词七字唱之体则略知其内容大意后,则弃去不复观览,盖厌恶其繁复冗长也。及长游学四方,从师受天竺希腊之文,读其史诗名著,始知所言宗教哲理,固有远胜吾国弹词七字唱者,然其构章遣词,繁复冗长,实与弹词七字唱无甚差异,绝不可以桐城古文义法及江西诗派句律绳之者,而少时厌恶此体小说之意,遂渐减损改易矣。①

将弹词与天竺、希腊的史诗名著相提并论,陈寅恪这一大胆的中西文学之比较(比附),曾引起不少学者的惊骇;这是否比拟不伦,暂且不论,笔者想要指出的是,陈寅恪在 20 世纪 50 年代仍将弹词置于"小说"的谱系中来讨论,这一观念似传统而实现代,其背后隐然有一条西方文学从史诗到 novel 的脉络,换言之,他其实是以西洋"小说"(novel)的标准在界定弹词。此文论及《再生缘》的结构时,陈寅恪果然又对中西小说的优劣进行了一番比较:

> 至于吾国小说,则其结构远不如西洋小说之精密。在欧洲小说未

---

① 陈寅恪:《陈寅恪集·寒柳堂集》,北京:生活·读书·新知三联书店,2011 年,第 1 页。

经翻译为中文以前，凡吾国著名之小说，如水浒传、石头记与儒林外史等书，其结构皆甚可议。……哈葛德者，其文学地位在英文中，并非高品。所著小说传入中国后，当时桐城派古文名家林畏庐深赏其文，至比之史迁。能读英文者，破怪其拟于不伦。实则琴南深受古文义法之熏习，甚知结构之必要，而吾国长篇小说，则此缺点最为显著，历来文学名家轻视小说，亦由于是。一旦忽见哈氏小说，结构精密，遂惊叹不已。①

在陈寅恪看来，《再生缘》之"结构精密，系统分明"，在中国长篇叙事文学中实为异类，因此给予了高度评价。这背后以西方文学中的长篇叙事文学——史诗和 novel 为准绳的趣味，一望而知。

除了关注结构之外，陈寅恪从西洋文学的史诗和 novel 中所提炼的"小说"要素，还有叙事的"繁复冗长"，而这一点，在他论述元白诗以及唐代传奇文时，得到了集中体现。所谓"繁复冗长"，并非文章的重复拖沓，而是指叙事描写能尽曲折之详。《元白诗笺证稿》论及元稹的艳诗与悼亡诗，陈寅恪特别提到元稹之长于繁详描写的"小说家之天才"：

> 吾国文学，自来以礼法顾忌之故，不敢多言男女间关系。……微之天才也。文笔极详繁切至之能事。既能于非正式男女间关系如与莺莺之因缘，详尽首之于会真诗传，则亦可推之于正式男女间关系如韦氏等，抒其情，写其事，缠绵哀感，遂成古今悼亡诗一体之绝唱。实由其特具写小说之繁详天才所致，殊非偶然也。②

元稹之文，曾被白居易批评为"辞犯文繁"，而在陈寅恪看来，"文繁"之病，对于小说而言，却正可用其所长，元稹的《莺莺传》及其传诵一时的艳诗与悼亡诗，皆得力于此。在《读莺莺传》一文中，陈寅恪曾比较《莺莺传》与韩愈《毛颖传》的得失：

---

① 陈寅恪：《陈寅恪集·寒柳堂集》，第 67—68 页。
② 陈寅恪：《陈寅恪集·元白诗笺证稿》，第 103 页。

> 毛颖传者，昌黎摹拟史记之文，盖以古文试作小说，而未能甚成功者也。微之莺莺传，则似摹拟左传，亦以古文试作小说，而真能成功者也。盖莺莺传乃自叙之文，有真情实事。毛颖传则纯为游戏之笔，其感人之程度本应有别。夫小说宜详，韩作过简。毛颖传之不及莺莺传，此亦为一主因。①

此外，在笺释白居易的《长恨歌》时，提到宋人诗话喜举杜甫《北征》《哀江头》等诗为例，批评《长恨歌》"详写燕妮之私，不晓文章体裁"，陈寅恪又为之辩护道：

> 长恨歌本为当时小说文中之歌诗部分，其史才议论已别见于陈鸿传文之内，歌中自不涉及。而详悉叙写燕妮之私，正是言情小说文体所应尔，而为元白所擅长者。②

叙事描写的"详繁切至"，在陈寅恪看来，乃是古今中外的"小说"所应共享的文体属性；而元、白诗歌（尤其是长篇叙事诗）则在很大程度上吸收了这一"小说"特质，因此在杜甫所代表的主流诗学之外，开启了一条另类的诗歌传统。

"繁详"的文章风格背后，是对写实性的追求；而对于日常生活细节、社会风俗以及人物内心世界言无不尽的"写实"，正是18世纪以降西方小说（novel）核心的文类属性。③ 陈寅恪在《元白诗笺证稿》中分析元稹《梦游春》《恨妆成》等艳诗时，特别注意到其中对于女性妆饰的详尽描写，并指出：

> 夫长于用繁琐之词，描写某一时代人物妆饰，正是小说能手。后

---

① 陈寅恪：《陈寅恪集·元白诗笺证稿》，第119页。
② 同上书，第11—12页。
③ 可参考 Ian Watt 对18世纪英国小说之"形式现实主义（formal realism）"的讨论，Ian Watt, *The Rise of the Novel: Studies in Defoe, Richardson and Fielding*, pp. 9-34。

世小说，凡叙一重要人物出现时，必详述其服妆，亦犹斯义也。①

在陈寅恪看来，作为"小说能手"的元稹，其《梦游春》诗所述莺莺装束，"实贞元年间之时势妆"，这一贞元年间流行的"晕淡眉目、绾约头发，衣服修广之度及匹配色泽，尤剧怪艳"的时尚，与天宝年间的"小头鞋履窄衣裳，青黛点眉眉细长"，以及"乌膏注唇唇似泥。双眉画作八字低"的"元和妆"皆有区别，因此"乃有时代性和写实性，非同后人艳体诗之泛描"。②正是这一繁详的、写实的"小说家之天才"，使得元稹的诗作（也包括白居易的部分作品），在诗歌本身的价值之外，还具备了社会风俗史料的价值。陈寅恪在《元白诗笺证稿》中的"以诗证史"，在很大程度上正是得力于此；至于被他称作"唐代小说"的传奇文，如《莺莺传》《东城老父传》《续玄怪录》等，则更是可以从中读出"有时代性和写实性"的道德风俗、服装制度乃至宫闱秘事等历史讯息，因此，不仅为唐代文人之杰作，更是被他视作贞元、元和时代之"良史料"。③

如果我们将陈寅恪在《论再生缘》一文中所披露的从西洋史诗读到中国弹词的心路历程联系起来，则不难体会出他在讨论元白诗和传奇文之"小说"特质时，其背后的西学语境；换言之，或许正是由西方叙事文学（如史诗、novel）所熏陶出的趣味，才使得陈寅恪着意于发掘中国诗文的另一个传统——摹写现实，他对元白诗和唐代传奇文的兴趣，可以说很大程度上与此有关。在1954年发表的《论韩愈》一文中，陈寅恪曾将韩愈以新禅宗思想来廓清南北朝以来儒家繁琐章句之学的方式，称为以"天竺为体，华夏为用"④；若借用这一说法，则他自己的"小说"观念以及论述小说的方式，便堪称"西学为体，中学为用"。

---

① 陈寅恪：《陈寅恪集·元白诗笺证稿》，第96页。
② 同上。
③ 参阅陈寅恪《读莺莺传》《读东城老父传》《顺宗实录与续玄怪录》诸文。蔡鸿生在《从小说发现历史——〈读莺莺传〉的眼界和思路》（载《中华文史论丛》第六十二辑，钱伯城、李国章主编，上海：上海古籍出版社，2000年，第243—256页）一文中，对陈寅恪《读莺莺传》如何以小说证史进行了详细解读，可参阅。
④ 陈寅恪：《论韩愈》，《陈寅恪集·金明馆丛稿初编》，第322页。

尽管以"西学为体,中学为用",陈寅恪并没有将西方小说与中国固有的"小说"概念进行"格义"①。他以西方文学中的史诗和 novel 为参照,将"小说"视为一种具有普遍意义的繁详、写实的叙事和描写方式,这使得他在根本上将"小说"从传统目录学的视野中解放出来,并获得一种灵活和通达的跨文类的视角。这里我们可以回到陈寅恪的"传奇文溯源",即他对唐代小说与古文运动之关系的发覆。陈寅恪通过引用赵彦卫《云麓漫钞》而提出的"行卷"之说,后世学者有不少讨论和质疑,但其中小说应当"文备众体"的观点,却很少引起关注。实际上,和"行卷"之说比起来,小说乃一种兼备史才、诗笔和议论的混合文体,是陈寅恪在这一问题上所提出的更为核心的论点,他在《元白诗笺证稿》中关于《长恨歌》与《长恨传》乃一"不可分离之共同机构",以及元稹《连昌宫词》实"深受白乐天、陈鸿《长恨歌》及传之影响,合并融化唐代小说之史才诗笔议论为一体而成"等重要推论,皆是由此而来。在此,小说(唐传奇)不仅与古文具有"同一原起及体制",并且与诗歌亦构成"共同机构"的关系,后世文学观念中诗、文和小说的文类区隔,被彻底打破;实际上,不仅是打破文类区隔,"小说",在陈寅恪这里,根本就被视为一种"文备众体"的"结构",这种"结构"可以在诗、文和小说(传奇)等不同的历史文类中得以实现。

将"小说"视为一种摹写现实同时又"文备众体"的混合结构,这不禁令笔者联想起奥尔巴赫的名著《摹仿论》。在此书中,奥尔巴赫对西方文学从荷马史诗到19世纪小说之再现现实的诸种形式进行了卓越的分析,而在他所例举的各种具有革新意味的"写实"模式(如《旧约》的崇高写实主义、但丁的形象写实主义、19世纪法国小说的环境写实主义)

---

① "格义"典出《高僧传·竺法雅传》,"以经中事数拟配外书,为生解之例,谓之'格义'";陈寅恪在《支愍度学说考》一文中对此有详尽讨论,在他看来,六朝僧徒"取外书之义,以释内典之文"的方法,皆与竺法雅的"格义"法相似,此种取本土学说去阐释外来文本的"格义"之学,看似融通,实则附会,乃"我民族与他民族二种不同思想初次之混合品"(《陈寅恪集·金明馆丛稿初编》,第173页)。在《与刘叔雅论国文试题书》一文中,陈寅恪又痛切地指出:如竺法雅之"取内典外书以相拟配"的"格义"方法,"实为赤县神州附会中西学说之初祖"(《陈寅恪集·金明馆丛稿二编》,第252页)。

中,皆无一例外地出现了"文体的混用"(the mixture of styles),即打破高(sublimitas)、低(humilitas)文体在风格和主题上的层级关系。① 陈寅恪所谓的"文备众体",与奥尔巴赫之"文体混用"的内涵略有不同,但它同样是其"小说"论述中的一个结构性要素;而在陈寅恪看来,小说这种文体上的"驳杂",也正好提供了文学革新的推动力。他在《长恨歌笺证》中论述韩愈的古文改革为何要以传奇文(小说)为先导时指出:

> 碑志传记为叙述真实人事之文,其体尊严,实不合于尝试之条件。而小说则可为驳杂无实之说,既能以俳谐出之,又可资雅俗共赏,实深合尝试且兼备宣传之条件。②

在上引《韩愈与唐代小说》一文中,小说的"驳杂",即被陈寅恪解释为在主题上受佛、道两教的影响,在文学形式上杂有诗歌、散文诸体。在这个意义上,小说的"文备众体"与碑志传记的"体式尊严"构成了一组对立项,所谓"体式尊严",意味着主题与风格间的匹配关系不易被打破,而小说在文体上的"驳杂",则为文学革新与文体试验提供了更好的契机与土壤。这与奥尔巴赫对"文体混用"及其文学史功能的讨论,颇有异曲同工之妙。

上文已经论及,陈寅恪在《元白诗笺证稿》中讨论元白乐府诗时,又将他的这一文体演进思路,从"文备众体"的小说范畴推广到了诗歌领域。因此,如奥尔巴赫一般在高、低文体的融合与互动中勘察出文学演进的动力,乃是陈寅恪论述文学史的一种重要结构模式。实际上,这一超越雅俗分野文体观与跨文类的文学史结构模式,在陈寅恪最早讨论敦煌佛曲与章回小说文体时,即已初露端倪。1927—1930年间,陈寅恪对罗振玉《敦煌零拾》中所载三种佛曲皆有所论列,通过推论佛曲所演何经,

---

① "文体混用"是奥尔巴赫《摹仿论》中的一个核心概念,关于这一概念及其内在辩证关系的最新分析,可参见Robert Doran, "Literary History and the Sublime in Erich Auerbach's 'Mimesis'," *New Literary History*, Vol. 38, No. 2 (Spring 2007), pp. 353-369.
② 陈寅恪:《陈寅恪集·元白诗笺证稿》,第4页。

并与原始经文进行互勘,陈寅恪对佛曲及后世章回体小说、弹词的文体渊源提出了如下著名论述:

> 佛典制裁长行与偈颂相间,演说经义自然仿效之,故为散文与诗歌互用之体。后世衍变既久,其散文体中偶杂以诗歌者,遂成今日章回体小说。其保存原式仍用散文诗歌合体者,则为今日之弹词。①

从佛经原典到演说经义的佛曲,再到章回体小说和弹词,虽然文体的高低雅俗有别,但其内在的形式(即散体与韵体互用)却有一脉相承之处。这种跨越雅俗文野、直接从功能和形制上去把握文体的方式,使陈寅恪获得了一种非凡的文学史洞察力。在推论维摩诘故事在印度和中国"衍变孳乳之途径"时,陈寅恪将这一通达的文体观表达得更为显豁:

> 若更推论之,则印度之《顶王经》《月上女经》,六朝之《佛譬喻经》《思维三昧经》等,与维摩诘经本经之关系,亦犹《说唐小英雄传》《小五义》以及《重梦后传》之流,与其本书正传之比。虽一为方等之圣典,一为世俗之小说,而以文学流别言之,则为同类之著作。然此只可为通识者道,而不能喻于拘方之士也。②

在陈寅恪看来,如《顶王经》《佛譬喻经》这类佛经,与《说唐小英雄传》《小五义》等小说具有同样的"演义"机制,因此在文学流别上便可不拘雅俗,视为同类著作。这里我们可以回到陈寅恪在《论再生缘》中将弹词与史诗相比附,是否比拟不伦的问题。在陈寅恪的论述脉络中,弹词(小说)之体,既可与"方等之圣典"的佛经相提并论,以之比附西洋史诗,自然不在话下;这与他在三四十年代将"传奇"与唐代"古文"的原起与体制相提并论,正是一以贯之的逻辑。只是,这一超越了雅俗文

---

① 陈寅恪:《敦煌本维摩诘经文殊师利问疾品演义跋》,《国立中央研究院历史语言研究所集刊》第 2 卷第 1 期,1930 年。
② 同上。

野的文体洞见，对于后世拘于形貌的论文者（即陈寅恪所说的"拘方之士"）而言，难以得其"了解之同情"。

将陈寅恪20世纪30年代谈论佛典与章回小说体裁、40年代论唐代传奇文的文体渊源，以及50年代在《论再生缘》中对弹词与西方史诗和小说的比较连缀起来，不难看出，其中关于"小说"文体的论述，颇有一脉相承的地方。总体而言，在陈寅恪这里，"小说"被视为一种摹写现实的混合性文体，或者说，一种可同时容纳散体与韵体或是同时容纳诗、文与议论的"结构"，其文体地位较低，但却蕴含着巨大的文学革新的能量与契机。这种"西学为体，中学为用"的"小说"观念，以及超越了雅俗文野的偏见同时又在高低文体的互动中勘察出文学演进动力的眼光，使得陈寅恪对于中国"小说"之起源与流变的讨论，得以从单一文类史（"小说史"）的视野中解放出来，通过与同时代其他文体的比较，与更为广泛的社会史与文化史现象相连接，从而获得更为圆融和立体的解释。这种跨文类的结构性的文学史视野，与鲁迅的"小说史"所提供的线性演进模式相比，显然大异其趣，它为我们研究文体在社会历史中的起源与演变，提供了另类的选择。

四、结语：走出中西"小说"的格义

自19世纪中叶开始，随着西洋小说的观念与形式逐渐进入中国，新学之士在中、西小说之间的"格义"，即不曾停止。鲁迅的《中国小说史略》奠定了20世纪关于中国小说史的主流论述；然而，在这部经典著作中，其"小说"观念仍然难免依违于古（中）、今（西）之间。陈寅恪敏锐地洞悉了鲁迅《史略》中"小说"概念的暧昧与含混之处，他在《韩愈与唐代小说》《元白诗笺证稿》等论著中对唐传奇与古文运动之关系的发覆，与鲁迅的《史略》构成了重要的学术对话。

与鲁迅的"小说史"之依违于古、今之间不同，陈寅恪理解和论述中国小说的方式，堪称"西学为体，中学为用"。以西方文学中的史诗和

novel 为参照系，陈寅恪从根本上将小说从一种书籍部类或是特定文化语境中的文类（genre）概念中解放出来，将之视为一种具有普遍意义的摹写现实的混合文体，从而跨越不同文化的鸿沟，实现古今中西的对话。这种小说观念，也使得陈寅恪在讨论中国小说及其文学史问题时，在很大程度上摆脱了鲁迅《史略》的困境，不再纠缠于作为子部之一的传统"小说"与作为现代文学概念之下四大文类之一的"小说"之间的抵牾，也不再受制于"虚构"与"非虚构"这对后来的概念范畴，可以在一种超越了单一文类史的结构性视野中，以更贴近历史本原的方式，去探讨与小说相关的诸种历史性文类（如唐传奇、章回小说、弹词等）在具体社会情境中的起源及其在文学史中的演变。陈寅恪与鲁迅《史略》的"对话"及其所提供的小说文体研究的方法与视野，对于我们今天的文学史研究而言，仍然极具启发意义。

附录一　唐传奇的 *Sitz im Leben*[①]

  Sitz im Leben 是一个学界公认很难确切翻译的德文术语,译作"社会语境"太过模糊,而直译为"生活中的位置/情境"又传达不出任何信息。德国学者赫尔德·龚克尔(Hermann Gunkel,1862—1932)在20世纪初的《圣经》研究中最早提出这一概念。在他看来,《旧约》每一种已有的写定文体,在其口传时代,都有在古代以色列社会生活的特定位置上的起源情境(即 *Sitz im Leben*),这一生活情境往往规定了随后各个文体在主题以及叙述形态上的特征。因此,龚克尔将 *Sitz im Leben* 视为分析《旧约》文体(Gattung)不可或缺的要素:每一种文体都有其特定的 *Sitz im Leben*,以及在此基础上才能被正确理解的思想和语言形式。[②] *Sitz im Leben* 这一概念有效地将特定文本与其形成语境中的文化—历史因子结合起来,虽然在专业领域仍存在诸多争议,但其应用很快就超出了神学研究,成为德国注重历史分析和语境阐释的文体学理论的一个重要术语。

---

  ① 本文是笔者为日本学者小南一郎《唐代传奇小说论》所写的书评,原题《唐传奇的文体与社会》,初刊《读书》2016年第9期,收入本书时有所修订。
  ② Martin J. Buss, "The idea of Sitz im Leben—History and Critique," *Zeitschrift of die Alttestamentliche Wissenschaft*, Vol. 90, Iss. 2 (Jan. 1978), pp. 157-170.

"文体学"在 20 世纪中国差不多被视为英美 Stylistics 的对译词,这一研究方法注重对作家个人风格或文学文本的形式分析;然而,此一"文体"(style)概念,与传统中国注重"文章辨体"的文体之间,无论是内涵还是外延皆有很大差异,若不加辨析地使用,极易造成概念的混淆和方法上的龃龉。相比之下,龚克尔的文体研究方法及其提出的 *Sitz im Leben* 概念,倒是与徐师曾所谓的"夫文章之有体裁,犹宫室之有制度"① 的中国传统诗学,更具对接的可能。陈寅恪在 20 世纪 40 年代的《元白诗笺证稿》中,从功能和体制的角度,探讨了元白诗、唐传奇的文体及其得以形成的社会基础,其研究取径与龚克尔的方法颇多契合之处;日本京都学派的传人小南一郎在《唐代传奇小说论》中,则将陈寅恪的研究思路发扬光大,更深入地探究了传奇小说与唐代士人生活世界的关联。在笔者看来,小南一郎在此书中所使用的核心概念和方法,与龚克尔的 *Sitz im Leben* 之间,颇具互相阐释的可能。厘清其中的关系,或许能廓清 20 世纪中国受英美影响的"文体学(Stylistics)"带来的困扰,为探讨文学形式与社会语境之间的关联,提供一些别样的思考路径。

一

"小说亦如诗,至唐代而一变,虽尚不离搜奇记逸,然叙述宛转,文辞华艳,与六朝之粗陈梗概者较,演进之迹甚明,而尤显者乃在是时则始有意为小说"②,这是鲁迅在《中国小说史略》中对"唐之传奇文"的经典论断。唐传奇虽多以单篇行世,文采与意想也截然不同,但在"小说史"的视野中,却仍然被置于六朝志怪之书的延长线上去探讨其演进之迹,这背后的现代文学(literature)与小说(fiction)观念,一望而知。鲁迅的这一论断,很快被后世学者奉为圭臬,从"志怪"到"传奇"的思路,亦在很长一段时间里主导了古代文言小说研究的范式。这一范式的

---

① [明]徐师曾:《文体明辨序》,《文章辨体序说·文体明辨序说》,第 77 页。
② 鲁迅:《中国小说史略》,《鲁迅全集》第 9 卷,第 73 页。

确立,不全因鲁迅识见卓绝,而是以虚构为旨归的现代小说观念日益深入人心。

实际上,鲁迅自己对于上述归类并非全无疑虑。他在1935年所写的《六朝小说与唐代传奇文有怎样的区别?——答文学社问》一文中,即对《史略》的论断进行了修正。在此,鲁迅突出了六朝小说与唐代传奇文之间的文体差异,又宕开一笔,称"六朝人也并非不能想象和描写,不过他不用于小说……例如阮籍的《大人先生传》,陶渊明的《桃花源记》,其实倒和后来的唐代传奇文相近"①;一旦跳出小说史的框架,他便将唐传奇的文体渊源追溯到了六朝的传记体文章。陈寅恪似乎看准了这一暧昧情形,他在同一年用英文写了《韩愈与唐代小说》一文,直截地将唐传奇的兴盛与古文运动联系起来,此后在《元白诗笺证稿》中,更是反复申说"贞元元和间之小说"与唐代古文有"同一原起及体制"②,即二者具备共同的社会基础以及"文备众体"(史才、诗笔、议论)的文章机制;虽说"立异恐怖"③,但有心人不难从中读出与鲁迅的对话和商榷意味。

陈寅恪的具体立论,后世学者有不少讨论和修正;但他跨越现代 literature 观念之下小说、散文与诗歌的文类区隔,直面唐代"当时之文体关系",并将文学形式视为社会—文化制度的结晶,这一文体研究的思路却是解人不多、知音寥寥。小南一郎的《唐代传奇小说论》,虽然便俗地使用了"传奇小说"这一术语,却有意突破鲁迅的小说史范式,其思路和方法与陈寅恪有明显的亲缘关系。在书中,作者首先撇清"传奇"与"志怪"的传承关系,他认为,从作品的登场人物及其反映的价值观来看,"志怪小说与传奇小说之间存在着切断性,这种切断性具有不可无视的宽度"④。与历时地追溯唐传奇的文体渊源不同,小南一郎采取的是直接探究文体与当时社会之关系的方式。他将传奇小说形成的基础,归结为唐代士人于公务之暇、旅行之际所举行的"征奇话异"的叙谈。此书的

---

① 鲁迅:《六朝小说和唐代传奇文有怎样的区别?——答文学社问》,《鲁迅全集》第6卷,第335页。
② 陈寅恪:《陈寅恪集·元白诗笺证稿》,第4页。
③ 语出中书君(钱锺书):《评周作人的〈中国新文学的源流〉》,《新月》第4卷第4期,1932年。
④ 〔日〕小南一郎:《唐代传奇小说论》,第25页。

序论"从'叙述'进入'作品'",即用翔实的材料,勾勒了唐传奇得以产生的这一具体而微的社会情境。

将传奇视为唐代士大夫之间征奇话异的"沙龙"文学,这一观点并不新鲜,如石昌渝在《中国小说源流论》中即已著论在先;难得的是,小南一郎通过此书的研究,透彻地解释了这一社会情境与传奇小说文体特质的关系:传奇小说以现在为基点、虚构与现实交错的叙述特征,记录人"传"(传奇)的创作意识,以及小说所体现的士大夫与都市居民价值观的杂糅,皆与这一"话"的叙述场合密切相关——很显然,借用龚克尔的概念,这一与唐代士人生活密切相关的叙谈场合,便是传奇小说作为一种文体得以成立的 Sitz im Leben。全书余下四章,即围绕这一主题,选择了四篇唐代传奇作品——《古镜记》《莺莺传》《李娃传》《霍小玉传》,从不同层面展开分析和论证。各篇的分析胜义纷呈、新意迭出,却又能始终扣住传奇小说与唐代士人"话"的场合来展开论证,堪称博而能一。

"文学史研究的终极目的之一,就是去具体而微地阐明文艺形态和社会之间紧密结合的固有关系,以及支撑这一关系的基础条件"[1],小南一郎对于他的方法论,有着如此的自觉意识。在另一部专著《中国的神话传说与古小说》中,他还有一番更为具体的说法:"对于小说史的研究……除了由'宏观'出发所作出的历史分析和深入'微观'发掘的个别分析之外,还有必要确定把特定作品或作品群的个性与时代结合起来加以分析的'中观'。"[2]《唐代传奇小说论》通过聚焦传奇小说这一特绝于唐代的文学样式,并考察这一文体的特质与其得以形成的社会情境之间的具体联系,可谓将作品置于时代的"中观"之中来阅读和分析的典范。

传奇小说与唐代都市居民价值观之间的系连,是此书各章之间不断呼应的一个主题。与此前不少研究者从政治动机(譬如"牛李党争")的角度去考察唐传奇的写作背景不同,小南一郎将眼光聚焦在更为"中观"的文化制度与社会生活层面。在《莺莺传》一篇中,作者借助了陈寅恪

---

[1] 〔日〕小南一郎:《唐代传奇小说论》,第157页。
[2] 〔日〕小南一郎:《中国的神话传说与古小说》,孙昌武译,北京:中华书局,2006年第2版,第2页。

关于唐代士人婚仕制度的分析，来考察这篇小说众所周知的叙述和议论之间的裂缝。与陈寅恪的观点不同，小南一郎认为小说结尾关于"尤物"和"忍情"的议论不过是门面话，其创作动机在于用一种比游仙诗更为具体的文体媒介（即传奇小说）来抒发曾经的恋爱经历，而这恰恰展示了元白文学集团对官僚阶层不近人情的婚仕观念的疑惑。这种对于士大夫共有价值观的超越，被作者视为唐代传奇小说文学价值的根源所在；也正源于此，他将《莺莺传》《李娃传》《霍小玉传》这类以色爱与婚仕的矛盾为主题的作品，视为传奇小说中的出类拔萃之作，并将之归入"狭义传奇小说"。在小南一郎看来，这些作品或以对男女恋爱生活的具体叙述，或以对都市生活细节的仔细描摹，或是直接呈现都市居民的舆论意见，不同程度地对唐代官僚阶层的价值观提出了怀疑；在士大夫的伦理之外，呈现都市居民的生活意见，构成了此书所讨论的唐代传奇小说颇为稳定的内在形式。

正是以传奇小说所结晶的价值观为基础，小南一郎得以将"传奇"和"传"作为两种文体，明确区分开来：文人的"传"体作品，反映的是作者个人的主张；而在"话"的场合产生的"传奇"，则体现的是叙述时在场者共有的价值观，"不仅仅是士大夫阶层观念的反映，也和当时都市居民的价值观存在共通之处"①。这一区分，折中地解决了鲁迅与陈寅恪之间针锋相对的关于唐传奇的文体归属问题：它既非（鲁迅所谓的）六朝"志怪"之演进，亦有别于（陈寅恪所等同的）"韩柳辈之高文"，而是产生于唐代特定社会情境之上独立的新文体。尽管没有明言，作者与鲁迅、陈寅恪两位学术前辈贯穿始终的对话意识，于此可见一斑。

二

与传奇小说在文本形式上的自足性相比，小南一郎显然更为关注这一

---

① 〔日〕小南一郎：《唐代传奇小说论》，第18页。

文体作为"社会构造物"的性质和面向;因此,在选择分析对象时,他更青睐那些正在形成中的或是具有未完成形态的作品。在他看来,"正因为是发展中的、不成熟的作品,反而便于我们发现其作品形成的基础,以及其社会性、文艺性的背景构造"①。《古镜记》是一篇"犹有六朝志怪流风"②的作品,其前后两部分的叙述方式甚至截然两样,以中唐传奇小说的标准来看,是一篇尚不成熟的作品;小南一郎并没有从志怪的角度去考察其文体演进,而是通过丰富的文化史和文学史资料,在看似随意罗列的"古镜"传说背后,补缀出一个使得这篇作品得以形成的生动"故事":太原王氏一族,在门阀制度无可挽回地没落之际,苦心孤诣地虚构祖先的传承。这一叙述情境,上承门阀贵族的内部叙述传统,下启唐代官僚社会的叙谈场合,因此《古镜记》被视为传奇小说形成过程中的临界作品,"是门阀贵族内部的口头传承之物向小说作品结晶化过程中的具体一例"③。

将传奇小说这一文体密切地置于它得以起源的社会情境中来考察,小南一郎对《古镜记》的分析,几乎与龚克尔对《旧约》文体的研究方式如出一辙。通过对《古镜记》叙述情境的还原,小南一郎成功地追溯了唐代传奇小说这一文体起源的社会语境(*Sitz im Leben*),即此书随后作为中心展开论述的唐代士人的叙谈场合。值得注意的是,在此书中,唐代传奇小说的文体传承,除了共通的价值观、叙述形态之外,还包括这一 *Sitz im Leben*。正是这一 *Sitz im Leben* 决定了说话者与听众之间的交流方式,也决定了传写者的创作动机以及写定之后的传奇小说的叙述形态(以现在为基点、虚构与现实交错)与价值观(士大夫与都市居民价值观的杂糅)。换言之,由门阀贵族内部叙述传统发展而来的唐代官僚社会的叙谈场合,这一生动的社会生活情境本身,即构成了唐代传奇小说作为一种文体得以成立和传承的重要"形式"。

小南一郎是否直接接触过龚克尔的著作,不得而知,其中或许有来自

---

① 〔日〕小南一郎:《唐代传奇小说论》,第29页。
② 鲁迅:《中国小说史略》,《鲁迅全集》第9卷,第74页。
③ 同上。

陈寅恪的间接影响（陈寅恪与龚克尔及其同时代的狄尔泰等德国学者的关系，是值得探究的另一课题）。此外，小南一郎还曾坦言，自己的研究受到日本民俗学家柳田国男的深刻启发，特别注重知识的"重量"，致力于发掘知识、观念背后具有实感的生活基础；因此，他在研究取径上与龚克尔出现契合，亦并不奇怪。在小南一郎这里，传奇小说并没有被视为独立于唐代士人生活之外的文学世界——在官僚集团"话"的场合经过不断讲述、传写而流传的传奇，被看作凝结了这一集团共通的悲欢与忧惧的产物，其发生与发展皆深刻地嵌入了这一集团的生活历史之中。与传奇小说的文本相比，小南一郎对于文本背后那个活色生香的唐代士人的生活世界，显然更感兴趣。读完他对《李娃传》的分析，我们对于长安天门街东西二凶肆的比赛，以及郑生以柔弱之身登上挽歌的竞技场等诸般场景，必定要比仅仅阅读小说原文有着更为深刻的印象。这也是本书虽属严谨的学术著作，却读来仍有文学兴味的原因所在。

将社会生活的语境也视为一种文体得以成立的"形式"要素，这是小南一郎从文化史、民俗学的角度给文学研究带来的丰富馈赠。作为"形式"的 Sitz im Leben，在文学阐释和研究中，是一种能够有效地沟通文本与社会的"中介"。对此，小南一郎有他的理论自觉。他在《中国的神话传说与古小说》的"序章"中指出，"一部作品在某一时代环境中必定具有特定的位置和作用等等，这也可以说是该作品的一种客观'意义'"①；这里，作品所处的位置（Sitz im Leben）本身，即被视为一种具有符指意义的要素，换言之，它们构成了"作品"不可或缺的一部分。通过将"语境"本身上升到主体的位置，小南一郎在《唐代传奇小说论》中，对作为"社会构造物"的传奇小说作出了独到而精彩的分析。

与对价值观、社会语境等"形式"的精彩发覆相比，小南一郎此书对唐传奇的语言和叙述形式反而着墨不多。在最后一章对《霍小玉传》的讨论中，作者根据是否触及恋爱主题区分出"狭义"和"广义"（即典

---

① 〔日〕小南一郎：《中国的神话传说与古小说》，第3页。

型与非典型）的传奇小说，并希望由此提炼出这一（狭义）文体的共同特质，从文类研究的角度来看，令人略感勉强。总体而言，与对《古镜记》《李娃传》的精彩解读相比，此书对《莺莺传》《霍小玉传》的分析要略逊一筹。① 其间的缘由值得仔细玩味：前者保留了较多民间口头传承特质，具有一定的未完成性，更容易透露其社会性的背景构造；而后者则明显属于文人创作，有更高的完成度，在此，"社会"隐退而"文学"凸显。这其实透露出小南一郎的方法与研究对象之间微小的"罅隙"：由文人参与创作的传奇，毕竟不同于民间的神话与传说，对这一文学样式的考察，需要在文体规范和作家的创造性之间保持必要的张力。由此延伸出的一个更具理论性的问题是，形式的自主性与文体的社会性之间，其内在的矛盾如何解决？换言之，当起源的社会语境（Sitz im Leben）被内化为一种文体的"形式"规范，那么，遵循着这一规范的后续作品，是否还如最初的作品一样，昭示着文学与社会的系联？这一问题，也正是龚克尔的 Sitz im Leben 概念在西方学术界所曾遭遇过的质疑。② 或许，文学世界与生活世界之间的关系，并不像龚克尔与小南一郎所假设的那么固定不变，应该允许一定的游移空间与差异性的存在。

对这本小书提出如此理论性的问题，似乎有些求全责备。不过，既然它所提供的研究路径具有方法上的启示作用，那么，它所触及的问题便同样重要。毫无疑问，此书是一部文体研究的佳作，它将唐传奇起源的社

---

① 小南一郎对《莺莺传》的分析，受到陈寅恪的高度影响，同时又对其观点有所推进，他将作品的矛盾解释为创作者自身的困惑，因此，恋爱叙事本身便蕴含了反抗的姿态。在这一逻辑之下，同样以色爱与婚仕的矛盾为主题的《霍小玉传》中，"豪侠"这一超出了日常生活的异质元素的出现，便被视为这类"狭义传奇小说"的挫折。这一论述虽然逻辑合理，在总体上却缺少说服力。如果回到本书的中心议题——传奇小说的叙述情境，那么，在唐代士人"征奇话异"的场合，作为对现实的对抗，固然可以谈论恋爱奇闻，但豪侠传奇、怪异经历，却也是题中应有之义，这也是"传奇"的"奇"之所在。事实上，在鲁迅的《唐宋传奇集》中，比《霍小玉传》略早出现的《柳氏传》中，即已出现了积极撮合柳氏与韩翊的侠士许俊的形象；对豪侠的想象，以及对"情"的推许，皆与"安史之乱"后岌岌可危的社会现实与人心有关。从这一角度来看，小南一郎在《霍小玉传》一章中得出的结论，难免令人觉得理有未周。

② 参见 Martin J. Buss, "The idea of Sitz im Leben—History and Critique," *Zeitschrift of die Alttestamentliche Wissenschaft*, Vol. 90, Iss. 2（Jan. 1978）, pp. 168-170。

语境置于研究的中心地位，成功地勾连起这一文体的形式与内容、文本与社会，将鲁迅、陈寅恪所开启的研究格局向前推进了许多。至于如何回应上述问题，在唐代社会与传奇小说的形式之间建立更为辩证的关联，则期待学界进一步的佳作。

附录二　从陈季同《黄衫客传奇》反思文学史的民族国家框架[①]

2011年秋冬之际，北京大学中文系现代文学教研室召开了一次讨论严家炎先生提出的重论中国现代文学"起点"的座谈会。严先生主张将中国现代文学的"起点"，往前追溯到晚清黄遵宪的"言文合一"主张、陈季同的《黄衫客传奇》和韩邦庆的《海上花列传》。这是严先生近年最重要的论述，他将阐述这一观点的文章《中国现代文学的"起点"问题》置于《严家炎全集》之首，可见其重视程度。在那次讨论会上，对于严先生的观点，大部分教研室的老师都表示不能认同，其中尤其引起争议的是陈季同用法文写的《黄衫客传奇》(Le roman de l'homme jaune)。这部法文小说以唐代蒋防的《霍小玉传》为底本，描写了霍小玉和李益的爱情故事，"黄衫客"即《霍小玉传》中那位为小玉打抱不平的穿黄衫的"豪士"。《黄衫客传奇》1891年在巴黎出版，后来还被译成意大利文，但在中国现代文学史上从未"现身"，一直到2010年才由研究陈季同的比较文学学者李华川译成中文。在讨论会上，老师们各抒己见，从不同角

[①] 本文为作者2021年10月16日于北京大学举办的"严家炎学术思想暨中国现当代文学学科建设研讨会"上的发言，原刊《中国现代文学研究丛刊》2022年第1期，收入本书时略有修订。

度阐述了自己对于现代文学"起点"的看法,另外,也讨论了诸如中国作家的法文写作能否纳入中国文学史的问题。我记得王风老师的意见特别鲜明,他认为陈季同的法文写作对现代文学的影响微乎其微,真正产生作用大概是李华川译成中文之后,而李华川恰好是他大学时代的室友,因此他在感情上也不能接受——为何自己室友的一部译作,突然就变成了伟大的现代文学的"起点"?

当时我以刚入职教师的身份参加了讨论会,印象深刻。我的意见和教研室诸位老师的看法略有不同。我认为,陈季同用法文写的《黄衫客传奇》,虽然不能定为中国现代文学的"起点",但也并不是一个与现代文学没有关系的文本。这部小说其实可以看作对唐传奇《霍小玉传》的一个跨文化翻译和改写。陈季同面对的是法国读者,他要适应的是19世纪法国小说的文类传统。将《黄衫客传奇》和《霍小玉传》对照阅读,不难发现,陈季同对《霍小玉传》的情节改动,如将豪士"黄衫客"作为主人公,以及他对人物心理活动的大量铺叙,显然是为了适应法国19世纪以浪漫英雄为主角的通俗传奇小说的文类成规,此外,对中国风俗的介绍,删除原作中因果报应的内容,也是为了适应他所预期的法国读者。在陈季同的增删之中,我们可以很鲜明地看到唐传奇与法国19世纪小说之间的沟通与差异。我想,严先生之所以关注《黄衫客传奇》,与他对中国小说如何"现代"这一问题持之以恒的思考有关。作为法文小说的《黄衫客传奇》虽然当时对中国文学没有直接影响,但蕴含在这篇作品背后的小说观念,已与传统文人大不相同。陈季同在这篇作品中所透露出的现代小说观念,在他回国之后的所办的《求是报》中已有所体现,此外,通过他的学生曾朴(以及曾朴的小说《孽海花》),这一发生了新变的现代小说观念更是渗透进了中国文学史。

尽管严先生当初提出的要将《黄衫客传奇》视为中国现代文学"起点"的看法,没能在北京大学中文系现代文学教研室中达成共识[①],但我

---

① 严家炎先生在论文的改定稿中,对当初的意见有所修正,不再明确将黄遵宪的"言文合一"主张、《黄衫客传奇》等宣称为"起点",而是称作"中国现代文学起点时的状况",见《中国现代文学的"起点"问题》,《严家炎全集·1·考辨集》,北京:新星出版社,2021年,第14页。

认为,《黄衫客传奇》以及这一讨论会本身,却提供了一个反思我们习以为常的文学阐释框架的契机,确切地说,就是反思 19 世纪以来以民族国家为框架的"文学史"的合法性。之所以强调"起点",很大程度上源于文学史的写作诉求。陈平原在《作为学科的文学史》一书中,曾生动地呈现了 20 世纪中国学者对于文学史的执念和迷思。① 文学史本身,其实是 19 世纪以来伴随着现代民族国家的建立而来的一个学科体系。美国学者 David Perkins 专门写了一本书《文学史是可能的吗》(*Is Literary History Possible*?),来探讨文学史这一知识形态是否有效地呈现了文学的过去。在他看来,勃兴于 19 世纪欧洲的文学史,通常具有三个基本假设:首先,文学作品是由历史语境所决定的;其次,文学的变化是发展式的;最后,这些变化的主体是观念、原则或者诸如文类、时代精神、宗教、民族国家等这些超个人的实体②;在 19 世纪,占据主流的文学史形式是叙述式的,如泰勒的《英国文学史》(1863)、勃兰兑斯的《十九世纪欧洲文学主潮》(1872—1890)等,它们以民族国家或时代精神为文学史的"主人公",呈现这一变化的主体从开端(起点)到终点(今天)的发展过程。③ 文学史这一知识形态在晚清进入中国,本身即参与建构了现代民族国家的文化认同;因此,"民族国家"成为 20 世纪中国学者的文学史著述中理所当然的"主人公"(或者说"精神主体")。在关于文学史写作的各种讨论中,学者们对于断代问题有着持续的辨析,但对于背后的民族国家视野却鲜有质疑。

严先生主张将《黄衫客传奇》写入中国现代文学史,并视为"起点",在现代文学教研室的老师中引起了极大的争议,其中一个重要的原因在于,这部在法国出版的法文作品,"冒犯"了文学史背后不言自明的民族国家界限。这里出现了一个有趣的悖谬:"法文书写"与"中国作家",无法在我们熟悉的"中国现代文学史"这一阐释框架中共存。1891

---

① 参见陈平原:《作为学科的文学史——文学教育的方法、途径及境界》,北京:北京大学出版社 2011 年初版,2016 年增订版。
② David Perkins, *Is Literary History Possible*, Baltimore and London: The Johns Hopkins University Press, 1992, pp. 1-2.
③ Ibid., p. 30.

年在巴黎出版的《黄衫客传奇》是一个文学事实，然而，现有的文学史阐释框架却无法安放；我们与其选择对这一事实视而"不见"，不如反思我们习以为常的阐释框架是否合理：文学史是否一定要在一个民族国家的框架中才能得到阐明？或者进一步追问：文学史是否一定要在时间的发展线上从"起点"到"终点"地展开？

近些年来，海内外学者提出的"华文文学""华裔文学""华语语系文学（Sinophone Literature）"等概念，其实已内含了一种"去-民族国家"的学术视野。陈季同用法文书写的《黄衫客传奇》，或可纳入"华裔文学"的研究框架。不过我注意到，严先生在文章中并没有采用这类"华"字开头的概念，而是更谨慎地选择了"世界的文学"这一术语。① 这一术语出自陈季同与曾朴的谈话，当然也是对陈季同在中法文化之间进行翻译和写作实践的极好概括。弗兰科·莫莱蒂（Franco Moretti）在《对世界文学的猜想》（"Conjectures on World Literature"）一文中，主张不将"世界文学"视为一种对象，而是视为一种新的问题视野和批评方法。他将民族文学的视野比喻为"树"，而将"世界文学"比作"波浪"："树需要地理上的间断性（以便各自向外延展，语言必须首先在空间上分散，就如同动物物种）。而波浪不喜有阻隔，而致力于地理上的连续性……世界文化（便）在这两种机制间不停摇摆。"② 陈季同的《黄衫客传奇》，借用莫莱蒂的说法，正是一个从唐传奇到法国19世纪传奇小说（roman）的波浪式传播的例证。从这个角度出发，文学史，或者说文学形式和思想的历史，除了以民族国家为框架、在时间的发展线上如树干和枝丫一般从"起点"到"终点"地展开之外，还可以置于翻译或者说跨文化改写的波浪式传播的空间场域中来探讨。陈季同的法文书写，正是一个跨越了民族国家的阻隔、在地理上具有连续性的"世界文学"的实践场所。

说到严家炎先生的学术品格，不少学者都提到，他最重要的特点是"用事实说话"。这种对于"以往被传统偏见所遮蔽的生动活泼的文学现

---

① 严家炎：《中国现代文学的"起点"问题》，《严家炎全集·1·考辨集》，第8—11页。
② 〔美〕弗兰科·莫莱蒂：《对世界文学的猜想》，诗怡译，《中国比较文学》2010年第2期。

象"①的关注,对文学"事实"近乎执着的关切,背后是一种极为严谨的接近自然科学的学术精神。在我看来,严先生对陈季同《黄衫客传奇》的"发现",与他在20世纪90年代对金庸小说的研究,其实有一脉相承之处。严先生当年对金庸的研究,也曾引起诸多争议和讨论。如同对《黄衫客传奇》的强调,冒犯了"文学史"的合法性,对金庸小说的推崇,则在一定程度上质疑了"新文学"的合法性。严先生对金庸小说、俗文学以及陈季同的法文写作这些文学现象的关注,不仅仅是对文学史的拾遗补阙,他对这些文学"事实"的执着,最后往往推导出来的,是对我们习以为常的文学阐释框架的反思和质疑;而这些反思和质疑的结果,则是对中国现代文学研究的方法与视野乃至对整个学科边界的拓展。在人文学术的研究中,我们难免会因为理论或已有的研究框架,在对研究对象有所"洞见"的同时也有所"不见";而严先生能"看见"这些不为人所察觉的"事实",本身即说明他的思想具有很强的开放性。科学的严谨与自由,在他这里合于一身。

严家炎先生是中国现代文学研究的奠基人、先行者,同时也身体力行地不断拓展着这一学科的边界。我们经常说"中国现代文学三十年",但其实现代文学研究的对象远远不止"三十年"。这种对学科边界的不断突破,严先生之外,我们在钱理群、赵园、陈平原等诸多现代文学学者身上,也很容易看到。在一定程度上,不安于现状,或者说对自身学科边界的不断试探,在很多现代文学研究者这里,并不是危机时刻才有的产物,而几乎成了一种学科的"常态"。中国现代文学学科的建立本身,即与现代中国的政治、文化情境密不可分。这里,"现代文学"不仅仅是一个研究对象,它还是回应不同时代情境下的思想、文化命题的重要方法。肇始于晚清的关于中国文学、文化和思想的现代性变革,在今天其实还处于未完成的状态;只要我们的现代性尚未完成,"中国现代文学"的边界也就会不断朝向历史和未来敞开。

---

① 陈思和:《他在重写文学史——读〈严家炎全集〉》,《中国当代文学研究》2002年第1期。

中日文书目

一、报刊

《北京大学日刊》《晨报副镌》《妇女杂志》《国粹学报》《京报》《骆驼》《民国日报·妇女周报》《努力周报》《清议报》《人世间》《绍兴县教育会月刊》《申报》《文学旬刊》《文学杂志》《小说时报》《小说月报》《新潮》《新民丛报》《新青年》《新小说》《绣像小说》《译文》《宇宙风》《语丝》《中华小说界》

二、著作

アンドレイエフ原著，上田敏译：《心》，东京：春阳堂，1909年。

阿英：《晚清小说史》，上海：商务印书馆，1937年。

奥尔巴赫（Auerbach, Erich）：《摹仿论——西方文学中现实的再现》，吴麟绶、周新建、高艳婷译，北京：商务印书馆，2014年。

巴赫金（Bakhtin, M. M.）：《陀思妥耶夫斯基诗学问题》，白春仁、顾亚铃译，北京：生活·读书·新知三联书店，1988年。

贝尔曼（Berman, Antoine）：《异域的考验：德国浪漫主义时期的文化与翻译》，章文译，北京：生活·读书·新知三联书店，2021年。

卞之琳：《十年诗草 1930—1939》，桂林：明日社，1942年。

别林斯基（Белинский, В. Г.）：《别林斯基选集》第 2 卷，满涛译，上海：时代出版社，1953 年。

博纳富瓦（Bonnefoy, Yves）：《声音中的另一种语言》，许翡玎、曹丹红译，南宁：广西人民出版社，2020 年。

《陈独秀书信集》，水如编，北京：新华出版社，1987 年。

陈平原：《中国现代小说的起点——清末民初小说研究》，北京：北京大学出版社，2005 年。

陈平原：《中国现代学术之建立》，北京：北京大学出版社，1998 年。

陈平原：《作为学科的文学史——文学教育的方法、途径及境界》，北京：北京大学出版社 2011 年初版，2016 年增订版。

《陈寅恪集·寒柳堂集》，北京：生活·读书·新知三联书店，2011 年。

《陈寅恪集·讲义及杂稿》，北京：生活·读书·新知三联书店，2011 年。

《陈寅恪集·金明馆丛稿初编》，北京：生活·读书·新知三联书店，2011 年。

《陈寅恪集·金明馆丛稿二编》，北京：生活·读书·新知三联书店，2011 年。

《陈寅恪集·元白诗笺证稿》，北京：生活·读书·新知三联书店，2011 年。

程千帆：《唐代进士行卷与文学》，上海：上海古籍出版社，1980 年。

程毅中：《近体小说论要》，北京：北京出版社，2017 年。

厨川白村原著，鲁迅译：《苦闷的象征》，1924 年 12 月自印、新潮社代售。

《创造国文读本》第三、四册，徐蔚南编，上海：世界书局，1932—33 年。

德勒兹（Deleuze, Gilles）：《尼采》，王绍中译，黄雅娴审订，上海：上海人民出版社，2020 年。

《点滴：近代名家短篇小说》，周作人辑译，北京：北京大学出版部，1920 年。

《东洋文论——日本现代中国文学论》，吴俊编译，杭州：浙江人民出版社，1998 年。

《20世纪中国小说理论资料（第一卷）1897—1916》，陈平原、夏晓虹编，北京：北京大学出版社，1997年。

《翻译论集》，罗新璋编，北京：商务印书馆，1984年。

《翻译与创作——中国近代翻译小说论》，王宏志编，北京：北京大学出版社，2000年。

范烟桥：《中国小说史》，苏州：秋叶社，1927年。

方维规：《什么是概念史》，北京：生活·读书·新知三联书店，2020年。

《废名集》，王风编，北京：北京大学出版社，2009年。

《冯文炳选集》，北京：人民文学出版社，1985年。

高利克（Gálik, Marián）：《中西文学关系的里程碑》，伍晓明、张文定等译，北京：北京大学出版社，1990年。

龚鹏程：《文心雕龙讲记》，桂林：广西师范大学出版社，2021年。

郭箴一：《中国小说史》，长沙：商务印书馆，1939年。

哈葛德、安度阑原著，鲁迅、周作人译：《红星佚史》，北京：新星出版社，2006年。

韩南（Hanan, Patrick）：《韩南中国小说论集》，王秋桂等译，北京：北京大学出版社，2008年。

韩南（Hanan, Patrick）：《中国白话小说史》，尹慧珉译，杭州：浙江古籍出版社，1989年。

韩南（Hanan, Patrick）：《中国近代小说的兴起》，徐侠译，上海：上海教育出版社，2004年。

胡从经：《柘园草》，长沙：湖南文艺出版社，1982年。

胡适：《短篇小说第一集》，上海：亚东图书馆，1919年。

胡适：《五十年来之中国文学》，上海：申报馆，1924年。

《胡适来往书信选》，中国社会科学院近代史研究所编，北京：中华书局，1979年。

《胡适文集》（1—12卷），欧阳哲生编，北京：北京大学出版社，1998年。

《胡适遗稿及秘藏书信》，耿云志主编，合肥：黄山书社，1994年。

胡应麟：《少室山房笔丛》，上海：上海书店出版社，2001 年。

黄锦珠：《晚清时期小说观念之转变》，台北：文史哲出版社，1995 年。

黄裳：《黄裳文集》第 3 卷，上海：上海书店出版社，1998 年。

霍默（Homer, Sean）：《导读拉康》，李新雨译，重庆大学出版社，2014 年。

纪德（Gide, André）：《关于陀思妥耶夫斯基的六次讲座》，余中先译，北京：人民文学出版社，2019 年。

蒋虹：《凯瑟琳·曼斯菲尔德作品中的矛盾身份》，北京：中国社会科学出版社，2004 年。

Jókai Mór 原著，周作人译述：《黄蔷薇》，上海：商务印书馆，1935 年。

《康南海先生遗著汇刊》，蒋贵麟主编，台北：宏业书局有限公司，1976 年。

李长之：《鲁迅批判》，上海：北新书局，1936 年。

李春林：《鲁迅与陀思妥耶夫斯基》，合肥：安徽文艺出版社，1985 年。

李海燕（Lee, Haiyan）：《心灵革命：现代中国爱情的谱系》，修佳明译，北京：北京大学出版社，2018 年。

李今主编：《汉译文学序跋集》（1—13 卷），上海：上海人民出版社，2017—2022 年。

利奥塔（Lyotard, Jean-Francois）：《异识》，周慧译，上海：上海文艺出版社，2022 年。

梁宗岱：《梁宗岱文集》，北京：中央编译出版社，2003 年。

刘禾（Liu, Lydia H.）：《跨语际实践：文学，民族文化与被译介的现代性（中国，1900—1937）》（修订译本），宋伟杰等译，北京：生活·读书·新知三联书店，2008 年。

刘禾：《语际书写》，上海：上海三联书店，1999 年。

刘勰著，詹瑛义证：《文心雕龙义证》，上海：上海古籍出版社，1989 年。

《鲁迅全集》（1—18 卷），北京：人民文学出版社，2005 年。

《鲁迅全集》第 11 卷，北京：人民文学出版社，1973 年。

《鲁迅手迹和藏书目录》（内部资料），北京鲁迅博物馆编，北京：北京鲁迅博物馆，1959 年。

《鲁迅著译编年全集》（1—20 卷），王世家、止庵编，北京：人民出版社，2009 年。

《鲁迅著作版本丛谈》，唐弢编，北京：书目文献出版社，1983 年。

《曼殊外集——苏曼殊编译集四种：汉英对照》，朱少璋编，北京：学苑出版社，2009 年。

《曼斯菲尔德书信日记选》，陈家宁等编，天津：百花文艺出版社，2009 年。

梅列日科夫斯基（Мережковский, Дм. С）：《托尔斯泰与陀思妥耶夫斯基》，杨德友译，北京：华夏出版社，2016 年。

米尔斯基（Mirsky, D. S.）：《俄国文学史》，刘文飞译，北京：商务印书馆，2020 年。

莫宜佳（Motsch, Monika）：《中国中短篇叙事文学史：从古代到近代》，韦凌译，上海：华东师范大学出版社，2008 年。

木山英雄：《文学复古与文学革命——木山英雄中国现代文学思想论集》，赵京华编译，北京：北京大学出版社，2004 年。

尼采（Nietzsche, Friedrich Wilhelm）：《苏鲁支语录》，徐梵澄译，北京：商务印书馆，2015 年。

《欧美名家短篇小说丛刊》，周瘦鹃译，上海：中华书局，1917 年。

欧文原著，林纾、魏易译：《拊掌录》，严既澄校注，上海：商务印书馆，1933 年。

浦安迪（Plaks, Andrew H.）讲演：《中国叙事学》，北京：北京大学出版社，1996 年。

普实克（Průšek, Jaroslav）：《普实克中国现代文学论文集》，李燕乔等译，长沙：湖南文艺出版社，1987 年。

《启迪：本雅明文选》，阿伦特（Arendt, Hannah）编，张旭东、王斑译，北京：生活·读书·新知三联书店，2008 年。

钱基博：《现代中国文学史》，上海：上海书店出版社，2004 年。

《钱玄同日记（影印本）》，北京鲁迅博物馆编，福州：福建教育出版社，

2002年。

钱锺书:《七缀集(修订本)》,上海:上海古籍出版社,1985年。

《钱锺书集·管锥编》,北京:生活·读书·新知三联书店,2007年。

《钱锺书集·谈艺录》,北京:生活·读书·新知三联书店,2007年。

赛义德(Said, E. W.):《赛义德自选集》,谢少波、韩刚等译,北京:中国社会科学出版社,1999年。

山本正秀:《近代文体発生の史的研究》,东京:岩波书店,1965年。

商伟:《礼与十八世纪的文化转折——〈儒林外史〉研究》,严蓓雯译,北京:生活·读书·新知三联书店,2012年。

《上田敏集》(明治翻訳文学全集《翻訳家編》17),川户道昭等编,东京:大空社,2003年。

申丹:《双重叙事进程研究》,北京:北京大学出版社,2021年。

申丹:《叙事、文体与潜文本——重读英美经典短篇小说》,北京:北京大学出版社,2018年。

申丹:《叙述学与小说文体学研究(第三版)》,北京:北京大学出版社,2004年。

《世界文学理论读本》,达姆罗什(Damrosch, David)、刘洪涛、尹星主编,北京:北京大学出版社,2013年。

斯坦纳(Steiner, George):《巴别塔之后:语言与翻译面面观》,孟醒译,杭州:浙江大学出版社,2020年。

斯坦纳(Steiner, George):《托尔斯泰或陀思妥耶夫斯基》,严忠志译,杭州:浙江大学出版社,2011年。

谭正璧:《中国小说发达史》,上海:光明书局,1935年。

唐弢:《晦庵书话》,北京:生活·读书·新知三联书店,1980年。

藤井省三:《鲁迅比较研究》,陈福康编译,北京:上海外语教育出版社,1997年。

《田山花袋·国木田独步集》(続明治翻訳文学全集《翻訳家編》16),川户道昭等编,东京:大空社,2003年。

托多罗夫(Todorow, Tzvetan):《象征理论》,王国卿译,北京:商务印书馆，2010 年。

陀思妥也夫斯基原著，韦丛芜译：《穷人》，北京：未名社，1926 年。

瓦特（Watt, Ian）：《小说的兴起：笛福·理查逊·菲尔丁研究》，高原、董红钧译，北京：生活·读书·新知三联书店，1992 年

王风：《世运推移与文章兴替——中国近代文学论集》，北京：北京大学出版社，2015 年。

王富仁：《鲁迅前期小说与俄罗斯文学》，西安：陕西人民出版社，1983 年。

王宏志：《翻译与近代中国》，上海：复旦大学出版社，2014 年；

王宏志：《重释"信、达、雅"——20 世纪中国翻译研究》，北京：清华大学出版社，2007 年。

王素英：《凯瑟琳·曼斯菲尔德小说的审美现代性》，北京：中国社会科学出版社，2015 年。

王瑶：《中古文学史论》，上海：上海古籍出版社，1982 年。

王志松：《小说翻译与文化建构——以中日比较文学研究为视角》，北京：清华大学出版社，2011 年。

韦丛芜：《韦丛芜选集》，合肥：安徽文艺出版社，1985 年。

《未发现的国土——凯瑟琳·曼斯菲尔德新西兰短篇小说集》，戈登（Gordon, Ian A.）选编，上海：上海外语教育出版社，1991 年。

Wilde and Other Authors 原著，周作人译：《域外小说集》，上海：中华书局，1936 年。

吴纳著，于北山校点，徐师曾著，罗根泽校点：《文章辨体序说 文体明辨序说》，北京：人民文学出版社，1962 年。

吴琼：《雅克·拉康：阅读你的症状》，北京：中国人民大学出版社，2011 年。

《西方翻译理论精选》，陈德鸿、张南峰编，香港：香港城市大学出版社，2000 年。

夏晓虹：《觉世与传世——梁启超的文学道路》，北京：中华书局，2006 年。

夏晓虹：《晚清女性与近代中国》，北京：北京大学出版社，2004年

显克微支原著，周作人译：《炭画》，北京：北新书局，1926年。

小南一郎：《唐代传奇小说论》，童岭译，伊藤令子校，北京：北京大学出版社，2015年。

小南一郎：《中国的神话传说与古小说》，孙昌武译，北京：中华书局，2006年。

《新编增补清末民初小说目录》，樽本照雄编，赵伟译，济南：齐鲁书社，2002年。

《修辞学讲义》，董鲁安编，北京：北京文化学社，1926年。

徐复观：《中国文学精神》，上海：上海书店出版社，2004年。

许钦文：《仿［彷］徨分析》，北京：中国青年出版社，1958年

《严复集》（1—5册），王栻主编，北京：中华书局，1986年。

严家炎：《论鲁迅的复调小说》，上海：上海教育出版社，2002年。

《严家炎全集》第1卷，北京：新星出版社，2021年。

杨联芬：《晚清至五四：中国文学现代性的发生》，北京：北京大学出版社，2003年；

姚鼐纂集：《古文辞类纂》，胡士明、李祚唐标校，上海：上海古籍出版社，2016年。

叶凯蒂（Catherine Yeh）：《晚清政治小说：一种世界性文学类型的迁移》，杨可译，生活·读书·新知三联书店，2020年。

《1913—1983鲁迅研究学术论著资料汇编》，中国社会科学院文学所鲁迅研究室编，北京：中国文联出版公司，1985年。

《〈饮冰室合集〉集外文》，夏晓虹辑，北京：北京大学出版社，2005年。

《语义的文化变迁》，冯天瑜等编，武汉：武汉大学出版社，2007年。

《域外小说集》（第一、二册），周氏兄弟纂译，东京：神田印刷所，1909年。

《域外小说集》，周氏兄弟旧译，巴金、汝龙等新译，伍国庆编，长沙：岳麓书社，1986年。

詹明信（Jameson, Fredric）：《晚期资本主义的文化逻辑：詹明信批评理

论文选》，张旭东编，陈清侨等译，北京：生活·读书·新知三联书店，1997年。

张丽华：《现代中国"短篇小说"的兴起——以文类形构为视角》，北京：北京大学出版社，2011年。

张泽贤：《中国现代文学翻译版本闻见录（1905—1933）》，上海：上海远东出版社，2008年。

张钊贻：《鲁迅：中国"温和"的尼采》，北京：北京大学出版社，2011年。

章太炎撰，庞俊、郭诚永疏证：《国故论衡疏证》，北京：中华书局，2008年。

章学诚著，叶瑛校注：《文史通义校注》，北京：中华书局，1994年。

赵毅衡：《苦恼的叙述者——中国小说叙述形式与中国文化》，北京：北京十月文艺出版社，1994年。

郑振铎：《插图本中国文学史》，北平：朴社，1932年。

《中国现代出版史料（甲编）》，张静庐辑注，北京：中华书局，1954年。

周遐寿（作人）：《鲁迅小说里的人物》，上海：上海出版公司，1954年。

周作人：《鲁迅的青年时代》，石家庄：河北教育出版社，2002年。

周作人：《欧洲文学史》，钟叔河编订，长沙：岳麓书社，2019年。

周作人：《谈龙集》，上海：开明书店，1927年。

周作人：《夜读抄》，上海：北新书局，1934年。

周作人：《知堂回想录（药堂谈往）手稿本》，香港：牛津大学出版社，2021年。

《周作人集外文（1904—1945）》，陈子善、赵国忠编，上海：上海人民出版社，2020年。

《周作人集外文》，陈子善、张铁荣编，海口：海南国际新闻出版中心，1995年。

《周作人日记（影印本）》，郑州：大象出版社，1996年。

《周作人散文全集》（1—14卷），钟叔河编订，桂林：广西师范大学出版社，2009年。

《周作人文类编》（1—10 卷），钟叔河编，长沙：湖南文艺出版社，1998 年。

周作人译：《陀螺》，北京：新潮社，1925 年。

周作人译：《希腊拟曲》，上海：商务印书馆，1934 年。

朱彤：《鲁迅作品的分析》，上海：东方出版社，1954 年。

竹内好：《从"绝望"开始》，靳丛林编译，北京：生活·读书·新知三联书店，2013 年。

竹内好：《近代的超克》，孙歌编，李冬木、赵敦华、孙歌译，北京：生活·读书·新知三联书店，2005 年。

三、论文

蔡鸿生：《从小说发现历史——〈读莺莺传〉的眼界和思路》，《中华文史论丛》第六十二辑，钱伯城、李国章主编，上海：上海古籍出版社，2000 年。

曾华鹏、范伯群：《论〈幸福的家庭〉》，《扬州师院学报（社会科学版）》1986 年第 3 期。

陈福康：《论鲁迅的"直译"与"硬译"》，《鲁迅研究月刊》1991 年第 3 期。

陈建华：《商品、家庭与全球现代性——论鲁迅的〈肥皂〉》，《学术月刊》2020 年第 7 期。

陈洁：《〈域外小说集〉重印考》，《中国现代文学论丛》2014 年第 2 期。

陈珏：《中唐传奇文"辨体"——从"陈寅恪命题"出发》，《汉学研究》第 25 卷第 2 期，2007 年。

陈平原：《古文传授的现代命运——教育史上的林纾》，《文学评论》2016 年第 1 期。

陈平原：《林纾与北京大学的离合悲欢》，《文艺争鸣》2016 年第 1 期。

陈泳超：《想象中的"民族的诗"》，《中国现代文学研究丛刊》2006 年第 1 期。

陈子善：《鲁迅见过徐志摩吗?》，《文汇报》2018 年 4 月 29 日。

崔文东：《青年鲁迅与德语"世界文学"——〈域外小说集〉材源考》，《文学评论》2020年第6期。

董乃斌：《从史的政事纪要式到小说的生活细节化——论唐传奇与小说文体的独立》，《文学评论》1990年第5期。

范伯群：《1909年发表的一篇"狂人日记"——介绍陈景韩的〈催醒术〉》，《清末小说通讯》第76期，2005年。

冯至、陈祚敏、罗业森：《五四时期俄罗斯文学和其他欧洲国家文学的翻译和介绍》，《北京大学学报（人文科学版）》1959年第2期。

郜元宝：《重释〈弟兄〉——兼论读懂鲁迅小说的条件》，《文学评论》2019年第6期。

葛涛：《〈域外小说集〉存书毁于大火了吗》，《粤海风》2008年第4期。

葛涛：《再谈〈域外小说集〉的存世数量》，《上海鲁迅研究》2008年第3期。

顾均：《周氏兄弟与〈域外小说集〉》，《鲁迅研究月刊》2005年第5期。

关诗珮：《唐"始有意为小说"：从鲁迅〈中国小说史略〉看现代小说（fiction）观念》，《鲁迅研究月刊》2007年第4期。

关诗珮：《从林纾看翻译规范从晚清中国到五四的变化：西化、现代化和以原著为中心的观念》，《中国文化研究所学报》2008年第48期。

郭长海：《新发现的鲁迅佚文〈域外小说集〉（第一册）广告》，《鲁迅研究月刊》1992年第1期。

侯桂新：《钱玄同与鲁迅交往始末——以日记为视角》，《鲁迅研究月刊》2016年第8期。

黄兴涛、张丁：《中国人民大学博物馆藏"陈独秀等致胡适信札"原文整理注释》，《中国人民大学学报》2012年第1期。

黄兴涛：《中国人民大学博物馆藏"陈独秀等致胡适信札"释读》，《中国人民大学学报》2012年第1期。

黄云眉：《读陈寅恪先生论韩愈》，《文史哲》1955年第8期。

季剑青：《从"历史"中觉醒——〈狂人日记〉主题与形式的再解读》，《中国现代文学研究丛刊》2017年第7期。

季剑青：《"声"之探求——鲁迅白话写作的起源》，《文学评论》2018 年第 3 期。

姜彩燕：《自卑与"超越"——鲁迅〈高老夫子〉的心理学解读》，《西北大学学报（哲学社会科学版）》2015 年第 5 期。

姜涛：《"室内作者"与 20 年代小说的"硬写"问题——以〈幸福的家庭〉为中心的讨论》，《汉语言文学研究》2010 年第 3 期。

蒋华：《曼殊斐儿："新月"下的英国夜莺》，北京大学硕士论文，沈弘指导，2013 年。

兰德伯格：《鲁迅与俄国文学》，王家平、穆小琳译，《鲁迅研究月刊》1993 年第 9 期。

李春林、臧恩钰：《鲁迅〈幸福的家庭〉与芥川龙之介〈葱〉之比较分析》，《鲁迅研究月刊》1997 年第 5 期。

李冬木：《"狂人"的越境之旅——从周树人与"狂人"相遇到他的〈狂人日记〉》，《文学评论》2020 年第 5 期。

李浩：《鲁迅译稿〈查拉图斯特拉如是说·序言〉》，《上海鲁迅研究》2015 年第 1 期。

李丽冬、张宁：《鲁迅〈幸福的家庭〉创作与〈妇女杂志〉》，《郑州大学学报（哲学社会科学版）》2019 年第 5 期。

李云：《北大藏鲁迅〈中国小说史大略〉铅印本讲义考》，《中国现代文学研究丛刊》2014 年第 1 期。

梁艳：《从上田敏翻译的〈心〉看转译的功与罪》，《日本教育与日本学》2014 年第 1 期。

廖七一：《谈〈域外小说集〉批评的非历史化》，《山东外语教学》2014 年第 6 期。

林非：《论〈肥皂〉和〈高老夫子〉——〈中国现代小说史上的鲁迅〉片段》，《鲁迅研究》1984 年第 6 期。

刘金仿、李军均：《唐人"始有意为小说"的现象还原——从胡应麟的"实录"理念出发》，《鄂州大学学报》2003 年第 3 期。

陆扬：《陈寅恪的文史之学——从 1932 年清华大学国文入学考试试题谈

起》,《文史哲》2015 年第 3 期。

梅维恒（Mair, Victor H.）、梅祖麟：《近体诗律的梵文来源》，王继红译，《国际汉学》2007 年第 2 期。

莫莱蒂（Moretti, Franco）：《对世界文学的猜想》，诗怡译，《中国比较文学》2010 年第 2 期。

彭明伟：《爱罗先珂与鲁迅 1922 年的思想转变——兼论〈端午节〉及其他作品》，《鲁迅研究月刊》2008 年第 2 期。

浦江清：《论小说》，《当代评论》第 4 卷第 8、9 期，1944 年。

邱雪松：《"启蒙"与"生意"之间——"五四"新文化与出版业关系论》，《文艺研究》2018 年第 7 期。

孙逊、潘建国：《唐传奇文体考辨》，《文学遗产》1999 年第 6 期。

谭帆：《"演义"考》，《文学遗产》2002 年第 2 期。

藤井省三：《日本介绍鲁迅文学活动最早的文字》，《复旦学报（社会科学版）》1980 年第 2 期。

藤井省三：《中国现代文学和知识阶级——兼谈鲁迅的〈端午节〉》，《中国现代文学研究丛刊》1992 年第 3 期。

王风：《文学革命的胡适叙事与周氏兄弟路线——兼及"新文学"、"现代文学"的概念问题》，《中国现代文学研究丛刊》2006 年第 1 期。

王风：《周氏兄弟早期著译与汉语现代书写语言(下)》，《鲁迅研究月刊》2010 年第 2 期。

王运熙：《试论唐传奇与古文运动的关系》，《文学遗产》1957 年总第 182 期。

王祖华：《〈域外小说集〉的隐性传播》，《东方翻译》2015 年第 5 期。

韦丛芜：《读〈鲁迅日记〉和〈鲁迅书简〉——未名社始末记》，《鲁迅研究动态》1987 年第 2 期。

吴琼：《他者的凝视——拉康的"凝视"理论》，《文艺研究》2010 年第 4 期。

吴晓东：《意念与心象——废名小说〈桥〉的诗学研读》，《文学评论》2001 年第 2 期。

谢其章:《〈域外小说集〉拍卖亲闻亲历记》,《鲁迅研究月刊》2008 年第 1 期。

谢仁敏:《新发现〈域外小说集〉最早的赠书文告一则》,《鲁迅研究月刊》2009 年第 11 期。

杨联芬:《重释鲁迅〈离婚〉》,《文艺争鸣》2014 年第 6 期。

袁一丹:《"另起"的"新文化运动"》,《中国现代文学研究丛刊》2009 年第 5 期。

张丽华:《废名小说的"文字禅"——〈桥〉与〈莫须有先生传〉语言研究》,《中国现代文学研究丛刊》2004 年第 3 期。

张丽华:《晚清小说译介中的文类选择——兼及周氏兄弟的早期译作》,《中国现代文学研究丛刊》2009 年第 2 期。

张丽华:《"原来死住在生的隔壁"——从夏目漱石〈虞美人草〉的角度阅读鲁迅小说〈明天〉》,《文学评论》2015 年第 1 期。

张丽华:《"误译"与创造——鲁迅〈药〉中"红白的花"与"乌鸦"的由来》,《中国现代文学研究丛刊》2016 年第 1 期。

张铁荣:《从许钦文的〈理想的伴侣〉到鲁迅的〈幸福的家庭〉》,《文教科学》1981 年第 4 期;

朱崇科、陈沁:《"反激"的对流:〈幸福的家庭〉、〈理想的伴侣〉比较论》,《中国文学研究》2014 年第 2 期。

邹振环:《作为〈新青年〉赞助者的群益书社》,《史学月刊》2016 年第 3 期。

西文书目

Aho, Juhani, *Squire Hellman and Other Stories*, trans. R. Nisbet Bain, London: T. Fisher Unwin, 1893.

Andrejew, Leonid, *Der Gedanke und andere Novellen*. Übers. von Elis. und Jorik Georg, München: Albert Langen Verlag für Litteratur und Kunst, 1903.

——, *Silence*, trans. John Cournos, Philadelphia: Brown Brothers, 1908.

——, *A Dilemma*, *A Story of Mental Perplexity*, trans. John Cournos, Philadelphia: Brown Brothers, 1910.

Auerbach, Erich, "Philology and 'Weltliteratur'," trans. Maire Said and Edward Said, *The Centennial Review*, Vol. 13, No. 1 (Winter 1969), pp. 1-17.

——, *Mimesis: The Representation of Reality in Western Literature*, Shanghai: Shanghai Foreign Education Press, 2009.

Bakhtin, M. M., *The Dialogic Imagination: Four Essays by M. M. Bakhtin*, ed. Michael Holquist, trans. Carl Emerson and Michael Holquist, Austin: University of Texas Press, 1981.

——, "The Problem of Speech Genres," in *Modern Genre Theory*, ed. David

Duff, Harlow, England; New York: Longman, 2000, pp. 82-97.

Bassnett, Susan, and André Lefevere (eds.), *Translation, History and Culture*, London; New York: Cassell, 1995.

——, and Harish Trivedi (eds.), *Post-colonial Translation: Theory and Practice*, London: Routledge, 1999.

——, and André Lefevere (eds.), *Constructing Cultures: Essays on Literary Translation*, Shanghai: Shanghai Foreign Language Education Press, 2001.

Benjamin, Walter, "The Task of the Translator," in *Walter Benjamin: Selected Writings, Vol. 1, 1913-1926*, eds. Marcus Bullock and Michael W. Jennings, Cambridge, MA: Belknap Press of Harvard University Press, 1996, pp. 253-263.

Boase-Beier, Jean, *Stylistic Approaches to Translation*, London: Routledge, 2006.

Brandes, George, *Poland: A Study of the Land, People and Literature*, London: Heinemann, 1903.

Buss, Martin J., "The idea of Sitz im Leben—History and Critique," *Zeitschrift of die Alttestamentliche Wissenschaft*, Vol. 90, Iss. 2 (Jan. 1978), pp. 157-170.

Clowes, Edith W., *The Revolution of Moral Consciousness: Nietzsche in Russian Literature, 1890-1914*, DeKalb, Illinois: Northern Illinois University Press, 1988.

Cohen, Margaret, *The Sentimental Education of the Novel*, Princeton, N. J.: Princeton University Press, 1999.

Dobrenko, E. A., and Marina Balina (eds.), *The Cambridge Companion to Twentieth-Century Russian Literature*. Cambridge: Cambridge University Press, 2011.

Doran, Robert, "Literary History and the Sublime in Erich Auerbach's 'Mimesis'," *New Literary History*, Vol. 38, No. 2 (Spring 2007), pp. 353-369.

Fokkema, Douwe W. , "Lu Xun: The Impact of Russian Literature," in *Modern Chinese Literature in the May Fourth Era*, ed. M. Goldman, Cambridge, Mass. : Harvard University Press, 1977, pp. 90-101.

Gong, Shifen, "Katherine Mansfield in Chinese Translations," *Journal of Commonwealth Literature*, Vol. 31, No. 2 (1996), pp. 117-137.

Gordon, Ian A. , *Katherine Mansfield*, British Writers and Their Work, No. 3, Lincoln: University of Nebraska Press, 1964.

Green, Roger Lancelyn, *Andrew Lang: a Critical Biography*, Leicester: De Montfort Press, 1946.

Grethlein, Jonas, "A Slim Girl and the Fat of the Land in Theocritus, *ID*. 10," *Classical Quarterly*, Vol. 62, No. 2 (2012), pp. 603-617.

Gutzwiller, Kathryn J. , *Theocritus' Pastoral Analogies: The Formation of a Genre*, Madison: University of Wisconsin Press, 1991.

Haggard, H. Rider, and Andrew Lang, *The World's Desire*, London: Longmans, Green, and Co. , 1890.

Hanan, Patrick, "The Technique of Lu Hsün's Fiction," *Harvard Journal of Asiatic Studies*, Vol. 34, No. 3-4 (1974), pp. 53-96;

Hung, Chang-tai, *Going to the People: Chinese Intellectuals and Folk Literature, 1918-1937*, Cambridge, MA. : Harvard University Press, 1985.

Hunter, Richard, *Theocritus and the Archaeology of Greek Poetry*, Cambridge: Cambridge University Press, 1996.

Hutchinson, G. O. , *Hellenistic Poetry*, Oxford: Clarendon Press, 1988.

Huters, Theodore, *Bringing the World Home: appropriating the West in late Qing and early Republican China*, Honolulu: University of Hawai'i Press, 2005.

Huxley, Thomas H. , *Evolution and Ethics and Other Essays*, London: Macmillan and Co. , 1894.

Idema, W. L. , *Chinese Vernacular Fiction: The Formative Period*, Leiden: E. J. Brill, 1974.

Jakobson, Roman, "On Linguistic Aspects of Translation," in *The Translation Studies Reader*, ed. Lawrence Venuti, London: Routledge, 2000, pp. 113-

118.

Jenkyns, Richard, *The Victorians and Ancient Greece*, Oxford: Blackwell, 1980.

Kaplan, Sydney Janet, *Katherine Mansfield and the Origins of Modernist Fiction*, Ithaca and London: Cornell University Press, 1991.

Lacan, Jacques, *Écrits: A Selection*, trans. Alan Sheridan, London and New York: Routledge, 2001.

Lang, Andrew, *Theocritus, Bion and Moschus: Rendered into English Prose, with an Introductory Essay*, London: Macmillan and Co., 1880.

Levý, Jiří, "The translation of verbal art," trans. Susan Larson, in *Semiotics of Art: Prague School Contributions*, eds. L. Matejka and I. R. Titunik, Cambridge, Mass.: MIT Press, 1976, pp. 218-226.

Lyotard, Jean-Francois, *The Differend: Phrases in Dispute*, trans. Georges Van Den Abeele, Minneapolis: Manchester University Press, 1988.

Mackail, John William, *Lectures on Greek Poetry*, London: Longmans, Green and Co., 1926.

Mansfield, Katherine, *The Collected Stories of Katherine Mansfield*, London: Penguin, 1981.

Moretti, Franco, "Conjectures on World Literature," *New Left Review* 1 (Jan-Feb 2000), pp. 54-68.

——, (ed.), *The Novel* (2 vols), Princeton: Princeton University Press, 2006.

O'Connor, Frank, *The Lonely Voice: A Study of the Short Story*, New York: Melville House Publication, 1963.

Parks, Tim, *Translating Style*, 2nd ed. Manchester: St. Jerome, 2007.

Perkins, David, *Is Literary History Possible*, Baltimore and London: The Johns Hopkins University Press, 1992.

Phelps, William Lyon, *Essays on Russian Novelists*, New York: The Macmillan Company, 1926.

——, *Essays on Modern Novelists*, New York: The Macmillan Company, 1927.

Pocock, J. G. A. (ed.), *The Varieties of British Political Thought 1500-1800*,

Cambridge: Cambridge University Press, 1993.

Popovič, Anton, "The concept of 'shift of expression' in translation analysis," in *The Nature of Translation: Essays on the Theory and Practice of Literary Translation*, ed. James S. Holms, Bratislava: Publishing House of the Slovak Academy of Sciences, 1970, pp. 79-87.

Sandley, Sarah, "The Middle of the Note: Katherine Mansfield's 'Glimpses'," in *Katherine Mansfield: In From the Margin*, ed. Roger Robinson, Baton Rouge and London: Louisiana State University Press, 1994, pp. 71-89.

Schogt, Henry G., *Linguistics, Literary Analysis, and Literary Translation*, Toronto: University of Toronto Press, 1988.

Schoolfield, George C., *A History of Finland's Literature*, Lincoln: University of Nebraska Press, 1998.

Shen, Dan, *Literary Stylistics and Fictional Translation*, Beijing: Peking University Press, 1995.

——, and Kairui Fang, "Stylistics," in *The Routledge Handbook of Literary Translation*, eds. Kelly Washbourne and Ben Van Wyke, London and New York: Routledge, 2019, pp. 325-337.

Sienkiewicz, Henryk, *Sielanka: A Forest Picture and Other Stories*, trans. Jeremiah Curtin, Boston: Little, Brown and Company, 1898.

Symonds, John Addington, *Studies of the Greek Poets*, London: Smith, Elder and Co, 1873.

Theocritus, *The Greek Bucolic Poets*, trans. John Maxwell Edmonds, Cambridge, Mass. London: Harvard University Press, 1996 (1st ed. 1912).

Thornber, Karen, *Empire of Texts in Motion: Chinese, Korean, and Taiwanese Transculturations of Japanese Literature*, Cambridge, MA.: Harvard University Press, 2009.

Tschen, Yinkoh 陈寅恪, "Han Yü and T'ang Novel," in *Harvard Journal of Asiatic Studies*, Vol. 1, No. 1 (Apr. 1936), pp. 39-43.

Venuti, Lawrence, *The Translator's Invisibility, A History of Translation*, London and New York: Routledge, 1995.

Wales, Katie, *A Dictionary of Stylistics*, 2nd ed. Essex: Pearson Education

Limited, 2001.

Watt, Ian, *The Rise of the Novel: Studies in Defoe, Richardson and Fielding*, University of California Press, 1957.

Wu, Luara Hua, "From *Xiaoshuo* to Fiction: Hu Yinglin's Genre Study of *Xiaoshuo*," in *Harvard Journal of Asiatic Studies*. Vol. 55, No. 2 (Dec. 1995), pp. 339-371.

Yeh, Catherine Vance, *The Chinese Political Novel: Migration of a World Genre*, Cambridge, MA.: Harvard University Asia Center, 2015.

Zwicker, Jonathan E., *Practices of the Sentimental Imagination: Melodrama, the Novel, and the Social Imaginary in Nineteenth-Century Japan*, Cambridge, MA.: Harvard University Press, 2006.

后　记

　　我对文体的兴趣，大概源自某种天生的秩序感。记得小时候，每到假期我都会将一学期以来的各种测试试卷，按照科目分类，有条不紊地卷起来，并整齐地码在抽屉里。那些卷起来的试卷，其实再也没有被拆开使用过，后来随着搬家也就不知所终了。然而我知道，这种近乎无聊的分类和整理，更多地是向令人不快的充满了习题与测试的学期生活的告别，用尼采的话说，是一种对过去的"健康的遗忘"。

　　文体，虽然不只是将杂乱的文本装进不同的抽屉那么简单，但它显然也是分门别类地存储或者说"遗忘"文学的一种重要介质和场所。由于文体形式中通常折射着一时一地的社会习俗和文学制度，因此，文体在翻译中并非一个可以透明地传递的因素。不同的文化和社会所孕育的文体之间，可能因语言、制度和习俗的不同，而存在着不可翻译的"歧差"，且越是秩序井然、越是传统深厚的文体，其"不可译性"就越强。这本《文体协商：翻译中的语言、文类与社会》即是以晚清民国时期的文学现象为例，对文体在跨越不同语言文化边界时发生的碰撞、变形与协商所进行的个案式的探索。

　　我对这一话题最初的学术思考，还可追溯到北大硕士阶段在孟华教授一门课上的作业。孟老师那门课题为"形象学的理论与实践"，我期末提交的论文是《异域风景与中国情调——略析苏雪林旧体诗的法国书写》。在这篇习作中,我注意到,当苏雪林用旧体诗的形式来书写其法国游历和留学经验时,附着在这一体式上的包括意象、用典乃至前人现成诗句在内的"古旧幽灵",会不时俯身探来,令其笔下的法国形象呈现出颇为复杂的面貌。由此我提出一个初步结论:"分析一位作家笔下异国形象的形成,除了经由文本考察历史、文化层面的'社会集体想象',文类本身——作为一种书写和构筑形象的'不透明的媒介'——也值得细心关注。"这篇作业后来收入了孟老师主编的论文集《中国文学中的西方人形象》(合肥:安徽教育出版社,2006年)中,给了我很大的鼓舞,也令我对从文类/文体的角度来观察中外文学与文化的交流和碰撞念念不忘。

文体研究或者说文类研究,无论在当下的国内还是国际人文学术中,都算不上一个新潮的研究方向。柄谷行人在他那本影响深远的《日本现代文学的起源》中,早已将"文类之死灭"视为现代文学的结构性特征之一。中国现代文学的发生,也不例外。实际上,无论是梁启超的"诗界革命",还是胡适的白话诗尝试,都与旧体诗的文类体式在表达异域/异质经验上极为不便有关,因此他们迫不及待地要对这一文体发动改良和"革命"。此后,现代中国文学便以打破传统文体的束缚为使命,并呈现出一马平川地跨越文体/文类界限的汪洋恣意的发展态势。在这种情境之下,再来谈论文体轨范或是文类成规,未免有些不识时务。

然而不曾想到,若干年后我的博士论文选题,兜兜转转,竟然又回到文类这个老题目上来。导师陈平原教授在否定了我的若干看似时髦的选题之后,对于我小心翼翼地提出的从文类视角重探中国现代文学起源的思路,竟然首肯了,并建议我从"短篇小说"这一具体文类入手进行探究。又过了若干年,我才意识到,这个题目本身就是陈老师对我的极大的扶携。在小说史领域深耕十多年,陈老师自然知道哪些话题是有充分探究空间和学术前景的。我的博士论文《现代中国"短篇小说"的兴起——以文类形构为视角》(北京大学,2009年)正是在这样的扶携中上路的,它从报刊媒体、文学翻译、形式创新和教育制度四个方面,探讨了"短篇小说"这一新文体在现代中国具体历史情境中的形成过程。

博士论文完成后，我对其中的若干议题，尤其是第三章提出的"文类如何翻译"的问题，仍感意犹未尽。在这一问题的延长线上，我分别撰写了《"演义"传统与清末民初白话短篇小说译介》《无声的"口语"——从〈古诗今译〉透视周作人的白话文理想》两篇论文。这两篇文章最初是为参加在巴黎索邦大学举办的"第二十届国际比较文学年会（ACLA）"（2013）和在香港中文大学举办的"第四届译学新芽研讨会"（2010）所写，它们恰好从"反""正"两方面探讨了文类/文体在跨文化翻译中的处境：前者强调中西"小说"文类的不可通约性，并呈现了清末民初小说翻译如何成为中西文体交锋的"战斗场"；后者则关注周作人"直译的文体"如何通过对原作和汉文格律的双重"疏离"，成功地扮演了在译文中再现原作意图与风格的"拱廊通道"的角色。既有负隅顽抗，也会暗通款曲，文体翻译的这一双重性，几乎是文化交流乃至一切人类交流的缩影，这令我对这一课题产生了浓厚的兴趣。在上述研究的基础上，2013年我申请了一个教育部项目"跨文化的文类建构：以晚清民国文学翻译为例"。本书的基本架构，即承这一项目的思路发展变化而来。

　　在博士论文以及随后的多篇论文中，我对文体问题的讨论采用的是"文类"（genre）这一术语，这是吸收了欧美文学研究中 genre studies 的方法和理论的结果。然而，在研究过程中，我越来越感到"文类"这一概念的掣肘和不便利之处。其中一个令人困扰的问题是，当我们用"文类"来指称诗歌、小说、散文和戏剧时，注重的是体式的区分，而用"次级文类"来指称侦探小说、武侠小说、教育小说时，侧重的却又是题材或是主题的区分。在不同的层级之间，"文类"概念的内涵其实并不自洽。而随着研究的深入，在探讨鲁迅和废名小说文体的跨文化建构时，又逐渐触及"自由间接引语""时空体"和"意识流"等并非"文类"概念所能统摄的范畴。因此，在拟定书稿正标题时，我重新启用了传统文学批评中的"文体"概念，并在"导论"中作了详尽界定，用"文体"来指称包括文类、次级文类、语言、修辞、手法等一系列范畴在内的对个体表述具有轨范作用的文学结构和话语类型。而为便利起见，标题中仍然保留了"文类"这一术语，用来指称"小说""短篇小说"这些现代文学中历史性存在的文学体裁。

这一术语上的踌躇，其实也可看作20世纪中国人文学术处境的一个缩影。2019年11月，汪晖在北大作了题为"二十世纪中国的历史位置"的演讲。他在演讲中提到，20世纪中国人文学术存在一个根本的方法论问题，即我们叙述历史的新概念很少是原生性的范畴，如"民族""政党""统治"等，它们基本来自翻译；而用这些概念来叙述20世纪的历史，则会不可避免地造成"表述性现实"与"客观性现实"之间的矛盾。在这个意义上，如何找到准确叙述自身历史的基本概念，成为当代中国人文学术面临的巨大挑战。实际上，自晚清西学东渐以来，我们的学术用语中就已经很难有所谓不受翻译"污染"的"原生性"范畴了。譬如在文学研究领域，无论是"文学""小说"还是"文体"概念本身，无不在其原有含义的基础上，经历了一轮西方概念（如 literature，novel，style）的叠加、浸染甚至是替代。这一概念史的变迁，本身就构成了20世纪中国文学史与思想史的重要组成部分，因此，我们无法将其翻译的含义剥离出去，能做的只能是尽量厘清其语义变化的历史，并在古今中外之间进行一种临时性的再"翻译"和再阐释。

2005年12月我曾以博士生身份赴海德堡大学汉学系进行了为期一年半的联合培养，2009年7月博士毕业后，又在新加坡南洋理工大学从事了两年博士后研究。尽管我的本科、硕士和博士都在北大就读，2011年又有幸回到母校任教，与北大的学缘关系颇为深厚，但这两次异国的访学和研究，却让我在学术上经历了不小的"异域的考验"。这一学术上的"异域"，不仅有语言的不同，还有方法、立场的迥异以及背后预期读者和评价体系的天差地别。原先在北大不假思索地认同甚至是迷恋的传统，在异质的学术体系和文化面前，不再理所当然，也不再被视为重要，这一度令我产生抗拒并陷入迷茫，但也迫使我用一种全新的眼光来审视自我，甚至是重新建构自我。

我在海德堡大学的导师瓦格纳教授，是一位坚定的世界主义者。他不仅破除了我的"执迷于中国"的偏见，对于德语，他也毫不留情地宣布为一种"少数民族语言"，并鼓励我用英语去拥抱更广阔的世界。我日后对于跨文化研究的兴趣，以及对现代文学研究传统的不断反思，从瓦格纳教授这里得到了极大的启发，并且还将持续不断地获得滋养。毕业后到了新加坡，博士后导师王宏志教授正不遗余力地与多个大学和研究机构合作推动翻译史研究。我从王宏志老师这里获得的，不仅是翻译史的具体研究方法，还有一种颇为难得的学术共同体上的呼应和支持。

翻译，如斯坦纳所说，包含了全部的人类理解，它不仅存在于语际之间，也存在于古今之间，甚至存在于男女之间。只要我们想要在不同中寻求理解、寻求阐释，即包含了必不可少的翻译。尽管在外访学时间并不长，但回到北大之后，在很长一段时间里，我的学术研究从问题意识、方法理论到对话对象，仍然处于一种在不同学术体系中寻求"翻译"的状态。老实说，这并不是一种舒服的状态，因为好的"翻译"，必定包含了对"他者"的抵抗以及相同程度的对"自我"的疏离，在找到那个微弱而微妙的"非同一的对等"之前，必须在相当长时间里忍受精神上的"流离失所"。目前这本《文体协商：翻译中的语言、文类与社会》，可以说正是我的这一学术"流放"的结果，它既有访学过程中所汲取的异域学术养分，也包含了我在一种如霍米·巴巴所说的"两者之间（Inbetweenness）"艰难探索自我的历程。

本书除"导论"外，其余章节均曾以论文形式在各学术期刊发表。收入本书时，我又进行了不同程度的修订，有的章节（如关于《狂人日记》的第四章）则是重写。论文修订要不惜以"今日之我"与"昨日之我"宣战，常常是一种苦差事。不过，在修改关于废名小说的一章时，当我将此前用"文字禅"一词来大致描述的废名文体的诗性特征，借助雅各布森的理论，最终表述为"废名的小说文体连同他所阐释的晚唐诗学，也可以说是将筛选轴（垂直轴）上的词语和意象投射到组合轴（水平轴）上，并在组合轴上翩翩起舞"，则真是一个灵光闪耀的时刻。这一刻，不仅有着中西会通的欣喜，更有着"昨日之我"得以完成的愉悦，它足以驱散论文写作中所有的艰辛与疲惫。

翻译在很长时间里都是现代文学史中的边缘章节。近些年来，随着学科本身的发展，更重要的是，随着跨文化和"翻译"体验越来越成为一种日常，不少学界同仁也开始关注现代文学中的翻译现象，并在资料编撰和理论方法上贡献良多。在修订书稿的过程中，我读到彭小妍教授的《浪荡子美学与跨文化现代性》（杭州：浙江大学出版社，2017 年简体字版）一书以及叶隽师兄关于"侨易学"的两本大作，欣喜地发现，我的研究在理念和方法上与两位学者颇有相通之处。只是由于时间和各章话题所限，未及在书稿正文中进行呼应和对话，殊为遗憾。此外，叶凯蒂教授的《晚清政治小说：一种世界性文学类型的迁移》以及李今教授领衔编撰的《汉译文学序跋集》，则是我常备案头的参考书，在此也要特意说明，并特别致谢。

书稿各章内容在学术会议和期刊发表时，曾蒙不少师友批评、教正与指点。感谢孟华、王宏志、龚鹏程、刘勇、高远东、吴晓东、王风、孟庆澍、津守阳、黄雪蕾、颜健富、张惠思等诸位师友的会议和论文邀约，感谢夏晓虹、陈建华、黄锦珠、清水贤一郎、李冬木、贺桂梅、罗岗、黄开发、周维东、金雯、王璞、蔡可茹（Keru Cai）、李松睿、史伟、季剑青、袁一丹等师友同仁在不同场合给予的中肯意见。书稿第三章曾蒙北大硕士生修佳明协助翻译成英文发表，第六章曾由东京大学博士生田中雄大译成日文，两位译者的翻译，也令我在后期的论文修订中受益良多。此外，还要感谢《文艺研究》《中国现代文学研究丛刊》《文艺争鸣》《现代中文学刊》《中国学术》《汉语言文学研究》《中国文学研究》《岭南学报》等学术期刊的匿名审稿人和学术编辑的细致工作。

本书的出版得到了"北京大学人文学科文库"的资助和大力支持。在这个浮躁的年代，文库以尽量不打扰的方式提供支持，默默地为北大学者营造了一方"平静的书桌"，实在难得。感谢陈平原老师为本书赐序，他对我的肯定、鼓励和表彰，还有对我的学术状态（也包括困惑）的精准把握，都令我感动不已。陈老师不仅是当代中国人文学术数一数二的学者，还是一位卓越的教育者。他从不致力于将学生培养成小一号的自己，他的多数学生学术个性十足，毕业后在不同领域各自展露风华。这是我见过的教育者的最好的模样。王风老师仍然为敦促本书的出版不遗余力。为了防止我在"流放"的道路上越走越远，他几乎三日一小催，三月一大催,终于有效地了阻止我的"拖延症",让我得以按期交稿。感谢倪桃、张佳婧、安子瑜、林怡萱、赖欣君诸君帮我校阅引文。感谢我的老同学艾英对本书耐心细致的编辑校订。

最后照例要感谢的是家人。说是感谢,但其实我并没有给家人留下多少选择的余地。我的丈夫蒋运鹏同为学院中人,他一面从未停止对于"女博士"的抱怨,一面竟也坚持忍耐了下来。2017年6月,我们的女儿出生了。她给我们带来无限喜悦的同时,也带来了无限的挑战。学术研究和育儿,都是需要投入无底洞般的时间和精力的事业,所以,无论多么努力和尽力,对于二者我都有做得不够好的愧疚。记得女儿在一年前北京冬奥会那会儿,常常在电脑旁给我加油打气:"我的妈妈是'写论文'世界冠军!"半年前则时不时来询问:"妈妈,你那要(该)死的书,什么时候才写完呐?"现在的她早已习以为常,见我在电脑前工作就默默地自己去玩了。这本小书的诞生,竟是如此见证了她的成长。

疫情三年,身边随时都可能竖起各种各样的围墙,有形的、无形的。很长一段时间里,我所居住的清华大学家属区被从主校园里隔离了出去,可供孩子活动的场所只剩下了胜因院及其周边。胜因院是林徽因曾参与设计的清华教工住宅,这是家属区的一方"净土"。在那些精致但不事张扬的建筑与园林中,看着孩子们照常嬉戏,总算是绝望中透出的一点微光。本雅明在他那篇著名的《译作者的任务》中说:"句子是墙,直译是拱廊。"在这个高墙林立的时代,在难以获得如查尔斯·泰勒所说的使对话性得以成立的"重要性视野"之际,翻译或许也是那个能够凿开门洞、在拱廊里透出微光的所在。谨以此书纪念疫情的结束,我们周围的隔离之"墙"终于涣然冰释。

2023年1月于北大人文学苑